Les Éditions du Boréal
4447, rue Saint-Denis
Montréal (Québec) H2J 2L2
www.editionsboreal.qc.ca

BONHEUR D'OCCASION

Œuvres de Gabrielle Roy

Bonheur d'occasion, roman (1945).

Alexandre Chenevert, roman (1954).

Rue Deschambault, roman (1955).

La Montagne secrète, roman (1961).

La Route d'Altamont, roman (1966).

La Rivière sans repos, roman (1970).

Cet été qui chantait, récits (1972).

Un jardin au bout du monde, nouvelles (1975).

Fragiles Lumières de la terre, écrits divers (1978).

De quoi t'ennuies-tu, Éveline? suivi de *Ély! Ély! Ély!,* récits (1984).

La Détresse et l'Enchantement, autobiographie (1984).

Ma chère petite sœur, lettres (1988).

Le temps qui m'a manqué, récit autobiographique (1997).

Contes pour enfants, contes (1998).

Le Pays de Bonheur d'occasion et autres récits autobiographiques épars et inédits (2000).

« *Mon cher grand fou…* ». *Lettres à Marcel Carbotte 1947-1979* (2001).

Femmes de lettres. Lettres à ses amies 1975-1978 (2005).

Rencontres et entretiens avec Gabrielle Roy (2005).

Heureux les nomades et autres reportages 1940-1945 (2007).

Gabrielle Roy

BONHEUR D'OCCASION

roman

Nouvelle édition

Boréal

Les Éditions du Boréal remercient le Conseil des Arts du Canada ainsi que le ministère du Patrimoine canadien et la SODEC pour leur soutien financier.

Illustration de la couverture : Allan Harrison, *Neige à Saint-Henri* (détail), 1980, musée des Beaux-Arts de Montréal.

Diffusion au Canada : Dimedia

Données de catalogage avant publication (Canada)
Roy, Gabrielle, 1909-1983

Bonheur d'occasion
(Boréal compact : 50)
2e éd.
Éd. originale : Montréal : Société des éditions Pascal, 1945.
Comprend des réf. bibliogr.
ISBN 2-89052-575-9
I. Titre. II. Collection.

PS8535.O95B62	1993	C843'.54	C93-096942-1
PS9535.O95B62	1993		
PQ3919.R69B62	1993		

À Mélina Roy

I

À cette heure, Florentine s'était prise à guetter la venue du jeune homme qui, la veille, entre tant de propos railleurs, lui avait laissé entendre qu'il la trouvait jolie.

La fièvre du bazar montait en elle, une sorte d'énergie mêlée au sentiment confus qu'un jour, dans ce magasin grouillant, une halte se produirait et que sa vie y trouverait son but. Il ne lui arrivait pas de croire que son destin, elle pût le rencontrer ailleurs qu'ici, dans l'odeur violente du caramel, entre ces grandes glaces pendues au mur où se voyaient d'étroites bandes de papier gommé, annonçant le menu du jour et au son bref, crépitant, du tiroir-caisse, qui était comme l'expression même de son attente exaspérée. Ici se résumait pour elle le caractère hâtif, agité et pauvre de toute sa vie passée dans Saint-Henri.

Par delà les cinq ou six dîneurs qu'elle avait à servir, son regard fuyait vers les comptoirs du magasin — le restaurant occupant le fond du *Quinze-Cents* — et dans le miroitement de la verroterie, des panneaux nickelés, de la ferblanterie, son sourire vide, taciturne et morose s'accrochait sans but à quelque objet chatoyant qu'elle ne voyait pas.

Sa tâche de serveuse laissait ainsi à sa pensée, non point de longs moments pour revenir au souvenir excitant et trouble de la veille, mais de petits fragments de temps où elle retrouvait au fond d'elle-même le visage de ce garçon inconnu. Cependant les bruits de vaisselle, les commandes ne la tiraient pas toujours de la rêverie qui, par instants, faisait passer sur son visage un bref frémissement.

Et soudain elle fut déroutée, vaguement humiliée. Le jeune inconnu, pendant qu'elle surveillait la foule entrant au magasin par les portes à battants vitrés, avait pris place à la longue table de simili-marbre et, d'un geste impatient, l'appelait. Elle s'avança vers lui, les lèvres entrouvertes, en une moue plutôt qu'en un sourire. Comme il lui déplaisait déjà qu'il pût la surprendre ainsi au moment où elle essayait dans son souvenir de ressaisir ses traits et le timbre de sa voix !

— Comment t'appelles-tu ? fit-il brusquement.

Plus que la question, la manière de la poser, familière, gouailleuse, presque insolente, irrita la jeune fille.

— C'te question ! fit-elle avec mépris, mais non d'une façon définitive, comme si elle eût tenté de lui imposer silence. Au contraire, sa voix invitait à une réplique.

— Voyons, reprit le jeune homme en souriant. Moi, c'est Jean... Jean Lévesque. Et toi, je sais toujours bien pour commencer que c'est Florentine... Florentine par-ci, Florentine par-là... Oh, Florentine est de mauvaise humeur aujourd'hui ; pas moyen de la faire sourire !... Oui, je sais ton petit nom, je le trouve même à mon goût...

Il changea imperceptiblement de ton, durcit un peu son regard.

— Mais tu es mademoiselle qui ? Tu me le diras pas à moi ? insista-t-il avec une feinte de sérieux.

Il avançait le visage et levait sur elle des yeux dont elle discerna en un éclair toute l'effronterie. La mâchoire dure, volontaire, l'insupportable raillerie des yeux sombres, voilà ce qu'elle remarquait le plus aujourd'hui dans ce visage et qui l'indignait contre elle-même. Comment avait-elle pu, depuis plusieurs jours, accorder tant d'attention à ce garçon-là ? Elle se redressa d'un coup sec qui fit tinter à son cou un petit collier d'ambre.

— Et pis après, dit-elle, vous me demanderez où c'est que je reste et qu'est-ce que je fais ce soir. Je vous connais, vous autres !

— Vous autres ! Qui ça, vous autres ? se moqua-t-il en faisant le geste de regarder par-dessus son épaule si quelqu'un se trouvait derrière lui.

— Oh, vous autres ! fit-elle à demi excédée.

Et cependant cette note familière, quelque peu vulgaire qui mettait le jeune homme sur son plan à elle, lui déplaisait moins que son langage, sa tenue habituelle dont elle sentait vaguement qu'ils établissaient entre eux une distance. Un sourire irrité et provocant revint sur ses lèvres.

— O.K. ! dit-elle, qu'est-ce qui vous faut à c'te heure ?

Il eut de nouveau ce regard d'une brutale familiarité.

— J'étais pas rendu à te demander ce que tu fais à soir, reprit-il. J'étais vraiment pas si pressé que ça. Normalement, j'aurais mis trois jours au moins avant d'en arriver là... Mais puisque tu me tends la perche...

Il se renversait légèrement sur la chaise tournante, oscillait un peu d'un côté et de l'autre. Et l'examinant, ses yeux se rétrécirent.

— Eh bien ! Florentine, qu'est-ce que tu fais à soir ?

Il vit aussitôt qu'elle se troublait. Sa lèvre inférieure trembla, et d'un petit coup de dents elle la mordit. Puis s'affairant, elle tira une serviette de papier d'une boîte nickelée, la déplia et l'étala à la place du jeune homme.

Elle avait un visage mince, délicat, presque enfantin. L'effort qu'elle faisait pour se maîtriser gonflait et nouait les petites veines bleues de ses tempes et en se pinçant les ailes presque diaphanes du nez tiraient vers elles la peau des joues, mate, lisse et fine comme de la soie. Sa bouche était mal assurée, et parfois esquissait un tremblement, mais Jean, en regardant les yeux, fut soudain frappé de leur expression. Sous le trait surélevé des sourcils épilés que prolongeait un coup de crayon, les paupières s'abaissant ne livraient qu'un mince rayon de regard mordoré, prudent, attentif et extraordinairement avide. Puis les cils battaient et la prunelle jaillissait entière, pleine d'un chatoiement brusque. Sur les épaules tombait une masse de cheveux brun clair.

Sans aucun projet déterminé, le jeune homme l'observait avec intensité. Elle l'étonnait plus qu'elle ne l'attirait. Et même cette phrase qu'il venait de prononcer : « Qu'est-ce que tu fais ce soir ? »... il ne l'avait pas prévue, elle s'était formée en lui à son insu, il en avait fait l'essai comme on sonde une profondeur inconnue du jet d'un caillou. Cependant la réaction inattendue l'incitait à une nouvelle tentative. « Est-ce que j'aurais honte de sortir avec elle ? » songea-t-il. Et puis l'idée qu'une considération telle, au point où il en était, se souciant peu au fond de la jeune fille, pût intervenir, le vexait et le poussait justement à une plus grande audace. Les coudes au comptoir, les yeux rivés à ceux de Florentine, il attendait maintenant d'elle, comme dans un jeu cruel, avec patience, un premier mouvement sur lequel il réglerait le sien.

Elle se raidit sous ce brutal examen, et il la vit mieux ; il la vit reflétée à mi-corps dans la glace du mur, et il fut frappé de sa maigreur. Autour de sa taille, elle avait pourtant tiré jusqu'au bout le ceinturon de son uniforme vert, mais on devinait que ses vêtements adhéraient à peine à son corps fluet. Et le jeune homme eut soudain une vision de ce que pouvait être sa vie, dans l'inquiet tourbillon de Saint-Henri, cette vie des jeunes filles fardées, pimpantes, qui lisent des romans-feuilletons de quinze cents et se brûlent à de pauvres petits feux d'amour factice.

Sa voix devint incisive, presque coupante.

— Tu es d'ici, de Saint-Henri ? demanda-t-il.

Elle balança les épaules, lui fit un sourire ironique et vexé du bout des lèvres en guise de réponse.

— Moi aussi, ajouta-t-il avec une condescendance moqueuse. Alors on peut être amis ? Non ?

Il remarqua le tressaillement de ses mains, frêles comme celles d'un enfant ; il vit les clavicules se découper dans l'échancrure de son corsage.

Au bout d'un moment, elle se laissa aller devant lui à se reposer sur une hanche, cachant son énervement sous une expression boudeuse, mais il ne la voyait plus telle qu'elle était là, de l'autre côté du comptoir. Il la voyait parée, prête à sortir le soir, avec beaucoup de fard pour couvrir la pâleur de ses joues, des bijoux cliquetant sur toute sa maigre personne, un petit chapeau ridicule, peut-être même une voilette derrière laquelle ses yeux avivés de khôl brilleraient : une jeune fille drôlement attifée, volage et toute tourmentée déjà par le désir de lui plaire. Et ce fut en lui comme une poussée de vent destructeur.

— Tu viendras aux vues avec moi ce soir ?

Il sentit qu'elle hésitait. Sans doute son invitation, s'il prenait la peine de lui donner une tournure plus aimable, trouverait-elle la jeune fille consentante. Mais justement, il la voulait ainsi, puisqu'il la lui présentait dure et directe, comme s'il ne désirait pas qu'elle acceptât.

— Alors, c'est entendu, fit-il... Apporte-moi donc maintenant votre fameux spécial.

Puis il tira un bouquin de la poche de son pardessus qu'il avait jeté sur une chaise près de lui, l'ouvrit et s'absorba immédiatement.

Une rougeur s'était répandue sur les joues de Florentine. Voilà ce qu'elle haïssait tant chez ce jeune homme : le pouvoir qu'il avait, après lui avoir fait perdre pied, de l'éloigner de sa pensée, de l'abandonner comme un objet qui à ses yeux ne présentait plus d'intérêt. Pourtant c'était lui qui, depuis quelques jours, la poursuivait de ses avances. Elle n'avait pas fait le premier pas. C'était bien lui qui l'avait tirée de ce sommeil lourd où elle avait été blottie, hors de la vie, avec ses griefs et son ressentiment, toute seule avec des espoirs diffus qu'elle ne voyait pas trop et dont elle ne souffrait pas trop. C'était lui qui avait donné une expression à ces espoirs qui étaient maintenant aigus, torturants, comme de l'envie.

Elle le considéra un instant en silence et son cœur se serra. Il lui plaisait déjà beaucoup, ce garçon. Il lui paraissait élégant. Si différent des jeunes gens qu'elle servait au magasin, des petits commis ennuyeux ou des ouvriers à manches et à col graisseux, et même beaucoup mieux que les jeunes gens rencontrés dans les cafés du quartier quand, le soir, avec Pauline et Marguerite, elle allait danser un tour ou deux à la musique d'un juke-box et grignoter des tablettes de chocolat ou bien rêvasser tout simplement, réfugiée des heures durant dans une cabine, à épier les garçons qui entraient, ou encore à rire d'eux. Oui, il était bien différent de tous ceux-là qu'elle entrevoyait au hasard de sa vie frémissante et vide. Elle aimait la façon dont ses cheveux noirs, abondants, se dressaient tout droits et hérissés. Elle avait par instants le goût de saisir ces cheveux forts et sauvages à pleines mains.

La première fois qu'il était venu au *Quinze-Cents*, elle l'avait tout de suite remarqué et s'était arrangée pour le servir. Maintenant, elle aurait voulu le fuir et, en même temps, le braver, lui prouver qu'elle demeurait indifférente. « Il me demandera pour sortir avec lui un bon jour, celui-là », s'était-elle dit avec une étrange sensation de pouvoir au creux de la poitrine. Puis, tout de suite inquiète : « Qu'est-ce que je dirai, moi ? »

Ses compagnes de travail, Louise, Pauline, Marguerite, toutes, sauf Éveline, la « gérante », acceptaient par-ci par-là une invitation faite en blague en se taquinant à l'heure du lunch. Pauline disait que ces aventures n'étaient pas dangereuses à condition que le garçon vînt vous prendre à la maison pour n'aller qu'au cinéma. On avait alors tout le loisir d'étudier son ami et de décider si oui ou non on continuerait à le voir. Louise s'était même fiancée à un jeune soldat qu'elle avait d'abord connu au restaurant. Depuis qu'on était en guerre et que les jeunes gens nouvellement enrôlés éprouvaient le goût de se lier avant de partir pour les camps d'entraînement, on voyait des amitiés se nouer rapidement et dans des conditions bien nouvelles. Quelques-unes aboutissaient au mariage.

Florentine n'osa suivre sa pensée jusqu'au bout. Même en lisant, le jeune homme avait au coin des lèvres cette expression railleuse qui la déroutait.

« Je m'en vas lui montrer, pensa-t-elle en pinçant les lèvres, que je me moque pas mal de lui en tout cas. » Mais la curiosité de voir ce qu'il lisait l'emporta sur son mouvement de dépit. Elle se pencha audacieusement sur le livre ouvert. C'était un traité de trigonométrie. La forme des losanges, le noir des équations la firent sourire audedans d'elle-même d'une totale incompréhension.

— C'est pas surprenant, dit-elle, que vous parlez comme un gros livre à lire des affaires comme ça…

Et, s'éloignant vers le téléphone de commande, elle lança d'une voix flûtée et moqueuse : « Un spécial à trente cennes ! »

Son timbre aigu porta jusqu'au fond du restaurant et Jean Lévesque sentit qu'une stupide rougeur colorait son front. Il la suivit d'un œil qui flambait un peu, sombre et rancunier, puis, tirant son livre ouvert devant lui, il se pencha, les deux coudes sur la table et le visage entre ses fortes mains brunes.

De nouveaux consommateurs affluaient vers le comptoir. C'était l'habituelle ruée d'entre midi et une heure : quelques travailleurs du quartier habillés de gros coutil, des commis des magasins de la rue Notre-Dame, à cols blancs et à petits feutres mous qu'ils jetaient sur la table, deux nonnes du service social à mantes grises, un chauffeur de taxi, et plusieurs ménagères qui, entre deux tournées d'emplettes, venaient se restaurer d'un café brûlant ou d'une assiette de frites. Les cinq jeunes serveuses allaient et venaient rapidement, se heurtant dans leur course. Parfois on entendait le tintement d'une cuiller tombant sur le plancher de terrazo. Vivement, une serveuse la ramassait en grondant, la jetait dans l'évier et repartait tête basse, gardant pour aller plus vite une attitude un peu penchée. Elles étaient toutes affreusement bousculées. Leurs pas agités, leurs brusques allées et venues, le frôlement de leurs blouses raides d'empois, le déclic du grille-pain quand les toasts sautaient, le ronron des cafetières sur leur plaque électrique, les crépitements du poste de commande formaient un bruit continu, comme une vibration chaude d'été qui eût distillé des essences de vanille et des odeurs sucrées. Et l'on entendait encore le grondement étouffé des *mixers* de lait malté dans de hauts récipients nickelés, semblable aux murmures interminables de mouches prises dans de la colle, puis le tintement d'une pièce de monnaie sur le comptoir et, à intervalles, la sonnerie du tiroir-caisse, tel un point final, un petit glas infiniment rapide, inlassable et grêle. Bien que le froid marquât les lourds battants vitrés du magasin d'arabesques de givre, ici, au fond du bazar, il faisait une chaleur torride.

Marguerite, une grosse et grande fille dont les joues sans fard, naturellement roses, gardaient même dans cette étuve comme la

15

morsure perpétuelle d'un vent froid, s'affairait devant les glacières. Elle levait un couvercle, plongeait la cuiller creuse dans l'épaisseur de la crème glacée et en jetait le contenu dans un grand verre bas sur patte. Elle ajoutait un peu de crème fouettée en la faisant couler d'un cornet de carton ainsi que d'un tube de pâte dentifrice. Dans un tiroir d'aluminium, elle puisait une cuillerée de guimauve blanche et la faisait ruisseler sur la crème, elle arrosait le tout de caramel ou de sirop et plaçait enfin au sommet une demi-cerise confite, rouge et appétissante. En un tour de main, le *sundae special*, à quinze cents, hautement apprécié par la clientèle, passait sur la table, comme une fontaine de fraîcheur, un jour d'été brûlant. Marguerite recueillait une pièce, allait au tiroir-caisse et retournait aux glacières recommencer un autre *sundae special*. Le procédé ne variait guère, mais Marguerite mettait autant de soin et autant de joie naïve à construire le beau et savant édifice d'un dixième que d'un premier *sundae*. Paysanne venue habiter tard chez des parents de la ville, elle n'était point encore désillusionnée de tout le clinquant du quartier. Pas plus d'ailleurs qu'elle n'était gavée des surprises ni des odeurs sucrées du restaurant. Cette animation, ces flirts continuellement ébauchés autour d'elle, cette atmosphère de poursuites, de reculs, de demi-consentements, d'aguichantes tentatives, tout cela, sans la troubler beaucoup, l'amusait, la réjouissait. « Le type de Florentine », ainsi qu'elle désignait Jean Lévesque, l'avait surtout impressionnée. Et lorsque Florentine, portant une assiette pleine, passa près d'elle, elle ne put se retenir de lui faire, avec un gros rire bienveillant, sa remarque habituelle :

— Ton type te fait de l'œil, hein !

Et léchant sa lèvre humide qui gardait comme un goût de guimauve, elle ajouta :

— Moi, je le trouve smatte et ben avenant. Ça sera pas long, hein, Florentine, qu'il va se lâcher.

Florentine souriait dédaigneusement. Ainsi, sans doute, apparaissait la vie à cette grande nigaude de Marguerite : une perpétuelle ronde de *sundaes* au bout de laquelle, chacune d'elles, sans effort, sans avoir à lever le petit doigt, se trouverait fiancée, mariée, en robe de noces et avec un petit bouquet à la main. Se dirigeant vers Jean Lévesque, elle songeait pourtant, non sans plaisir, que le jeune homme devait lui marquer vraiment beaucoup d'intérêt puisque cette grosse Marguerite même s'en était aperçue et la taquinait à ce sujet. « Mais quel drôle d'intérêt », pensa-t-elle avec un sursaut de dépit qui l'enlaidit.

Elle posa l'assiette devant Jean Lévesque et attendit qu'il lui parlât. Mais, absorbé par sa lecture, il murmura simplement un « merci » sans lever les yeux ; puis, distraitement, tout en lisant, il prit la fourchette et se mit à manger tandis qu'elle, s'attardant tout de même, indécise, trouvait déjà ce silence plus lourd à supporter que les mots ambigus du jeune homme. Du moins, quand il lui parlait, avait-elle le plaisir de la riposte. Lentement, elle retourna au bout du passage surveiller la cuisson des hot dogs. Et, tout à coup, lasse, saisie d'elle ne savait quelle pensée triste qui se levait parfois dans sa vie et l'accablait, elle s'appuya un instant, des reins, au bord nickelé de l'évier.

Dieu, qu'elle était fatiguée de cette vie ! Servir des hommes mal élevés qui l'offensaient de leurs avances ; ou encore d'autres, comme Jean Lévesque, dont l'hommage n'était peut-être qu'ironie. Servir, toujours servir ! Et ne pas manquer de sourire. Avoir toujours le sourire quand ses pieds brûlaient comme s'ils eussent été posés sur des lits de braise ! Sourire quand la rage lui montait à la gorge en une boule lourde et dure ! Sourire aussi quand ses membres endoloris pliaient de fatigue !

Une espèce d'hébétude parut dans son regard. Sur ses traits enfantins fortement maquillés, se superposa à cet instant l'image de la vieille femme qu'elle deviendrait. Aux commissures des lèvres, le pli se devina dans lequel coulerait le modelé, la grâce des joues. Mais il n'y avait pas que la redoutable échéance qui surprenait le visage de Florentine ; la faiblesse héréditaire, la misère profonde qu'elle perpétuait et qui faisait aussi partie de l'échéance, semblaient sourdre du fond de ses prunelles éteintes et se répandre comme un voile sur la figure nue, sans masque.

Tout cela se passa en moins d'une minute. Brusquement,

Florentine se remit sur pieds, droite, nerveuse, et le sourire revint de lui-même sur ses lèvres rougies. De toutes les pensées confuses qui avaient traversé son esprit, elle ne gardait qu'une impression nette, âpre comme son sourire figé : c'est qu'il fallait jouer maintenant, immédiatement, tout ce qu'elle était encore, tout son charme physique dans un terrible enjeu pour le bonheur. Se penchant pour ramasser des couverts salis, elle aperçut le profil de Jean Lévesque et elle reçut au cœur comme un éblouissement et une blessure, le sentiment que ce garçon, qu'elle le voulût ou non, ne pouvait plus lui être indifférent. Jamais elle ne s'était sentie si près de le haïr. Elle ne savait rien de lui, sauf son nom qu'il venait de lui apprendre et sauf par Louise, quelque peu renseignée à son sujet, qu'il était employé à une fonderie comme machiniste-électricien. De la même source, elle tenait aussi que Jean ne sortait jamais avec les jeunes filles, ce qui l'avait intriguée et lui plaisait encore.

Elle jeta un regard oblique sur la longue table basse. De biais, elle voyait plusieurs visages ramassés sur des assiettes, les bouches ouvertes, des mâchoires mastiquant, des lèvres grasses — un spectacle qui toujours l'irritait profondément — et puis, tout au bout, les épaules du jeune homme, carrées, fortes, bien dessinées par le complet marron. Une de ses mains supportait son visage bruni. La peau des joues était tendue sur les dents serrées. De fines rayures partaient du menton et tiraient en éventail jusqu'aux tempes. Si jeune qu'il parût être, de légères rides creusaient déjà son front haut et têtu. Et l'œil, qu'il effleurât une personne, un objet, ou qu'il restât fixé sur le livre ouvert, brillait d'un éclat dur.

Mince, presque sans bruit, elle s'approchait et, sous ses paupières mi-closes, elle le détaillait. Le vêtement d'étoffe anglaise ne rappelait pas les magasins du faubourg. Il lui apparut que seul ce vêtement indiquait un caractère, un genre d'existence comme privilégiés. Non que le jeune homme fût vêtu avec recherche ; au contraire, il affectait une certaine nonchalance : sa cravate était à peine nouée, ses mains quelque peu tachées de cambouis, et sa chevelure, qu'il ne ménageait en aucun temps, allant toujours nu-tête à la pluie ou au soleil et par les plus grands froids, se montrait indocile et touffue. Mais justement, ce manque de soin dans les petits détails donnait plus d'importance aux choses coûteuses qu'il portait : la montre-bracelet dont le cadran miroitait à chacun de ses gestes, le foulard de riche soie enroulé négligemment autour de son cou, les gants de fine peau sortant un peu de la poche de son complet. Il sembla à Florentine que, si elle se penchait vers ce jeune homme, elle respirerait l'odeur même de la grande ville grisante, bien vêtue, bien nourrie, satisfaite et allant à des divertissements qui se paient cher. Et soudain, elle évoqua la rue Sainte-Catherine, les vitrines des grands magasins, la foule élégante du samedi soir, les étalages des fleuristes, les restaurants avec leurs portes à tambours et leurs tables dressées presque sur le trottoir derrière les baies miroitantes, l'entrée lumineuse des théâtres, leurs allées qui s'enfoncent au-delà de la tour vitrée de la caissière, entre les reflets de hauts miroirs, de rampes lustrées, de plantes, comme en une ascension si naturelle vers l'écran où passent les plus belles images du monde : tout ce qu'elle désirait, admirait, enviait, flotta devant ses yeux. Ah ! ce garçon ne devait pas s'embêter le samedi soir ! Pour elle, ce n'était pas gai. Parfois, peu souvent, elle était sortie avec un jeune homme, mais il ne l'avait emmenée qu'à un petit cinéma du quartier, ou à quelque pauvre salle galeuse de banlieue, et encore, pour un si mince divertissement, il avait cherché à se faire payer de baisers ; et ainsi, à se défendre constamment contre lui, elle n'avait même pas goûté le plaisir d'être au cinéma. Quelquefois, elle était allée dans l'ouest de la ville, avec des jeunes filles, et alors, prise dans ce petit troupeau jacassant et entièrement féminin, elle avait ressenti plus de dépit et de honte même que de délassement. Chaque couple qui passait avait retenu son regard, augmenté son ressentiment. La ville était pour le couple, non pour quatre ou cinq jeunes filles se tenant stupidement par la taille, et qui remontaient la rue Sainte-Catherine en s'arrêtant à chaque vitrine pour admirer des choses que jamais elles ne posséderaient.

Mais que cette ville l'appelait maintenant à travers Jean Lévesque ! À travers cet inconnu, que les lumières lui paraissaient brillantes, la foule gaie et le printemps même, plus très loin, à la veille de faire reverdir les pauvres arbres de Saint-Henri ! Il lui semblait que, si elle n'avait pas été retenue par l'extrême contrainte que lui inspirait le jeune homme, elle aurait dit : « Allons ensemble ; on est fait pour être ensemble. » En même temps elle éprouva de nouveau cet absurde désir de porter la main vers les cheveux emmêlés et sombres du jeune homme. Jamais elle n'avait rencontré dans sa vie un être qui portât sur lui de tels signes de succès. Il pouvait bien, ce garçon, n'être qu'un mécanicien en ce moment, mais déjà elle ne doutait pas plus de sa réussite dans l'avenir, dans un avenir très rapproché même, que de la justesse de l'instinct qui lui conseillait de s'en faire un allié.

Elle revint de très loin et lui demanda sur ce ton un peu distant qu'elle prenait pour parler aux clients :

— Allez-vous prendre un dessert ?

Jean se souleva à demi sur les coudes, carra ses fortes épaules et planta dans les yeux de la jeune fille un regard d'impatience et de gaminerie.

— Non, mais toi, tu ne m'as pas encore dit si je serais le lucky guy ce soir. Tu y penses depuis dix minutes ; qu'est-ce que t'as décidé ? Oui ou non, viens-tu aux vues avec moi ?

Dans les prunelles vertes de Florentine, il vit déferler une colère impuissante. Cependant elle abaissait déjà les paupières. Et elle dit d'une voix tout à la fois fâchée, lamentable et qui voulait encore être conciliante :

— Pourquoi ce que j'irais aux vues avec vous, moi ? Je vous connais pas, moi ! Je sais-t-y qui vous êtes, moi !

Il se prit à rire sourdement, du fond de la gorge, comprenant qu'elle voulait surtout l'amener à faire quelque confidence sur lui-même.

— Ça, fit-il, tu l'apprendras petit à petit, si le cœur t'en dit.

Moins effrayée par l'équivoque de la phrase que par le détachement du jeune homme, elle songea, humiliée : « Il veut me faire parler. Peut-être que c'est rien que pour rire de moi. » Et elle-même lança un rire grêle et forcé.

Cependant il ne faisait plus attention à elle. Il paraissait prêter l'oreille aux bruits de la rue. Au bout d'un moment, Florentine commença à entendre un sourd roulement de tambour. Devant les lourds battants vitrés du magasin, un attroupement se formait. Quelques vendeuses qui étaient libres se pressaient à l'avant de leur comptoir. Bien que le Canada eût déclaré la guerre à l'Allemagne depuis déjà plus de six mois, les défilés militaires restaient une nouveauté dans le quartier de Saint-Henri et attiraient la foule sur leur passage.

Le détachement déboucha à la hauteur du *Quinze-Cents*. Florentine se pencha pour le voir passer avec un intérêt presque enfantin, avide et étonné. Les soldats défilaient, des gars costauds, bien plantés dans le solide manteau kaki, les bras également raidis dans un poudroiement de neige. Elle se retourna alors tout d'une pièce vers le jeune homme, la figure enjouée comme pour le prendre à témoin de sa surexcitation puérile, mais l'expression qu'elle vit sur ses traits était si hostile, si dédaigneuse qu'elle haussa les épaules et s'éloigna, attentive à ne plus rien manquer du spectacle de la rue. C'était maintenant les nouvelles recrues qui avançaient dans son champ de vision, toutes étaient encore en civil : quelques hommes vêtus d'un complet léger, d'autres portant un mauvais paletot d'automne, troué, rapiécé, dans lequel le vent aigre s'engouffrait. Elle connaissait le visage de quelques-uns de ces jeunes gens qui marchaient derrière les soldats. Ils avaient été, comme son père, longtemps secourus par l'assistance publique. Et soudain, prise par ce qu'elle trouvait d'excitant, d'incompréhensible, de spectaculaire dans cette évocation de la guerre, elle eut la très vague intuition d'une horrible misère qui reconnaissait là sa suprême ressource. Elle revit comme en un rêve trouble les années de chômage où elle seule, de sa famille, avait pu apporter quelque argent à la maison. Et avant, quand elle était enfant, le travail de sa mère. L'image de Rose-Anna passa devant ses yeux, très précise, la plongeant dans la détresse quotidienne. Et, un instant, par les yeux de sa mère, elle vit passer ces hommes qui marchaient déjà au pas militaire dans leurs vêtements flottants de gueux. Mais son esprit n'entretenait pas longtemps ces considérations qui la conduisaient à des associations d'idées fatigantes et confuses. Le spectacle tel qu'il était lui paraissait surtout distrayant, bien propre à briser la monotonie des longues heures au magasin. Les yeux agrandis, les joues un peu colorées sous son fard, elle se retourna à nouveau vers Jean Lévesque. Et vive, presque insouciante, elle commenta la scène par deux mots brefs, sans pitié :

— C'est fou, hein !

Mais loin de sourire, comme elle avait cru l'y disposer, il la regarda d'un tel air d'animosité qu'elle pensa, presque avec joie, avec une revanche secrète : « Lui aussi, c'est un sapré fou ! » Et de l'avoir ainsi jugé dans son esprit lui procura une minute de véritable satisfaction.

Il passait et repassait la main sur son visage comme pour effacer des pensées importunes ou peut-être simplement par fatigue, par habitude, et enfin, fixant la jeune fille, il lui redemanda :

— Ton nom ? Dis-moi ton nom.

— C'est Florentine Lacasse, reprit-elle sèchement, déjà dégrisée de sa petite victoire et fâchée de ne pouvoir se dérober à une emprise si brutale.

— Florentine Lacasse, murmura-t-il amusé et cherchant une pièce de monnaie dans la poche de son pantalon... Eh bien ! en attendant, Florentine Lacasse, que tu trouves un soldat à ton goût, tu peux toujours me rencontrer ce soir devant le Cartier. Huit heures, ça ferait-y ton affaire ? ajouta-t-il d'un ton presque enjoué.

Elle ne bougeait pas, saisie de désappointement, mais alléchée quand même. Elle réfléchissait. Ce n'était pas l'invitation qu'elle souhaitait. Cependant, on montrait justement *Bitter Sweet* au Cartier. Marguerite, la veille, lui avait raconté l'histoire qui était belle et troublante. Elle songeait aussi à son petit chapeau neuf, au parfum qu'elle venait de s'acheter, et, ses pensées suivant une pente de plus en plus consolante, au couple élégant qu'ils formeraient, elle et Jean, presque de la même taille. Les gens seraient sûrement intrigués de les voir ensemble. Elle alla jusqu'à imaginer les racontars que l'on ferait sur son compte. Et cela l'amusa. Est-ce qu'elle allait se préoccuper de ce que diraient des gens stupides ! Non, tout de même. Et elle se voyait avec le jeune homme après le spectacle dans un restaurant chic du quartier, seule avec lui dans un abri cloisonné, subtilement éclairé, où leur viendrait le flot du phono automatique. Là, elle serait sûre de son pouvoir et de son charme. C'est là qu'elle réduirait cet insolent jeune homme à manger dans sa main. Des invitations, elle saurait l'amener à lui en proposer d'autres. Un sourire venait de naître sur ses traits, imprudent et rêveur, lorsque Jean, se levant, laissa tomber une pièce de cinquante cents sur la table.

— Garde le reste pour toi, fit-il froidement. Et qu'il te serve à manger quelque chose de nourrissant... Tu es bien trop maigre.

Une riposte mauvaise lui vint aux lèvres. Elle se sentit cruellement blessée, de sa secrète soumission à lui plus que de toute autre chose, et voulut lui rendre la pièce d'un mouvement de colère, mais Jean enfilait déjà son pardessus.

— Tu me détestes, hein, murmura-t-il. Tu détestes ça ici, tu détestes tout, continua-t-il, comme si, penché sur elle, il ne voyait plus que le morne champ de ce cœur où n'étaient écloses encore que des pensées de refus et d'amertume.

Puis il s'en fut d'un pas rapide, avec quelque chose de déterminé, de fort et de nerveux dans le soulèvement des épaules. Il n'avait pas à fendre la foule du mouvement impatient de ses coudes. Elle s'écartait à son approche. Florentine eut alors comme un pressentiment qu'elle ne le reverrait jamais si elle n'allait pas à son rendez-vous. Le regardant s'éloigner, elle éprouva l'intuition qu'il la connaissait, cet étranger, comme d'instinct, mieux qu'elle ne se connaissait elle-même. Il avait jeté en elle une lumière fulgurante où elle avait discerné un instant mille choses de sa vie qui, jusque-là, étaient demeurées obscures.

Et maintenant qu'il était parti, il lui semblait qu'elle retombait dans l'ignorance de ses propres pensées. Un trouble profond la gagna. « Je n'irai pas, je n'irai pas, on va bien voir si j'irai », se dit-elle en enfonçant ses ongles dans la paume de ses mains. Mais, en même temps, elle vit Éveline qui la surveillait et réprimait une méchante envie de rire. Et Marguerite, la bousculant pour passer, un *sundae* à la main, lui souffla à l'oreille :

— Je serais pas fâchée qu'y me fasse de l'œil, moi, ce gars-là. Je le trouve-t-y de mon goût un peu !

Et dans le cœur de Florentine la rage s'adoucissait déjà, mêlée à l'agréable sensation d'être enviée. Jamais dans sa vie elle n'avait apprécié la possession de pauvres objets, d'amitiés passagères ou même de souvenirs épars qu'à travers d'autres yeux que les siens.

II

Tout l'après-midi, retourné à la fonderie et occupé à réparer une pièce de moteur qui exigeait pourtant beaucoup d'attention, Jean s'était surpris à répéter : « Mais suis-je bête, suis-je assez fou ! Je n'ai aucun désir de commencer une histoire avec cette Florentine. Ces petites filles-là, quand ça s'accroche, ça s'accroche bien. Je n'ai aucune intention de la revoir... Qu'est-ce qui m'a poussé à lui proposer une sortie ? »

Il avait cru pouvoir se dégager à son gré de ce flirt, à peine engagé d'ailleurs ; comme toujours dans le passé, il s'était arrêté à mi-chemin, lorsqu'il avait, de-ci de-là, très rarement, entrepris une conquête, soit que la poursuite lui en eût paru trop facile, soit qu'il ne se sentît pas disposé à y sacrifier ses loisirs. Car tout tendu vers le succès, tout dévoré d'ambition, une seule chose lui paraissait vraiment importante : l'emploi judicieux de son temps. Et jusqu'ici il l'avait consacré sans sacrifices pénibles, sans regret même, à l'étude, une étude opiniâtre et acharnée.

Mais, sa journée finie et rentrant à pied au petit garni qu'il occupait rue Saint-Ambroise, auprès du canal de Lachine, il fut surpris, puis irrité de la persistance avec laquelle l'image de Florentine venait s'imposer à son esprit.

« Elle est comme toutes les autres, pensa-t-il. Elle veut s'amuser, faire dépenser un gars, lui prendre son argent, son temps... C'est tout ce qu'elle veut. Moi ou un autre... » Mais il revoyait ce corps maigre, la bouche enfantine, les yeux tourmentés. « Non, se disait-il, elle a quelque chose de différent... qui m'intéresse peut-être... un peu. »

Et puis soudain, il se mit à rire en marchant seul dans la rue déjà sombre. C'est qu'il venait de se voir à travers les yeux de Florentine : blagueur, méchant garçon, dangereux même, attirant sans doute, comme tout danger réel. Et c'est qu'il venait de saisir aussi toutes les contradictions qu'il y avait entre lui-même, le vrai Jean Lévesque, et le personnage qu'il s'était créé aux yeux de tous, celui d'un garçon astucieux, qui étonnait par ses vantardises, ses débauches supposées, un gars qu'on admirait. Le vrai Jean Lévesque était tout autre. C'était un silencieux, un têtu, un travailleur surtout. C'était celui-là qui lui plaisait davantage au fond, cet être pratique qui aimait le travail, non pas pour lui-même, mais pour l'ambition qu'il décuple, pour les succès qu'il prépare, ce jeune homme sans rêve qui s'était donné au travail comme à une revanche.

« Voilà ! » se dit-il, et il pensa à lui-même, caché dans sa petite chambre et passant la soirée aux devoirs que lui apportait le courrier ; il pensa à lui-même avec une sorte de délectation. Aucun obstacle ne pouvait le rebuter. Son instruction étant insuffisante, il y suppléait. D'ailleurs, qui donc a appris quoi que ce soit des professeurs ? Il était lui-même son propre maître, rude et inflexible. Il se tenait bien en main. Et le reste, par lequel il entendait les formes palpables du succès : la fortune, la considération, pouvait fort bien attendre. Car le véritable succès, il en connaissait déjà l'enivrement quand, retiré dans sa chambre comme dans un désert, il attaquait un difficile problème d'algèbre ou de géométrie et se disait, les dents serrées, rageur : « On verra bien un jour jusqu'où je peux aller ! » Quelques années encore, et il aurait son diplôme d'ingénieur. Et alors, le monde, trop bête pour reconnaître déjà son mérite, en aurait plein les yeux. On verrait alors qui c'était, Jean Lévesque. Lui-même, plus tard, lorsqu'il se retournerait vers cette période présente de sa vie, il saurait qu'elle avait contenu en germe tous les éléments déterminants de son succès et qu'elle n'avait pas été, comme cela pouvait le paraître, misérable et inutile.

Il arriva chez lui, et, par habitude, allait s'asseoir à sa table de travail, lorsque la pensée de son rendez-vous avec Florentine recommença de l'agacer.

« Ah, bah ! fit-il, je n'irai pas, c'est tout », et il ouvrit ses livres, ses cahiers. Mais sa pensée restait indocile. Et de prévoir seulement qu'il pourrait abattre moins de besogne que de coutume au cours de la soirée lui causa un tel dépit que d'un geste il repoussa soudain les papiers étalés devant lui.

D'habitude, une sortie par semaine suffisait à le délasser, le satisfaisait pleinement et, par contraste, donnait à ses soirées studieuses un plus grand prix. Une fois la semaine, le samedi de préférence, il montait rue Sainte-Catherine, seul, entrait au Palace ou au Princess, puis prenait un souper fin dans un restaurant de l'ouest de la ville. Il revenait vers les brumes du faubourg, léger, sifflotant, heureux, comme s'il eût reçu une confirmation de ses ambitions secrètes. Jamais comme en ces moments-là il ne se félicitait aussi chaudement d'être seul, libre, entièrement libre, sans famille et sans amitié trop exigeante qui eût pu l'entraîner hors de son plan tout tracé. Cette excursion de la semaine entretenait l'espoir qu'il avait d'une destinée magnifique. Elle lui était à ce point de vue absolument nécessaire. De même qu'il lui fallait porter des vêtements riches et souples pour s'estimer soi-même, de même il lui fallait parfois se mêler à la foule pour savourer toute la puissance de sa conviction, ce refus formidable de sacrifier la moindre parcelle de ce qui en lui était différent des autres, rare et précieux.

Mais parfois il s'inquiétait d'une certaine disposition en lui : cette curiosité intense des êtres, curiosité qui ressemblait parfois à de la pitié. Pitié ou mépris, il n'aurait su le dire exactement. Mais il lui semblait vaguement que son besoin permanent de supériorité devait s'alimenter à une forme de compassion à l'égard d'êtres humains qui étaient les plus éloignés de lui-même.

« Pitié ou mépris ? » se demanda-t-il, revenant à la pensée de Florentine. Qui était-elle ? Comment vivait-elle ? Tant de choses qu'il aurait voulu savoir d'elle, mais sans pourtant lui sacrifier son temps précieux et surtout sans rien lui abandonner de lui-même.

Depuis qu'il l'avait aperçue un jour qu'il était allé dîner au *Quinze-Cents*, il n'avait cessé de la revoir aux instants les plus imprévus, parfois dans la salle de forge quand, le haut fourneau ouvert, la flamme dansait devant ses yeux, et même parfois ici, dans sa chambre, lorsque le vent, comme ce soir, secouait les fenêtres et l'environnait de son déchaînement. Et à la fin, cette obsession était devenue si vive qu'il n'avait plus qu'un seul moyen d'en être délivré : se montrer volontairement cynique et dur envers la jeune fille, l'obliger à le haïr, l'engager à le craindre, à s'éloigner de lui afin qu'il n'eût pas à faire lui-même cet effort. Et pourtant, après une et même deux tentatives de ce genre, il était retourné au restaurant. Il avait revu Florentine et, aujourd'hui, il s'était même laissé aller à l'inviter. Par pitié ? Par intérêt ? Ou simplement pour mettre entre eux l'irréparable, car elle aurait dû refuser une invitation si brusque et si maladroite. Avait-il compté qu'elle refuserait ?

Il la revit, pâle, avec cette lueur trouble qu'elle avait dans les yeux, et se demanda : « Est-ce qu'elle m'aurait pris au sérieux ? Est-ce qu'elle est assez téméraire pour venir à mon rendez-vous ? »

La curiosité, il le savait bien, dès lors le posséderait absolument, une curiosité qui brûlait comme une passion, le seul sentiment d'ailleurs dont il n'eût peut-être pas cherché à se rendre maître parce qu'il lui paraissait indispensable à l'enrichissement personnel. La curiosité était déchaînée en lui comme le vent partout ce soir dans le faubourg, au long du canal, dans les rues désertes, autour des petites maisons de bois, partout, et jusque sur la montagne.

Au bout d'un moment, il voulut ramener son attention sur le travail qu'il avait à faire, mais à la suite des équations, sa plume traça le nom de Florentine. Puis, hésitant, il ajouta le mot : « Lacasse » et presque aussitôt l'effaça avec humeur. Florentine, pensa-t-il, était une appellation jeune, joyeuse, comme un mot de printemps, mais le nom, après ce prénom, avait une tournure peuple, de misère, qui détruisait tout son charme. Et c'était probablement ainsi qu'elle était elle-même, la petite serveuse du *Quinze-Cents* : moitié peuple, moitié printemps gracieux, printemps court, printemps qui serait tôt fané.

Ces considérations oiseuses, si peu naturelles chez lui, achevèrent de l'énerver. Il se leva, alla à la fenêtre qu'il ouvrit grande au vent et à la neige et, ployant la tête au dehors, il aspira l'air de la nuit.

Le vent hurlait tout au long de la chaussée déserte, et la neige sur ses pas se levait fine, éblouissante, sautait dans l'air, venait ramper au bas des maisons et remontait encore en bonds désordonnés, comme une danseuse que poursuit le claquement du fouet. Le vent était le maître qui brandissait la cravache, et la neige, la danseuse folle et souple qui allait devant lui, virevoltait et, à son ordre, venait se coucher par terre. Jean ne voyait alors que le long flot d'une écharpe blanche qui, en bas, sur le seuil des maisons, se déroulait et frémissait à peine. Mais le sifflement du fouet retombait de nouveau et, d'un grand élan, la danseuse remontait secouer son voile vaporeux à la hauteur des lampadaires. Elle s'élevait, s'élevait, errait jusque par-dessus les toits et le son plaintif de sa grande fatigue heurtait les volets clos.

« Florentine... Florentine Lacasse..., moitié peuple, moitié chanson, moitié printemps, moitié misère... », murmurait le jeune homme. À force de regarder danser la neige sous ses yeux, il lui semblait qu'elle avait pris une forme humaine, celle même de Florentine, et qu'épuisée mais ne pouvant s'empêcher de tourner, de se dépenser, elle dansait là, dans la nuit, et restait prisonnière de ses évolutions. « Ces petites filles-là, se dit-il, doivent être ainsi ; elles vont, viennent et courent, aveuglées, à leur perte. »

Il se retourna pour trouver ailleurs une distraction à ses pensées et, comme s'il voulait ramasser d'un coup d'œil toute la force, toute la certitude de sa vie, conserver l'orgueil de son choix, il se prit à regarder attentivement sa chambre. Du plafond bas et moussu descendait un fil électrique qu'une corde ramenait au-dessus de la table. La lumière de l'ampoule tombait nue et brutale sur les livres ouverts, les bouts de papier noircis d'annotations et une pile de gros volumes étagés. Dans un angle de la pièce, il y avait une plaque électrique sur laquelle la cafetière déversait, avec un bruit crépitant, des gouttes d'écume noirâtre. Le lit était en désordre ; quelques livres reposaient sur l'oreiller ; d'autres étaient jetés pêle-mêle avec des vêtements sur un vieux fauteuil de peluche. Pas de rayons, pas de placards, pas d'armoire ; la pièce n'offrait aucun endroit pour y ranger les objets. On l'aurait crue bouleversée par un déménagement perpétuel. Mais cela même plaisait au jeune homme. Il s'appliquait à conserver chez lui ce caractère transitoire qui lui rappelait qu'il n'était point fait pour la misère ni réconcilié avec elle. Ainsi, il lui fallait, il lui avait toujours fallu autour de lui et du beau et du laid pour stimuler sa résolution. Cette pièce produisait d'ailleurs sur lui le même effet que ses promenades solitaires dans les avenues brillamment éclairées de Montréal. Elle l'exaltait, le soulevait, lui apportait comme la présence d'un obstacle immédiat à vaincre. D'habitude, dès qu'il entrait dans cette chambre, il sentait bouillonner en lui des projets, des ambitions, le goût de l'étude. Il sentait s'écarter de lui tout autre désir. Il savait alors ce qu'il voulait. Mais l'étroite pièce, ce soir, semblait lui refuser le sortilège coutumier. Il s'y trouvait comme un fauve en cage et sans son assurance habituelle. Et toujours cette question : « Est-ce qu'elle viendra à mon rendez-vous ? »

Il comprit qu'il ne détacherait pas sa pensée de Florentine à moins de satisfaire sa curiosité. Avec un haussement des épaules, il songea qu'il y a bien d'autres expériences aussi utiles que l'étude et que de contenter sa curiosité l'avait toujours apaisé et singulièrement enrichi.

Il s'habilla et sortit rapidement.

La rue était silencieuse. Rien n'est plus tranquille que la rue Saint-Ambroise par les nuits d'hiver. Un passant s'y glisse de temps à autre, attiré par la devanture faiblement éclairée d'une épicerie-restaurant. Une porte s'ouvre, un peu de clarté se répand sur le trottoir enneigé, un bruit de voix perce au loin. Le passant disparaît, la porte claque, et il n'y a plus dans la rue déserte, entre le feu pâle des lampes familiales d'un côté et les sombres murailles qui bordent le canal de l'autre, qu'une grande puissance nocturne.

Autrefois, c'étaient ici les confins du faubourg ; les dernières maisons de Saint-Henri apparaissaient là, face à des champs vagues ;

un air presque limpide, presque agreste flottait autour de leurs pignons simples et de leurs jardinets. De ce bon temps, il n'est resté à la rue Saint-Ambroise que deux ou trois grands arbres poussant encore leurs racines sous le ciment du trottoir.

Les filatures, les silos à céréales, les entrepôts ont surgi devant les maisons de bois, leur dérobant la brise des espaces ouverts, les emmurant lentement, solidement. Elles sont toujours là avec leurs petits balcons de fer forgé, leurs façades paisibles, leur petite musique douce qui s'élève parfois le soir derrière les volets et coule dans le silence, comme la voix d'une autre époque : îlots perdus sur lesquels le vent rabat les odeurs de tous les continents. La nuit n'est jamais si froide qu'elle n'arrache à la cité des entrepôts des senteurs de blé moulu, de céréales pulvérisées, d'huile rance, de mélasse, de cacahuètes, de fourrures, de farine blanche et de pins résineux.

Jean avait choisi de s'y établir parce que, dans cette rue éloignée, presque inconnue, le prix des loyers restait fort modique, et puis, parce que le quartier, avec le roulement, le battement, les sifflements de ses fins de jour et les grands silences inquiets de ses nuits l'aiguillonnait au travail.

Il est vrai qu'au printemps les nuits n'avaient plus de silence. Dès que s'ouvrait la navigation, le cri cent fois répété de la sirène, le cri qui jaillissait au bas de la chaussée Saint-Ambroise depuis le couchant jusqu'à l'aube, montait sur le faubourg et, porté par le vent, atteignait même le Mont-Royal.

La maison où Jean avait trouvé un petit garni se trouvait immédiatement devant le pont tournant de la rue Saint-Augustin. Elle voyait passer les bateaux plats, les bateaux-citernes dégageant une forte odeur d'huile ou d'essence, les barges à bois, les charbonniers, qui tous lançaient juste à sa porte leurs trois coups de sirène, leur appel au passage, à la liberté, aux grandes eaux libres qu'ils retrouveraient un peu plus loin, lorsqu'ils en auraient fini des villes et sentiraient leur carène fendre les vagues des Grands Lacs.

Mais la maison n'était pas seulement sur le chemin des cargos. Elle était aussi sur la route des voies ferrées, au carrefour pour ainsi dire des réseaux de l'Est et de l'Ouest et des voies maritimes de la grande ville. Elle était sur le chemin des océans, des Grands Lacs et des prairies.

Les rails luisaient à gauche, et immédiatement devant elle brillaient les disques rouges et verts. Dans la nuit, ce n'était autour d'elle que poussière de charbon, chevauchée des roues, galop effréné de la vapeur, long hurlement des sifflets, éclat court et haché de la cheminée des barges ; dans ces bruits s'égrenait encore la sonnerie grêle, cassée, des signaux d'alarme et, prolongée au-delà de toute la rumeur, la marche lente d'une hélice ronronnante. Souvent, en s'éveillant la nuit au milieu de tous ces bruits, Jean avait cru être en voyage, tantôt sur un cargo, tantôt dans un wagon-lit : il avait fermé les yeux et s'était endormi avec l'agréable impression de fuir, de fuir constamment.

Étroite de façade, la maison se présentait drôlement à la rue ; de biais comme si elle eût voulu amortir tous les chocs qui l'ébranlaient. Ses murs de côté s'écartaient en V. On eût dit un vaisseau balourd dont la proue immobile cherchait à fendre le bruit et les ténèbres.

Jean s'appuya un instant au seuil de la porte. Il aimait cette maison comme il n'avait jamais probablement aimé quoi que ce fût dans le faubourg. Ils étaient deux forces depuis longtemps alliées et qui ne se rendaient pas.

Un coup de vent le prit de travers et le bouscula. Poussé, ballotté vers l'ouest, il descendit en serrant de près les façades des maisons. Au coin de la rue Saint-Ferdinand, un sanglot de guitare filtra d'une vitrine mal jointe. Il s'approcha de cette devanture embuée et, entre les cartons-affiches, il aperçut au fond, dans un tout petit carré libre, le visage épanoui et rose de la mère Philibert, propriétaire de l'établissement. Elle se tenait derrière le comptoir, juchée sur un haut tabouret, et d'une main caressait un chat noir dont la queue battait le bois poli et usé. Des vêtements mouillés, casquettes et gants jetés sur la tôle qui servait de pare-étincelles, s'échappait une buée grasse et chaude où tremblaient les visages. Jean ne pouvait voir le guitariste, mais il apercevait l'instrument et la main qui tirait les cordes ; plus loin, il distinguait un autre musicien qui faisait battre deux cuillers dos à dos dans un bruit sec de castagnettes. La bande, pensa-t-il, s'amusait comme toujours, à peu de frais.

Au fond de la boutique, il y avait peut-être deux ou trois nouveaux venus dont il apercevait mal le visage ; on amenait parfois un invité aux réunions du soir, des fileurs tout frais embauchés, ou encore quelques jeunes chômeurs que la mère Philibert accueillait avec le même empressement que ses bons clients. Son débit était depuis longtemps le refuge d'une petite troupe bruyante, chicanière, et le plus souvent sans le sou.

Jean se rappela le temps où il travaillait comme fileur lui aussi, où il avait fréquenté le petit restaurant tous les soirs, sauf les jours de paye. Car déjà dans ce temps-là une tradition semblait établie ; on descendait en groupe au cinéma de la rue Notre-Dame, le samedi soir, et pour le reste de la semaine, on revenait aux jeux de cartes salies, à la musique et aux peu coûteux divertissements que l'on savait trouver chez Emma Philibert. « La grosse Emma ! » ainsi qu'on l'appelait. L'influence la plus douce, la plus maternelle de sa vie avait sans doute été celle de cette femme exubérante, pensa Jean. Il crut entendre son ton bourru alors qu'elle se laissait aller à accorder quelque crédit : « Acré fou, t'auras jamais une cope devant toi », disait-elle au quémandeur. Et puis, descendant de son tabouret en geignant, elle ajoutait aussitôt d'une voix basse, comme un malfaiteur : « C'est du tabac qu'il te faut pour t'empoisonner et te pourrir les dents ?... Prends. Tu me payeras, je suppose, la semaine des quat' jeudis. » Et haut : « Moi, Emma Philibert, je suis pas assez bête pour me faire prendre, va ! Je donne pas gros comme mon petit doigt. »

Jean fut sur le point d'entrer. Une soirée ici changerait peut-être le cours de ses idées, lui démontrerait surtout comme il avait bien su employer son temps depuis quelques années, et s'élever au-dessus de ses anciens compagnons. La mère Philibert jetterait des gloussements de poule, viendrait lui serrer le bras, palper l'étoffe de son complet, s'extasierait sur sa bonne mine. Elle éprouvait à revoir les quêteux d'autrefois devenus prospères, renippés de la tête aux pieds, un ravissement de mère supérieure qui reprend foi en ses prédictions antérieures lorsqu'elle apprend le succès d'une de ses anciennes élèves. Ce qu'elle en avait vu passer de toutes les espèces dans sa boutique depuis que, pour faire vivre son mari durant les mauvaises années, elle avait acheté ce petit magasin de *nananes*. Des déprimés, des enragés à réussir, des forts, des faibles, des déçus, des malmenés, des révoltés, des soumis, des gueulards, des silencieux ; elle avait vu passer toute la génération d'entre les deux guerres. « Ah ! si quelqu'un dans le faubourg devait écrire ses impressions sur cette petite époque amusante, pensa Jean, il faudrait que ce soit la mère Philibert. » Ce qu'elle devait en avoir amassé des expériences ! Ce qu'elle devait en avoir des récits croustillants ! « Et encore ! se dit-il. Ces grosses mamans rougeaudes et satisfaites, probablement que ça voit rien, comprend rien, et trouve tout beau ! »

Un désir vaniteux de se montrer pourtant à elle et à la petite bande dans toute son importance le tourmentait vaguement. Il se sentait ce goût qu'il avait eu autrefois d'étonner ces jeunes gens naïfs par la supériorité de son jugement et sa parole souvent véhémente. Mais la futilité de toutes les discussions lui apparut en même temps que la solitude qu'elles avaient créée autour de lui.

Il se secoua et prit le chemin de la rue Notre-Dame. Non, vraiment, rien n'éloignerait sa pensée, ce soir, de cette jeune fille maigre, aux yeux ardents, qu'il revoyait derrière le comptoir fumant du *Quinze-Cents*, comme une énigme.

L'horloge de l'église de Saint-Henri marquait huit heures moins le quart lorsqu'il arriva au cœur du faubourg.

Il s'arrêta au centre de la place Saint-Henri, une vaste zone sillonnée du chemin de fer et de deux voies de tramways, carrefour planté de poteaux noirs et blancs et de barrières de sûreté, clairière de bitume et de neige salie, ouverte entre les clochers et les dômes, à l'assaut des locomotives hurlantes, aux volées de bourdons, aux timbres éraillés des trams et à la circulation incessante de la rue Notre-Dame et de la rue Saint-Jacques.

La sonnerie du chemin de fer éclata. Grêle, énervante et soutenue, elle cribla l'air autour de la cabine de l'aiguilleur. Jean crut entendre au loin, dans la neige sifflante, un roulement de tambour. Il y avait maintenant, ajoutée à toute l'angoisse et aux ténèbres du faubourg, presque tous les soirs, la rumeur de pas cloutés et de tambours que l'on entendait parfois rue Notre-Dame et parfois même des hauteurs de Westmount, du côté des casernes, quand le vent soufflait de la montagne.

Puis tous ces bruits furent noyés.

À la rue Atwater, à la rue Rose-de-Lima, à la rue du Couvent et maintenant place Saint-Henri, les barrières des passages à niveau tombaient. Ici, au carrefour des deux artères principales, leurs huit bras de noir et de blanc, leurs huit bras de bois où luisaient des fanaux rouges se rejoignaient et arrêtaient la circulation.

À ces quatre intersections rapprochées, la foule, matin et soir, piétinait et des rangs pressés d'automobiles y ronronnaient à l'étouffée. Souvent alors des coups de klaxons furieux animaient l'air comme si Saint-Henri eût brusquement exprimé son exaspération contre ces trains hurleurs qui, d'heure en heure, le coupaient violemment en deux parties.

Le train passa. Une âcre odeur de charbon emplit la rue. Un tourbillon de suie oscilla entre le ciel et le faîte des maisons. La suie commençant à descendre, le clocher Saint-Henri se dessina d'abord, sans base, comme une flèche fantôme dans les nuages. L'horloge apparut ; son cadran illuminé fit une trouée dans les traînées de vapeur ; puis, peu à peu, l'église entière se dégagea, haute architecture de style jésuite. Au centre du parterre, un Sacré-Cœur, les bras ouverts, recevait les dernières parcelles de charbon. La paroisse surgissait. Elle se recomposait dans sa tranquillité et sa puissance de durée. École, église, couvent : bloc séculaire fortement noué au cœur de la jungle citadine comme au creux des vallons laurentiens. Au-delà s'ouvraient des rues à maisons basses, s'enfonçant de chaque côté vers les quartiers de grande misère, en haut vers la rue Workman et la rue Saint-Antoine, et, en bas, contre le canal de Lachine où Saint-Henri tape les matelas, tisse le fil, la soie, le coton, pousse le métier, dévide les bobines, cependant que la terre tremble, que les trains dévalent, que la sirène éclate, que les bateaux, hélices, rails et sifflets épellent autour de lui l'aventure.

Jean songea non sans joie qu'il était lui-même comme le bateau, comme le train, comme tout ce qui ramasse de la vitesse en traversant le faubourg et va plus loin prendre son plein essor. Pour lui, un séjour à Saint-Henri ne le faisait pas trop souffrir ; ce n'était qu'une période de préparation, d'attente.

Il arriva au viaduc de la rue Notre-Dame, presque immédiatement au-dessus de la petite gare de brique rouge. Avec sa tourelle et ses quais de bois pris étroitement entre les fonds de cour, elle évoquerait les voyages tranquilles de bourgeois retirés ou plus encore de campagnards endimanchés, si l'œil s'arrêtait à son aspect rustique. Mais au-delà, dans une large échancrure du faubourg, apparaît la ville de Westmount échelonnée jusqu'au faîte de la montagne dans son rigide confort anglais. Il se trouve ainsi que c'est aux voyages infinis de l'âme qu'elle invite. Ici, le luxe et la pauvreté se regardent inlassablement, depuis qu'il y a Westmount, depuis qu'en bas, à ses pieds, il y a Saint-Henri. Entre eux s'élèvent des clochers.

Le regard du jeune homme effleura le campanile de Saint-Thomas-d'Aquin, la tourelle à colonnade du couvent, la flèche de Saint-Henri, et monta directement aux flancs de la montagne. Il aimait à s'arrêter sur cette voie et à regarder, le jour, les grands portails froids, les belles demeures de pierre grise et rose qui se dégageaient nettement là-haut, et, la nuit, leurs feux qui brillaient lointains, comme des signaux sur sa route. Ses ambitions, ses griefs se levaient et l'enserraient alors de leur réseau familier d'angoisse. Il était à la fois haineux et puissant devant cette montagne qui le dominait.

De la rue Saint-Antoine monta de nouveau cet écho de pas scandés qui devenait comme la trame secrète de l'existence dans le faubourg. La guerre ! Jean y avait déjà songé avec une furtive et impénétrable sensation de joie. Est-ce que ce n'était pas là l'événement où toutes ses forces en disponibilité trouveraient leur emploi ? Combien de talents qui n'avaient pas été utilisés seraient, en effet, maintenant requis ? Soudain il entrevit la guerre comme une chance vraiment personnelle, sa chance à lui d'une ascension rapide. Il se voyait lâché dans une vie qui changeait ses valeurs, elle-même changeante de jour en jour, et qui, dans cette mer démontée des hommes, le porterait sur une vague haute. Il abattit ses fortes mains brunes sur le parapet de pierre. Que faisait-il ici ? Que pouvait-il y avoir de commun entre lui et une jeune fille qui se nommait Florentine Lacasse ?

Il voulut la diminuer alors dans son esprit, essaya de se rappeler ses mots vulgaires, ses gestes maladroits. Et sur-le-champ une idée lui vint qui le séduisit : il guetterait la venue de Florentine sans être vu d'elle. Il pouvait tout de même se donner ce plaisir de la voir prise dans son filet.

Il traversa la chaussée, se glissa dans l'entrée d'un magasin et attendit les mains dans les poches. Cinq minutes s'écoulèrent. Il commença de sourire. Elle ne viendrait pas et tout finirait ainsi. Oui, tout s'achèverait ainsi, car il ne chercherait plus à l'ennuyer si elle ne venait pas imprudemment à lui. Il se donna encore cinq minutes de répit et, par la suite, il devait souvent se demander quelle force l'avait retenu ainsi sous le couvert de la pierre, attentif, nerveux, et pourtant désireux d'en finir. Peu à peu sa curiosité prenait une forme aiguë et cruelle à son amour-propre. Pourquoi ne venait-elle pas ? Ne se souciait-elle pas du tout de lui ? Jusqu'ici, les jeunes filles qu'il avait parfois recherchées lui avaient presque toutes fait des avances. Florentine se moquerait-elle de lui ? Il souffrait, comme s'il se fût vu moins séduisant, moins agréable de sa personne, moins sûr de plaire.

Il s'avança légèrement ; son œil fouilla l'obscurité. Et soudain, il broncha.

Une maigre silhouette se précisait à la hauteur de la rue du Couvent et courait à pas menus.

Il la reconnut tout de suite. Elle avançait, pliée en deux dans le vent, et trottinait à pas rapides, trottinait vivement, retenant son chapeau de la main.

Et alors, des profondeurs de son être, d'une région à peu près

37

inconnue de lui, monta un sentiment nouveau, bizarre, qui n'était plus seulement de curiosité froide et d'amour-propre, mais qui l'adoucissait, qui le réchauffait inexplicablement et l'animait d'une émotion d'adolescent.

Oui, vraiment, il avait pitié d'elle soudain. Une parcelle de pitié venait de percer à travers sa curiosité brutale. Il fut même troublé, quelque peu ému, qu'elle s'en vînt ainsi rapidement vers lui dans le vent froid, malgré la tempête. Il aurait voulu courir vers elle, la prendre près de lui pour l'aider à lutter contre le vent et gravir la pente, pour la protéger de la neige qui s'acharnait sur elle. Et cependant il se retirait dans l'angle le plus obscur de l'entrée du magasin et la regardait venir. Pourquoi était-elle venue ? Pourquoi était-elle si imprudente, si téméraire et folle ? Est-ce qu'elle pouvait s'imaginer qu'elle courait vers son bonheur, toute seule dans cette nuit furieuse ?

Et déjà une sourde rage qu'elle pût être gagnée si facilement étouffait en lui la compassion.

« Peut-être ne s'arrêtera-t-elle pas... » se dit-il. Et il attendit de la voir continuer sa route à pas menus dans le vent, disparaissant comme une illusion. Il espérait maintenant cette fuite avec le peu de pitié qui lui restait encore.

Mais arrivée devant le cinéma, la jeune fille ralentit son allure. Elle prit le pas de l'attente ; elle errait devant les affiches, s'arrêtait pour les détailler, refaisait quelques pas en sens inverse, puis revenait dans la froide lumière des enseignes. Il la vit regarder à droite, à gauche, puis au-delà du cercle éclairé.

« Eh bien, fit-il avec un geste tranchant, c'est fini de penser à Florentine. C'est fini de croire qu'elle est différente des autres. Maintenant, oui, je pense que je peux m'en aller... »

Florentine s'était mise à piétiner pour se réchauffer et son manteau sombre s'ouvrait sur des genoux maigres. L'une contre l'autre, elle battait ses mains, puis, devant les affiches, elle s'immobilisait.

« Mais qu'est-ce qui est fini ? se disait le jeune homme avec énervement. Est-ce qu'il y avait quelque chose qui devait finir ?

Qu'est-ce que je ressentais donc pour elle il y a quelques instants ? Qu'est-ce qui est fini ? »

Un groupe de jeunes filles passa devant le portique où tranchait à peine la silhouette du jeune homme. À quelques pas du cinéma, l'une d'elles héla Florentine.

— Attends-tu quelqu'un ?

Jean n'entendit point la réplique, mais il vit Florentine hésiter quelques minutes en jetant un rapide coup d'œil autour d'elle. Apparemment, ses amies cherchaient à l'entraîner dans la salle de spectacle. Du regard, elle fit encore une fois le tour de l'horizon et puis, à leur suite, elle entra dans le grand vestibule illuminé. Alors Jean fut soulagé. Ses bras retombèrent le long de son corps et ses mains peu à peu se desserrèrent. « Qu'est-ce qui est fini ? Si elle n'était point venue, est-ce que, par hasard, j'aurais cherché à la revoir ? Non pourtant, j'en suis sûr. Mais alors ?... Oh, de toute façon, se dit-il, me voici débarrassé. » Un sourire léger apparut sur ses lèvres et, sifflotant, il se remit en route.

Un doute cependant l'accompagnait et, au bout d'un moment, il s'aperçut qu'il n'était point satisfait. « Est-elle venue pour me rencontrer ou bien pour rencontrer ses amies ? se demanda-t-il. En ce cas, je ne suis pas plus avancé. » Il entrevit d'autres soirées de travail perdues à cause d'une inconnue, car il continuerait à se poser cinquante questions à son sujet. Au fond, peut-être avait-il besoin de savoir qu'elle ne le dédaignait pas pour se détacher d'elle. « Ah ! et puis je m'en moque ! » dit-il à voix haute et atteignant l'extrême limite de sa patience.

Il n'éprouvait plus ni le goût ni l'énergie d'aller se remettre au travail. Une lassitude le gagnait, et il désira se mêler aux hommes, les écouter parler, saisir leurs contradictions, leur soumission et arriver ainsi à reconnaître encore une fois sa supériorité. À sa droite se dessinait la façade de brique blanche d'un petit restaurant à l'enseigne des *Deux Records*. Il mit la main sur le loquet de la porte. La musique d'un phono automatique filtrait au dehors. Il secoua la neige de ses pieds et entra.

III

Les *Deux Records*, comme la plupart des petites boîtes de ce genre dans le quartier, était moins restaurant que tabagie, casse-croûte et débit de boissons non alcooliques, de crème glacée, de gomme à mâcher. Il tirait d'ailleurs son nom d'un commerce fort éloigné du métier de restaurateur : la vente de disques, chansons françaises et américaines dont la vogue dépérissait à Montréal, mais qui plaisaient encore beaucoup dans Saint-Henri. Dès l'entrée, on apercevait des disques retenus au mur et encore d'autres qui étaient suspendus en travers de la pièce à un long fil de fer. De nombreux journaux, hebdomadaires, quotidiens, illustrés et périodiques pendaient de même façon au-dessus du comptoir. On servait quelquefois à manger, au fond, à de petites tables séparées par des cloisons. Elles étaient rarement occupées, car les clients des *Deux Records* préféraient manger leurs hot dogs ou sandwiches au comptoir en causant avec Sam Latour, le patron.

Sam se dérangeait bien parfois pour servir un étranger qui était allé s'asseoir dans le dernier compartiment, tout au fond de la salle. Il ne le faisait pas avec mauvaise grâce, mais avec un prodigieux étonnement qu'on pût l'obliger, lui, le patron, à interrompre sa conversation pour traverser deux ou trois fois le restaurant. L'habitude consacrée, lorsqu'on tenait absolument à se retirer à l'écart, était de s'arrêter au comptoir, de demander ce que l'on désirait, de l'attendre et de l'apporter avec soi là où l'on voulait s'installer.

Ce n'était pas que le patron fût bougon ou bien hautain, mais comme la plupart des Canadiens français, il répugnait au service de restaurateur qui exige une déférence tout à l'opposé de leur nature.

Au fond, Sam Latour restait toujours comme humilié lorsque son commerce l'entraînait, par exemple, à laisser une belle discussion en plan pour aller dans l'arrière-cuisine réchauffer une tasse de café ou un bol de soupe. On eût dit qu'il s'était rendu propriétaire de l'établissement à la seule fin, ainsi qu'on le disait dans le quartier, d'y « placoter » à son aise. Il avait acheté la boutique, il est vrai, avec l'intention avouée d'en faire un grand restaurant. Mais peu à peu il s'était orienté vers le petit débit, content, soulagé d'être le maître chez lui alors que les affaires allaient tout doucement et que les profits étaient minimes. Gros homme jovial, les joues pleines, le rire facile, il aimait parler guerre et politique. Il pérorait justement avec quatre ou cinq hommes à demi affalés sur le comptoir, lorsqu'un courant d'air froid envahit le restaurant et que Jean Lévesque se montra sur le seuil.

Il se fit un silence, puis la conversation reprit sur un ton plus sourd. À proximité de la gare et de la station de taxis, à quelques pas seulement du Cinéma Cartier, le restaurant des *Deux Records* se trouvait situé à l'endroit le plus passant de Saint-Henri. Une nouvelle figure y causait beaucoup moins de curiosité que dans la petite boîte de la rue Saint-Ambroise. Et cependant, par les soirs de mauvais temps, c'était à peu près toujours les mêmes gens que l'on voyait réunis dans la chaleur du gros poêle de fonte : un chauffeur de taxi, libre pour quelques minutes entre le passage de deux trains, un employé de la gare, un gardien de nuit qu'on venait de relayer à la cabine de l'aiguilleur, un ouvrier d'une équipe tardive. On y voyait aussi entrer à la course, de temps en temps, un placeur du cinéma voisin en costume bleu à galon rouge, et parfois un porteur ou un messager du chemin de fer. Plusieurs chômeurs du quartier y passaient la soirée entière.

Ces gens parlaient beaucoup de la guerre et surtout de la conscription des jeunes hommes qu'on jugeait imminente. L'idée de la cinquième colonne et de la police d'État partout répandue s'insinuait aussi dans les cerveaux, inspirait beaucoup de méfiance. Dans la boutique, les hommes cessèrent de parler pour lancer un regard au jeune homme qui venait d'entrer puis, rassurés sans doute sur sa mine, reprirent leur débat. Le ton monta rapidement et fut bientôt au diapason de la discussion habituelle.

Sam Latour interrogea Jean du regard, le servit en vitesse, puis retourna tout de suite derrière le comptoir en reprenant déjà son discours :

— La ligne Imaginot, la ligne Imaginot, à quoi ce que c'est bon ! Si tu me bloques le chemin en avant pis d'un côté, mais que tu me laisses une brèche par l'autre bord, qu'est-ce que tu veux que ça me fasse ta Imaginot ! Si c'est tout ce qu'elle a pour se défendre, mon idée est que la France va en arracher...

Mais, avec une conviction inébranlable, l'homme auquel il s'adressait répliqua :

— T'as pas besoin de craindre, Latour. La France est prête. La France a la ligne Maginot. Et si elle avait pas Maginot, elle aurait encore assez d'amis de par le monde pour la sauver. Y a pas de pays au monde qui a plus d'amis que la France... Tandis que les pays totalitaires avec les pires espèces d'atroces... « Moi, je suis supérieur et je prends le pouvoir... moi, je mène... », non, tu les vois, ils sont tout seuls, ces pays-là...

C'était un homme de belle taille en livrée de chauffeur de taxi. Il paraissait approcher la quarantaine. Mais un teint frais et clair, des dents saines qu'il découvrait largement en parlant, un œil étincelant d'enthousiasme sous la visière de la casquette, des mains souples, robustes, indiquaient que cet homme entrait dans l'âge mûr avec des forces intactes, peut-être même toute l'ardeur retardée de sa jeunesse. Il parlait haut, d'une voix richement timbrée, et il employait souvent des mots sonores qu'il déformait, dont il ne saisissait pas tout le sens mais dont il semblait écouter la résonance en lui avec un plaisir très vif.

— La France, continua-t-il, et le mot glissa sur ses lèvres avec une intonation presque tendre, non la France peut pas être battue. Et pis d'abord, tant que la ligne Maginot tient...

— Écoute, Lacasse, interrompit Sam Latour, remis sur le sujet même qui l'intéressait particulièrement. Supposons que moi, là, je suis en guerre avec toi, mon gros. Bon, je suis derrière mon comptoir. O.K. ! Tu peux pas m'attaquer de devant, mais qu'est-ce qui t'empêche par exemple de faire le tour pis de me poigner par derrière ? Ça, fit-il, mimant l'attaque puis la surprise, se reculant d'un bond en indiquant la brèche, ça, c'est la guerre. La stratégie. Non, pour moi, c'est pas l'Imaginot qui empêchera les Allemands de passer. La France a p't-être commis une grosse faute aussi en se lançant dans la guerre...

— La France avait pas le choix, émit Azarius Lacasse d'une voix plus conciliante.

— Non, a l'avait pas gros de choix en effette, quand l'Angleterre la poussait dans le dos, riposta un jeune ouvrier en salopette qui s'était tenu jusque-là à l'écart, feuilletant un journal.

Ce mot Angleterre jeta aussitôt une nouvelle animation dans la dispute.

— Attendez, dit Azarius. Faut pas se laisser envenimer contre l'Anguelterre non plus. J'ai pas grand amour, mais j'ai comme qui dirait du respect pour l'Anguelterre. On peut pas dire le contraire ; on a été aussi bien sous la gouverne de l'Anguelterre qu'on l'aurait été tout seul. Faut pas tout mettre sur le dos de l'Anguelterre. Et pour dire la vérité, l'Anguelterre avait pas plus le choix que la France dans l'affaire de Munich. On a vu Chamberlain avec son parapluie...

De gros rires soulevèrent les badauds, puis une voix irritée partit du fond du restaurant :

— D'après vous, comme ça, c'est pas pour aider l'Angleterre qu'on est en guerre !

— Je dis pas que c'est pas pour ça aussi, jeta Azarius. Mais c'est d'abord pour arrêter l'Allemagne féroce comme toujours qui plongea sur la Palogne sans défense et qui a déjà tout coupaillé l'Autriche et la Tchécoslaquie. Y a une autre raison pour la guerre que les intérêts de l'Anguelterre... Des raisons d'humanité...

Un petit homme bas sur pattes, à tête chafouine, s'avança vers le comptoir.

— Ben quiens ! fit-il, c'est encore pour sauver la démocratie.
Un nouvel accès de rire accueillit cette boutade.

— Oui, la démocratie, poursuivit le patron, ils ont rien trouvé de
neuf à nous chanter depuis l'autre guerre. Qu'est-ce que ça veut dire
au juste ce beau grand mot-là ?

— Ben quiens ! reprit l'homme à tête chafouine, c'est la soupe
pour les vieillards, la Saint-Vincent-de-Paul et pis le chômage ; un
tiers de la population sur le secours direct et des pauvres diables qui
travaillent dans les rues à treize cennes de l'heure pendant quatre,
cinq jours au printemps. La v'là, la démocratie !

— C'est aussi le droit de dire ce que t'as sur le cœur, glissa
Azarius.

— Ouais ! éclata Sam Latour, sa face rougeaude illuminée de
dérision, son ventre arrondi sous le tablier blanc donnant des petites
secousses de rire. Ouais, ça t'en fait, ça, un tannant de beau
velours... » Il fut sur le point d'ajouter : « Quand on crève de
faim », mais se retint, se rappelant à temps que parmi ses connais-
sances Azarius Lacasse avait été un des plus durement éprouvés par
les années de chômage.

Sa bonté naturelle reprenant le dessus sur sa propension à la
blague, il voulut faire diversion. Mais Azarius, nullement gêné,
continua sur un ton placide :

— Je maintiens que cette guerre est pour la justice et le
châtiment.

Un sourire distrait, l'écho de pensées fourmillant derrière ces
paroles, apparut alors sur ses lèvres, qui le révéla en entier. Cet
homme n'était pas seulement resté jeune au physique, mais il avait
gardé une incurable, une naïve confiance dans le bien. Et, c'est alors
que Jean, isolé à sa table et se penchant pour épier le chauffeur,
saisit la ressemblance qu'il cherchait. « Le père de Florentine », se
dit-il. Et il fut saisi d'une espèce de mépris croissant pour ces
hommes du peuple, dont était ce gaillard solide et bonasse, qui se
croyaient en droit d'avoir des opinions personnelles sur un
soulèvement de forces humaines dont le principe même leur
échappait.

Un murmure de désapprobation s'était élevé autour du comptoir. Le chauffeur ne rencontrant autour de lui que des visages railleurs ou fermés chercha du regard au fond de la salle et, apercevant Jean Lévesque, il l'interpella vivement :

— Hé, qu'en dites-vous, jeune homme ? Ne trouvez-vous pas que c'est le devoir de la jeunesse d'aller se battre ? Ah, si j'avais encore mes vingt ans !

Jean s'était pris à sourire de cette façon dédaigneuse et intérieure qui durcissait ses traits.

— Ce que j'en dis !

Il plongea la tête vers le petit groupe, puis d'une voix calme et mordante, détachant nettement toutes les syllabes, il déclara :

— Nous autres, on nous dit que l'Allemagne veut nous détruire. Mais en Allemagne, à l'heure qu'il est, du monde tranquille comme nous autres, pas plus méchant que nous autres, se laisse monter la tête avec la même histoire ; à ce qu'on leur dit, on veut les tenir enfermés dans un pays trop petit, on veut les empêcher de vivre. D'un côté ou bien d'un autre, il y a quelqu'un qui se fait coller une blague. Ça se peut que ça soit eux autres qui se trompent. On le sait pas. Mais moi, j'ai pas envie d'aller tuer un gars qui m'a jamais fait de mal et qui peut pas faire autrement que de se laisser mener par ses dirigeants. J'ai rien contre lui, ce pauvre gars-là. Pourquoi ce que j'irais y passer une baïonnette dans le corps ? Il a envie de vivre comme moi. Il tient à la vie autant que moi.

L'air insolent du jeune homme, son détachement, frappèrent les hommes de surprise. Le sentiment qu'il exprimait les dépassait et ne créait aucune impression. Dans ce quartier populeux, on s'était fait à diverses sortes d'émotions au sujet de la guerre ; on s'était fait à l'indignation, à l'intérêt, à une opposition violente, à la révolte, ou à la peur. Mais, faute de connaître la guerre de près, on ignorait l'impulsion de pitié au nom de laquelle le jeune homme se permettait de juger. Ses manières distantes achevèrent d'indisposer les flâneurs de la boutique. Ils appuyèrent donc Azarius de leurs gestes et de leur rire, lorsque celui-ci fit remarquer sans aménité :

— Pacifiste, hein !

— Non, dit calmement Jean Lévesque, amusé que ces gens qui portaient la peur de la conscription en eux comme un microbe pussent cependant attacher tant de mépris à cette expression. (Il savait que certains d'entre eux fuiraient volontiers dans les bois devant la menace du recrutement militaire et qu'ils préféreraient être qualifiés d'embusqués plutôt que de pacifistes.) Non, dit-il, des pacifistes, ce sont des héros. Ce sont des gens qui sacrifient leurs intérêts à une idée qu'ils ont dans la tête. En connaissez-vous beaucoup ?... Moi, je vois que des profiteurs. Regardez, depuis six mois seulement que la guerre dure, combien de gens déjà en profitent ? À commencer par ceux qui se font une job dans l'armée. Une piasse et trente cennes par jour, c'est pas gros, mais assez pour en faire marcher en masse... Puis les gars des usines de munitions à c'te heure, vous pensez pas que ça fait pas leur affaire, la guerre ? D'un bout à l'autre de l'échelle, c'est le profit qui mène. On est tous des profiteurs, ou si vous aimez mieux, pour ne pas nuire à notre effort de guerre, disons que nous sommes tous des bons patriotes.

Il cherchait à apporter la consternation chez ses auditeurs, comme Azarius Lacasse aimait créer la bonne entente autour de lui.

— Mais notre patriotisme, continua-t-il, ça consiste en plus gros profits pour ceux qui restent en arrière que pour ceux qui vont se faire casser la gueule au front. Attendez encore un an, et vous allez en voir de belles dans le pays, et des discours à l'avenant, et des *speeches* qui vont nous mener loin.

Azarius enfilait ses gants de chauffeur. Il toisa le jeune homme avec dignité.

— Un de ces jours, fit-il, quand j'en aurai le temps et si je vous retrouve sur mon chemin, je vous reprendrai là-dessus, jeune homme. Oubliez pas en attendant qu'il y a des camps de concentration pour les saboteurs de guerre.

— Et ta liberté de parole qu'est-ce que t'en fais ? lança Sam Latour en riant.

Azarius baissa la tête, eut un sourire amusé. Il n'était point dépourvu d'humour.

— Oui, bon, ben, le temps file, dit-il, ignorant complètement Lévesque, et v'là ben vite l'heure du prochain train.

Autour de lui, la conversation se renouait, anodine, pleine de réserve.

— Ça va mieux, chez vous ? s'enquit le patron.

— Pas trop mal, ça pourrait être pire, reprit Lacasse. Ma fille travaille toujours... Tiens, justement en face d'icitte, au *Quinze-Cents*.

— Ah ! oui, Florentine, ta plus vieille. Ça doit aider pas mal, ça ?

Jean saisit le nom au vol. Il se pencha sur la table et se mit à observer le chauffeur. Il se sentit pour cet homme un mélange d'animosité et de réelle curiosité. « Un idéaliste, un incapable », pensait-il. Derrière ce rêveur, il devinait une vie de famille inquiète et instable.

— Oui, dit Azarius, depuis que Florentine a ses payes régulières, ça donne un bon coup de main.

Il leva brusquement la tête et il rougit.

— C'est pas juste, par exemple, fit-il, qu'une jeune fille donne tout ce qu'elle gagne pour faire vivre sa famille. J'aime pas ça, Latour ; j'aime pas ça, et faut que ça change betôt. Si la construction peut reprendre un jour...

— Oui, c'est pas mon idée que tu rôdes longtemps dans les taxis.

— Non, ça s'adonne, fit le chauffeur avec une certaine violence. Je lâcherai ça vite, je t'en donne ma parole. Une vraie vie de chien...

Il s'affaissa un instant contre le comptoir et parut tout à coup sans ressort, comme s'il écoutait une voix de défaite en lui, ce murmure que font autour de nous, à certaines heures, les circonstances de nos vies.

Dans la voix faiblissante, la soudaine hésitation du regard, Jean reconnaissait maintenant tout à fait Florentine. Le chauffeur, comme sa fille, se sentait peu fait pour sa besogne et mal ajusté à la vie quotidienne, et le plus perdu des deux n'était peut-être pas le père, songeait Jean, mais la fille qu'il revoyait courant dans la tempête et à qui soudain il attribuait un cœur bouleversé.

Presque en même temps qu'Azarius, il gagna la porte, puis sortit le premier, tête basse contre l'ouragan.

Le visage pâle et tendu de la jeune serveuse revenait le harceler, et plus que jamais il était irrité par la curiosité qu'elle lui inspirait. Une Florentine détestant servir, détestant chaque minute de son assujettissement à la vie et, cependant, donnant ses payes presque en entier à sa famille. Une jeune fille que consumaient le dégoût du travail quotidien et aussi le dévouement aux siens. Une Florentine inconnue !

Au hasard, il s'engouffra dans une des ruelles sombres qui débouchent dans la rue Notre-Dame. Aux murs des maisons, à droite, à gauche, il distinguait, chaque fois qu'il entrait dans la faible lueur d'une lampe à arc, des écriteaux : « À louer ».

Chez ce peuple instable du faubourg, la crise du déménagement annuel s'annonçait déjà.

« C'est donc que le printemps s'en vient », pensa le jeune homme.

« À louer », il lui apparut que ce n'était pas qu'aux maisons qu'il aurait fallu poser cette affiche. Elle collait aux êtres. À louer, leurs bras ! À louer, leur oisiveté ! À louer, leurs forces, et leurs pensées surtout, qu'on pouvait dénaturer à souhait, entraîner comme par le vent dans la direction voulue. Prêts à tous les hasards, leur lointaine énergie inutilisée pendant tant d'années, et leurs espoirs engourdis. Prêts comme les maisons pour l'inconnu. Sortant du dégel, de la moisissure ! Prêts à cet appel qui passait les frontières et se propageait plus vite que le son du tocsin. Prêts pour la guerre.

« Et moi, pour quoi suis-je prêt ? » se dit-il, car il lui arrivait encore, à certains instants, de ne pas être complètement assuré de sa voie. Deux sentiments luttaient quelquefois en lui à forces à peu près égales, et ils lui ouvraient deux chemins totalement opposés. Mais enfin, il pouvait peser l'alternative, s'imaginer engagé sur la route du désintéressement qui, parfois, il est vrai, l'avait séduit. Car il ne doutait à peine plus du choix auquel il arrêterait sa volonté et de l'issue définitive vers laquelle il allait.

IV

Pendant que Jean Lévesque, continuant sa marche errante, déplorait de ne pas avoir ce soir-là un ami à qui se vanter et s'expliquer, un jeune homme, le seul être auquel il tenait vraiment, se dirigeait vers le restaurant de la mère Philibert.

Il atteignit le seuil mal éclairé, buta contre une marche enfouie sous la neige et avec un « brr » prolongé entra en coup de vent dans la petite boutique.

— Tiens, Manuel ! s'écria Emma Philibert.

— Tiens, maman Philibert ! cria le jeune homme à son tour, imitant la voix et le geste de la grosse femme, et courant la rejoindre derrière son comptoir où, dans sa hâte de descendre du tabouret, elle avait laissé tomber une savate et la cherchait.

— Maman Philibert, déclara-t-il, t'es toujours aussi grosse, aussi ronde, aussi pesante... Et aussi belle, ajouta-t-il en lui pinçant le menton.

— Fou ! lui jeta-t-elle, et elle souriait encore de surprise, riait de contentement, soufflait avec peine et relevait son chignon.

Puis elle remarqua l'uniforme du jeune soldat, se calma, devint presque grave :

— Emmanuel ! c'est donc vrai comme ça que te v'là dans l'armée !

Assis à l'une des trois tables du restaurant, trois jeunes gens suivaient la scène, l'un avec pétulance, comme un jeune chien qui

51

demande à jouer, l'autre avec mauvaise humeur, et le troisième avec ennui et indolence.

— Pitou, Boisvert... et Alphonse, et Alphonse aussi qui est là, énuméra Emmanuel en se tournant vers chacun d'eux à tour de rôle et leur adressant un petit salut de la main.

Grand, très mince, un peu gauche de ses bras, la figure piquée par le froid et animée d'une belle expression de franchise et d'amitié, il se tenait au centre de la salle, quelque peu gêné par le silence qui avait accueilli ses salutations.

— Eh bien ! comment ça va, les gars ? fit-il.

— O.K. ! dit Boisvert, de première classe, mais t'es dans ma lumière. » Puis il grogna : « Ferme la porte comme il faut ; tu t'es pas aperçu qu'il faisait frette dehors. C'est du vingt en bas de zéro à soir, pas moins. D'où ce que tu viens, il fait-y si chaud que ça ? »

— Pas mal, fit Emmanuel décontenancé.

Juché sur le comptoir, les jambes pendantes, sa guitare sur les genoux, Pitou, encore intimidé, le regardait et souriait sans motif. Un peu à l'écart, un peu dans l'obscurité, Alphonse eut un sourire las. « C'est quand même difficile, pensa Emmanuel Létourneau, de retrouver les gens, même si ça fait pas longtemps qu'on les a laissés. » Et il hésitait encore entre s'asseoir ou acheter un paquet de cigarettes, une tablette de chocolat, et s'en aller aussitôt.

Dans le temps de l'enfance, il avait partagé les jeux de ces jeunes gens malgré la défense de sa mère qui voulait pour lui une meilleure compagnie. Puis il avait eu l'avantage d'entrer au collège de Saint-Henri alors qu'eux, à treize ou quatorze ans, erraient déjà en quête de travail. Avant de terminer ses études, supportant mal l'influence de son père, il avait, dans un coup de tête, cherché un emploi comme fileur à la cotonnerie de la rue Saint-Ambroise ; peu après, il devenait contrôleur à l'atelier, et cette suprême chance, en des années difficiles, l'avait marqué aux yeux de la petite bande de chômeurs d'un très réel prestige. Rien dans leur vie ne les liait plus les uns aux autres, sauf le souvenir de l'école primaire que tous dans le faubourg fréquentaient, du moins pendant quelque temps, sans distinction de classe : fils de bourgeois, gamins guenilleux des bords du canal, enfants pâles et maladifs de familles secourues par l'assistance publique. Tous se côtoyaient sur les bancs de l'école des frères et, pour Emmanuel, la vision qu'il avait eue, très jeune, de la misère, ne cessait de l'agiter. Ainsi, il n'avait jamais complètement perdu de vue les petits gueux de cette époque, qu'il avait aimés : le jeune Boisvert, intelligent et rusé, mais si affamé qu'il était plus occupé à voler des pommes, des glands, dans les poches de ses camarades qu'à étudier ; le petit gars Alphonse déjà silencieux et amer. Et Pitou donc, qui déchirait ses culottes et n'osait plus rentrer chez lui de peur de se faire battre ! Pitou qui manquait la classe pendant trois semaines parce que sa mère n'avait point de fil pour le raccommoder. Et Pitou qui revenait un jour dans les pantalons de son frère aîné mort enfin de tuberculose !

Chez eux, il avait trouvé la véritable expression, tourmentée, blagueuse, indolente, de sa génération. Et le jour où il avait quitté son emploi pour s'enrôler dans l'armée, les souvenirs irritants, confus, de sa jeunesse l'accompagnaient, point étrangers, il le reconnaissait, à sa décision.

Quelques mois seulement s'étaient écoulés depuis le temps où il s'arrêtait ici, chez Emma, après l'ouvrage, et payait un coke ou des paquets de tabac aux gars assis en rond dans la salle basse, et pourtant, en entrant, il avait eu l'impression d'une gêne sourde qui se cachait déjà entre eux. Puis il comprit : c'était son uniforme de soldat qui les indisposait à son égard. À peine revenu dans le faubourg, il avait recueilli cette sensation de gêne, de muette désapprobation même. En marchant seul, il avait obstinément cherché pourtant des points de contact avec les habitudes d'autrefois.

La mère Philibert, encore fort interloquée par l'apparence d'Emmanuel, ne se montrait pas moins enchantée de le revoir. Épanouie, elle le faisait tourner sur lui-même, l'examinait de la tête aux pieds.

— Eh bien ! assis-toi, Manuel, dit-elle, avec un empressement marqué. Ç'a pas été pareil cittedans, depuis que t'es parti… Assistoi toujours. T'as bonne mine, sais-tu, mais t'es un peu maigre. Êtesvous ben nourris au moins dans votre armée ?

— Pour ça, oui, dit Emmanuel en souriant, on a de quoi manger en masse.

Le sourire donnait à son visage sa naturelle expression de douceur. Il avait les yeux bistrés, les joues un peu hautes et le front serré aux tempes. En parlant, il tenait la tête légèrement de côté, comme si son cou eût été trop fragile pour en porter tout le poids. Ses mains fines, nerveuses, fouillèrent les poches de son uniforme ; il en sortit un briquet et une boîte de cigarettes qu'il offrit autour de lui avant de s'en servir. Il en alluma une et s'enfonça un peu dans sa chaise. Au centre de l'étroite pièce, le poêle de fonte rougeoyait, et le visage de la mère Philibert s'encadrait comme d'habitude entre les bocaux de menthe poivrée et de bonbons roses rangés sur le comptoir. La petite sonnette, au-dessus de la porte, grelottait au moindre souffle du vent. Boisvert, fidèle à sa manie, sortait son canif et commençait à se rogner les ongles. Non, rien n'avait vraiment changé ici. C'était lui-même, songea Emmanuel, qui portait sur sa vie un regard différent. Il étira un peu les jambes vers la chaleur du poêle, avec un soupir de contentement.

— Toi, t'as toujours été blode, dit Pitou.

Il fumait chichement, regardant disparaître sa cigarette avec un effroi comique.

— Toi, continua-t-il, t'as toujours des cigarettes à prêter. T'es pas comme Boisvert qui sort pour fumer tout seul plutôt que de nous donner une puff. Toi, t'es un gars au moins.

Il avait repris sa place habituelle sur la glacière des boissons gazeuses. Perché sur le carré de toile rouge, il balançait sa guitare entre ses jambes et, ayant saisi le calot d'Emmanuel, le portait incliné sur son front.

— Petit morveux, dit Boisvert. T'es rien que bon à bommer des cigarettes, toi. Quand est-ce que c'est que t'en donnes aux autres ?

Pitou haussa les épaules, fit une grimace, puis se laissant choir sur ses jambes minces, il se pencha pour se voir dans la vitre et se prit à admirer sa réflexion en essayant de diverses façons le calot d'Emmanuel.

Affalé sur ses talons, il demanda soudain :

—Ça fait combien de temps que t'es dans l'armée déjà, Manuel ? Quatre mois ?… Comment est-ce que t'aimes ça ? Un gars est-y ben dans l'armée, Manuel ?

—Pas mal, fit Emmanuel.

Il y eut un silence. Alphonse bougea et, comme toujours, lorsqu'un peu de vie animait ce grand corps dégingandé, tous les regards se portèrent sur lui. Il reposait, les pieds contre la bavette du poêle, les mains croisées derrière la nuque.

—Pourquoi ce que tu t'es engagé, toi, Manuel ? demanda-t-il d'une voix lente. T'avais une bonne job. T'étais dans un ouvrage propre. T'avais pas besoin de l'armée pour vivre.

—Non, dit Emmanuel.

Et il ajouta en riant :

—Pas une miette.

—C'est donc vrai d'abord que t'as lâché ta job pour te mettre dans l'armée ! s'écria la mère Philibert. Je pouvais pas le crère. Mais pourquoi c'est donc que t'as fait ça, Manuel ?

—Il y a une guerre, vous savez, la mère, dit Emmanuel.

—Oui, je sais bien, mais c'est loin, la guerre. Penses-tu que ça nous regarde tant que ça ?

—Ben quiens ! dit Pitou. On est pas pour laisser tout le monde se faire battre comme les Palonais.

—Les Palonais, les Palonais ! éclata la mère Philibert. C'est pas de not' monde, ça !

—Il y a pas deux sortes de monde sur la terre, jeta distraitement Emmanuel, comme s'il ne faisait que poursuivre sa pensée et n'avait pas encore songé à répondre.

—Oh ! tu me diras pas, fit la grosse Emma, que les Palonais, les Ukariens, c'est comme nous autres. Ça bat leurs femmes, ça se nourrit à l'ail.

Elle tapotait le comptoir avec énervement du bout de ses doigts grassouillets. Le chat noir, croyant qu'elle l'invitait à une caresse, étendit son nez rose. Elle le gratta un peu derrière l'oreille, son large buste en mouvement.

—Quiens, veux-tu que je le dise ! conclut-elle, fort en colère.

C'est leurs beaux parleux, là, qui courent les rues pour ramasser les jeunes gens que t'as écoutés... Tu me diras pas à moi qui t'ont pas saoulé pour te faire signer.

Emmanuel souriait, mais le sourire ne se fixait nulle part sur son visage mince. Il errait au bord des lèvres, touchait les yeux, puis se perdait derrière le regard en une expression méditative, mi-amère, mi-attendrie. Ici même, il avait bien devant lui, songeait-il, la troublante indifférence du cœur humain à l'universalité du malheur ; une indifférence qui n'était pas calcul, ni même égoïsme, qui n'était peut-être pas autre chose que l'instinct de conservation, oreilles bouchées, yeux fermés, de survivre dans sa pauvreté quotidienne.

— Mais, la mère, fit-il, faisant un effort pour la dérider, si la maison du voisin brûlait, vous iriez bien y porter secours.

— Beau dommage que j'irais...

— Pouah ! Des maisons qui brûlent, pis de la misère crasse, y en a drette autour de nous autres, tous les jours, interrompit Boisvert. T'as pas besoin de courir loin pour en trouver.

— Je le sais bien, fit Emmanuel. Et c'est pas pour sauver la Pologne que je me suis engagé... tiens-toi-le pour dit...

— Ben pourquoi, d'abord ? demanda Boisvert, interloqué.

Il était petit de taille, les cheveux longs et d'un blond fade lui retombant sur les tempes en deux pinceaux raides, les yeux vifs et inquiets. Il continuait à se couper les ongles en parlant, puis s'arrêtait, la lame de son canif tendue vers les jeunes gens. Il fronçait ensuite les sourcils, attaquait les chairs à la base du pouce à pleines dents, mâchait furieusement, les yeux ronds et souffrants au-dessus de sa main meurtrie, et crachait enfin les peaux au centre de la pièce.

À travers la fumée bleue de leurs cigarettes, Emmanuel le regarda longuement. Une nuance de mépris parut sur ses traits, puis aussitôt un sentiment de compréhension. Son visage penchait légèrement sur sa poitrine, un visage pâle, joli, presque trop joli, où l'ombre accusait la maigreur des joues. Les yeux sombres, creux, luisaient d'une flamme très douce, dès que la colère s'effaçait.

— T'as-t'y déjà pensé, fit-il, qu'un gars s'aidait des fois en aidant quelqu'un d'autre ?

— Like fun ! reprit Boisvert. Un gars en a assez de nos jours de se tirer de son trou...

Il déchira une peau tenace à petits coups de dents, ferma son canif et s'avança vers le centre de la salle, la lèvre dédaigneuse.

— Je m'en vas vous dire une chose, moi... La société s'occupe pas de nous autres, pendant quinze ans, pendant vingt ans. A nous dit : « Arrangez-vous, débrouillez-vous comme vous pourrez. » Pis arrive un bon jour qu'a s'aperçoit de nous autres. A besoin de nous autres tout d'un coup. « Venez me défendre, qu'a nous crie. Venez me défendre. »

Il s'arrêta devant Emmanuel, bien campé sur ses jambes courtes, une mèche sur le front.

— Toi, dit-il, t'as eu de la chance. Si tu veux faire le héros, c'est ton affaire. Chacun sa business. Mais nous autres, qu'est-ce qu'on a eu de la société ? Regarde-moi, regarde Alphonse. Qu'est-ce qu'a nous a donné à nous autres, la société ? Rien. Pis, si t'es pas encore content, regarde Pitou. Quel âge qu'il a Pitou ? Dix-huit ans... eh ben ! il a pas encore fait une journée d'ouvrage payé dans sa vie. Et v'là betôt cinq ans qu'il est sorti de l'école à coups de pieds dans la bonne place et pis qu'y cherche. C'est-y de la justice, ça ? Trois ans à courir à drette et à gauche, et à pas apprendre d'aut' chose qu'à ben jouer sa guitare ! Et v'là not' Pitou qui fume comme un homme, mâche comme un homme, crache comme un homme, mais y a pas gagné une tannante de cenne de toute sa saprée vie. Trouves-tu ça beau, toi ? Moi, je trouve ça laite, ben laite.

Pitou, être flottant, impressionnable à l'excès, balançait sa tête ronde et crépue et, de temps en temps, pinçait une corde de sa guitare qui rendait alors un son triste. La sympathie mielleuse de Boisvert, avec tout ce qu'elle avait de théâtral, l'atteignait au plus vif de ses tourments. En d'autres temps, il lui eût tiré la langue, mais proposé en victime, il lui apparut qu'il fallait appuyer Boisvert.

— C'est vrai quant à ça, dit-il. J'ai pas pu me trouver une journée de travail depuis que j'ai lâché l'école. Je commence à être trop vieux pour passer les journaux, pis ils veulent pas de moi dans les factories. Personne veut de moi, nulle part.

— Qu'est-ce que je disais ! fit Boisvert. Ça revient toujours à ce que j'ai toujours dit : nous autres, la société nous a rien donné. Rien...

— T'as pas honte ! s'écria la mère Philibert, de me dire ça depuis le temps que je vous chauffe tous les soirs icitte, de mon bois.

— C'est pas de ça qu'on parle, riposta Boisvert. La société, poursuivit-il...

— Dans mon temps, ronchonnait Emma, on parlait pas de rien se faire donner. On parlait de donner...

— C'était vot' temps, trancha le garçon, irrité. De nos jours, c'est pus pareil. Comme je disais donc : la société nous a rien donné...

— Attends un peu, attends un peu, murmura Alphonse paresseusement. Ça n'est pas encore vrai. La société nous a donné de quoi. A nous a donné de quoi, oui, c'est la vérité. Et savez-vous qu'est-ce qu'a nous a donné ?

Il était dans la pénombre et parlait les paupières mi-closes, sans geste aucun, en remuant à peine les lèvres, de sorte que sa voix semblait venir d'une personne cachée derrière lui.

— Eh ben ! j'vas vous le dire. A nous a donné les tentations.

— Des fous, des fous ! jeta la mère Philibert avec emportement.

— Non, pas si fou, interposa doucement Emmanuel. Qu'est-ce que tu voulais dire, Phonse ?

Il y eut un silence. On entendit Alphonse ricaner, puis il continua, sa voix molle montant dans l'ombre, comme une partie de l'ombre, comme l'expression de l'ombre :

— Avez-vous déjà marché, vous autres, su la rue Sainte-Catherine, pas une cenne dans vot' poche, et regardé tout ce qu'y a dans les vitrines ? Oui, hein ! Ben moi aussi, ça m'est arrivé. Et j'ai vu du beau, mes amis, comme pas beaucoup de monde a vu du beau. Moi, j'ai eu le temps de voir du beau : pis en masse. Tout ce que j'ai vu de beau dans ma vie, à traîner la patte su la rue Sainte-Catherine, ça pourrait quasiment pas se dire ! Je sais pas, moi, des Packard, des Buick, j'en ai vu des autos faites pour le speed pis pour le fun. Pis après ça, j'ai vu leurs catins de cire, avec des belles robes de bal sur le dos, pis d'autres, qui sont pas habillées une miette. Qu'est-ce que vous voyez-t-y pas su la rue Sainte-Catherine ? Des meubles, des chambres à coucher, d'aut' catins en franfreluches de soie. Pis des magasins de sport, des cannes de golf, des raquettes de tennis, des skis, des lignes de pêche. S'y a quelqu'un au monde qu'aurait le temps de s'amuser avec ces affaires-là, c'est ben nous autres, hein ?

« Mais le seul fun qu'on a, c'est de les regarder. Pis la mangeaille à c'te heure ! Je sais pas si vous avez déjà eu le ventre creux, vous autres, et que vous êtes passés par un restaurant d'iousque qu'y a des volailles qui rôtissent à petit feu sur une broche ? Mais ça, c'est pas toute, mes amis. La société nous met toute sous les yeux ; tout ce qu'y a de beau sous les yeux. Mais allez pas croire qu'a fait rien que nous les mette sous les yeux !

« Ah ! non, a nous conseille d'acheter aussi. On dirait qu'a peur qu'on soye pas assez tentés. Ça fait donc qu'a nous achale pour qu'on achète ses bebelles. Ouvrez le radio un petit brin ; et qu'est-ce que vous entendez ? Des fois, c'est un monsieur du Loan qui vous propose d'emprunter cinq cents piasses. *Boy*, de quoi s'acheter une vieille Buick ! D'aut' fois, c'est un billboard qui vous offre de ben nettoyer vos guenilles. Ils vous disent encore que c'est ben fou, ben bête de pas vivre à la mode pis de pas avoir un frigidaire dans vot' maison. Ouvrez la gazette à c'te heure. Achetez des cigarettes, du bon gin hollandais, des petites pilules pour le mal de tête, des manteaux de fourrure. Y a personne qui devrait se priver qu'ils vous chantent du matin au soir. Dans not' temps de progrès, tout le monde a droit de s'amuser... Pis vous sortez dans la rue. Et c'est en grosses lumières au-dessus de vot' tête que la société vous tente. Y en a-t-il un peu des bonnes cigarettes, pis du bon chocolat, dans ces petites lumières qui vous dansent partout su la tête, icitte, là-bas, de tous les côtés. »

Il se leva, entra dans la pleine lumière de la suspension, un grand garçon maigre, aux flancs creux, les paupières rongées d'orgelets, les oreilles longues et décollées.

— Oui, des tentations, c'est ce que la société nous a donné, poursuivit-il. Des tentations d'un boutte à l'autre. Toute la saprée bastringue de vie est arrangée pour nous tenter. Et c'est comme ça qu'a nous tient, la gueuse, et qu'a nous tient ben. Faites-vous pas d'idées, vous autres. On finira toutes par y passer. C'en prend pas une grosse tentation non plus, pour qu'on se décide, nous autres, à la donner, not' petite vie de quêteux. J'ai connu un gars qu'est allé s'enrôler, savez-t-y pourquoi ?...

Il fouilla dans ses poches et en sortit un cure-dent qu'il plaça entre ses lèvres.

— ... pour avoir un manteau l'hiver. Ce gars-là, il en avait assez de s'habiller chez les juifs de la rue Craig, dans de la pénillerie qui sent la sueur pis les oignons. Ce gars-là, ça l'a pris raide tout d'un coup l'envie d'avoir un manteau avec des boutons dorés. Pis je vous dis qu'il les astique pis qu'il les frotte à c'te heure, ses petits boutons dorés. Y ont coûté quand même assez cher, hein...

Il fixa Emmanuel un instant.

— Veux-tu que je t'en conte une autre ? dit-il. Une autre de mes histoires ?

Un sourire impatient parut sur le visage d'Emmanuel. Il savait bien qu'il était aussi difficile d'interrompre Alphonse quand il s'était mis ainsi à parler à bâtons rompus que de le tirer en d'autres temps de ses silences morbides.

— Envoie fort, dit-il. T'es intéressant quand même. À côté de la track par moments, mais t'es drôle à écouter.

— Sûr, j'sus drôle, en convint Alphonse avec un sourire fielleux ; j'sus drôle à voir, drôle à écouter. Pis je ferai un drôle de mort, un de ces jours...

Il leva franchement ses paupières malades, ce qui lui arrivait assez rarement, et toute sa figure en fut transformée. Car, assez étrangement, tout l'intérêt de ce visage ingrat s'était réfugié dans les yeux, profonds, presque doux à certains instants, et d'un beau violet sombre.

— Tous ceux qui sont encore bons à que'que chose, craignez pas, ils vont aller s'offrir d'eux-mêmes, continua-t-il avec amertume. Et ça sera pas long... Tiens, je connais un aut' gars. C'était pour se marier, lui, qu'il s'est mis dans l'armée. Pensez donc, si c'est pas ben arrangé : dix jours de permission, pis une petite pension pour la madame pendant que le gars va se faire casser la gueule pour payer ses noces. Ça faisait cinq ans, ce gars-là, qu'il allait voir la même fille et qu'il faisait le tour des parcs pis des ruelles, pas de place pour s'assir...

— T'as oublié une chose, dit le jeune soldat au milieu d'un silence. T'as oublié la plus grosse des tentations...

— Ouais, ben quiens donc ! murmura Alphonse. C'est-y vrai ?

— La tentation, reprit Emmanuel, qu'ont les ours et les bêtes en cages et les naines aussi du cirque... La tentation de casser leurs barreaux pis de s'en aller dans la vie... Une tentation, mon vieux, que t'as oubliée : la tentation de se battre.

— Se battre, dit Boisvert, enragé, pourquoi se battre ?

— Parce que, continua Emmanuel, le regardant dans les yeux, c'est ta seule chance de redevenir un homme. Bon sang, vous voyez-t-y pas, poursuivit-il d'une voix violente, que c'est pour ça qu'il faut se battre.

Il s'échauffait rapidement et, cherchant à convaincre, à traduire fidèlement sa pensée, il crispait un peu les poings, hésitait, fronçait les sourcils, puis de ses prunelles jaillissait un éclair d'enthousiasme et sa voix s'élevait, frémissante :

— Vous voyez-t-y pas que les gars qui vont se battre c'te fois-citte, ils vont demander autre chose que des petites médailles de cuivre ?...

Alphonse leva lentement les paupières, effleura Emmanuel d'un regard indolent puis se prit à ricaner.

— Oui, et qu'est-ce que tu penses qu'ils vont obtenir ? La belle partie comme par devant : les millionnaires sur la côte et les chômeux en bas à s'engueuler.

Un sourire fugitif se joua sur la figure d'Emmanuel. Boisvert ne prenait plus part à la conversation. Il s'était jeté en travers d'une table et faisait entendre des petits grognements sourds.

— Non, la vie, dit Emmanuel.

— La vie dans un trou d'obus avec des poignées de grenades qui pètent autour de toi, grogna Alphonse. T'arranges ben ça, toi !

— Ah ! taisez-vous donc, glapit soudain Boisvert. Vous parlez pour rien dire. On a rien qu'une chance, nous autres. C'est qu'il y en ait assez de gars comme vous êtes qui aillent s'enrôler. Après ça, on aura de la place. C'est la place qui manque. Y a trop de monde su la terre.

En trois coups de mains, il remonta ses cheveux, les lissa, puis promena sur les autres un regard arrogant.

— Non, continue Manuel, s'écria Pitou. Tu parles vrai. Je t'écoute, moi. Va toujours.

— Ben, enchaîna Emmanuel, ne s'adressant plus qu'au rouquin, tu vois, Pitou, c'est l'argent qui nous tient tous au cirque derrière les barreaux. Les gars qui ont de l'argent, c'est eux autres qui décident si vous allez travailler, vous autres, oui ou non, selon que ça fait leur affaire ou bien qu'ils s'en fichent. Mais la guerre, c'telle-ci, va te le détruire le maudit pouvoir de l'argent. Vous les entendez dire à tous les jours que les pays peuvent pas tenir du train qu'ils vont à dépenser je sais pas combien de millions pour des bateaux qui se font couler, pour des avions qui prennent en feu, pour des tanks qui durent pas trois jours. L'argent s'en va pour la destruction pis se détruit lui-même. Eh ben ! tant mieux ! Parce que l'argent, c'est pas la richesse. La richesse, c'est le travail, c'est nos bras, c'est nos têtes à nous autres, la grande masse. Et c'est c'te richesse-là qui va faire vivre le monde, tous les hommes dans la justice.

« Nous autres, continua-t-il d'une voix qui s'adoucissait, on a toujours donné tout ce qu'on avait à donner pour la guerre. On le donnera encore une fois. Mais pas pour rien, c'te fois-citte. Un jour, faut que les comptes se règlent. »

Et puis, comme s'il rencontrait un obstacle à sa pensée et se reconnaissait impuissant à traduire sa conviction, il hésita, sourit et finit par laisser sa phrase inachevée.

— Oui, dit Alphonse, qui avait saisi cet arrêt, y en a gros qui veulent croire la même chose. Mais...

Ses yeux fléchirent. Il se tut, puis s'apercevant qu'Emmanuel se disposait à partir, il se hissa péniblement sur ses jambes.

— Attends-moi, dit-il, rogue. Je m'en vas de ton côté. Tout

ça, soupira-t-il en cherchant son manteau, tout ça, c'est de la belle parlotte. Ça vaut pas grand-chose pour un gars qui a besoin d'une piasse ou ben encore d'un treize onces. Une piasse, une bouteille de scotch, ça fait plus de bien à la tranquillité d'un gars...

Emmanuel se pencha vers le comptoir pour dire au revoir à la mère Philibert. Elle venait de s'assoupir, le coude arrondi, un doigt supportant son double menton affaissé.

Il s'élança au dehors, suivi d'Alphonse. Derrière eux, légère, oublieuse, la voix de Pitou s'élevait déjà en une chanson qui évoquait la douceur des plaines, la liberté des cerfs, des faons naïfs aux grands yeux innocents, la tranquillité du majestueux orignal qui vient le soir s'abreuver entre les roseaux : le magnifique horizon de la solitude. Il chantait les paroles sur un accompagnement à peine indiqué de sa guitare.

Dling... Dling... Dlong...

La complainte suivit les jeunes gens pendant quelques minutes, puis tout se brouilla dans un cri sauvage du vent.

L'hiver était revenu cingler les passants à coups de fines lanières. Alphonse, grelottant, prit le bras d'Emmanuel pour quêter un peu de chaleur.

— Si t'es pas pressé, viens avec moi » dit-il. Et il ajouta, sans chercher de transition : « Pitou, c'est un petit gars chanceux ; il a toujours ben sa musique. Boisvert, lui, quand il a fini de se décrotter en public, il retourne à ses petites affaires ; il crache sur la société, mais tout ce qu'il veut au fond, c'est y faire sa bonne petite place dans la société... Il est correct, ce gars-là. »

Il accéléra le pas au côté d'Emmanuel.

— Mais nous autres, on est des penseux. On pense. Ça donne à rien de penser...

Un petit rire hargneux coupa sa phrase.

— Y a trois bonnes manières, continua-t-il, de s'arrêter de penser. La première : s'en aller sur l'eau, tout seul dans un bateau à rames. La deuxième : vider une bouteille de scotch. Pis ça encore, c'est pas une vraie manière de quêteux. Y en a p't-être une troisième...

— Quoi donc ? demanda Emmanuel, intrigué.

— Je m'en vas te le dire t'à l'heure, fit Alphonse. Vaut mieux pas se monter l'espérance avant d'être sûr de son coup.

Ils s'engagèrent dans la rue Saint-Ambroise en direction des silos à céréales. On les voyait surgir soudain de la tempête, puis s'effacer dans des tourbillons denses.

Au bout d'un moment, Aphonse desserra les lèvres.

— T'as de l'argent, su toi ?

— Tourne pas par quatre chemins, dit Emmanuel. Combien ce que tu veux ?

— Une piasse, fit l'autre, vindicatif. J'emprunte jamais plusse qu'une piasse à la fois. Autrement, je m'endetterais... qu'est-ce que tu penses !

Emmanuel ouvrit son manteau pour prendre son porte-monnaie.

— Ça presse pas, bougonna Alphonse.

Il soufflait très fort par instants et poussait un peu Emmanuel dans le dos pour activer son allure.

Ils s'engagèrent dans une rue mal éclairée. Alphonse ralentit le pas. Il cherchait les numéros des maisons. Enfin il s'immobilisa. Une faible lumière brillait au second étage d'un immeuble crasseux occupé au rez-de-chaussée par une buanderie. En apercevant cette lueur rougeâtre derrière les volets, Alphonse avait serré le bras d'Emmanuel. Il paraissait ne plus avoir froid. Il avait même ouvert son misérable manteau et s'épongea le front rapidement à plusieurs reprises. Le vent collait ses vêtements à son corps maigre, déjà voûté, s'épandait autour de lui en un torrent furieux.

— Eh ben ! c'est O.K. ! dit-il. La Charlotte a pas encore déménagé.

Alors Emmanuel comprit. Il hésita un instant puis il passa à Alphonse le billet qu'il avait à la main depuis quelques minutes et, silencieux, s'éloigna aussitôt.

Il arriva à la rue Notre-Dame, continua à marcher devant lui, sans but. Un désir de tendresse s'était emparé de lui. Il chercha à évoquer les traits des jeunes filles qu'il avait invitées au cinéma ou qu'il rencontrait en soirées. Il retrouvait leur nom assez facilement, mais leurs visages restaient imprécis dans son souvenir. « Claire, Aline, Yolande... » murmura-t-il pour aider sa mémoire. Aucun émoi ne le troublait. Toutes lui semblaient comme des fantômes d'une autre vie, sa vie insouciante de jeune homme, sa vie légère peut-être et qu'il avait irrémédiablement quittée quand il avait endossé l'uniforme militaire. Il en convint : jamais il n'avait vraiment aimé. Quelquefois, il avait cru être attiré par un joli visage, mais aussitôt un rêve se précisait, un rêve en lui le suppliait d'attendre.

Plus il allait, plus il se reconnaissait avide d'amitié, mais d'une amitié neuve, imprévue, et qui serait à la mesure de son étrange expectative. Que cherchait-il ? Une amitié ? Ou bien une part de lui-même incomplètement comprise et qui s'éclairerait au jour de l'amitié. Quoi qu'il en soit, il se sentait à ce point isolé, énervé, qu'il eût volontiers engagé la conversation avec des étrangers, dans la rue. Et il savait, plusieurs camarades lui ayant exprimé le même sentiment, que ce désir, ce besoin, devenait, à chaque permission, plus aigu et plus marqué.

Soudain, il crut reconnaître Jean Lévesque marchant devant lui. Il hâta le pas pour le rejoindre. Au collège, ils avaient été des amis inséparables. Depuis, malgré la divergence de leurs opinions et bien qu'ils ne se vissent que rarement, leur étrange camaraderie durait à cause même de cet attrait mutuel qu'éprouvent souvent les natures contraires.

La silhouette qu'il suivit quelque temps s'aventura dans une taverne. Emmanuel entra à son tour. Alors, prenant place à une table au fond de la salle, il retrouva Jean.

— Tiens, dit Lévesque l'apercevant, je pensais justement à toi, le volontaire... Viens-tu faire du recrutement dans Saint-Henri ? plaisanta-t-il avec un sourire où le cynisme habituel se tempérait d'amitié.

— Oui, je viens te chercher, blagua Emmanuel.

Il y eut un silence, puis Jean, le front entre ses mains, murmura :

— Il y a une grande différence entre nous deux : toi, tu crois que c'est les soldats qui changent le monde, qui mènent le monde ; et moi, bien moi, je crois que c'est les gars qui restent en arrière et qui font de l'argent avec la guerre.

Emmanuel eut un geste agacé. Il n'éprouvait pas le goût de revenir sur sa décision. Il se sentait vide de tout, sauf d'une inquiétude frémissante. À expliquer si longuement sa raison d'agir, il n'avait réussi qu'à libérer en lui ses aspirations naturelles vers la gaieté, la tendresse, la joie, et, devant lui, il n'apercevait pourtant aucune promesse d'affection et de bonheur.

— Deux Mol', commanda-t-il au garçon. Et se tournant vers Lévesque, il dit tout à coup, la voix triste : « Je suis revenu chez nous depuis trois, quatre heures, et déjà je m'ennuie. »

— Et Fernande, Huguette, Claire, Yolande ?... énuméra Jean sur un ton de plaisanterie.

Emmanuel se pencha pour dissimuler la crispation de son visage. Puis il demanda :

— Une vraie jeune fille là, une vraie, en as-tu déjà rencontré une, toi ?

— Il n'y en a pas, dit Lévesque.

Il but une lampée aussitôt que le garçon eut posé un verre devant lui et s'arrêta, étourdi. L'image de Florentine venait de passer devant ses yeux, telle qu'il l'avait aperçue accourant vers lui à travers le vent.

— Ah ! fit Emmanuel, qui avait saisi son regard. À qui pensais-tu ?

Lévesque alluma une cigarette. Il fut sur le point de prononcer le nom de Florentine. Puis il cassa l'allumette en plusieurs petits morceaux, les jetant l'un après l'autre dans le cendrier. Son front était barré d'un pli, mais il souriait, les dents saines, bien plantées, qui lui donnaient l'air de mordre librement à la vie.

— À une fille du *Quinze-Cents*, dit-il. Une serveuse. Trop maigre... mais jolie quand même... Une petite taille comme ça, ajouta-t-il en faisant un geste explicatif. Et pis du diable dans le corps comme un chat qui se noie.

Emmanuel détourna le regard. Il revoyait soudain, sans comprendre, le cœur un peu serré, une serveuse qu'il avait remarquée

66

une fois dans un buffet de gare, pâle, harassée, fluette, et qui, pour ne pas perdre de pourboires ou même pour ne pas risquer sans doute son emploi, avait pour tous le même sourire las, humilié, fixé sur sa bouche comme une grimace. « La vie est dure », pensa-t-il. Et à Jean, il demanda, un peu penché vers lui, lui enviant à cette minute sa belle prestance, son allure détachée, cynique, qui plaisait tant aux jeunes filles :

— C'est rendu loin ?

Jean se renversa sur sa chaise, éclata de rire :

— Ben non, voyons, t'es fou. Tu me connais. Tu connais mes goûts... Non, non, protesta-t-il avec une véhémence qui l'étonnait cependant, je sais son nom, c'est tout. Je t'en parlais... pour le fun... pour rire.

— Oh, pour rire ! dit Emmanuel sur un ton de voix étrange. Comment s'appelle-t-elle ?

Jean hésita une seconde.

— T'es dans Saint-Henri pour combien de temps ?

— Une semaine.

— Bien, viens la semaine prochaine dîner au *Quinze-Cents...* un jour de la semaine prochaine. Tu la verras...

Puis il renversa la tête sur le dossier de sa chaise et repoussa brusquement le cendrier à moitié plein.

— Parlons d'autre chose de plus intéressant, dit-il. Parlons donc de la guerre, tiens. Si d'un coup, je me trouvais une job plus payante que dans les munitions, je me mettrais peut-être là-dedans, moi aussi... Peut-être... Bien que, spécialisé comme je le suis dans la mécanique, j'ai pas peur qu'ils viennent me chercher...

Et, tout en parlant, il s'amusait à tracer des signes sur la table.

V

Autour de Rose-Anna Lacasse, sur les deux sofas et le canapé-lit de la salle à manger, les enfants dormaient. Elle-même, étendue sur son lit, au fond de la pièce double, s'assoupissait par instants, puis se réveillait brusquement et consultait la petite pendule placée sur une table de chevet. Et c'était alors, non pas aux petits qui sommeillaient sous sa garde dans la maison qu'elle songeait, mais à ceux qui ne rentraient pas. Florentine ! pourquoi est-elle partie si vite ce soir, et sans dire où elle allait ? Eugène, où passe-t-il ses soirées ? Et Azarius donc, pauvre homme qui n'apprendra jamais, quelle autre échappée médite-t-il ? Il travaille, c'est vrai ; il apporte ses payes à la maison, qui ne sont pas grosses... enfin, tout de même, on arrive à peu près à rejoindre les deux bouts. Mais de jour en jour Azarius parle de grands projets, il veut quitter son emploi de chauffeur, tenter autre chose, comme si on pouvait être libre de choisir son travail quand on a des enfants à nourrir et, dans la maison, à chaque moment du jour, des soucis frais, comme si on était libre alors de dire : « Telle besogne me convient, telle autre, je dédaigne. » Ah ! lâcher le sûr pour l'incertain, voilà à quoi, toute sa vie, il s'était complu ; voilà bien Azarius !

Tous les petits tourments habituels auxquels s'ajoutaient ce soir la méfiance de l'inconnu, l'effroi de l'inconnu pire chez Rose-Anna que la certitude du malheur, et des souvenirs pesants, lourds à porter encore, venaient la chercher dans l'ombre où elle était livrée sans défense, les paupières closes, les mains abandonnées sur sa poitrine. Jamais la vie ne lui avait paru aussi menaçante, et elle ne savait pas ce qu'elle redoutait. C'était comme un malheur indistinct, n'osant encore se montrer, qui rôdait dans la petite maison de la rue Beaudoin.

Puis enfin un pas d'homme résonna à l'entrée de l'étroit logis. Tout aussitôt, la hâte d'être rassurée ou d'apprendre le pire, quel qu'il fût, souleva Rose-Anna. Elle porta les mains à sa taille appesantie et se dressa, se tendit dans l'obscurité.

— Azarius, c'est-y toi ? demanda-t-elle à voix basse.

Elle ne perçut qu'une respiration d'homme derrière la tenture qui masquait le couloir et, dans la salle basse éclairée par une veilleuse, le souffle égal des enfants.

À pas chancelants, lasse, étourdie, ainsi qu'il lui arrivait de se trouver après quelques minutes de repos, elle s'avança pour soulever la draperie déteinte. Alors elle aperçut Eugène, son fils aîné.

— Ah ! fit-elle avec un soupir de soulagement, tu m'as fait peur, sais-tu. Je pensais quasiment que c'était ton père et qu'il voulait pas se montrer à cause d'une mauvaise nouvelle.

Le vent gémit très fort. On l'entendit secouer une cuve pendue à un clou du tambour derrière la porte de la cuisine. Rose-Anna essuya son front moite de sueur.

— J'ai dû rêver, s'excusa-t-elle. Je me suis imaginé une minute que ton père m'arrivait avec une mauvaise nouvelle. Tant de choses qu'on imagine quand on est tout seul, et de la tempête dehors ! confia-t-elle à ce grand garçon à qui, depuis bien longtemps, elle n'avait rien avoué de semblable.

Et, le regardant, cela lui creva les yeux tout à coup qu'il était presque devenu un homme. Et c'était vrai qu'ils se sentaient presque étrangers l'un vis-à-vis de l'autre, le jeune homme qui ne rentrait au logis que pour manger, se coucher, et elle qui n'avait plus de lui, au fond, que ses vêtements à raccommoder. Alors ce fut l'instinct de le reprendre qui parla plus fort que toutes ses angoisses. Car elle pensa rapidement, un peu affolée : « C'est déjà depuis bien des années qu'il a commencé à grandir et qu'on s'est éloignés comme ça, l'un de l'autre, sans que je m'en aperçoive. Le voilà, lui aussi, qui doit avoir des tourments que je ne connais pas. »

— J'ai dû rêver, reprit-elle. Et je ne me rappelle pas si c'était de toi ou ben de ton père. Ton père, avoua-t-elle, ça me dit qu'il va perdre sa job.

Et enfin, le jeune homme sortit de cet étrange silence louche qui l'accompagnait comme une faute secrète.

— C'est entendu, dit-il d'un ton sec. Il va la perdre, sa job, s'il continue à placoter au restaurant d'en face plutôt que de se tenir prêt à servir le monde. Le patron commence à en avoir assez de son père. D'autant plus qu'il veut en remontrer à tout le monde...

Ils étaient en face l'un de l'autre, se parlant bas à cause des enfants endormis. Nul endroit d'ailleurs ne leur offrait la solitude dans cette petite maison encombrée. Toute leur vie, ils s'étaient parlé ainsi, vite, contraints, à la dérobée, tout bas. Les confidences attendaient le silence, l'obscurité, la nuit. Pourtant il y avait assez longtemps qu'Eugène n'était pas venu ainsi chercher sa mère dans l'ombre. La dernière fois, s'en avisa-t-elle, c'était quand il avait volé une bicyclette. « C'est toujours quand il a besoin de moi », songea-t-elle. Et elle voulait bien cette fois devancer l'aveu que méditait le garçon au front bas et au regard inquiet.

— Écoute, dit-elle, croyant comprendre qu'il était ravagé par l'oisiveté. Ton père me disait encore à matin qu'il a envie de prendre un taxi à son compte. Il pense faire de meilleures affaires comme ça. Et te donner de l'ouvrage, poursuivit-elle.

Le jeune homme tournait autour de l'aveu. Et il n'osait pas encore s'exprimer à cause précisément de cette confiance de sa mère. Absurde confiance ! Comment pouvait-elle se raccrocher ainsi à de si menus espoirs ?

— Encore une embardée, sa mère, dit-il. Où c'est que tu veux qu'il trouve l'argent ? Il nous a-t-y pas mis assez de fois dans la misère pour se tenir tranquille une bonne fois. Il avait son secours ; il avait qu'à y rester.

— Le secours... soupira Rose-Anna. Non, n'importe quoi plutôt que ça, Eugène...

— Oui, répéta-t-il, n'importe quoi plutôt que le secours...

Il tourna autour de la pièce, avisa une chaise encombrée de vêtements d'enfants. Il s'y assit, froissant une petite robe étalée sur le dossier. Des bas séchaient pendus à une corde qui suivait le tuyau du poêle. Il regarda autour de lui avec ce sentiment d'animosité qui s'emparait de son esprit dès qu'il rentrait au logis. Puis sa bouche se détendit en un sourire mou, embarrassé. Il passa les doigts dans ses cheveux bruns, réfléchissant, l'œil fixé au coin du linoléum. Et il se mit debout, délivré, libéré, le cœur battant d'aise. Mais il dit doucement, plutôt craintif :

— Écoute, sa mère, j'ai quelque chose à te dire. C'est pas de son père que je voulais te parler. Qu'il fasse son affaire comme il l'entend. Mais moi, là…

Tout à son idée, Rose-Anna commença de ramasser des objets, ce qui l'aidait à réfléchir.

— Mais si ton père pouvait te donner de l'ouvrage, Eugène…

— C'est ben le temps de penser à ça, déclara-t-il sourdement. M'man, t'es aussi ben de le savoir tout de suite…

Son regard hésitant comme celui d'Azarius soutint un instant l'interrogation muette de sa mère, puis erra et s'enfonça dans le vide.

À la lueur de la veilleuse, Rose-Anna aperçut enfin la pâleur de ce visage. Et alors, elle sut très bien que c'était grave, ce qu'il était venu lui dire. Saisie d'angoisse, balbutiante, elle s'avança tout près de lui. Elle sentit sur ses lèvres une odeur d'alcool.

— Quoi que c'est, Eugène ?

Il y eut un silence lourd d'attente. Eugène détourna son regard, puis se fâcha brusquement et avoua :

— Eh ben, je viens de m'engager, sa mère !

— Tu t'es engagé !…

Rose-Anna chancela. Pendant une seconde, tout vacilla autour d'elle : les cadres des vieux et des saints dans la mince lueur de la lampe, les petits bibelots sur le buffet, les visages confondus des enfants et, au travers du rideau de coton, la lumière crue d'un lampadaire dans laquelle voltigeait la neige. Et encore, dans ce grand tourbillon, elle aperçut Eugène, tout petit qui partait pour l'école.

— C'est-y vrai ? murmura-t-elle.

Sa voix tremblait, incrédule. Elle n'arrivait pas à former les mots qui lui éclataient dans la tête. L'étourdissement passa. Elle se retrouva, tout à coup, ferme, prête à la bataille. Ce n'était pas la première fois qu'elle avait à défendre Eugène. Ses petites fautes d'enfant, ses menus larcins, ses mensonges, elle se les rappelait, et les démarches aussi qu'elle avait entreprises pour le couvrir ; et, cependant, cela ne paraissait rien, rien auprès de ce qu'elle se sentait disposée à accomplir pour le sauver. D'ailleurs, elle ne pouvait croire encore, la première alerte passée, qu'il fût vraiment en danger.

— Voyons, Eugène, dit-elle, t'as bu, tu sais plus ce que tu dis. T'as pas honte de me faire des peurs comme ça !

— C'est pas des peurs, m'man. Je te dis que je viens de m'enrôler.

Elle se pencha vers lui et ses yeux brillèrent de détermination.

— En ce cas, tu vas te dédire. Il est pas trop tard pour te dédire. T'es trop jeune... pas encore tes dix-huit ans... Voyons, tu leur diras que tu savais pas ce que tu faisais, qu'on a besoin de toi... J'irai, moi, si tu veux. J'irai, j'expliquerai...

Il arrêta le flot brûlant de ses protestations.

— J'ai signé. Et il ajouta, la voix haute : « Pis je suis ben content. »

— Content !

— Content, content !...

Rose-Anna ne savait plus que reprendre, retourner ce mot, essayer de le comprendre.

— Content ! Ç'a-t-y du bon sens que tu me dises ça à moi !

Elle continuait de plier des petits vêtements, de les défroisser, avec des gestes courts et égarés, selon son habitude de toujours occuper ses mains au plus fort de l'émotion. Puis elle leva la tête :

— C'est-y parce que je te donnais pas assez d'argent pour fumer, pis tes petites dépenses ? demanda-t-elle presque humblement. Tu comprends, je t'aurais donné plusse, si ça venait pas de

Florentine. Elle qui apporte quasiment toutes ses payes à la maison, c'est pas juste...

— Eh ben ! qu'a le garde, son argent, interrompit-il avec violence. Je vas en faire autant qu'elle à c'te heure.

— Quand même, dit Rose-Anna, je te donnais ce que je pouvais, me semble.

Le jeune homme s'énerva tout à fait.

— C'est pas ça. Mais écoute, donc, sa mère. Un gars vient qu'il en a assez, tu sais, de quêter un dix cennes pis un vingt-cinq cennes. Écoute, sa mère : un gars se tanne de rôder d'un côté pis de l'autre pour se trouver de l'ouvrage. Écoute, sa mère : l'armée c'est la vraie place pour un gars comme moi. Pas de métier, pas gros d'instruction ; c'est encore là que je suis le mieux.

— Bon Dieu ! soupira Rose-Anna.

Elle avait pourtant senti qu'il arriverait ce jour où Eugène, dégoûté d'oisiveté, se livrerait à quelque impulsion tragique. Mais ça, qu'il s'enrôlât, non, elle ne l'avait pas prévu.

— Je croyais pas quand même que tu prenais ça tellement à cœur, dit-elle. T'es encore si jeune. Tu t'aurais ben placé, toi aussi, à la longue. Regarde ton père : il a été des années à rien faire...

— Oui, pis j'ai pas envie de faire comme lui.

— Pas si fort, supplia Rose-Anna. Tu vas réveiller les enfants.

Le petit Daniel gémissait dans son sommeil. Elle s'approcha de l'étroit lit de fer pour recouvrir l'enfant.

Et ce geste si simple bouleversa le jeune homme. Il suivit sa mère, prit distraitement et boucla les cordons de son tablier ainsi qu'il le faisait quand il était petit. Et il songea : « C'est ben la première fois de ma vie quand même que je vais y donner que'que chose. »

Sa voix se fit câline :

— 'Coute, m'man, lui dit-il à l'oreille. Ça va ben vous aider, tu sais. Tout le temps que je vas être dans l'armée, tu vas recevoir vingt piasses par mois.

L'émotion perçait dans ses paroles et une sorte de joie naïve, orgueilleuse, émerveillée. Il possédait, comme son père, une éton-

nante facilité de s'emballer et de se croire guidé par de bons sentiments. Comme lui, il ne savait pas distinguer où finissait son intérêt
et où commençait la générosité. À cette heure, il n'était pas loin de
croire qu'il avait agi par pur désintéressement. Il se plaisait à lui-
même ; sa satisfaction fut si vive que ses paupières se mouillèrent.

— Vingt belles piasses par mois, m'man, tu parles d'une belle
affaire pour toi, hein !

Rose-Anna se retourna vers lui, lentement, comme si elle ne
voulait pas reconnaître trop vite ce qu'elle percevait. La clarté de la
lampe à arc envahissait l'endroit de la pièce où elle se trouvait. Son
visage parut terreux, avec des grands trous d'ombre à la place des
yeux. Des mèches tombaient en désordre sur ses joues et ses lèvres
remuaient sans qu'il en sortît aucun son. Elle semblait vieillie soudain et prête à s'écrouler.

— Oui, je vois bien, dit-elle de très loin. Je vois bien pourquoi
tu t'es engagé, pauvre enfant !

Elle leva les mains vers lui sans le toucher et poursuivit d'une
voix plaintive, presque résignée déjà, d'une voix molle, sans plus de
rancune, sans plus d'élan, à demi éteinte :

— T'aurais pas dû, Eugène. On vivait sans ça.

Et elle l'affirmait quand même avec un certain courage et quand
même avec une sorte de doux abandon aux maux connus, éprouvés,
devenus familiers comme le jour, comme la nuit, et qui sont moins
à redouter que d'autres cachés dans les brumes du temps.

Un sanglot lui vint aux lèvres. Elle tira sur son tablier. Et,
soudain, toute sa rancune de l'argent, sa misère à cause de l'argent,
son effroi et sa grande nécessité de l'argent tout à la fois s'expri-
mèrent dans une protestation pitoyable.

— Vingt belles piasses par mois ! se reprit-elle à murmurer à
travers ses hoquets. Pense donc si c'est beau : vingt piasses par
mois !

Sur ses joues amaigries coulaient des larmes vertes comme son
visage et ses doigts noués qui paraissaient se refuser à l'argent.

Elle vit Eugène secouer la tête ainsi qu'autrefois quand on le
contrariait et s'éloigner dans la cuisine. Elle l'entendit déplacer le

petit lit de camp qu'on allait chercher tous les soirs derrière la porte et qu'on installait entre la table et l'évier.

S'essuyant les yeux, elle gagna le fond de la pièce double et se jeta tout habillée sur son lit. Il lui fallait encore attendre Florentine et Azarius, puis verrouiller les portes et s'assurer que tous dormaient avant de se dévêtir et d'essayer de chercher un peu de sommeil.

Dans l'ombre, directement au pied du lit, la figure ensanglantée d'un Ecce Homo meublait la muraille d'une vague tache sombre. À côté, faisant pendant, une Mère des Douleurs offrait son cœur transpercé au rayon blafard qui se jouait entre les rideaux.

Rose-Anna chercha les mots de prière qu'elle récitait tous les soirs, seule, mais l'esprit n'y était point. Elle voyait, au lieu de cette statuette de son enfance qui, mystérieusement, venait souvent se placer devant sa vision intérieure quand elle se recueillait, elle voyait des billets, tout un rouleau de billets qui se détachaient les uns des autres, s'envolaient, roulaient, tombaient dans la nuit, le vent soufflant très fort sur eux. Les billets. Le vent dans la nuit...

VI

Les vendeuses commençaient à s'évader du *Quinze-Cents* vers la rue déjà sombre. Quelques-unes s'échappaient par groupes de la sortie principale en ajustant leur manteau et leur chapeau ; sur le pas du trottoir, elles restaient étourdies un instant, frappées au visage par le vent cinglant, puis, avec des petits cris nerveux, en se tenant par le bras, elles s'élançaient vers la place Saint-Henri. D'autres traversaient la chaussée, la tête baissée, pour aller s'embusquer à l'arrêt du tram et là, piétinant la neige durcie, attendaient. À mesure qu'un groupe se dispersait par les rues transversales ou s'immobilisait aux arrêts, un nouveau courant débouchait des portes battantes et fonçait sur la place. Les trams descendaient, déjà pleins à craquer, la rue Saint-Jacques et la rue Notre-Dame, et prenaient encore toute la foule débordant sur la chaussée.

Jean Lévesque restait enfoui dans l'entrée d'un magasin à cogner ses talons contre la pierre froide. Et le flot grossissant d'ombres coulait devant lui. C'était un flot las, pressé, qui roulait sans tumulte vers le repos du soir. Il venait de loin, de tous les côtés du faubourg pour aboutir à la place Saint-Henri qui, à son tour, le partageait. Maçons blanchis de chaux, menuisiers chargés de leurs coffres, ménagères se hâtant au logis avant l'arrivée du mari, ouvriers en casquettes et portant leur boîte à lunch sous le bras, fileuses, ouvrières des fabriques de cigarettes, lamineurs, puddleurs, gardiens, contremaîtres, vendeurs, boutiquiers ; le flot de six heures confondait non seulement les travailleurs du quartier mais encore ceux qui rentraient de Ville-Saint-Pierre, de Lachine, de Saint-Joseph, de Sainte-Cunégonde et même d'Hochelaga et ceux-là aussi qui habitaient à l'autre extrémité de la ville et prenaient le tram pour un voyage interminable.

À intervalles fréquents, une cloche éraillée sonnait en haut de la rue Notre-Dame et un tram passait. Jean, par les vitres embuées, apercevait des bras levés, des journaux dépliés, des dos affaissés, un entassement d'humanité lasse et, parfois, de cet enchevêtrement, un regard montait, un regard triste, abattu, qui était peut-être celui de toute la foule et dont l'expression longtemps en lui demeurait.

Cependant il s'impatientait et guettait la sortie du magasin. « L'aurais-je manquée ? » songeait-il avec dépit. Mais alors même qu'il s'en inquiétait, le lourd battant de la porte fut poussé par une petite main nue et Florentine apparut, seule, comme il l'avait espéré.

Il ajusta son foulard d'un geste qui lui eût paru ridicule à d'autres moments, et vivement la rejoignit.

— Allô, Florentine !

Il voulait que cette rencontre eût l'air tout à fait inattendu, mais elle ne s'y méprit pas une minute.

— Ah ! ben vous, à c'te heure, dit-elle avec un petit rire méprisant, vous rôdez pas mal souvent par icitte.

Jean souriait sans se démonter.

— Je voulais te dire qu'hier soir, Florentine…

— C'est pas la peine de vous déranger pour venir faire des excuses, l'interrompit-elle.

Puis elle serra son sac à main sur elle. Son petit nez frémissait, tout droit. Une respiration rapide en agitait les ailes fines, bleuies de froid.

— Pour qui est-ce que vous me prenez ? Pensez-vous que je vous avais pris au sérieux et que j'étais allée vous rencontrer ? Pas moi, c'est ben sûr.

— Vrai ?

Il lui prit doucement le bras en souriant jusqu'au fond des yeux.

— Comme ça, Florentine, tu m'aurais fait attendre au froid !

Est-ce que je pensais ça de toi ! Deux amis faits pour se comprendre comme nous autres...

Il appuya un peu son bras sur le sien ; elle dut sentir comme une force qui la maîtrisait, car, brusquement, elle chercha à se dégager.

— En tout cas, je veux plus vous voir, dit-elle.

— Tu peux pas laisser un gars s'ennuyer tout seul, reprocha-t-il. Viens donc dîner avec moi en ville, ce soir, veux-tu ?

Sous la voilette, ses yeux brillaient d'indignation et, cependant, tout au fond, une petite flamme défiante s'allumait qui répondait au regard hardi du jeune homme.

— Ça, ça dépasse toutes les limites ! dit-elle.

Les petites dents blanches et aiguës mordillaient sa lèvre inférieure. L'audace du jeune homme la mettait hors d'elle-même. Et puis son invitation la troublait d'une bien autre façon, d'abord lointaine, mais qui cheminait en elle et éveillait déjà son amour-propre. D'ailleurs, il faisait très froid ; elle tremblait et n'avait presque plus la force de réfléchir.

— Je suis pas habillée pour aller en ville, dit-elle, d'un ton colère et enfantin.

Et tout de suite après avoir lâché ces paroles qui la trahissaient, elle leva la tête, boudeuse, à demi conquise.

Il la pilotait vers un arrêt des tramways.

— Ça ne fait rien, Florentine. Tu es bien comme tu es là. Qu'est-ce qu'un peu de poudre et de rouge va changer ?

Le tramway stoppait. Elle tourna soudain vers lui un regard chargé d'inquiétude.

— J'aimerais autant pas y aller aujourd'hui, dit-elle naïvement.

La foule montait ; elle fut prise dans un remous de corps pressés les uns contre les autres et se trouva bientôt assise à l'intérieur du tram.

Elle songeait : « Peut-être que j'ai pas attendu assez longtemps, hier soir. Peut-être qu'il est venu quand même me rencontrer. » Debout devant elle, une main à la courroie de cuir, Jean l'examinait. Elle rencontra son regard ; elle s'y vit comme dans une glace, et ses mains s'activèrent pour rétablir l'équilibre de son petit chapeau. Sa pensée trottait. Elle avait imaginé, bien sûr, qu'elle sortirait ainsi un jour avec le jeune homme, mais mise en ses plus jolis atours. Elle pensa avec détresse, avec une réelle détresse, à sa jolie robe neuve, très ajustée à la taille, qui lui faisait des seins ronds, tout petits, et des hanches juste assez saillantes. Avec un serrement de cœur, elle passa en revue tous les petits bijoux de son coffre dans lequel elle aurait pu choisir une épingle pour ses cheveux, des bracelets, quatre ou cinq qui auraient sonné à son bras, et peut-être aussi une broche pour son corsage. N'était-ce vraiment pas navrant, pensait-elle, d'aller en ville dans sa pauvre petite robe de travail et sans aucun bijou ?

Une inquiétude s'ajouta soudain à sa grande déception. Avait-elle au moins son bâton de rouge ? Frénétiquement, avec des mains qui tremblaient, elle ouvrit son sac de faux cuir et se mit à fouiller parmi les objets qui s'y trouvaient. Ses doigts glissèrent sur le peigne, la petite boîte de fard, de menues pièces d'argent. Elle se dépêchait, tirant toutes sortes de choses du fond du sac et les rejetant de côté. Sa bouche se crispait et son regard errait, inquiet, posé dans le vide. À la fin, ses doigts rencontrèrent le tube de métal ; elle le serra avec joie et elle fut soulagée, elle fut très soulagée. Pour un peu, elle l'aurait tiré du sac et se serait refait les lèvres tout de suite, mais un regard de Jean l'en empêcha.

Elle se sentait cependant réconfortée puisqu'elle avait son bâton de rouge. Tantôt, quand le jeune homme aurait détourné les yeux, elle sortirait le petit tube qu'elle tenait tout prêt dans sa main cachée au fond du sac. Elle pouvait attendre, ça ne pressait pas tellement. Elle fit mine de sourire, puis croisa les jambes. Alors, au bord de sa jupe tirée haut sur le genou, elle aperçut une échelle à son bas et, à nouveau, le dépit se répandit sur ses traits. Cela valait vraiment la peine d'aller en ville et d'être mise dans sa plus vilaine robe, avec, en plus, un bas qui avait filé. Chez elle, dans un tiroir de la commode, elle avait une belle paire de fins chiffons. Tout ce qu'il y a de plus fin. Ç'avait été une folie d'acheter ces bas, qu'elle avait payés deux dollars, mais aussi ils étaient de la plus jolie soie et d'une couleur qui semblait celle même de sa chair pâle.

Jean oscillait légèrement au-dessus d'elle à chaque secousse du tram. Un sourire moqueur errait sur ses lèvres.

— Si tu baissais un peu ta jupe ou si tu décroisais les jambes, l'échelle ne se verrait pas, dit-il tout bas en se penchant à son oreille.

Suffoquée d'indignation, elle chercha en vain une riposte. Ses idées se brouillaient. La chaleur mouillée du tram, l'haleine de toutes ces bouches qui aspiraient et rejetaient le même air lourd, le bruit, tout cela l'étourdissait. Avec Jean, rien ne se passait jamais comme elle l'avait prévu. Qu'elle en était donc agacée !

Elle cessa pourtant de se tracasser et resta tranquille, sans rien dire, la tête molle, penchant à droite, à gauche, selon les mouvements du tram, fermant parfois les paupières sur des yeux battus par la fatigue. Tout lui fut tiédeur, moiteur, engourdissement pendant le voyage. Le froid la saisit lorsqu'ils descendirent du tram et coururent à l'autobus. Mais bientôt ils roulaient dans un doux vrombissement et une bonne chaleur. Tout lui fut vague de froid, vague de chaleur, vagues de voix assourdies, vagues de vent, de doute, d'espoir, jusqu'au moment où ils entrèrent dans un petit restaurant discrètement éclairé où dansèrent tout à coup devant elle la blancheur des nappes et le miroitement des cristaux. Alors, tout lui fut rêve et, bravement, elle entra dans le rêve pour y jouer son rôle. Et cependant, tout lui fut effort douloureux pour vivre à la hauteur du rêve.

— Oh ! fit-elle, échappant à sa torpeur dès le seuil du restaurant, je suis encore jamais venue ici. C'est swell, hein !

Elle se sentait immensément flattée, elle en oubliait déjà sa pauvre petite robe de laine et l'échelle qui descendait au long de son bas. Son regard se tournait, grisé, vers Jean.

Un garçon en habit noir et plastron s'inclinait devant eux, puis les conduisait à une petite table où il y avait des fleurs qu'elle crut d'abord de papier et qui l'étonnèrent prodigieusement au toucher et au parfum. Le garçon tira la chaise et Florentine s'assit, enlevant déjà son manteau avec maladresse, les coudes levés haut. Puis, on lui mit le menu entre les mains et Jean, devant elle, disait d'une voix polie et courtoise qu'elle ne lui connaissait pas :

— Qu'est-ce que tu vas prendre, Florentine ? Un apéritif ?

Elle n'avait jamais entendu ce mot-là. Elle se douta que Jean voulait un peu l'épater. Elle fit « oui » de la tête en évitant un peu son regard.

— Et après ?

Entre ses doigts blanchis par l'eau de vaisselle, elle tournait la carte. Tous ces mots étranges, qu'elle déchiffrait syllabe par syllabe en les prononçant du bout des lèvres avec effort, la laissaient désemparée, hésitante. Son cœur battait fort. Mais elle se donnait le temps de chercher, en haut, au milieu, au bas de la page et, rencontrant un mot qui lui parut familier, elle déclara, sûre de ne pas se tromper :

— Ça, tiens, l'agneau rôti, j'aime ça.

— Mais non, Florentine, tu vas commencer par un potage. Laisse, je vais arranger ça.

Pour paraître avisée, elle murmura :

— C'est bon, je vais prendre ça, en haut, le consommé…

Elle jouait maintenant avec la carte, se donnant des airs de réfléchir. Jean ne voyait que le haut de sa figure et, ressortant sur le carton blanc, ses ongles où le vernis se fendillait et se détachait par plaques. Au petit doigt, il n'y avait presque plus de laque, et cet ongle nu, blanc, à côté d'un doigt teinté de carmin, le fascinait. Il ne pouvait en détacher son regard. Et si longtemps, si longtemps par la suite, il devait, en pensant à Florentine, revoir cet ongle blanc, cet ongle mis à nu, marqué de rainures et de taches blanches… un ongle d'anémique.

Pour elle, l'enchantement commençait. Pour lui, la pitié excluait déjà le désir. « Jamais je ne pourrais lui faire de mal, se disait-il. Non, jamais je ne pourrais me décider. »

— Tu ne veux pas prendre des hors-d'œuvre ? suggéra-t-il.

À ce moment et à sa gêne profonde, il s'aperçut que Florentine fouillait dans son sac et sortait, pièce après pièce, tout son attirail de beauté. Entre la coutellerie et les verres luisaient le bâton de rouge, le poudrier et même un peigne.

— Pas ici, dit-il, humilié en regardant de côté avec la peur qu'on les observât des tables voisines. Là.

Il indiquait une tenture épaisse au-dessus de laquelle se détachaient des lettres en lumière douce.

— Ah bon !

Avec un sourire défiant, ironique, comme si elle trouvait la gêne du jeune homme tout à fait déplacée, elle remit toutes ses affaires en vrac et se dirigea vers le fond du restaurant.

Il éprouva du dépit, lorsqu'il la vit revenir, les lèvres épaisses de rouge, et précédée d'un parfum si violent, si vulgaire, que de chaque côté les consommateurs levaient la tête et souriaient.

« Pourquoi l'ai-je amenée ici ? se disait-il, serrant le bord de la table. Oui, je sais, je me le suis dit assez de fois : pour la voir telle qu'elle est véritablement et n'avoir plus d'illusion à son sujet. » Il la regarda qui s'avançait si maigre dans son étroite robe. « Ou bien, est-ce pour la voir manger au moins une fois à sa faim ? Ou bien, est-ce pour la combler..., et ensuite la séduire, la réduire à une misère plus grande encore ? »

Il se leva à son approche. Elle fut déroutée de cette attention et le regarda avec son petit sourire qui fut timide et indécis.

Le cocktail était là devant elle. Dans le verre trempait une cerise qu'elle examina et mit enfin de côté sur le bord de l'assiette. Puis, d'un seul coup, renversant la tête, elle avala tout le contenu du verre et se prit aussitôt à toussoter.

Ses pommettes s'avivèrent. Et elle se mit à parler. Elle causait avec volubilité, les coudes sur la table, le regard parfois vif et enjoué, parfois perdu dans le vague. Les plats se suivaient : le potage Julienne, les hors-d'œuvre, une entrée de filet de sole, l'entrecôte, la laitue, les pâtisseries françaises. Et elle parlait toujours. Elle s'arrêtait parfois pour picorer dans son assiette comme un oiseau. Elle goûtait de tout et disait brièvement : « C'est bon. » Mais, en vérité, elle était trop surexcitée pour trouver une saveur aux aliments. Ce qui la grisait surtout, c'était dans une glace profonde derrière le jeune homme, sa propre image vers laquelle elle se penchait fréquemment. Elle s'y voyait, les yeux brillants, le teint mat et clair, les traits dilués ; et parce qu'elle se plaisait ainsi, elle avait l'air en s'approchant de Jean de vouloir sans cesse lui communiquer son instant de triomphe. Elle ne pouvait pas ne pas aimer bientôt quelqu'un auprès duquel elle se trouvait si jolie.

Vers la fin du repas, elle commença de le tutoyer. Elle ne voyait plus qu'il l'écoutait à peine et la regardait à la dérobée avec ennui. Elle se parlait plutôt à elle-même, ployant le buste vers les yeux de flamme qui l'encourageaient, qui la soutenaient, qui la grisaient du fond de la glace.

Plus tard, dans la soirée, alors qu'ils descendaient de l'autobus et continuaient leur route à pied, elle devint calme, presque silencieuse. La température avait brusquement remonté ainsi qu'il arrive souvent à la fin de février. Il faisait doux. La neige tombait, poudrant leurs vêtements, leurs cheveux, et s'attachant, fine et soyeuse, à leurs cils qui tremblaient. Des flocons très larges flottaient lentement dans l'air et, lorsque Florentine passait sous une lumière électrique, elle voyait bien que leur forme variait à l'infini ; certains étaient grands comme des étoiles ; d'autres lui rappelaient l'ostensoir sur l'autel. Il lui apparut que jamais dans sa vie elle n'avait vu de si beaux, de si grands flocons de neige. Elle n'osait plus parler et, parfois, une angoisse la saisissait : « Avait-elle vraiment fait une bonne impression ? » Jean demeurait tellement distrait.

Ils s'engageaient sur le viaduc de la rue Notre-Dame, face à la gare Saint-Henri, lorsque Jean s'arrêta. Et elle vit qu'il levait les yeux sur la montagne dont les lumières se distinguaient à peine de la première poignée d'étoiles.

— As-tu déjà vu cette montagne ? dit-il lentement.

Elle eut un sourire d'embarras et d'ironie, ne comprenant parfois rien à cet étrange jeune homme, puis sa pensée vola au restaurant où elle avait vraiment eu un instant de bonheur ; et, comme lui, elle s'arrêta pour rêver, appuyée au parapet. Elle regardait aussi la montagne ; avec des yeux qui brillaient dans la neige, avec des yeux qui clignaient sous la descente des flocons, elle regardait la montagne, mais ce qu'elle y retrouvait c'était la grande glace du restaurant et son propre visage avec des lèvres douces, des cheveux mousseux et légers comme s'ils eussent été réfléchis dans une nappe d'eau sombre.

Jean la considérait, par-dessus son épaule. Elle le laissait presque indifférent, presque calme, maintenant. À peine songeait-il à l'embrasser. Et cela était bien ainsi. N'ayant plus d'élan brutal, irrésistible vers Florentine, il pouvait s'ouvrir à elle de ses ambitions, il pouvait clairement lui montrer la grande distance qu'il y avait entre eux.

Il étendit la main sur le poignet menu de la jeune fille et se prit à rire.

— Tu t'en doutes peut-être pas, ma blonde, dit-il, mais moi, là, j'aurai bientôt mis le pied sur le premier barreau de l'échelle... et good-bye à Saint-Henri !

Elle fut traversée d'une inquiétude bizarre et demeura pensive, les mains nouées sur le parapet. Une locomotive qui se rangeait les enveloppa d'un jet de vapeur. Il lui sembla un instant qu'elle était perdue dans une brume infinie. Puis le calme se refit en elle. Qu'avait-elle à s'inquiéter ? Tout était clair. Tout s'arrangeait très bien. Ne savait-elle pas tout ce qu'il lui importait de savoir pour le moment ? À leur sortie du restaurant, lorsque Jean lui avait pris le bras, elle avait éprouvé de l'anxiété, il est vrai. Elle s'était demandé : « Où va-t-il m'emmener maintenant ? » La crainte d'avoir à se défendre contre lui l'avait toute hérissée. Mais lorsqu'elle avait constaté qu'il la ramenait tout droit chez elle, l'aplomb lui était revenu. Une pensée était éclose en elle. « Il ne me haït pas, s'était-elle dit. Il veut être mon ami de garçon. »

En ce moment, droite, énigmatique et souriante à côté de lui, elle savourait ces mots : « Mon ami de garçon. » Et avec l'audace que lui donnait la certitude d'être aimée de ce singulier jeune homme, d'être respectée par lui, elle se retenait maintenant elle-même sur le chemin de son émoi. « C'est pas que je l'aime gros, raisonnait-elle, non, je peux pas dire que je l'aime pour vrai. Il me tanne avec ses grands mots pis toutes ses idées de fou, mais il est pas non plus comme les autres gars de Saint-Henri. »

En définitive, bien qu'elle ne sût en quoi elle consistait, c'était cette individualité de Jean qui le rehaussait tant à ses propres yeux.

Lentement, ils se remirent en marche, chacun suivant le cours de ses pensées qui allaient sur une pente opposée, tellement à l'opposé que jamais plus dans leur vie ils ne pourraient se comprendre.

Jean : « Je ne la verrai plus. Oh ! peut-être une fois ou deux encore, pour que je ne garde aucun regret, mais il faut que ça finisse bientôt... »

Et elle : « Il faut que je m'arrange pour l'inviter à la maison. » De plus en plus elle voulait entretenir cette espèce de respect qu'il lui témoignait ce soir. C'était là la bonne route à suivre, d'autant plus nécessaire à prendre que leur aventure avait commencé d'une façon bien imprudente. « L'inviter à la maison... Oui, mais comment faire ? C'était si petit, si laid et si plein d'enfants chez nous. »

Et lui encore : « Ah ! et puis elle fait trop pitié dans sa petite robe. Pourquoi ne la laisserais-je pas tout de suite ? »

Rue Beaudoin, elle s'arrêta devant la façade nue, très pauvre, d'une maison de bois. À droite, une ouverture basse et humide conduisait à une petite cour intérieure où des fenêtres timidement éclairées jetaient des lueurs sur des amas de détritus. La rue comptait une vingtaine de petites maisons de bois, traversée, de-ci de-là, par de semblables passages qui menaient aux cours intérieures. Au bout de la rue, un remblai grimpait très haut jusqu'au chemin de fer.

— C'était au fond ou ici que tu habites ?

— Non, ici.

Florentine indiquait la maison tout au bord du trottoir, directement sous la lumière du réverbère qui accusait le gris fané et triste de la peinture. Elle-même se trouvait dans la clarté crue de la lampe à arc. Ses joues paraissaient creuses ; ses lèvres, trop rouges, hardies.

— Ôte-toi de là, fit-il.

Il la poussa dans l'ombre. Et l'ombre fut douce à la jeune fille. Elle effaça brusquement toute trace de maquillage ; elle en fit une chose soudain toute frêle, tout enfantine, elle l'habilla de mystère et la rendit à la fois lointaine et chère et douce. Il la considéra une minute en retenant son souffle et, brusquement, il l'enlaça. Il enlaça cette ombre, ce mystère qui souriait, il attira à lui le pâle sourire de Florentine, sa faiblesse, sa crédulité, ses yeux profonds dans le noir. Ses lèvres se posèrent sur les joues de Florentine. Elles cherchèrent la forme, la chaleur de la bouche. Et le vent autour d'eux tourbillonnait, et la neige glissait entre leurs visages rapprochés, s'y fondait et courait entre leurs lèvres en minces gouttelettes.

Florentine coulait dans ses bras. Il eut l'impression qu'il ne tenait plus qu'un paquet de vêtements, une chose inerte, douce et moite. Il l'enserra plus étroitement et, alors, sous le manteau léger, il sentit la maigreur des épaules. Sa main courut le long du bras fluet et, doucement, il repoussa cette petite chose voilée d'ombre, piquetée de neige et qui sentait l'hiver, le givre et le froid.

Elle restait devant lui, les yeux clos. Alors il se pencha et appuya ses lèvres sur chacune des paupières fermées. Puis vivement il se redressa et s'éloigna d'un pas rapide. Il avait presque envie de siffler.

Et Florentine, dans un grand tourbillon qui la soulevait, l'entraînait, songeait : « Il m'a embrassée sur les yeux. » Elle se souvenait d'autres baisers, mais jamais encore elle n'avait senti la caresse des lèvres sur ses paupières.

Tâtonnant dans le vide comme une aveugle, elle gagna le seuil de sa maison. Dans la petite salle, éclairée d'un mince filet tremblant qui venait de la rue, elle commença tout de suite à se dévêtir, s'efforçant de ne faire aucun bruit qui pût réveiller la maisonnée, attentive au bourdonnement de son cœur, craignant surtout de rompre le souvenir qui la tenait : « Il m'a embrassée sur les yeux. »

Des profondeurs de la pièce double où se devinait la forme d'un grand lit, une voix montait cependant de la nuit, une voix lasse de sommeil.

— Florentine, c'est toi ? Tu rentres bien tard.

— Il n'est pas tard, murmura Florentine.

Assise au bord du lit-sofa, elle enlevait ses bas, ayant à peine conscience de ses mouvements. Une grande vague la supportait, elle roulait avec cette vague dans une ivresse qui lui pinçait parfois le cœur.

— Ton père n'est pas encore rentré, je sais pas ce qu'il peut bien faire, reprenait la voix dolente. J'ai bien peur qu'il ait laissé sa job. En tout cas, hier, il n'a pas eu sa paye. Et Eugène, Eugène, ajoutait-elle, dans un soupir plaintif, Eugène vient de s'engager, Florentine. Mon Dieu, qu'est-ce qu'on va devenir ?

La vague bondissante portait toujours Florentine. Quand elle la soulevait très haut, elle sentait son cœur brusquement se serrer. Comment les petites misères quotidiennes auraient-elles pu désormais la toucher ! Et les troublantes confidences de minuit, dans le silence lourd de respirations, les entendrait-elle jamais encore avec son cœur angoissé d'autrefois ? Une vague la berçait qui était souple et longue et ondoyante. Il y avait des replis où l'on sombrait avec toutes ses pensées, toute sa volonté, où l'on n'était plus qu'une aile, qu'une plume, qu'une frange, emportée toujours plus vite, toujours plus vite. « Il m'a embrassée sur les joues. Sur les yeux. »

— Je ne sais pas ce qu'on va devenir, Florentine.

« Sur les joues, sur les yeux, et ses lèvres étaient si douces ! »

— Si ton père a encore perdu sa job, ça veut dire qu'il faudra vivre avec ce que tu peux nous donner, pauvre Florentine... On pourra plus se remettre sur le secours...

Un nouveau silence, long, pénible, plein de rafales qui se cognaient aux vitres.

Rose-Anna éleva la voix. Cette fois, elle parlait pour elle-même dans la lourde solitude du grand lit. Elle n'espérait plus atteindre Florentine, là, si près pourtant. Mais Florentine était peut-être fatiguée, trop lasse pour causer. Ou bien le sommeil, déjà, la guettait. Elle l'excusait, et pourtant il fallait parler haut, il ne fallait pas rester ainsi dans la nuit, seule avec cette masse qui pesait sur le cœur.

— Le propriétaire nous a avertis qu'il faudra déménager au mois de mai, dit-elle.

Et son cœur était si plein d'inquiétude, le poids pesait si lourd sur son cœur, qu'elle aurait dit ces mots-là tout haut, même si elle eût été vraiment seule. « Qu'est-ce qu'on va devenir si ton père ne se trouve pas d'autre job quand nous v'là encore à la veille de déménager. Les logis coûtent de plus en plus cher, et maintenant,

maintenant... » Elle hésita au bord d'une dernière confidence. Et dans le noir, dans le grand noir qui semblait vide et morne, sans yeux, sans oreilles, sans pitié, elle laissa tomber : « Quand on n'était rien que dix, c'était déjà difficile d'arriver, mais à c'te heure, qu'on sera bientôt onze... »

Tout à coup, Florentine entra dans la réalité. La vague d'ivresse l'abandonnait. Elle la rejetait durement.

La gorge sèche, presque en colère, elle dit :

— T'attends encore ?

Depuis quelque temps, elle épiait sa mère, elle croyait la voir s'alourdir de jour en jour, mais Rose-Anna, déformée par de nombreuses maternités, semblait toujours porter un fardeau sous sa robe gonflée. Elle se doutait bien de la vérité à certains moments, mais à d'autres elle se disait : « Ça doit pas être ça. Sa mère a quarante ans passés. »

— C'est pour le mois de mai, vers la fin, dit Rose-Anna.

L'aveu lui semblait pénible. Mais aussitôt, elle se reprit et demanda : « Tu seras pas fâchée, hein, Florentine, d'avoir une autre petite sœur ? »

— Vinguienne, sa mère, vous trouvez pas qu'on est assez ?

La phrase mauvaise lui avait échappé. Florentine la regrettait déjà, elle aurait voulu la reprendre, mais dans le silence tiède de la pièce, dans le vent qui geignait aux carreaux, il n'y avait plus que le souvenir de cette phrase qui persistait. L'ombre semblait la répéter, la répéter à l'infini.

Rose-Anna se retourna sur l'oreiller trempé de sueurs. « Pas si fort, les enfants ! » supplia-t-elle. Puis après un long silence, elle chuchota dans l'obscurité : « Qu'est-ce que tu veux, Florentine, on fait pas comme on veut dans la vie ; on fait comme on peut. »

« C'est pas vrai, songeait Florentine. Moi, je ferai comme je voudrai. Moi, j'aurai pas de misère comme sa mère. »

La vague roulante l'enserrait de nouveau, la reprenait, la soutenait, la soulevait très haut et chantait à ses oreilles dans un ruissellement limpide, une sorte de rêveuse musique qui lui promettait une vie heureuse. Toute nue dans sa chemise de nuit, elle se glissa dans le lit auprès de sa petite sœur Yvonne. La fillette gardait les yeux clos, mais sa bouche frémissait. À treize ans, elle se débattait seule, cherchant la clé des mystères humains.

— Laisse faire, sa mère. Inquiète-toi pas, on va s'arranger. On a passé à travers pire que ça.

Et presque aussitôt, elle s'endormit sur une dernière pensée enivrante : « Il m'a embrassée sur les yeux. »

Auprès d'elle, Yvonne, rigide, complètement réveillée, respirait par saccades. Ses yeux démesurément ouverts fixaient le plafond et, de ses deux petites mains réunies, elle cherchait à refouler, dans sa poitrine grêle, un poids qui l'étouffait.

VII

Elle le regarda fumer sa cigarette par petites bouffées, assis tranquillement auprès du poêle de cuisine, le journal de la veille déplié sur ses genoux, et elle éprouva de l'amertume.

Du gros chandail à demi fermé sur la poitrine forte, le cou émergeait, blanc et lisse comme celui d'un jeune homme. La figure était d'un teint frais, presque sans rides. Elle lui en voulut d'être resté jeune, beau de sa santé inaltérable, alors qu'elle montrait des marques si évidentes de fatigue et d'usure. Il avait seulement deux ans de moins qu'elle. La différence d'âge ne comptait pas quand ils s'étaient mariés. Maintenant il paraissait plus jeune qu'elle d'au moins dix ans. Rose-Anna, à bout de courage, se prit silencieusement à activer le feu. Sa bouche tremblait au-dessus du rond ouvert qui l'éclairait en plein.

La flamme jaillit avec un pétillement clair. Azarius leva la tête. Il aspira l'odeur des copeaux bien secs — il y en avait une petite provision sur la porte du fourneau — et celle du pain grillé qu'il aimait par-dessus tout. Il eut un soupir de bien-être, songeant à ces matins froids où, de son taxi en station, il guettait les passants. Ce fut plus que n'en pouvait supporter Rose-Anna.

— Qu'est-ce que t'avais besoin de lâcher ta job ! C'était ben le temps de faire le difficile. Florentine la lâche pas sa job, elle !

Ainsi débutait leur journée. Un peu de soleil se levait derrière le carreau de la cuisine. Ainsi avaient débuté bien des journées autrefois. Rose-Anna, écoutant le son de sa propre voix, se demanda si elle n'avait point parlé comme mue par des souvenirs. Mais le petit lit de camp d'Eugène, dressé contre la cloison, lui rappela que son fils aîné était parti, qu'elle vieillissait et qu'Azarius ne changeait point.

— T'es drette dans mon chemin aussi, dit-elle. Comment est-ce que tu veux que je fasse à manger. Recule ta chaise, au moins.

Il montra un sourire coloré d'étonnement ; il ne s'était pas fait aux reproches plus qu'à la conscience de ses torts.

— Laisse-moi le temps un petit brin, dit-il. J'ai des prospects. Laisse un homme penser un peu à ses affaires.

— Oui, penses-y à tes affaires, assis contre le poêle.

— Ben voyons, sa mère, autant être assis icitte comme ailleurs, tant qu'à être assis pour jongler.

— Jongler !

Elle avait jeté le mot avec dérision et le son de ses savates glissant sur le plancher s'arrêta brusquement.

— Jongler ! T'es-tu pas capable de faire autre chose ? T'as passé quasiment toute ta vie à jongler. Et au bout de toutes tes jongleries, t'as jamais été plus avancé. De jongler, c'est ça, penses-tu, qui aide le pauvre monde !

Une sourde douleur la surprit ; elle se tut, une main contre sa robe gonflée.

— Va te recoucher, sa mère ; je ferai ton barda aujourd'hui, dit-il doucement.

Sa jactance était tombée. Non pas sa douloureuse conscience d'être incompris, non pas sa confiance latente, non pas même le fond de son optimisme léger. Mais il n'y avait plus de fanfaronnade en lui. Rien qu'un impitoyable besoin de se faire pardonner. Dans cet homme contrit, tassé auprès du feu, il eût été difficile de reconnaître, même de loin, le discoureur des *Deux Records*. Il était ainsi dans sa famille, sans ressort, comme en un nid d'épines où il ne servait à rien de vouloir en arracher une, tant elles se multipliaient autour de lui. Sa voix même n'était plus celle qu'il employait au dehors pour donner son avis, exprimer ses vues audacieuses et généreuses. C'était un timbre conciliant, presque humble et où l'on aurait pu saisir parfois un accent de défaite.

— Si tu tiens tant que ça à savoir la vérité, soupira-t-il, eh ben ! ma femme, je me suis fait slacquer. Mais c'est aussi ben comme ça. J'étais pour lâcher moi-même. Comment est-ce que je peux m'occuper de mes affaires pris dans c't outfit-là du matin au soir !

Elle détourna rapidement les yeux. Elle avait eu le temps de se calmer, mais ne voulait pas le montrer trop tôt. S'activant à mettre le couvert sur la petite table de la cuisine, elle se rappelait une remarque de la vieille madame Lacasse : « Avec Azarius, ma fille, vous entendrez jamais un mot plus haut que l'autre. Et ça vaut bien qu'on y pardonne ses défauts, mon enfant. »

C'était vrai, songea Rose-Anna. Azarius ne lui avait jamais dit une parole de colère.

— Eh ben ! c'est ça, tâche de te rendre utile au moins, dit-elle sans rancune.

Elle s'assit pour manger à son tour au coin du fourneau. Ainsi, elle trouvait moyen de mettre une part double pour les enfants et de ne se réserver qu'un croûton de pain sans que son sacrifice fût apparent. Elle commença de se balancer un peu le buste, selon son habitude, même sur une chaise droite. Ce mouvement semblait l'aider à réfléchir.

Un projet s'éveilla bientôt en elle. Toujours active à penser, dès qu'elle concevait un plan elle le poursuivait inlassablement. Après avoir bu une gorgée de thé, elle déposa sa tasse d'un mouvement vif.

— Cout' donc, dit-elle, ça serait p't-être ben une bonne idée, d'abord que t'es là pour garder les enfants, que je me mette su le chemin pour trouver un logement.

Ce n'était pas un conseil qu'elle cherchait. Aussitôt énoncée, sa décision lui parut raisonnable et même excellente.

— Ça, un logis, reprit-elle, il en faut toujours ben un, même mal pris comme on est.

Un peu de salive coulait aux coins de ses lèvres. Elle la ravala et se leva, une petite femme ronde de partout, avec un front encore beau, des yeux bruns courageux et des rides mobiles entre les sourcils.

Sur sa robe de maison, elle jeta son vieux manteau noir tournant au verdâtre ; elle prit sur le buffet de la salle à manger son chapeau et un petit sac brun tout défraîchi que lui avait passé Florentine. Comme son aînée s'éveillait à ce moment, elle alla lui porter ses bas et ses souliers et lui recommanda de se hâter, car huit heures et demie avaient sonné.

Florentine, au sortir du sommeil, regardait autour d'elle en fronçant un peu les sourcils, puis, retrouvant la joie tumultueuse qui l'habitait, elle sauta vivement au bord du lit.

— C'est ça, vite, mets-toi pas en retard, dit Rose-Anna.

Elle traversa la cuisine à la hâte, comme s'il s'agissait de prendre un train, puis elle sortit en repoussant les petits qui s'accrochaient à ses jupes et criaient : « Tu m'apporteras un lapin en chocolat, maman ! Tu m'apporteras une flûte, maman ! »

Ils étaient tous d'âge d'aller à l'école, sauf la petite Gisèle, mais Rose-Anna les gardait à la maison depuis quelques semaines : Lucile, parce qu'elle n'avait pas de couvre-chaussures, et Albert parce qu'il avait un mauvais rhume. Quant au petit Daniel, depuis déjà deux mois, il dépérissait tout doucement, sans symptômes évidents de maladie sérieuse. Philippe, qui atteignait ses quinze ans, refusait obstinément de retourner à l'école. Rose-Anna le surprenait à fumer les mégots de son père ou d'Eugène et à lire des romans policiers. Il avait mauvais teint, la figure eczémateuse et des dents qui pourrissaient.

Rose-Anna se retourna sur le trottoir pour les voir tous entassés dans la porte jusqu'au petit Daniel à demi vêtu, car son pantalon et sa chemise n'avaient point suffisamment séché durant la nuit pour qu'on pût l'habiller au réveil. Yvonne seule n'était point là. Levée à l'aube, la fillette se lavait sous le robinet d'eau froide dans la cuisine ; elle se vêtait rapidement, prenait dans la boîte à pain une croûte qu'elle glissait dans son cartable, avec ses livres de classe ; puis, comme une ombre, sans bruit, elle filait vers une messe matinale avant de se rendre au couvent. Elle communiait tous les matins.

Beau temps, mauvais temps, elle était la première sortie. Lorsqu'on avait essayé de la retenir par les plus grands froids, elle avait fait des colères terribles, extraordinaires chez cette enfant nerveuse, effacée et si douce d'habitude.

Puis, un jour qu'on avait voulu employer la force pour l'empêcher de partir, elle s'était mise à pleurer, expliquant à travers ses sanglots qu'elle laisserait souffrir Notre-Seigneur si elle manquait une messe. Rose-Anna avait compris la naïve histoire : au couvent, dans la classe d'Yvonne, il y avait un cœur percé, et chaque petite fille qui assistait à la messe avait le droit en entrant en classe d'aller enlever une de ces épines du cœur transpercé. Yvonne avait dit, des larmes coulant sur ses joues trop blanches : « Oh ! maman, il y a tant de méchants qui, tous les jours, plantent des épines dans le cœur de Jésus. Laisse-moi aller à la messe. »

La mère n'avait jamais plus contrarié l'enfant. Mais le soir, malgré sa fatigue, elle avait fait, dans du vieux, un bon manteau chaud, avec plusieurs doublures de ouatine. Et, désormais, quand la petite fille partait à l'aube froide, elle songeait : « Au moins, elle est chaudement vêtue. »

Rose-Anna, du trottoir, avait regardé les enfants, surpris de la voir partir, elle qui ne sortait jamais. Daniel avait crié de sa voix menue : « Une flûte, maman, oublie pas ! » Gisèle s'était mise à pleurer jusqu'au moment où Azarius l'avait prise dans ses bras et lui avait suggéré d'agiter la main.

Toute la rancune de Rose-Anna avait sombré. Toute sa mauvaise humeur s'était éteinte d'un seul coup. Elle s'était éloignée, décidée à acheter, peut-être pas la flûte que demandait Daniel depuis si longtemps, mais peut-être bien quatre petits lapins en chocolat en prévision du jour de Pâques. Elle avançait maintenant avec difficulté dans la neige molle. Parfois, elle s'arrêtait pour souffler en s'appuyant à un mur ou à une barrière.

Dès les premiers jours de mars, le soleil s'était allumé au-dessus du faubourg et la neige avait fondu.

Elle cheminait à pas lents, lasse et lourde. Déjà les souvenirs attaquaient sa vaillance et grugeaient à même son courage. Déjà lui apparaissait la futilité de tous ses espoirs. La clarté du ciel et la douceur de l'air ne la troublaient pas. Elle pressentait le printemps à d'autres signes, et un peu en ennemie. Le printemps ! Qu'est-ce qu'il avait signifié pour elle ? Dans sa vie de femme mariée, deux événements s'associaient toujours au printemps ; elle était enceinte et, dans cet état, il lui fallait se mettre sur le chemin pour trouver un logis. Tous les printemps, ils déménageaient.

Dans les premières années, pour mieux se loger. Oui, autrefois, Azarius et elle aussi se fatiguaient de leur petit logement. Dès la fin de l'hiver, ils se mettaient à désirer quelque chose de plus frais, de plus clair, de plus grand, car la famille augmentait. Azarius surtout était pris d'une véritable folie. Il parlait d'avoir une maison avec un jardinet où il planterait des choux et des carottes. Et elle, qui venait de la campagne, était tout émue, toute joyeuse, à l'idée de voir pousser des légumes sous ses fenêtres. Mais c'était toujours des cheminées d'usines ou des masures entassées qui s'élevaient devant ses fenêtres.

Plus tard, quand Florentine et Eugène eurent l'âge d'aller à l'école, déjà ils ne déménageaient plus de leur propre gré, mais parce qu'ils ne payaient pas régulièrement le propriétaire, et qu'il fallait bien trouver un logis moins coûteux. D'année en année, il avait fallu chercher le logis moins coûteux, tandis que le prix des loyers montait et que les maisons habitables devenaient de plus en plus rares.

Autrefois, quand elle se mettait en route pour chercher un logement, elle en avait une idée claire, nette. Elle voulait une véranda, une cour pour les enfants, un salon. Et Azarius l'encourageait : « Tout ce qu'il y a de mieux, Rose-Anna. Prends tout ce qu'il y a de mieux. »

Ses démarches se limitaient depuis longtemps déjà à trouver un logis, n'importe lequel. Des murs, un plafond, un plancher ; elle ne cherchait qu'un abri.

Elle s'arrêta à une réflexion amère : plus la famille avait été nombreuse, plus leur logement était devenu étroit et sombre.

Le grand chômage avait affecté Azarius l'un des premiers, car il était menuisier de son métier. Trop fier pour accepter n'importe quel travail, il n'avait cherché un emploi que dans les industries de son métier. Puis il s'était découragé ; comme tant d'autres, il avait fini par demander le secours de l'État.

Les pires jours de leur vie ! songeait Rose-Anna. L'allocation pour le loyer était presque rien. Ça faisait rire les propriétaires quand on leur offrait dix dollars par mois pour un logis de quatre pièces.

Alors Azarius s'engageait à payer une différence de quelques dollars. Toujours optimiste, jamais guéri de sa folle confiance, il disait : « Je ferai toujours ben une piasse icitte et là ; on s'arrangera. » Mais, en fin de compte, il avait peu travaillé ou l'argent était allé boucher d'autres trous. Il n'avait pu tenir ses engagements et, dès le printemps, encore une fois, un propriétaire furieux les mettait dehors.

Le soleil, déjà, ruisselait dans la rue. Aux pignons des maisons pendaient des glaçons effilés, brillants comme du cristal. Quelques-uns se détachaient avec un bruit sec et s'effritaient aux pieds de Rose-Anna en petits morceaux de verre broyé. Elle avançait très lentement, en cherchant un appui de la main et toujours avec la crainte de tomber. Puis ses semelles retrouvaient la neige molle où elle enfonçait avec une grande fatigue, mais où elle ne sentait plus l'inquiétude de glisser.

Le printemps, elle l'avait aimé autrefois ! Il y avait eu deux beaux printemps dans sa vie. Celui où elle avait rencontré Azarius, si gai à cette époque, que déjà la vieille madame Laplante, sa mère à elle, prophétisait : « M'est idée qu'il fera jamais rien de drôle, c'lui-là. Y est trop porté à tout voir en beau. » Puis, le printemps où était née Florentine, sa première. Elle se rappelait la douceur de ces deux printemps-là. Parfois, au fond de son souvenir, elle croyait en sentir encore jusqu'à l'odeur de feuilles fraîches. Elle se revoyait, en de rares moments de détente, poussant la voiturette de Florentine dans le soleil. Des voisines se penchaient sur les rubans, les dentelles, et disaient : « Vous vous donnez ben du trouble ; quand ça sera votre dixième, vous en ferez pas autant. »

Rose-Anna fit un grand effort pour hâter le pas. Des gens balayaient ou pelletaient la neige devant le seuil de leur porte. Plusieurs, la reconnaissant au passage, la saluaient gaiement : « Bonjour, ma'me Lacasse ! En train de vous chercher une maison ? »

D'autres disaient, rêvant et cherchant au fond du ciel des signes de joie : « Cette fois, ça y est, hein. C'est le printemps ! »

— Oui, répondait Rose-Anna, mais il faut pas trop s'y fier.

— Oh ! ben sûr qu'on aura encore du frette, mais ça fait du bien tant que ça dure.

— Oui, acquiesçait-elle, en s'efforçant de sourire. Surtout que ça ménage le chauffage.

Elle s'éloignait, reprenait la trame des mêmes pensées. Ce n'était pas que les logis fussent rares. De quelque côté qu'elle levât les yeux, Rose-Anna apercevait des écriteaux : « À louer ». Une fois par an, il semblait bien que le quartier, traversé par le chemin de fer, énervé par les sifflets des locomotives, s'adonnait à la folie du voyage et que, ne pouvant satisfaire autrement son désir d'évasion, il se livrait au déménagement avec une sorte d'abandon contagieux. Deux maisons sur cinq montraient alors leurs écriteaux salis : « À louer, À louer, À louer » !

Rose-Anna rencontrait plusieurs femmes du peuple qui, en examinant les maisons, comme elle, marchaient lentement. Elles étaient déjà nombreuses celles qui cherchaient un nouveau logis ; dans quelques semaines, elles seraient des centaines. Rose-Anna se dit qu'il fallait se hâter de devancer la grande ruée d'avril. Cependant elle ne se décidait à entrer nulle part. Elle s'approchait d'un perron, jetait un coup d'œil à l'intérieur, puis regagnait le trottoir. Le mauvais état des logements la rebutait ou bien la maison semblait propre, bien tenue, et elle se disait : « C'est pas la peine de demander le prix ; ça sera trop cher pour nous. »

Elle se força pourtant à entrer dans une maison de brique, rue Saint-Ferdinand. Elle en sortit, étourdie, vacillante. L'odeur des linges de bébés séchant au-dessus du poêle et la vue du cabinet de toilette sans fenêtre, ouvrant sur la cuisine, l'avaient dégoutée au point qu'elle avait cru se sentir mal. « Et ils demandent seize piasses par mois pour ça ! » Elle avait remarqué que le logement n'était éclairé que par les fenêtres qui donnaient sur la rue, car les autres ouvraient sur une cour resserrée qui ressemblait à un puits. « Seize piasses par mois, se disait-elle. Y a pas moyen. On n'arrivera pas. »

Pourtant, elle recommençait de patients calculs. Elle portait dans sa tête, Rose-Anna, le chiffre exact de leur petit revenu composé surtout des payes de Florentine. Elle logeait aussi dans sa mémoire la somme totale de leurs dépenses les plus strictement nécessaires. Elle aurait pu dire, à un sou près : « C'est tant qu'il me faut ce mois-ci. » Et elle aurait sûrement ajouté après coup : « Pour arriver. » Même dans ses pensées les plus obscures, elle employait ce mot de succès et d'ambition, car dans toutes ses pensées, il y avait ce fort instinct du peuple de défier les chiffres.

Elle dépassa plusieurs maisons à louer sans les apercevoir, tout occupée à son âpre bataille. Elle allait d'un pas énergique, rognant sur telle petite dépense — ses yeux seuls en montraient du regret — se butant de toutes ses forces contre un total qui excédait toujours leurs ressources. Et voici que de cette prison de soucis, de tourments, de chiffres, Rose-Anna, restée imaginative, malgré tout, s'évadait. Elle avait alors des idées innocentes et puériles. Elle imaginait un oncle riche qu'elle n'aurait jamais connu et qui, en mourant, lui céderait une grande fortune ; elle se voyait aussi trouvant un porte-monnaie bien rempli qu'elle remettait à son propriétaire évidemment, mais pour lequel elle toucherait une belle récompense. L'obsession devenait si vive qu'elle se mettait à fouiller le sol d'un œil enfiévré. Puis elle avait honte de ces fantaisies.

De quelque rêve qu'elle sortît, Rose-Anna revenait tout droit à ses calculs.

Elle arriva place Saint-Henri ; elle la traversa pour une fois sans souci des trams, de la sonnerie du chemin de fer et de l'âpre fumée qui alourdissait ses paupières. Un camion la frôla, et elle leva un regard plutôt étonné qu'effrayé. C'était le regard d'un comptable distrait qui erre un instant au-dessus de gros livres.

Sur le trottoir, elle reprenait déjà ses comptes dès le début. Et, à ce moment, pour la première fois depuis qu'Eugène s'était engagé, elle songea aux vingt dollars par mois dont il lui avait parlé. Elle repoussa cette idée avec énergie, serrant un peu les lèvres... Un peu plus tard, elle s'aperçut que ces vingt dollars étaient déjà engloutis, qu'elle les avait, dans son imagination, dépensés jusqu'au dernier sou. Elle haleta doucement, honteuse et quand même soulagée.

Comme pour la confondre, soudain, une affiche collée au mur d'un magasin, représentant un jeune militaire, baïonnette au canon, se dessina à grands coups de crayon. Ses yeux brillaient et sa bouche juvénile lançait un cri de ralliement. Dans du bleu, au-dessus de sa tête, s'enroulaient de grosses lettres noires : « Allons-y les gars ! Le pays a besoin de nous. »

Rose-Anna fut saisie d'émotion. Ce jeune homme ressemblait à Eugène. Sa bouche, ses yeux ! Épelant les mots, elle crut lire : « Allons-y les gars ! Nos mères ont besoin de nous. » Ses mains se joignirent sur son manteau. Eugène, dressé au-dessus du quartier, jetait un cri d'angoisse qui se prolongeait et clamait leur pauvreté aux quatre coins du ciel.

À pas moins sûrs, moins courageux, elle s'engagea vers les endroits les plus misérables, derrière la gare de Saint-Henri.

Bientôt, elle arriva dans la rue Workman, qui porte bien son nom. « Travaille, ouvrier, dit-elle, épuise-toi, peine, vis dans la crasse et la laideur. »

Rose-Anna s'aventura au long des taudis de briques grises qui forment une longue muraille avec des fenêtres et des portes identiques, percées à intervalles réguliers.

Une nuée d'enfants dépenaillés jouaient sur les trottoirs au milieu de détritus. Des femmes maigres et tristes apparaissaient sur les seuils malodorants, étonnées de ce soleil qui faisait des carrés de lumière devant chaque caisse à ordures. D'autres posaient leur nourrisson sur l'appui d'une fenêtre et leur regard absent errait. Partout des carreaux bouchés de guenilles ou de papiers gras. Partout des voix aigres, des pleurs d'enfants, des cris qui jaillissaient, douloureux, des profondeurs de quelque maison, portes et volets rabattus, morte, murée sous la lumière comme une tombe.

Toutes les maisons — il ne faudrait pas dire les maisons, car comment les distinguer les unes des autres ; c'est au numéro, seul, au-dessus de la porte, qu'on reconnaît leur piteux appel à l'individualité — toutes les maisons de la rangée, non plus deux ou trois sur cinq, mais toutes, s'offraient à louer.

Chaque printemps, l'affreuse rue se vidait ; chaque printemps elle se remplissait.

Vers elle, le vent chassait, à grands coups tenaces, l'odeur de tabac sucré qui monte des fabriques de cigarettes, toutes proches. Il y avait encore place dans cette pénétrante senteur pour un relent de peintures chauffées et d'huile de lin qui s'infiltrait par la bouche autant que par les narines, qui laissait la langue épaisse et la gorge sèche.

« Non, se dit Rose-Anna, Florentine ne voudra jamais venir ici... » Elle rebroussa chemin, s'engagea cette fois vers la rue du Couvent. Elle se trouva dans une petite avenue paisible, bordée de maisons bourgeoises. Il y avait des rideaux de dentelle aux vitres de verre coloré ; les stores de couleur crème étaient à demi tirés ; aux façades, on voyait des plaques-enseignes de cuivre et, de-ci de-là, sur le bord des fenêtres, des plantes robustes qui avaient plus d'air, plus d'espace, songeait Rose-Anna, que les enfants entrevus tantôt dans la maison de la rue Saint-Ferdinand. Elle comprenait bien que cette oasis de silence n'était point pour eux. Mais elle y respirait avec aisance. Un peu de courage lui revenait. Sa visite à la rue Workman l'avait tout de même réconfortée. Elle y avait puisé la satisfaction de sentir qu'ils n'étaient pas encore réduits à l'extrême indigence.

À sa droite, se dressait l'église de Saint-Thomas-d'Aquin. Parce qu'elle était fatiguée et qu'elle éprouvait le besoin de s'asseoir, de réfléchir, elle y entra et, à l'arrière de la nef, se laissa choir sur le premier banc.

Ses pensées errèrent, d'abord décousues, sans suite, sans but. Puis la force lui revint.

Elle pensa : « Il faut prier, je suis dans l'église. » Doucement, elle se laissa glisser au bord du banc et s'agenouilla, égrenant son chapelet.

Mais en prononçant les avé du bout des lèvres, sa pensée déviait. Elle continuait à remuer les lèvres, cependant qu'elle entamait un silencieux plaidoyer qui ne s'adressait d'abord à aucune statue, à aucune relique, à aucune présence.

« C'est pas juste pour mes enfants, disait-elle. Ni pour Eugène qui n'a jamais eu de chance, ni pour ma Florentine. À son âge, je pensais-t-y comme elle à faire vivre mes parents ? » Elle ajouta : « Notre-Seigneur, écoutez-moi ! »

C'était rare qu'elle priât Dieu directement ; elle préférait à l'ordinaire demander l'intercession des saints qu'elle connaissait un peu par les images et les statues. Mais Dieu, Dieu lui-même, elle ne se le représentait pas, elle ne se l'était pas représenté depuis des années à cause de l'effort que cela demandait et, surtout, parce qu'au-delà de tous ses efforts, elle n'apercevait rien, rien que des nuages blancs comme des tas d'ouate que survolait une colombe. Or, voici qu'elle venait de ressusciter le grand vieillard à barbe blanche de son enfance ; celui qui, au-dessus du groupe de la Sainte Famille, représente Dieu le Père. Car ses besoins lui paraissaient trop urgents pour recourir à des intermédiaires.

Elle disait toutes sortes de choses à la fois sans se soucier de les mettre en ordre, mais avec une tendance bien naturelle à se justifier et à désarmer la puissance divine. « J'ai fait mon devoir, Notre-Seigneur. J'ai eu onze enfants. J'en ai huit qui vivent et trois qui sont morts en bas âge, peut-être parce que j'étais trop épuisée. Et ce petit-là qui va naître, Notre-Seigneur, est-ce qu'il sera pas aussi chétif que les trois derniers ? »

Elle pensa tout à coup que Dieu connaissait toute sa vie et que point n'était nécessaire de la lui raconter de fil en aiguille. Mais elle se dit aussi : « Peut-être qu'il oublie des fois. Il y a tant de misère qui s'adresse à lui. » Ainsi, la seule fêlure dans sa foi venait de cette candide supposition que Dieu, distrait, fatigué, harassé comme elle, en arrivait à ne plus accorder qu'une attention éparse aux besoins humains.

Elle aborda le côté matériel sans trop se presser, car il lui apparut qu'une certaine adresse était peut-être aussi nécessaire dans la prière que dans toute autre requête. Tout cela était instinctif et se jouait, inarticulé, dans les profondeurs de son être. Pour elle-même, elle eût éprouvé de la gêne à demander la moindre chose, mais pour les siens, elle ne craignait pas de préciser ce qu'elle espérait ; c'était là qu'elle marquait la limite qui sépare les biens spirituels des biens temporels...

L'image d'Yvonne lui effleura l'esprit. Elle s'arrêta sur une impression de saisissement. N'était-elle pas une de ces créatures dont parlait l'enfant et qui enfonçaient des épines dans le cœur du Seigneur ?

Mais à y bien réfléchir, elle eut vite fait de repousser cette idée. Au fond, elle avait de Dieu une intuition douce et à sa mesure. Toute sa vie l'éloignait de la piété maladive de la petite Yvonne. Elle se sentit soulagée. Sa prière était moins un effort pour rejeter ses fardeaux qu'une humble façon d'en détourner la responsabilité sur qui l'en avait chargée.

D'un pas ferme, elle gagna le bénitier, se signa, puis sortit en humant une première bouffée d'air printanier avec une sorte de naïve surprise.

Sur le parvis de l'église, déjà elle s'encourageait. La saison n'était pas avancée. Au besoin, puisque Azarius ne travaillait pas, elle prendrait toute la journée et d'autres encore pour trouver un logis convenable. L'énergie lui revenait et la vieille habitude de tirer le meilleur parti possible des plus minimes avantages.

Il y avait du soleil dans la rue. Elle en mit dans la maison qu'elle espérait. Timidement d'abord, elle n'aurait su dire comment cela se fit, elle commença par imaginer une petite pièce qui aurait des fenêtres au sud, où elle pourrait installer sa machine à coudre. Puis le soleil gagna la salle à manger ; il effleura l'entrée de la cuisine ; il y entra. Il se posa sur les géraniums dans leur pot de grès. Il fit luire les casseroles. Il brilla sur une nappe blanche. Il éclaira une petite fille assise dans sa chaise haute.

Rose-Anna secoua la tête. Les coins de ses lèvres remontèrent en un sourire mélancolique. Ce qu'elle venait d'apercevoir, c'était sa maison de jeune mariée, c'était Florentine, c'était le soleil qu'elle avait eu à vingt ans.

Ses yeux revinrent tout brouillés de visions sur la tranquille rue. Elle descendit les marches. Elle allait de son pas le plus rapide, serrant très bravement sur elle, avec presque de la défiance, son pauvre sac de cuir élimé.

VIII

Florentine servait Emmanuel et Jean Lévesque, leur souriant à tout propos.

D'un bout à l'autre du comptoir, toutes les chaises tournantes étaient occupées et, derrière la rangée de gens qui avalaient en vitesse, d'autres, debout, guettaient une trouée dans cette enfilade de dos penchés ; des ménagères, déterminées à s'emparer de la première place vide, gardaient leurs emplettes sur les bras et leur regard allait rapidement à droite, à gauche ; quelques-unes avaient posé leurs paquets par terre et se tenaient en sentinelle derrière un dîneur qui achevait son repas ; des ouvriers à casquette demeuraient un peu à l'écart du fumet des sauces ; tous un peu tristes, un peu résignés, avec ce maintien grave et soucieux qu'ils ont à la porte de l'usine pour présenter leur carte au pointeur ou encore à l'entrée des buvettes, quand la salle est comble.

Dès qu'un client rassasié se levait, un autre prenait sa place ; le comptoir se meublait tout aussitôt devant lui, d'un verre d'eau fraîche et d'une serviette de papier ; une blouse verte se penchait sur lui, puis s'éloignait dans un craquement de coton empesé ; la serveuse lançait un ordre dans le téléphone de commande ; le monte-plats grinçait et une assiette bien pleine, fumante, apparaissait au bord d'une trappe percée sous le reflet des glaces et qui communiquait, on aurait dit, avec une caverne de vivres inépuisables.

Le tiroir-caisse sonnait presque sans interruption. Des consommateurs pressaient les serveuses ou réclamaient leur attention en claquant des doigts ou en laissant filer entre leurs lèvres des « psst » insolents.

Florentine pourtant ne se pressait pas. Cette ruée de midi ne l'énervait plus. C'était plutôt maintenant pour elle comme une halte à travers le bruit et l'agitation, le moment de guetter l'arrivée de Jean et, quand il était là, de laisser filer sa pensée autour de lui. La hanche appuyée au comptoir, elle causait avec les deux jeunes gens. Parfois un bruit de vaisselle les entourait ; elle ne saisissait pas leurs propos et s'inclinait un peu vers eux, épiant leurs lèvres d'un regard en coin ; puis, mutine, elle se redressait lentement et gardait dans sa pose un rien de familiarité. Au-dessous de la fleur de papier rose piquée dans ses cheveux, son oreille exercée frémissait à chaque bruit qui la réclamait : choc d'une cuiller contre le faux marbre, grattement d'un pied sur le plancher de terrazo, appels d'une grosse femme courroucée. Florentine faisait un bref soulèvement des épaules ; son nez, aux ailes fines et déliées, se pinçait ; puis elle recommençait à sourire à Jean et à Emmanuel.

Elle avait dans les traits du visage, ce matin, une animation pas vulgaire, mais forcée, un peu trop marquée, nerveuse, qui semblait presque du défi. Une clarté venait de son regard, de sorte que le maquillage pour une fois paraissait naturel et répondait à l'éclat de ses prunelles. Sur sa petite figure mince, aux yeux allongés et brillants, sur sa figure qui se dessinait dans les buées des rôtissoires, Jean voyait clairement passer le reflet de souvenirs : la tempête, leur baiser dans la tempête ; il la voyait alors redoubler de vivacité, de mouvements rapides. Par instants, ses yeux se fixaient sur lui et un rappel, précis, passionné, vivant, en jaillissait. Puis elle se tournait vers Emmanuel et, par coquetterie, par ruse, pour égarer l'attention de Jean, pour lui donner le change, elle s'adressait au jeune soldat avec beaucoup d'amabilité, avec un tant soit peu d'audace même, comme si d'être l'amie de Jean lui donnait des droits sur ses camarades ; et d'ailleurs, trop avide d'hommage pour ne pas encourager l'admiration spontanée d'Emmanuel, et surtout si fortement mise en émoi par la présence de Jean, si désireuse d'essayer son pouvoir sur lui, qu'elle croyait en attirant Emmanuel attirer Jean davantage.

Ses prunelles allaient de l'un à l'autre, et le demi-sourire qu'elle gardait sur ses lèvres comme en suspens paraissait hésiter entre eux. Emmanuel, piqué au jeu, la taquinait.

— Est-ce qu'on s'est pas déjà vus, mademoiselle Florentine ?

— Ça se peut, dit-elle en riant, et rejetant ses cheveux en arrière, les trottoirs sont pas larges dans Saint-Henri et il y passe pas gros de monde.

— Est-ce qu'on s'est pas déjà parlé ?

— P't-être... Mais je m'en souviens pas en tout cas.

Puis, à son tour, elle se mit à le questionner, rapidement. Il répondait, distrait, plus attentif à la vivacité de ses traits, à cette curiosité qu'elle avait de lui, qu'à ses paroles qui vibraient hautes, avec des notes aiguës au-dessus du fracas de la vaisselle.

— Y a longtemps que vous êtes dans l'armée ? demanda-t-elle, et elle polissait le bout de ses ongles, les examinait à la lumière, les frottait contre son uniforme et se donnait un air bienveillant et détaché.

— Six mois, dit-il.

Chaque fois qu'il lui parlait, il s'avançait un peu au-dessus de son couvert pour être bien sûr qu'elle l'entendait, puis il se retirait, et ce mouvement constant accentuait sa gêne.

— Vous aimez-t-y ça ? poursuivit-elle.

— Oh ! assez...

— Ça doit être quand même achalant à la longue, hein, les exercices, pis toute ?

Emmanuel se contenta de sourire.

— Vous comptez-t-y aller de l'aut' bord avant longtemps ? Y en a qui ont déjà pris le bateau, hein, à ce qu'il paraît ?...

Elle demandait cela sans attrait secret pour l'aventure, sans aucun frémissement de curiosité ou d'admiration. Mais il se méprit au jeu brillant des prunelles vertes et la crut soudain, comme lui, attirée par l'inconnu.

— Oh ! j'espère bien, fit-il, oui, j'espère bien aller de l'autre côté.

— Vous allez-t-y en voir un peu là-bas, par exemple, de la misère, hein.

Puis elle se mit à sourire.

— Comment c'est-y déjà, que vous vous appelez ?

— Oh ! fit Emmanuel, vous l'avez déjà oublié !

Elle ne se troubla nullement, parut chercher, murmura :

— Létourneau, hein ! c'est ça.

Elle glissa un regard vers Jean. Et des yeux, elle lui disait : « Lui aussi, tu vois, il me trouve de son goût. Y a pas que toi, mais c'est quand même toi que j'aime le mieux. Seulement, je veux bien que tu saches qu'il n'y a pas que toi au monde… Seulement, il n'y a vraiment que toi. »

Son regard s'adoucissait, ses paupières battaient, elle cherchait à l'entraîner d'un bref coup d'œil dans les souvenirs qui la brûlaient, ces souvenirs pleins de vent, de froid, de neige, où ils étaient seuls, elle et lui, contre la tempête. C'était comme un grand tourbillon de neige qui voltigeait dans ses yeux, puis elle se raffermissait et reprenait la conversation sur un ton posé, avenant, s'adressant à Emmanuel.

— Ça doit être bon de se trouver en congé. C'est-y pour longtemps déjà que vous avez dit que vous êtes en congé ?

— Seulement quelques jours…

— Ah ! rien que quelques jours… C'est vite passé comme ça…

— Oui, dit-il dans un murmure.

Intrigué par la moquerie qu'il voyait luire à certains instants dans ses yeux verts et le mouvement saccadé de ses mains qu'elle croisait, dénouait et recroisait, il se demanda si elle ne lui offrait pas une occasion de rencontre. Le sang monta à ses joues. Et il fut si conscient de sa timidité naturelle contre laquelle il ne pouvait rien, qu'il laissa tomber la conversation, très mécontent de lui-même, irrité de son propre silence, et il se mit à émietter un morceau de pain.

— Trouvez-vous le poulet à vot' goût ? demanda-t-elle, enjouée et espiègle.

108

— Et toi, répliqua Jean, brusque, la voix dure, mordante, as-tu bien des cavaliers ?

Le sourire ne quitta pas les lèvres de Florentine, mais ses petites mains fortement veinées, devenues blanches, se serrèrent avec force. Pourquoi lui faisait-il cet affront ? Est-ce qu'elle n'avait pas été gentille avec lui ? Et gentille aussi avec Emmanuel par égard pour lui ? Est-ce qu'elle n'avait pas été aimable tout le temps, s'occupant de rien que d'eux quand plusieurs dîneurs attendaient ? Qu'elle le haïssait donc à cette minute ! Autant qu'elle l'avait haï le premier jour où elle l'avait vu, avec ses yeux bruns moqueurs, insondables et méchants ! Et sa bouche aux contours déterminés, fermes, si durs ! Et qu'elle aimait donc ces mêmes yeux, cette même bouche ! Et que cela l'exaltait de penser que cette bouche arrogante et dure avait touché ses paupières ! L'exaltait et la bouleversait et l'humiliait tout à la fois. Ne pourrait-elle donc jamais le faire souffrir, celui-là, comme déjà il la faisait souffrir, mais sans risquer de le perdre ? Pourtant, on n'avale pas ainsi la honte sans riposter.

— C'est de mes affaires, dit-elle, prise au dépourvu, avec un sourire lamentable, un sourire en vérité tout faible et crispé, son buste maigre haletant sous la mince cotonnade de son uniforme, et toute l'animation de son visage s'en allant déjà, et les yeux rivés sur une égratignure du marbre rose que son ongle grattait, grattait, et ses pieds sous le comptoir fouillant le plancher, très agitée et perdue, perdue dans un vieux cauchemar toujours prêt à la reprendre, à se jeter sur elle, assombrie et malheureuse.

— T'es pas pour nous le dire, bien sûr, poursuivit Jean, si tu rencontres des petits amis du *Quinze-Cents* des fois après les heures, hein. On aurait-y une chance, moi ou bien Emmanuel ?

— Ça, dit-elle, le regardant en face, c'est une chose bête à demander.

Irritée, elle plaçait, déplaçait les bouteilles de sauce, la salière, et les essuyait de son torchon. Elle sentait un froid sur ses épaules, comme une main glacée posée sur sa nuque, et elle éprouvait une telle peine de ne pas trouver les mots pour se défendre qu'elle détournait un peu la tête et dissimulait son visage. Pourtant, autrefois, elle savait bien se défendre. Que lui arrivait-il donc ? Est-ce que ce n'était pas bête un peu de ne plus savoir se défendre ?

— Faites pas attention, mademoiselle Florentine, dit Emmanuel. Il parle comme ça pour vous fâcher. C'est pas sérieux.

— Et je suis quasiment fâchée aussi, reprit-elle, à demi souriante maintenant, se raccrochant à cet espoir que Jean voulait seulement la taquiner. J'sus ben proche fâchée. C'en prendrait pus gros pour me fâcher net. Et là je vous le dirais où c'est qu'il faut débarquer.

— Débarquer... répéta Jean, soulevé par un accès de rire.

— Oui, débarquer... moi, je parle comme ça me vient, riposta-t-elle. Je fais pas des phrases.

— Faites pas attention, dit encore Emmanuel.

Il étendait un peu la main à travers le comptoir.

— Non, bien sûr, dit-elle, que je fais pas attention, bien sûr, se reprit-elle, s'efforçant de soigner son langage et toute saisie de gêne. Mais n'empêche que... vous...

Elle fit à Emmanuel un sourire tiède, à peine reconnaissant.

— Ça n'empêche pas que vous êtes mieux élevé que lui...

— Tiens, tiens ! ricana Jean.

Elle se raidit.

— À c'te heure, fit-elle, ça fait-il votre affaire de me dire ce que vous allez prendre pour dessert. J'ai pas toute la journée, moi, pour parler... » Elle regarda dans le vide et énuméra sèchement, d'un ton monotone : « Y a de la tarte aux abricots, aux raisins, aux pommes, pis du banana custard pie... et du lemon pie aussi, reprit-elle, secouant ses boucles avec impatience, ennui et un brin de colère qui ne s'apaisait point... Bon, ben, si vous êtes pas encore décidés, décidez-vous une bonne fois. »

Elle tourna sur ses talons et s'éloigna, balançant un peu les épaules, et ses cheveux éparpillés luisaient sous le reflet du nickel et des cuivres, longs, soyeux et bruns.

— Demandes-y de sortir avec toi, murmura aussitôt Jean à l'oreille d'Emmanuel.

— Fais pas le fou, fit Emmanuel.

La glace leur renvoyait leur image sur un fond de lingerie rose pâle. Leurs regards s'y rencontrèrent. Une hésitation parut dans les yeux bleus d'Emmanuel.

— Elle va nous remettre comme il faut à notre place, dit-il.

Mais il ne refusait pas encore absolument de se prêter au jeu. Enhardi par la suffisance de Jean, il envisageait une gentillesse à l'égard de Florentine, une parole vraiment douce et charmante qui la gagnerait à lui. L'épaule droite soulevée, il observait son image dans la glace moins avec aplomb qu'avec un effort pour forcer sa gaieté et se lancer un peu étourdiment, comme il l'eût aimé, dans l'aventure.

— Elle ! fit Jean.

Il fut sur le point de raconter comme il avait lui-même fait la connaissance de Florentine. Des mots tels que « c'est facile », « tu ne peux pas t'imaginer comme c'est facile », se formèrent au bord de ses lèvres. Puis il rejeta tout effort d'explication. Au fond de sa nature trouble, une curiosité sauvage s'amorçait. Et le désir le gagnait de détruire cette parcelle d'amitié, de confiance qu'il avait encore dans le cœur, sa confiance dans les êtres, l'attrait, si mince fût-il, qu'il ressentait pour les êtres, et de se retrouver sans confiance et seul, dans une solitude qui l'exaltait parce qu'il y trouvait comme le libre épanouissement de lui-même.

— Demandes-y, insista-t-il.

— Je sais pas, dit Emmanuel, soudain attristé.

Florentine, au bout de l'allée, s'était penchée pour cueillir une pile d'assiettes sales. Ses bras se montraient frêles, sillonnés de petites veines gonflées. Et sur sa figure une lassitude qui avait déjà ses plis bien formés aux coins de la bouche, une lassitude ancienne, s'étendait, reprenait sa place sous les yeux, tirait le front et, chassée par un sourire forcé, revenait hanter le regard.

— Je sais pas, dit Emmanuel.

« Laisse-la tranquille, pensait-il. Que tous la laissent donc tranquille. Et qu'elle retrouve le sourire paisible qu'elle devait avoir autrefois ! Et que ses yeux soient calmes quand elle vient ainsi au-devant de la vie. Et que tous la laissent tranquille, enfin ! »

— Demandes-y, reprit Jean. Et si elle te refuse, j'y demanderai à mon tour... Hé, Florentine ! appela-t-il.

Elle lui fit, de loin, un petit signe qui pouvait être de rancune ou d'impatience ou de soumission, un petit signe qui était elle entièrement. Elle ramassa d'autres couverts en approchant, et elle fut devant eux, une pile d'assiettes sales jusqu'au menton et une mèche humide collée à sa joue.

— Qu'est-ce qui vous faut c'te fois-citte ?

— Emmanuel a quelque chose à te demander, commença Jean.

Elle posa les assiettes, releva ses cheveux et fit du regard une invitation railleuse plutôt que provocante.

— Eh ben ! qu'il demande, fit-elle.

« Qu'on la laisse donc tranquille ! Qu'elle soit naturelle et qu'elle n'ait plus dans les yeux ce regard de défense et d'avidité aussi », pensait Emmanuel. Et encore : « J'aimerais lui donner une petite joie. Et aussi, c'est vrai, je ne sais pourquoi, mais j'aimerais danser avec elle. Elle est souple et mince, et elle doit bien danser. »

— Aimez-vous la danse, mademoiselle Florentine ?

— C'est ça que vous avez à me demander ? dit-elle.

Une ombre d'irritation passa sur son front, mais une pointe de curiosité s'allumait dans ses yeux. Elle le regardait de biais et elle respirait par saccades, émue comme elle l'était toujours par la moindre attention d'un jeune homme, émue et sur ses gardes.

— C'était donc ça qui vous trottait dans la tête ?

« Qu'on la laisse tranquille, pensait-il. Et qu'on s'en aille. »

— C'est vrai quand même, vous aimez la danse ?

Malgré elle, ses hanches commençaient à onduler comme si elle eût entendu l'écho lointain d'un jazz. Et elle ne pensait plus déjà à autre chose qu'à danser entre les bras de Jean. Elle n'avait jamais encore dansé avec lui. Avec lui, un jour, elle danserait. C'était peut-être Jean, après tout, qui chargeait Emmanuel de la questionner sur ses goûts. Mais peut-être aussi qu'il lui tendait un piège.

Elle laissa filtrer un regard vers Jean.

— Ça dépend avec qui, dit-elle.

Emmanuel se troubla et gêné plus encore par l'attitude ironique de Jean que par l'agitation de la jeune fille, soulevé au-dessus de lui-même par l'excès de sa timidité, il brusqua, n'ayant point prévu cette question vraiment et la regrettant aussitôt qu'elle eut franchi ses lèvres :

— Êtes-vous libre, mademoiselle Florentine, disons, demain soir ?

— Pour quoi faire ?

Les ailes très délicates de son nez frémirent. Et, soudain, elle crut percevoir la dureté de Jean, étalée devant elle, devenue visible, et la sienne aussi, sa dureté, elle la reconnut, une dureté qui ne fléchirait pas. Elle indiqua Jean de sa main levée et elle trancha :

— C'est lui, hein, qui vous a dit de me demander ça ?

Une moue entrouvrait ses lèvres. Et pourquoi ne pas montrer à Jean tout de suite qu'elle ne se souciait nullement de lui ! Et pourquoi ne pas prétendre, elle aussi, que c'était une comédie, leur baiser dans la tempête, et que c'était oublié déjà, tout ça. Mais il allait s'éloigner d'elle et ne plus jamais revenir ! À quoi lui servirait-il alors de s'être vengée ?

— Oh ! vous êtes des fous, dit-elle, égarée par sa rancune. Il s'en fait pas des plus fous que vous autres.

Ses lèvres souriaient encore, presque imperceptiblement, mais une expression navrée de colère et d'angoisse se lisait dans ses yeux. Puis elle fixa Jean et sa bouche se crispa.

— Je dis non, fit-elle. Vous m'inviteriez au Normandie Roof, que je dirais non...

— Pas non pour vrai, voyons, fit Jean.

— Oui, je dirais non. C'est non à tous les deux, et non et non...

Sa voix montait. Quelques jeunes gens attablés, la voyant se fâcher, l'incitaient du regard et de leur rire.

— C'est ça, dit l'un, c'est ça, mademoiselle Florentine, donnez-leur ça.

— Je dis non, poursuivit-elle, élevant le ton. Pour qui est-ce que vous me prenez ? » Elle mordillait ses lèvres. « Y en a qui nous pensent pas ben fines, ç'a l'air... Et ils sont pas loin, ceux-là... Je pourrais les nommer. »

Marguerite, qui traînait un bidon de guimauve à grand bruit sur le plancher, s'interposa, en passant :

— Voyons, fâche-toi pas, c'est pour rire.

Elle avait une grosse voix bourrue, enfantine et conciliante.

— C'est pour rire, tu vois bien, dit-elle, et elle jeta du coin de l'œil un reproche point grave, plutôt amical, à Emmanuel et à Jean.

— Je me fâcherai si je veux, dit Florentine. Pour rire ! Pour rire ! C'est-y si drôle que ça de se moquer du monde ! Pour rire ! Y en a qui vont pas mal loin pour rire.

— Ce n'était pas pour rire, dit Emmanuel.

— Non, ben pourquoi c'était-y donc d'abord ? On est pas ici nous autres, pour faire rire de nous autres !

— C'est ça, donnez-y ça, s'esclaffa un jeune ouvrier.

— Oui, tu peux être sûr que je vas y donner ça.

— Il n'y a pas à se fâcher, essaya d'expliquer Emmanuel.

— Non, il n'y a pas à se fâcher ! reprit-elle, ironique. Vous pensez ça, vous autres.

Ce n'était point lui d'ailleurs qu'elle apostrophait. Ses prunelles, avivées par une flamme dévorante, s'attachaient au visage de Jean. Il avait baissé les paupières et souriait froidement, comme inattaquable, en dehors de toute atteinte, et du bout des doigts, mollement, secouait les cendres de sa cigarette sur le plancher. « Oh ! tu m'appartiens quand même, toi », pensa-t-elle avec une si grande frayeur de le perdre et une telle insoumission à cet attachement, une telle rancune contre les propres mouvements de son cœur que tout était pénible, bouleversant, et qu'elle parlait maintenant à tort et à travers, dans le seul but d'exprimer du dédain, de l'ironie.

— On est icitte pour vous servir, ça, faut ben, c'est correct, continua-t-elle. Mais pas pour se faire dire des bêtises, hein ! Pas des bêtises, toujours ben ! Ça, on n'endure pas ça !...

Ses pommettes luisaient et elle avait à tout instant, pour écarter ses cheveux, un mouvement sec de la tête, des épaules. Elle prenait des boucles d'une main et les rejetait en arrière et, ployant un peu la nuque, adressait soudain aux jeunes gens un sourire qui était défiant et cependant plein d'attente.

— Fâchez-vous, ça me fait rien, dit-elle. Eh ben ! fâchez-vous, ça me fait rien.

— Oh ! c'est vous qui êtes fâchée, dit Emmanuel avec douceur.

Les deux bras relevés, elle fixait quelques bouclettes au-dessus de ses oreilles.

— Moi ! Pas une miette. Pas gros comme ça.

— Je voudrais pas que vous soyez fâchée, dit Emmanuel.

— Je suis pas fâchée.

— Vrai là, que vous êtes pas fâchée ?

— Quand je dis que je suis pas fâchée !

— Parce que si vous êtes pas fâchée, dit Emmanuel, j'aimerais bien vous revoir.

Il songeait à la soirée que projetaient de donner ses parents avant son départ. Et impétueux, avant même de demander conseil à sa mère, il désirait inviter Florentine. Pourquoi pas ? se disait-il. Elle doit avoir une petite robe gentille, fort passable. Et elle est jolie. Il se plaisait déjà à imaginer les égards qu'il aurait pour elle et qui effaceraient cette vilaine impression de leur première rencontre. Et il se plaisait encore plus à imaginer ses paroles en présentant Florentine à ses amis. « Voici, mademoiselle Florentine », dirait-il... Et peut-être ajouterait-il : « Voici mon amie de fille... » Pourquoi pas ? Il éprouvait une certaine ivresse à penser que les petites maladresses de la jeune fille, si par hasard elle en commettait quelques-unes, ne l'offenseraient pas. La perspective de cette fête qui lui avait paru ennuyeuse revêtait pour lui un caractère d'imprévu maintenant. Il se voyait tout attentif auprès d'elle, découvrant ainsi d'autres traits de sa nature. Il entrevoyait même qu'il irait probablement la reconduire chez elle après la soirée.

Il se pencha brusquement au-dessus de son couvert, adressa à la jeune fille un sourire plein d'impatience, de camaraderie et de droiture.

— Savez-vous ce qui me ferait plaisir, mademoiselle Florentine ?

115

— Non, je sais pas.

— Un gros plaisir, là...

— Je sais pas, j'ai pas d'idée...

— Ma mère donne un party demain soir... » Il toucha le bras de Jean. « Et on se demandait, mon ami et moi, si vous aimeriez pas venir... »

— Chez vous ? dit-elle étonnée.

— C'est oui ? fit Emmanuel.

Un pâle sourire de satisfaction touchait ses lèvres. Elle pencha le visage.

— Attendez un peu, dit-elle. Je sais pas encore, moi... je sais pas...

Mais elle se voyait déjà dans sa jolie robe de soie noire, ses plus beaux bas, ses souliers vernis. Enfin Jean la verrait bien mise et pas si pauvre qu'il la croyait. « C'était donc ça que vous aviez dans la tête, tous les deux », murmura-t-elle. Et volontairement elle prolongeait ce moment d'indécision, si doux, où elle pouvait encore se montrer hautaine et refuser l'invitation.

— Vous viendrez ? fit Emmanuel.

— Ben, j'ai pas encore dit oui, tout à fait... Faut que j'y pense, hein...

— Dites oui, la pria-t-il gentiment. Dites oui, sans penser.

— Ben, je vas me trouver pas mal toute seule. Je connais personne chez vous.

Elle prenait vraiment plaisir à faire durer l'attente, croyant que Jean l'en admirait davantage et contente aussi d'exaspérer Emmanuel. Puis elle craignit qu'il se lassât de l'inviter et décida brusquement, avec une moue des lèvres :

— Ben, c'est correct d'abord, je vas y aller. J'irai, c'est bon, j'irai. » Et elle ajouta sur un ton mi-boudeur, mi-reconnaissant : « Vous êtes ben fin d'avoir pensé à moi. Je vous remercie. »

Il se mit à rire, tout joyeux.

— Est-ce que je viendrai vous chercher ?

Elle réfléchissait, inquiète du silence de Jean.

— Ben, ce samedi-citte, je vas travailler tard, dit-elle. Ça va se trouver samedi, hein ?

— C'est bien ça, demain samedi.

Elle attendait un mot de Jean, un regard, une promesse dans son regard, un mot d'encouragement. Comme il se levait sans rien dire, nouant son foulard, elle finit par murmurer :

— Non, j'irai... je... oui, bon, ben, c'est ça, j'irai de moi-même.

— Oubliez pas, lui lança Emmanuel.

Il lui souriait, la tête penchée sur l'épaule, les bras tombant un peu gauchement le long du corps.

— Et surtout, fit-il, changez pas d'idée.

Elle suivait Jean des yeux, penchée vers lui, mordue par cette crainte qu'elle éprouvait, chaque fois qu'elle le voyait s'éloigner, de ne plus jamais le revoir. Jean... elle avait l'impression qu'il faisait aussi froid dans ce cœur que la nuit où ils s'étaient réchauffés l'un à l'autre. Jean, il était le vent dur et cinglant, l'hiver profondément ennemi de cette soudaine douceur que l'on éprouve en soi à l'espoir du printemps. Lui et elle... ils s'étaient reconnus dans la tempête. Mais le froid, la tempête cesseraient. Lui... il était entré dans sa vie comme un éclat de bourrasque qui saccage, détruit. Jean... il était peut-être entré dans sa vie afin qu'elle vît bien, le premier tourbillon apaisé, toute la laideur, toute la misère qui l'entouraient. Ainsi, jamais elle n'avait remarqué comme aujourd'hui la dolente résignation écrite sur les visages des pauvres attablés. Jamais d'ailleurs elle ne s'était sentie si près d'eux et si furieuse de cette ressemblance ! Jamais toutes ces odeurs de graisse chaude, de vanille, ne l'avaient autant écœurée ! Et Jean s'en allait comme si son œuvre était accomplie, et qu'il ne lui restait plus rien à faire ici... Mais Jean, c'était quand même sa fuite longtemps combattue en elle-même, Jean c'était celui qu'il fallait suivre, jusqu'au bout, pour toujours. Jamais elle ne le laisserait s'échapper.

— Oh ! non, dit-elle en réponse à Emmanuel, mais plongeant ses yeux verts dans le regard narquois de Jean, oh ! non, je change pas d'idée. Moi, je change pas d'idée. Moi, quand j'ai dit oui, c'est oui.

Et longtemps après que les deux jeunes gens eurent disparu, happés par la rue où un éclat de soleil combattait la couleur grise du jour, Florentine avec mille ruses luttait contre cet aspect de vérité qu'elle avait failli entrevoir. Oh ! non, jamais elle ne renoncerait à se faire aimer de Jean. Jamais elle ne s'y résignerait. Et d'ailleurs ne serait-ce point stupide d'abandonner la partie quand justement cette chance s'offrait à elle de revoir le jeune homme, de se montrer à lui radieuse et hautaine, de l'éblouir si bien qu'il en viendrait à ne plus voir que le visage de Florentine dans sa vie ? Déjà elle imaginait son attitude, sa conversation, elle entrait dans le rôle qu'elle jouerait à la soirée donnée chez les Létourneau. Elle se voyait recherchée par tous les jeunes gens, la lumière convergeait vers elle, elle était au centre d'une grande pièce, les jeunes gens l'entouraient, car c'était ainsi que Jean la distinguerait vraiment... quand tous les jeunes gens la remarqueraient, elle, Florentine. Comme elle aimait ces rêveries paresseuses ! Car toutes les autres formes qui surgissaient dans son esprit restaient comme des ombres autour d'elle.

Ce devrait être une belle maison que celle des Létourneau, place Sir-George-Étienne-Cartier ! De tout ce que lui avait dit Emmanuel, elle ne retenait plus que quelques mots : « Téléphonez-moi quand vous serez libre, samedi soir. Je viendrai vous chercher. Nous habitons place Sir-George-Étienne-Cartier. » Vivement impressionnée, elle se répétait l'adresse et elle se représentait un salon très moderne, des lumières discrètes, des gens polis, bien élevés et le va-et-vient agréable des hôtes servant un gentil souper ; un attendrissement la gagnait.

Les mains plongées dans l'eau de vaisselle, elle chantonnait, car elle n'était plus Florentine la serveuse que sa besogne irritait et humiliait profondément ; on pouvait la réclamer d'un mot rude, on pouvait bien la harceler d'attentions vulgaires, cela ne la touchait plus, elle puisait en elle de quoi surmonter tout le dégoût des jours ternes, elle était Florentine, cette inconnue d'elle-même, un personnage qui lui plaisait, qu'elle avait libéré le soir où follement elle était accourue à la rencontre de Jean dans la tempête — oh ! comme elle se plaisait maintenant dans tout ce qu'elle avait entrepris !

Sa fatigue s'était envolée. Florentine s'était réfugiée si loin dans ses pensées, qu'un peu après une heure, voyant entrer sa mère dans le magasin, elle éprouva un véritable choc, comme une espèce d'hébétude et de contrariété. Sa mère !... Elle venait lentement en clignant un peu des paupières sous le reflet des cuivres, des panneaux nickelés. Elle avançait à pas ralentis, troublée lorsqu'elle se fut reconnue dans la glace du restaurant, et tout occupée à faire disparaître ses vieux gants troués.

IX

Florentine restait clouée de surprise. Elle le reconnaissait bien, son premier sentiment en voyant Rose-Anna avait été de soulagement qu'elle ne fût pas venue plus tôt, alors que Jean et Emmanuel se trouvaient au restaurant. Mais aussitôt elle regretta cette pensée d'un mouvement si vif qu'elle se pencha par-dessus le comptoir et appela Rose-Anna avec un brusque effort de gaieté.

— Sa mère ! s'écria-t-elle. Ça c'est de la grande visite !

Une ou deux fois déjà Rose-Anna, passant par le magasin, s'était arrêtée pour dire un mot à Florentine, mais depuis longtemps, ne sortant à peu près jamais, elle n'avait point ainsi surpris sa fille.

Florentine observait sa mère avec étonnement. Ainsi qu'il arrive presque inévitablement aux membres d'une même famille qui se voient quotidiennement, elle n'avait pas remarqué bien des changements survenus peu à peu dans la physionomie de sa mère. Des petites rides s'étaient creusées aux coins des yeux qu'elle n'avait point vues, une lassitude s'était inscrite dans les traits, qui lui avait échappé. Et, rapidement, d'un seul regard, elle nota la souffrance, le courage écrits sur ce visage, de même qu'après une longue absence ou une violente émotion, il suffit d'un instant pour saisir tout ce qui s'est glissé entre les années et le souvenir d'une image.

Depuis longtemps, elle ne voyait sa mère qu'à la maison, penchée sur le poêle de cuisine, occupée à ravauder et le plus souvent, dans un jour douteux, le soir, ou tôt le matin. Rose-Anna n'avait

121

peut-être qu'à paraître dans cette lumière abondante du bazar, dans ses vêtements de ville, elle n'avait peut-être qu'à sortir de la pénombre où elle s'était retranchée depuis tant d'années, pour que Florentine la vît enfin, elle et son pauvre sourire qui avait l'air, dès l'abord, de chercher à égarer l'attention, du moins à la détourner d'elle-même. Florentine en était atterrée. Elle avait aidé sa mère jusque-là par un sentiment de justice, de fierté, mais sans douceur à vrai dire, et parfois même en se croyant lésée. Pour la première fois de sa vie, elle goûta un instant de paix à songer qu'elle ne s'était pas montrée mesquine envers les siens. Mais ce n'était point assez. Le désir lui vint, subit, comme un mouvement de joie, d'être bonne aujourd'hui pour sa mère, plus attentive, plus douce, plus généreuse ; un désir la saisit, impérieux, de marquer ce jour d'une bonté particulière, d'y laisser un acte dont le souvenir resterait aimable quoi qu'il pût arriver. Et, soudain, elle comprit pourquoi ce désir inaccoutumé, ce désir à vrai dire inconnu lui gonflait le cœur ; c'est qu'elle apercevait la vie de sa mère comme un long voyage gris, terne, que jamais, elle, Florentine, n'accomplirait ; et c'était comme si, aujourd'hui, elles eussent en quelque sorte à se faire des adieux. Peut-être ici même leurs routes étaient-elles en train de se séparer. À certains êtres la menace de l'éloignement est nécessaire pour les rendre attentifs à leurs propres sentiments ; ainsi elle s'aperçut au même moment qu'elle aimait sa mère.

— Maman, dit-elle avec élan, viens t'asseoir.

— J'ai pensé arrêter en passant, expliqua-t-elle. Ton père est à la maison comme tu sais. Sans ouvrage, hein !

Ah ! c'était bien là sa mère, songea Florentine, trouvant tout de suite le langage de leurs ennuis ! Hors de la maison, elle avançait avec un sourire gêné. Elle ne voulait pas éteindre la jeunesse, au contraire, voulait s'y réchauffer, s'efforçait à la gaieté, mais malgré elle c'étaient les mots de peine qui venaient à ses lèvres. C'étaient là ses vrais mots de salutation. Et peut-être étaient-ce les plus sûrs pour toucher les siens, car sauf les soucis, qu'est-ce donc qui les tenait tous ensemble ? Est-ce que ce n'était pas là ce qui, dans dix ans, dans vingt ans, résumerait encore le mieux la famille ?

Elle continua, baissant cependant la voix, comme honteuse d'avoir à causer de ces choses dans un milieu étranger.

— Ça fait que je me suis mise sur le chemin de bonne heure pour trouver une maison, Florentine.

Tout cela, elle l'avait dit ce matin. Florentine fronça les sourcils, agacée de sentir déjà sa bonne résolution faiblir, puis elle se replia sur elle-même, forçant son désir de douceur.

— T'as bien fait d'arrêter, dit-elle. Y a justement du poulet à quarante cennes aujourd'hui. M'en vas te payer la traite.

— Penses-tu, Florentine ! Je voulais seulement qu'un bol de café pour me remonter un peu.

Et du bout des lèvres elle avait l'air de murmurer avec effroi : « Quarante cennes, comme c'est cher ! » Toute sa vie, elle, qui connaissait si bien le prix des aliments, elle, qui avait appris à composer des repas solides et peu coûteux, avait gardé une répugnance de paysanne à payer dans les restaurants un repas qu'elle aurait pu préparer — elle ne se défendait pas d'en faire le calcul — à un prix tellement plus modique. Mais toute sa vie aussi, elle avait refoulé la forte tentation de s'accorder une fois en passant ce plaisir qu'elle jugeait si extravagant.

— Eh ben ! dit-elle, entraînée par la fatigue à une moins sévère conduite, une petite pointe de tarte, si tu veux Florentine, ou encore une couple de beignes ; je mangerais p't-être ça.

— Non, non, dit vivement Florentine dont la patience était épuisée.

Derrière cet effroi de sa mère à dépenser, elle entrevoyait soudain un geste de Jean quand il lui avait donné un pourboire. Ce qu'elle admirait le plus chez le jeune homme, c'était peut-être cette façon indifférente qu'il avait de jeter l'argent sur le comptoir. Tandis qu'eux, ils y attachaient leur regard, ils suivaient l'argent une fois donné, par la pensée, ils continuaient par mille chemins à y tenir encore, comme à une chose d'eux-mêmes, arrachée, perdue. Il arrivait à Rose-Anna de rabâcher sans raison apparente, quand elle était fort lasse, l'emploi peu judicieux qu'elle avait fait autrefois de telle ou telle petite somme.

Florentine redressa la tête, piquée au vif par ces souvenirs.

— Non, non, reprit-elle avec impatience. Tu vas manger un gros repas, sa mère. C'est pas assez souvent que tu viens manger chez ta fille, hein !

— C'est vrai, dit Rose-Anna, émue par la gaieté de Florentine. C'est directement la première fois, je crois ben. Tout de même, rien qu'un bol de café. Je t'assure, Florentine, ça va me suffire.

Elle suivait de l'œil le mouvement rapide des serveuses, éblouie par leur jeunesse, leur vivacité ; et, observant Florentine un peu à la dérobée, parce qu'ici sous le miroitement des glaces, dans le va-et-vient coloré, sa fille lui paraissait s'être élevée bien au-dessus d'eux, elle resta songeuse un instant, éprouvant presque autant de gêne que de fierté. Confusément, elle sentait même toute l'imprudence qu'il y avait à harceler sans cesse Florentine de leurs tracas, à assombrir cette jeunesse, et elle prit soudainement, assez gauchement, le parti de lui montrer un visage plus heureux.

— Faudrait pas, dit-elle souriante et mal à l'aise, que je prenne l'accoutumance de sortir, parce que tu me verrais arriver p't-être pas mal souvent. C'est si chaud, si bon dans ton magasin. Et que ça sent bon, hein ! Et t'as l'air avenante aussi, je t'assure ! ajouta-t-elle.

Cette simple parole fut comme un baume sur le cœur de Florentine.

— Je vas t'order du poulet, tu vas voir que c'est bon, s'écria-t-elle, enhardie dans son désir de plaire à Rose-Anna.

Elle essuya une place devant sa mère, lui apporta une serviette, un verre d'eau, l'entourant de toutes ces petites attentions qu'elle marquait à des étrangers jour après jour sans y trouver la moindre joie mais qui, aujourd'hui, la remplissaient d'une véritable allégresse. Il lui sembla même que c'était la première fois qu'elle accomplissait ce geste de nettoyer la table, d'y poser un couvert, et un air de chanson, lointain, s'était emparé d'elle, rythmait ses allées et venues, lui rendait enfin sa besogne légère.

— Ça te fait une belle job. T'es bien ici, commenta Rose-Anna, se méprenant sur la gaieté qui animait le visage de Florentine.

— Oh, tu penses ! s'écria la jeune fille avec un soulèvement brusque des épaules.

Puis elle partit à rire.

— J'ai eu des beaux tips aujourd'hui, par exemple, confia-t-elle.

L'image de Jean et d'Emmanuel passa devant elle. Et ne voyant pas que leur générosité à son égard indiquait justement une distance entre elle et eux et soulignait son rôle de serveuse, elle éprouvait un ravissement, et sa tête oscillait doucement tandis qu'elle se complaisait à reconstituer ce moment où chacun d'eux avait déposé, sous son assiette, une pièce de monnaie.

— C'est moi, sais-tu, dit-elle, qui a toujours le plusse de tips.

Puis elle apporta une assiette bien pleine et, la besogne ne pressant guère plus, elle s'accorda quelques minutes pour voir manger sa mère.

— C'est bon ? Trouves-tu ça bon ? demandait-elle à tout instant.

— De première classe, faisait Rose-Anna.

Mais elle ajouta, plusieurs fois, avec cette sourde ténacité qui lui gâtait la moindre extravagance :

— C'est trop cher, par exemple, sais-tu, quarante cennes. Me semble que ça vaut pas ça. Pense donc, Florentine ; c'est cher !

Quand elle eut mangé le poulet, Florentine lui coupa un morceau de tarte.

— Ah ! je peux plus, dit Rose-Anna. C'est déjà ben trop.

— C'est tout compris dans le repas, insista Florentine. Ça coûte pas plus cher.

— Ben, je vas y goûter d'abord, dit Rose-Anna. Mais c'est plus la faim.

— Goûte quand même, dit Florentine. Est-y bonne ? Pas comme la tienne, hein ?

— Ben meilleure, dit Rose-Anna.

Alors Florentine, voyant les traits de sa mère détendus, la voyant presque heureuse, éprouva un désir profond, décuplé, d'ajouter à la joie qu'elle lui avait donnée. Elle glissa la main dans son corsage, en sortit deux billets neufs. Elle les avait gardés pour s'acheter des bas. Et au moment où ses doigts froissèrent le papier sec, elle vit de beaux bas, des bas de fine soie, elle ressentit un regret extrême, elle soupira et tendit la main vers sa mère.

— Tiens, dit-elle. Prends ça, prends ça, sa mère.

— Mais tu m'as déjà donné ta semaine, objecta Rose-Anna, hésitant à comprendre.

Florentine souriait. Elle dit :

— Je te donne ça en plusse. Prends-le donc.

Et elle pensait : « Je suis bonne pour maman. Ça me reviendra, ça me sera compté. » Elle ressentait encore de la peine d'avoir renoncé à ses bas de soie, mais une nouvelle assurance aussi qu'elle serait heureuse tout de suite. Elle se représentait la fête du lendemain et, naïve, incroyablement naïve, croyait qu'en raison de ce seul acte généreux, elle y brillerait un peu plus et obtiendrait de Jean un hommage touchant, profond, complet.

Une rougeur était montée aux joues de Rose-Anna.

— Oh ! dit-elle, les doigts occupés à chasser des miettes de pain sur son manteau, je suis pas venue pour rien te demander, Florentine. Je sais qu'il te reste pas grand-chose de ta paye.

Elle prit quand même les billets, les mit dans son petit porte-monnaie qu'elle glissa pour plus de précaution dans la poche intérieure de son sac et, soigneusement pliés, enfouis si loin, ils paraissaient entreprendre une mystérieuse durée, une durée contraire à tant de nécessités.

— Pour te dire vrai, avoua Rose-Anna, j'en avais quasiment drette besoin.

— Oh ! fit Florentine, qui ne trouvait déjà plus la satisfaction qu'elle avait prévue, et tu l'aurais pas dit !

Elle vit le pauvre regard de sa mère, un regard abattu, reconnaissant et qui l'admirait tant, elle, Florentine. Elle la vit se soulever avec effort et s'éloigner en marchant près des comptoirs et s'arrêtant de temps à autre pour palper une étoffe ou un objet.

Sa mère !... Elle lui semblait bien vieille. Elle se mouvait avec lenteur et son manteau trop serré lui faisait un ventre saillant. Avec ses deux dollars enfouis dans le sac qu'elle tenait contre elle, elle s'en allait, plus indécise que jamais, elle voyait maintenant la quincaillerie qui brillait à ses yeux et les étoffes souples au toucher, elle s'en allait, attentive à tant de choses qu'elle s'était défendu de regarder, et les désirs croissaient en elle, vastes et multiples, elle s'éloignait avec l'argent bien caché et qui avait fait naître tant de désirs, plus pauvre certainement qu'à son entrée dans le magasin.

Alors, brusquement, toute la joie que Florentine avait éprouvée se changea en fiel. Ce ravissement qu'elle avait ressenti à être généreuse, sans motif d'intérêt, ce ravissement infini laissait place en elle à une espèce de stupeur douloureuse. C'était une pure perte, cet acte, il ne servait à rien. C'était une goutte d'eau dans l'aridité de leur existence.

Au fond du magasin, Rose-Anna s'était arrêtée au comptoir des jouets. Elle examinait une petite flûte de métal qu'elle remit vivement à sa place lorsqu'une vendeuse s'approcha. Et Florentine sut qu'entre le désir du petit Daniel et cette flûte brillante il n'y aurait jamais que la bonne intention combattue de sa mère. De même qu'entre son bon, son doux désir d'aider Rose-Anna et le calme que sa mère ne trouverait sans doute jamais, il ne subsisterait, en définitive, que la pointe acérée de ce souvenir même de l'intention. S'échapper, elle seule, de leur vie, c'était déjà beaucoup, c'était déjà très difficile.

Elle s'efforça de sourire à sa mère qui, là-bas, avait l'air de lui demander conseil du regard : « Achèterai-je la flûte brillante, la flûte mince et jolie, ou les bas, le pain, les vêtements ? Qu'est-ce qui est le plus important ? Une flûte comme un éclat de soleil entre les mains d'un petit enfant malade, une flûte joyeuse, qui exhalera des sons de bonheur, ou bien, sur la table, la nourriture de tous les jours ? Toi, Florentine, dis-moi donc ce qui est le plus important. »

Florentine parvint encore à sourire lorsque Rose-Anna, se décidant enfin à quitter le magasin, lui adressa de la main un petit signe d'adieu, mais elle aurait déchiré en elle à ce moment, si elle l'avait pu, comme on déchire une étoffe, toutes ses intentions impuissantes. En garde contre l'attendrissement, son cœur déjà se durcissait.

X

L'appartement, à l'étage d'une haute maison de brique, jetait à travers la neige, dans la nuit et la quiétude du square, le feu vif de toutes ses fenêtres éclairées. Devant l'escalier de fonte moulée qui grimpait à cette trouée brillante de la façade austère, droite et noire, Florentine écoutait, le cœur battant, un murmure de fête venant jusqu'à elle, assourdi par la neige molle. Elle éprouvait un dépit profond d'arriver ainsi seule chez des inconnus. Jusqu'à la fermeture du magasin, elle avait espéré que Jean viendrait la prendre ; elle y avait compté, toute prête pour cette soirée, sa robe de soie sous son uniforme et ses souliers vernis apportés au restaurant dans un sac de papier. Puis, à neuf heures, elle était partie, seule, et si fâchée d'être seule que, tout le long du chemin, ses pas la menant malgré elle vers la place Sir-George-Étienne-Cartier, elle s'était promis tantôt de se rendre quand même chez les Létourneau, tantôt de ne pas y aller, et toujours dans le même but : se montrer totalement indifférente à Jean.

Seulement, et elle le savait au fond, elle était bien résolue à ne pas manquer cette fête, elle y était fortement résolue, car Jean viendrait plus tard sans doute, et il ne fallait pas perdre cette chance de le revoir. Elle avait tout de même sa plus jolie robe, que Jean n'avait point vue, et ce serait trop triste vraiment de revenir à la maison quand elle portait sa robe de soie, et que son cœur bruissait en rumeur de fête et d'animation, son cœur comme sa robe tout porté à plaire.

Ce devait être des danseurs là-haut dont les ombres passaient et repassaient devant les fenêtres rouges. La neige tournoyait dans le reflet des vitres, elle dansait elle aussi, on la voyait virevolter en flocons distincts, elle tournait autour de la lumière comme des phalènes dans le halo d'un lampadaire. Il y avait une infinité de flocons, blancs et souples, qui venaient se heurter aux fenêtres et mouraient là, collés à la vive clarté.

Florentine grimpa l'escalier à la course et elle sonna très vite avant que son courage ne se fût dissipé. Presque aussitôt, Emmanuel lui ouvrit. Il était en uniforme militaire comme le jour où elle avait fait sa connaissance au *Quinze-Cents*. Il se tenait sur le seuil éclairé et son sourire imprécis, à demi formé, la chercha dans l'ombre où elle se dissimulait, la reconnut, puis s'épanouit :

— Oh ! mademoiselle Florentine, vous êtes venue !

Elle paraissait si indécise, prête à s'en retourner et comme une forme aérienne, une vision sur le pas de la porte, créée par les reflets d'ombre et de clarté, qu'il hésitait encore à lui tendre la main. Puis il l'attira dans la maison chaude, pleine de fumée et de bonnes odeurs venant de la cuisine. Et son sourire se précisa. Maintenant il la regardait avec amitié et retrouvait bien le petit visage ardent, têtu, dont il avait gardé l'image. Sur les joues de la jeune fille, la neige fondait.

— Vous êtes venue, dit-il joyeusement.

Il lui ôta ses gants, prit son sac pendant qu'elle ouvrait son manteau, et secouait la neige qui restait sur le mince col de fourrure.

— Venez dans la chambre de maman, dit-il.

Puis, penché sur elle, la guidant à travers le couloir, il se reprit :

— Viens… je peux vous… je peux te dire tu ?

— Si tu veux, fit-elle avec un sourire et une moue mélangés, ça me fait rien.

— Et tu m'appelleras Emmanuel ?

— Si tu veux. Ça me fait rien.

Elle dressa l'oreille, elle écoutait, inquiète, le bruit des voix qui venait du salon.

— Y a ben du monde ? demanda-t-elle.

— T'es habituée au monde, répliqua-t-il. Au *Quinze-Cents*, t'en vois du matin au soir. C'est pas le monde qui te fait peur ?

— C'est pas la même chose, dit-elle.

— Non ?

— Ben non. Au *Quinze-Cents*, on sert le monde. On vient fatigué de servir le monde. On se tanne donc de servir le monde... Mais en soirée, le monde... ah ! je sais pas comment dire ça...

Ses sourcils se froncèrent. Elle s'arrêta brusquement, se demandant pourquoi elle se livrait à ce genre d'explications avec Emmanuel. Saisie par la chaleur de la maison, attendrie, c'était peut-être qu'elle avait cru, soudain, à travers le temps, la distance, causer avec Jean. Oui, c'était ça. C'était à Jean qu'elle parlait quand elle se trouvait avec Emmanuel. À Jean qui devenait attentif et voulait bien l'écouter, essayait de la comprendre.

— Ah ! je vois pourquoi je te dis ça, des choses comme ça, sans rime ni bon sens, fit-elle, mutine, et lui donnant du bout de son gant un léger coup sur la main.

Elle venait de penser qu'elle pouvait se montrer gentille avec Emmanuel. C'était sans importance comment elle agissait avec ce jeune homme, car elle ne craignait pas que son cœur se serrât et fût ébloui et plein de crainte. Elle n'avait pas à se gêner ; ce n'était pas de l'amour qu'il lui inspirait. Elle pouvait donc lui raconter tout ce qu'elle ramassait de confidences pour Jean. Et de menus gestes affectueux, elle pouvait en avoir aussi à son égard. Elle se laisserait peut-être même embrasser par Emmanuel s'il s'y prenait gentiment, pour mieux se souvenir des baisers de Jean.

Emmanuel s'effaça pour la laisser passer dans la chambre de sa mère, tendue de mauve, le couvre-lit, les draperies à la fenêtre, les rectangles de table du même tissu à côtes, épais et soyeux.

— Si tu as besoin de te poudrer, fit-il, tu trouveras ce qu'il faut, je pense, sur la table de toilette.

— Ah ! dit-elle, comme indignée, j'ai mes affaires, j'ai ma poudre.

Elle était allée droit à la table habillée d'une jupe froncée, sur laquelle une lampe coiffée d'un abat-jour mauve jetait une lumière pâle.

Elle évitait de rien toucher, mais, curieuse, regardait les fioles, les pâtes alignées dans le rayon de la lampe. Puis elle sortit son peigne de son sac et se mit à arranger ses boucles, amusée de se voir sous divers angles dans la glace à trois panneaux. Ses bras levés à la hauteur de la nuque tiraient le bord de sa robe au-dessus des genoux et son jupon paraissait, blanc, ourlé d'une petite dentelle qui s'effilochait.

Emmanuel, croyant qu'il la gênait, murmura :

— Je vais aller chercher maman pour te présenter.

— Non, dit-elle dans un élan craintif. Toi, reste avec moi. Présente-moi, toi.

Il glissa son bras sous le sien, l'attira à lui et, sans chercher à l'embrasser, la regarda longuement. Il reconnaissait qu'il avait agi envers elle d'une façon un peu libre et restait étonné qu'elle eût malgré tout accepté son invitation. Il redoutait maintenant que ses parents ne fissent pas bon accueil à la jeune fille. Mais cette crainte qu'elle fût dépaysée chez eux la lui rendait plus sympathique, plus émouvante. Il aimait cette confiance étourdie qu'elle avait en lui et cette surprise qu'elle lui causait.

— Aie pas peur, dit-il, je te laisserai pas t'ennuyer.

— Oh, pour ça, dit-elle, avec un mouvement des épaules, je m'ennuierai pas, je pense pas en tout cas, mais je veux pas que tu me laisses toute seule, hein…

Tout en parlant, elle écoutait le murmure qui venait du salon et cherchait à distinguer la voix de Jean. Ce seul effort faisait affluer le sang à ses joues. Un voile passait devant ses yeux, elle se retenait au bras d'Emmanuel et le cajolait du regard. Ce qu'elle voulait le plus, c'était qu'Emmanuel se montrât suffisamment épris d'elle pour que Jean en fût mécontent. Est-ce qu'elle ne pourrait pas réussir en cela ? Est-ce qu'elle ne pourrait pas ce soir être la plus choyée, la plus fêtée ?

Ils entrèrent au salon, Emmanuel la tenant par la main. Des chaises pliantes louées pour la soirée s'adossaient aux murs des deux pièces qui communiquaient par une porte vitrée dont les battants avaient été repliés. Une vingtaine d'invités assis à la suite semblaient réunis plutôt pour assister à un spectacle que pour s'entretenir gaiement. Le tapis avait été enlevé et les plus gros meubles repoussés dans un coin. Dans un angle se voyait l'appareil de radio et par instants tous les regards s'y portaient. Impatients de se remettre à danser, les jeunes gens esquissaient sous leur chaise, du bout du pied, des pas vifs et agités.

Devant chaque groupe, Emmanuel murmurait :

— Mademoiselle Lacasse...

Puis il lui nommait rapidement quatre ou cinq personnes. Et elle, chaque fois, pinçait un peu les narines, souriait avec effort et disait :

— Ah, je sais pas par exemple si je vas me souvenir de tous les noms... Et elle soufflait à Emmanuel : « T'avais dit qu'il n'y aurait pas beaucoup de monde. »

En arrivant à l'entrée de la cuisine elle se trouva devant les parents du jeune homme : Mme Létourneau, toute ronde, petite, avec un doux visage blond de poupée, des yeux clairs à fleur de tête, grossis par ses verres de myope, et M. Létourneau, qu'un commencement d'embonpoint, des moustaches fines et lissées, un sourire courtois, poli plutôt qu'affable, apparentaient à un portrait placé au-dessus de lui sur le mur et qui devait être celui de son père. Dans une attitude méditative, un peu distante, un coude posé sur le bras du fauteuil, sa main supportant son menton et effleurant parfois la pointe de ses moustaches, il paraissait porter sur la jeunesse rassemblée sous son toit et, par-delà ce groupe, sur les extravagances, le caractère de son époque, un jugement empreint d'une intelligence railleuse. Marchand d'objets de piété, d'ornements et de vin eucharistique, il avait au service de prélats et de curés de province acquis une onction de la parole, une lenteur de débit et des gestes amples, bénins, mesurés, comme s'il soulevait à chaque mouvement des bras une lourde étoffe précieuse. On disait que pour mieux tenter les jeunes curés dans son magasin, il revêtait soit une chasuble éblouissante, soit un surplis de dentelle, et paradait devant son comptoir, sachant de mille manières faire ressortir la beauté du tissu au jour discret qui tombait entre les statues, les Christ en plâtre, les chapelets en grappes scintillantes, et qui baignait la boutique d'une lueur de sacristie. En dehors de son commerce, il s'intéressait presque uniquement à des mouvements d'ordre traditionaliste et occupait une place d'honneur dans plusieurs sociétés religieuses et nationales. Sa vénération du passé lui faisait rejeter d'emblée tout ce qui se présentait à lui entaché de modernisme ou d'éléments étrangers. Il tolérait cependant les fêtes chez lui, y recevait une jeunesse dont il désapprouvait le langage, les habitudes et la légèreté, par curiosité et sous l'effet d'une certaine aménité mondaine qu'il lui plaisait d'ailleurs d'entretenir et même d'étaler.

Depuis longtemps les rapports d'Emmanuel et de son père se montraient corrects, polis, sans amitié. Quant à Mme Létourneau, sa pauvre âme timide, aimante et faible, elle avait si longtemps cherché à mettre ces deux êtres d'accord qu'elle était devenue comme un miroir qui reflétait avec excès la vivacité de son fils et la grave dignité de son mari. Elle allait des épanchements les plus enfantins à une soudaine raideur qui semblait vouloir exprimer la dévotion respectueuse dans laquelle elle tenait M. Létourneau et prendre parti pour lui contre toute opposition.

Emmanuel présenta ensuite à Florentine sa sœur Marie, douce et sérieuse, un petit frère en costume de collégien, qui lui ressemblait d'une manière frappante, et une grand-tante aux mains effarouchées et pieuses dont le mouvement continu dans les plis de sa robe noire paraissait égrener un rosaire.

Jamais Florentine ne s'était sentie si dépaysée, si entièrement perdue et désolée. Maintenant, elle savait bien que Jean ne se trouvait point parmi les invités et, les ayant jugés ennuyeux d'un premier coup d'œil, elle doutait qu'il vînt. Elle aurait voulu fuir, courir chercher son manteau, s'évader dans la nuit douce. Mme Létourneau, cédant à un mouvement de bonté, essayait de la mettre à l'aise. Elle bavardait sans répit d'une voix roucoulante, un peu tendue.

— Vous savez qu'Emmanuel ne parle que de vous depuis hier, dit-elle... Ces beaux cheveux frisés, ajouta-t-elle, touchant les boucles de la jeune fille, c'est naturel ?

— Oui, fit Florentine.

M. Létourneau la questionnait à son tour avec toutes les apparences d'un intérêt paternel ; elle s'apercevait, et elle ne pouvait se défendre de s'en irriter, qu'il lui faisait avouer ce qu'elle n'aurait jamais voulu avouer. Et c'était comme s'il lui prouvait bien doucement, avec un sourire courtois et une grande amabilité, comme s'il lui prouvait au-delà de toute hésitation qu'elle n'avait pas de place dans cette maison.

Vive à saisir certaines nuances de la voix, à les interpréter, elle se sentait blessée et furieuse. « Si j'aimais Emmanuel, pensait-elle, ce n'est pas lui qui m'en éloignerait. » Et cette certitude que, si elle le voulait, elle pourrait conduire Emmanuel à tout braver pour elle lui plaisait quand même et la consolait.

Le jeune homme causait avec quelques jeunes gens réunis dans l'enfoncement de la fenêtre que garnissait une haute fougère. Florentine, pour se donner une contenance, avait sorti son poudrier et passait la houppette sur son nez. Elle saisit le regard moqueur de M. Létourneau et continua son manège délibérément, la tête dressée haut.

Soudain, elle surprit le regard d'Emmanuel, un regard absent qui cherchait dans le vide. Elle crut comprendre qu'il était aussi seul qu'elle-même, comme si ce n'était point sa famille, son chez-soi ici, surpris de s'y trouver, et qu'il attendait quelqu'un, depuis longtemps attendait quelqu'un. Puis ce regard distrait, triste, se fixa sur elle, la reconnut et tout de suite s'éclaira. « Jean, pensait-elle, ne m'a jamais regardée comme ça. Lui, tantôt, il m'a regardée comme s'il me connaissait depuis longtemps. Tandis que Jean, il me regarde toujours comme s'il devait se souvenir de moi chaque fois qu'il m'aperçoit », songea-t-elle avec stupeur.

La conversation allait à un train ralenti et difficile. Les invités de la ville, à l'encontre des jeunes gens de Saint-Henri, en faisaient presque tous les frais. Un jeune étudiant en médecine, camarade d'Emmanuel durant les années de collège, éblouissait par son langage précis et recherché. Près de lui se tenait un autre étudiant d'aspect intelligent et pensif qui intriguait encore plus les jeunes filles. Elles se poussaient l'une l'autre du coude, retenant leurs sacs à main qu'elles avaient toutes sur leurs genoux, et se demandaient à voix basse :

— Qu'est-ce qu'il est celui-là ?

— Un peintre, prétendait l'une.

— Un écrivain, disait l'autre.

Aucune ne paraissait très sûre de ce qu'elle avançait. Et souvent des chuchotements, des discussions murmurées en sourdine animaient le coin de salon où elles se trouvaient groupées, tandis que les hommes causaient entre eux, les uns réfugiés dans le couloir et même dans l'escalier, ceux-là riant et racontant des blagues comme s'ils eussent échappé à une atmosphère de contrainte.

Florentine guettait l'entrée du salon. Quand même, elle espérait encore un coup de sonnette, Jean soudain là, dans la porte, avec ses cheveux noirs, épars, forts et poudrés de neige, tel qu'elle le retrouvait si facilement dans son souvenir. Oh ! qu'elle espérait cela et aussi le demi-sourire qu'il avait au coin de la bouche en desserrant à peine les lèvres et qu'il aurait peut-être pour elle lorsqu'il l'apercevrait !

Emmanuel avait tourné le bouton de la radio. Un air de jazz, furieux, à grands éclats de saxophone, se répandit dans la pièce. Les jeunes filles, aussitôt émoustillées, commencèrent à porter la main à leurs cheveux, à leur corsage et, tirant leur poudrier, s'assurèrent d'un regard qu'elles étaient prêtes pour danser. Leurs jambes tendues de bas clairs s'agitaient. Puis Emmanuel fut devant Florentine. Il prit ses deux mains et l'attira à lui.

— Notre danse, dit-il. Peux-tu danser le swing ?

Il riait. Son attitude un peu gauche, un peu réticente dans l'immobilité, prenait, dès qu'il était soulevé par une émotion, une fougue nerveuse. Son visage qui penchait alors moins que de coutume sur son épaule droite levait à demi un sourire nouveau, libéré et qui était comme une offrande de sa joie. Le voyant ainsi, la tête dégagée, exubérant, Mme Létourneau ne se consolait pas plus que lui qu'on ne l'eût pas accepté dans l'aviation à cause d'un défaut de la vue.

Florentine, dès les premiers pas, suivait Emmanuel dans un accord parfait. Elle avait, elle si rebelle et volontaire, une étonnante docilité dans la danse aux mouvements de son partenaire, une soumission au rythme de tout son corps mince et délié, un abandon à la musique, passionné, enfantin, presque primitif.

— Qu'est-ce que c'est que cette danse de nègres ? demanda M. Létourneau. Où Emmanuel a-t-il pris ça ?

— Ils dansent bien ensemble. On dirait pas que c'est la première fois », murmura Mme Létourneau. Puis penchée vers son mari, elle plaida gentiment : « Mais, mon ami, nous ne donnons pas assez souvent de soirées ; nous ne connaissons plus la jeunesse. »

Emmanuel enserrait la taille de Florentine, puis la laissait aller à bout de bras. Pendant quelque temps, ils avançaient de front, secouant les jambes du genou, comme des poids légers, animés de leur vie propre. D'une main, élevant celle de la jeune fille, Emmanuel la faisait tourner sur elle-même dans un mouvement qui soulevait sa jupe, son collier, ses bracelets ; il la reprenait à la taille. Ils sautaient alors sur un rythme saccadé, visage contre visage, souffle contre souffle, et leurs yeux se renvoyaient leur image sautillante. Les cheveux de Florentine, libres et flottants, ondulaient d'une épaule à l'autre et voilaient son regard lorsqu'elle tournoyait.

— Où Emmanuel a-t-il rencontré cette jeune fille ?... Lacasse... dis-tu ? demanda M. Létourneau.

— Mais tu te souviens, murmura Mme Létourneau, de cette pauvre femme qui est venue en journées de ménage ici quelquefois, il y a bien des années.

— Sa fille alors ?

— Mais oui... On le dirait pas. Elle a de l'allure tout de même, sa Florentine.

— Emmanuel sait ?

— Il doit. De toute façon, cela ne le rebuterait pas.

— Folie ! murmura M. Létourneau en lissant ses moustaches. Jamais ce garçon ne tiendra son rang.

— Je danserais avec toi toute la nuit, sais-tu, Florentine, dit Emmanuel. Je danserais avec toi pendant toute ma vie.

Car elle se montrait légère comme un oiseau, un oiseau sans fatigue et sans souci dans sa petite tête ronde et lisse.

— Moi aussi, dit-elle, j'aime donc ça danser !

Il reprit :

— Je ne danserai plus jamais cette danse avec d'autres que toi. Et crois-tu même, je ne te laisserai plus t'en aller.

Elle ploya la tête en arrière et s'abandonna à lui sourire. Ce qu'elle aimait encore mieux que la danse, c'était d'être ainsi le point de mire de toute une assemblée. Autour d'eux, les invités s'étaient tus ; tous les regardaient. Et elle croyait les entendre se demander : « Qui est cette jeune fille ? »

Elle imaginait la réponse avec un frémissement des épaules.

« Oh, une petite serveuse du *Quinze-Cents* ! »

Eh bien, elle leur montrerait qu'elle savait plaire à Emmanuel, et pas seulement à Emmanuel si elle le voulait, à tous les jeunes gens si elle le voulait, elle leur montrerait qui c'était donc que Florentine ! Ce sentiment de défi, joint à la rapidité de la danse, gonflait son cœur et colorait ses joues. On aurait dit que deux petites lampes s'étaient allumées dans ses yeux — deux petites lampes dont la lueur vacillante mettait un point brûlant dans chacune de ses prunelles. Le petit collier de corail sautant à son cou, comme une chaîne légère autour de son cou fluet, et ses bras comme une chaîne autour d'Emmanuel, et sa robe de soie bruissant autour d'elle, et ses talons hauts claquant sur le plancher nu, elle était Florentine, elle dansait sa vie, elle la bravait sa vie, elle la dépensait sa vie, elle la brûlait sa vie, et d'autres vies aussi brûleraient avec la sienne.

L'hommage d'Emmanuel, son trouble évident, c'était la preuve de tout cela, et son sourire crispé donc, son visage plus pâle, oui, c'était la preuve qu'elle avait un rare, un réel pouvoir, Florentine, sur les hommes. Cela effaçait tant d'humiliations qui avaient laissé leurs marques dans les replis du cœur. Cela était bon. C'était comme une promesse que Jean ne pourrait faire autrement, lui aussi, que de l'aimer.

Elle rêvait à lui maintenant, à demi essoufflée, les lèvres

entrouvertes sur ses dents petites et très droites, elle haletait, sa robe de soie noire collait à son buste délicat, et elle se plaisait à entendre le cœur d'Emmanuel battre violemment sous la grosse tunique de laine. D'un geste câlin et doux, elle allait jusqu'à appuyer sa joue contre celle du jeune homme et alors elle sentait contre sa robe mince un bourdonnement si fort, si près, qu'elle ne savait plus si c'était son cœur ou celui d'Emmanuel qui se dépensait en sauts précipités.

La musique cessa. Emmanuel s'aperçut que la broche que Florentine portait à son corsage venait de se dégrafer.

— Ton épinglette, dit-il, se défait... va tomber...

D'un geste un peu étourdi, il chercha à repiquer la broche dans l'étoffe de la robe, à l'échancrure qui se gonflait.

Florentine se raidit, se recula, repiqua le bijou elle-même. Elle tremblait légèrement.

Quand elle releva les yeux, elle vit le regard d'Emmanuel qui brûlait.

— Chérie... murmura-t-il tout bas, du bout des lèvres, dans un souffle court.

C'était maintenant une valse. Il l'enlaça avec brusquerie.

La musique, plus lente, plaisait moins à Florentine. Emmanuel la serrait trop fort. La main du jeune homme, moite, lui meurtrissait les doigts. Ils étaient bousculés à chaque pas par des couples maladroits. La pièce paraissait exiguë depuis que tous les jeunes gens y tournaient ensemble. Une masse bariolée piétinait sur place, se mouvait dans une direction puis dans l'autre, comme si elle ne trouvait pas d'issue. Le lustre à sept branches distribuait toujours la triste lumière des ampoules colorées, mais le groupe serré des danseurs projetait sur les murs des ombres emmêlées qui semblaient tout obscurcir.

Florentine n'allait plus assez vite pour faire taire ses pensées. Que c'était ennuyeux, cette musique lente ! Elle riait encore à des mots que lui disait Emmanuel sans entendre ces mots. Elle ne l'écoutait plus. Elle n'écoutait rien autre qu'un mauvais pressentiment. Jean... il n'était pas venu... exprès... Pour ne pas la revoir... Il avait décidé de ne plus la voir... Et qu'est-ce que cela lui donnerait de se faire aimer si celui qu'elle voulait s'éloignait d'elle ?

Ses bras et ses jambes lui faisaient mal. Il aurait fallu aller très vite, être dans un tourbillon effréné et tourner, tourner sans arrêt, pour ne pas sentir la fatigue. Autrement, la fatigue descendait dans les membres et elle formait un poids lourd, très lourd, qu'on traînait comme une vie enchaînée, une vie qui avait peur de ne pas être heureuse.

Pour n'être pas séparé d'elle, Emmanuel la retenait presque durement. Il avait chaud, son uniforme de grosse laine était rugueux contre le bras nu de Florentine. Levant les yeux sur lui, soudain, elle le détesta. « Chérie », lui avait-il dit. Et qu'est-ce que cela lui faisait ? Ce n'était pas lui qui devait lui dire des mots de tendresse.

Plus tard, elle revint pourtant brusquement à la réalité. Une grande chaleur régnait dans le salon chauffé par un radiateur. Des fleurs, sur le piano, s'étiolaient. Elle promena les yeux autour d'elle avec ahurissement, saisit une phrase au passage : « La race, la famille... » murmurait M. Létourneau.

Un groupe causait de la guerre autour d'Emmanuel. Elle entendait les bribes d'une âpre discussion. « La Pologne attaquée... les démocraties... » Lasse, elle fermait les yeux. Puis, les ouvrant, elle surprenait, fixé sur elle, le regard souriant et froid de M. Létourneau. Cet homme semblait voir en elle la petite serveuse en butte aux grossièretés, née pour cet emploi et destinée à y rester toute sa vie. Aussitôt qu'il la regardait, elle se sentait reléguée dans la buée grasse des cuvettes, c'était comme si ses mains plongeaient dans l'eau de vaisselle, tiède et savonneuse ; tout autour d'elle fumaient les saucisses épicées.

— Est-ce que tu sors depuis longtemps avec Emmanuel ? demanda sèchement une jeune fille assise auprès de Florentine.

Et pourtant il y avait un accent de détresse dans cette voix.

Florentine sursauta. Elle aurait voulu déplaire à cette inconnue qu'elle sentait inquiète. De blesser quelqu'un l'aurait soulagée. Mais elle se contenta d'accentuer la moue de ses lèvres.

—C'est pas mon steady en tout cas, dit-elle.

— Et ton steady, qui est-il ? poursuivit la jeune fille aux yeux noyés de chagrin. Tu l'aimes ? brusqua-t-elle dans une tentative de rapprochement.

Elle se montrait petite, mignonne, lasse et suivait Emmanuel d'un regard navré.

— Mon steady !... reprit Florentine, et une colère soudaine l'envahit.

« Mon steady, réfléchissait-elle, mais je n'en ai pas. J'ai dix-neuf ans et je n'ai pas d'ami de garçon pour m'emmener aux vues le samedi soir et m'accompagner en soirée. J'ai dix-neuf ans, et je suis toute seule... »

Elle entendit la jeune fille auprès d'elle lui parler de nouveau.

— Où as-tu acheté ta robe ? demandait-elle.

L'intention n'était sans doute pas malveillante, mais Florentine crut y déceler un parti pris de hauteur. Et pendant qu'elle hésitait à répondre, voici qu'elle revit soudain sa mère occupée à lui tailler la robe, un soir d'hiver, l'étoffe étalée sur la table de la salle, la belle soie noire, souple, bruissante, et Rose-Anna, hésitante, le souffle court, toute tendue pour donner le premier coup de ciseaux — et le vent au dehors qui sifflait aux petites fenêtres givrées ! Oh, qu'elle lui avait paru belle, l'étoffe, ce soir-là, et qu'elle se rappelait bien le premier essayage quand, vêtue d'une ébauche de robe, sans manches, elle s'était penchée devant la glace du buffet, puis était montée sur une chaise pour la voir ainsi en entier, d'abord le corsage, ensuite la jupe.

— Je ne me souviens plus où je l'ai achetée, fit-elle du bout des lèvres.

Et ce fut comme si elle venait de renier tout ce grand travail des nuits accompli par Rose-Anna. C'était fini, cette joie de croire qu'elle avait une jolie robe. Maintenant, elle savait que c'était une bien pauvre robe. Jamais plus elle ne la mettrait sans entendre le crissement des ciseaux dans l'étoffe qui a coûté cher, et la revoir, à demi cousue, avec des faufilures blanches, une robe de peine, d'obscur travail sous la mauvaise lampe.

— À quoi pensais-tu ? demanda Emmanuel.

Pendant qu'elle rêvait, le front buté, il s'était approché d'elle doucement et avait placé ses mains, d'un geste enfantin, sur les paupières de la jeune fille.

— Qui est-ce ? fit-il en riant.

— Oh, dit-elle, le repoussant avec impatience, c'est pas difficile à deviner, mais elle se mit à rire en lui abandonnant sa main.

Elle ne trouvait plus d'ivresse maintenant à danser. Ses souliers, trop étroits et trop durs, lui faisaient mal. Il lui semblait qu'elle n'était plus portée que sur ses hauts talons qui, lentement, s'enfonçaient dans sa chair. Pourtant, il ne fallait pas qu'on la crût épuisée, malheureuse. Elle riait un peu plus fort qu'auparavant. Elle accentuait à force de volonté — elle avait appris comment — l'éclat de ses prunelles. On croirait que c'était elle qui s'était amusée le plus ; il n'y aurait personne pour savoir qu'elle se mourait de fatigue et de tristesse. Et puis, si elle simulait assez bien la gaieté, elle-même finirait peut-être par se sentir gaie. Ses lèvres remuaient.

— Qu'est-ce que tu dis ? demanda Emmanuel.

— Je dis que je m'amuse donc gros.

— Tu es contente d'être venue ?

— Oh ! pour ça, oui.

— Tu n'es pas trop fatiguée ?

Elle haussa les sourcils avec humeur.

— Je suis jamais fatiguée, moi, déclara-t-elle.

— Tu vas souvent en soirée ?

— Pas mal souvent.... quand ça adonne...

— J'aurais dû te rencontrer il y a longtemps, Florentine. Nous avons perdu beaucoup de temps.

— Je me sauverai pas, badina-t-elle.

Une nuance de mélancolie passa sur le visage d'Emmanuel.

— Non, tu te sauveras pas, murmura-t-il, mais moi je dois bientôt repartir.

Elle perçut comme un sentiment très doux, inconnu, qui flottait autour d'elle.

— Pourquoi ce que tu t'es enrôlé ? fit-elle. Ç'a pas l'air gros du goût de tes parents...

— C'est pas du goût de personne, répondit-il, avec un accent de solitude indéfinissable et cherchant dans le regard qu'elle levait sur lui une approbation.

Mais elle se désintéressa du sujet, balança les épaules, s'abandonna au rythme sautillant avec un regain de vivacité.

Comme c'était le carême, on servit le souper un peu après minuit. Marie Létourneau, aidée de sa mère et d'Emmanuel, passa une serviette de papier de couleur à chacun, puis un verre de boisson gazeuse et une assiette de carton dans laquelle se trouvaient, comme pour un pique-nique, quelques sandwiches minces, deux ou trois olives, un branche de céleri et un peu de salade froide. Marie Létourneau paraissait exténuée. Pâle et sérieuse, on devinait qu'elle ne prenait guère part à la joie des fêtes mais qu'elle s'usait à en régler tous les détails minutieusement.

On se remit à danser, et la fête dura jusqu'à la fin de la nuit. Les couples tournaient encore, lorsque Mme Létourneau disparut, puis revint dans le salon, gantée et tout habillée pour sortir.

— C'est dimanche, dit-elle, autant aller à la messe maintenant et se coucher après.

Les invités de la ville, l'étudiant et son mystérieux camarade étaient partis depuis quelques heures ; il ne restait plus que les couples de Saint-Henri qui furent de l'avis d'Emmanuel : « Allons à la messe ensemble. »

XI

Ils s'emmitouflèrent et sortirent dans l'aube tiède, marchant deux par deux sous les arbres qui dégouttaient. Les hauts troncs des érables, leurs branches nues et grises où scintillaient des gouttes d'eau, se détachaient déjà dans la demi-clarté du square. La neige molle formait comme des marais profonds et boueux. Les maisons restaient plongées dans l'obscurité. Du sous-sol au dernier étage, les fenêtres creusaient des trous noirs dans les façades froides. Au-dessus des toits planait une écharpe d'un bleu dilué qui tranchait sur la voûte encore sombre du ciel. Les étoiles reculaient.

Les jeunes gens franchirent la place en un petit groupe qui fit ombre sur la neige lorsqu'ils arrivèrent sous le premier réverbère. Leurs voix s'étaient tues. Un seul couple riait encore, parfois très haut, en se taquinant. Leurs deux silhouettes s'égarèrent un instant sous les arbres. Et alors, on entendit leur rire qui, brusquement, se cassait.

Dans la rue Notre-Dame, quelques lumières tremblotaient déjà derrière les carreaux giflés de subits coups de vent. L'air était presque chaud, mais très lourd. On sentait l'approche d'une soudaine giboulée de mars. Aux poumons fatigués par la fumée des cigarettes, le matin apportait cependant comme un ravissement.

Emmanuel aspirait à grands coups, avec délices. Il s'étonnait de la douceur de l'aube, et encore plus de la subite quiétude qui le gagnait. Marchant auprès de Florentine, la retenant pour qu'elle ne glissât pas dans la neige molle, il éprouvait une paix, une détente, comme il n'en avait jamais ressenti. Il avait l'impression d'une belle amitié qui commençait, plus que de l'amitié, une affection qui pointait, mal définie, savoureuse, incertaine et floue comme le jour dont la couleur se dessinait à travers les voiles de la nuit.

La masse de l'église Saint-Zotique apparut dans une vapeur blanche comme un nuage d'encens qui se serait levé du parvis. Des ombres glissaient vers le portique. Derrière deux ou trois petites vieilles qui venaient entendre la première messe, Florentine et Emmanuel pénétrèrent dans l'église.

Une douce chaleur enveloppa Florentine. Après une rapide génuflexion, elle s'assit, lasse, réussissant à peine à lutter contre le sommeil. Et cependant, même dans cette torpeur, ses pensées la faisaient cruellement souffrir. Au rebours d'Emmanuel qui, dès les premières lueurs de l'aube, avait pris conscience de l'enchantement de la nuit, et s'était reconnu allègre, miraculeusement transformé, elle n'avait saisi en elle qu'une plus lourde déception. Ce jour qui se levait maussade et gris ressemblait à ses sentiments.

Emmanuel... Pourquoi était-il agenouillé près d'elle, comme s'il eût été son fiancé ? Fiancé... le mot la jeta dans un inexprimable désir de revoir Jean. C'était lui qui devait être auprès d'elle, et non pas cet inconnu, cet inconnu Emmanuel, dont elle n'était même plus curieuse. Chaque délicatesse qu'il avait pour elle lui était maintenant motif de rancune. Elle ne prisait plus ses attentions. Encore un peu et elle les détesterait franchement, elle les repousserait comme une chose nuisible qui l'éloignait davantage de Jean.

« Pourquoi n'est-ce pas Jean qui est là, tout près de moi ? » ne cessait-elle de penser. Une image se présenta à son cerveau fatigué, qui la réveilla. Elle se rappela le jour où Jean l'avait invitée pour la première fois. Elle se souvint qu'il lui avait dit que ce serait à elle de le connaître petit à petit, et elle le revit qui s'éloignait en carrant les épaules.

Alors elle s'aperçut que cette vision s'était gravée dans son esprit, de même que certaines attitudes qui nous ont impressionnés pendant l'enfance nous poursuivent toute la vie, inchangeables, et figées pour toujours.

Un affolement s'empara d'elle. De toute manière, elle chercha à corriger cette vision, à lui en substituer une autre que certainement son souvenir devait lui garder. Impossible. Elle le voyait toujours de dos, comme un passant qui s'éloigne, sans intérêt pour ce qu'il a croisé en route.

Alors, elle comprit l'amour : ce tourment à la vue d'un être, et ce tourment plus grand encore quand il a disparu, ce tourment qui n'en finit plus. Haletante, elle murmura, du bout des lèvres, avec le secret désir d'infliger à Jean, si c'était possible, cette soif aride, plutôt que d'en être elle-même guérie : « Je me ferais aimer de lui aussi si j'en avais la chance. » Et par cela, elle entendait clairement : « Je le ferais souffrir comme je souffre à cause de lui. »

Emmanuel priait à son côté. Ses lèvres remuaient et ses traits délicats exprimaient une sorte d'allégresse et de paix. Florentine se glissa sur le prie-Dieu, près de lui, et elle aussi commença de prier. Mais sa prière était presque un ordre, presque un défi : « Il faut que je le revoie. Faites que je le revoie, bonne Sainte Vierge, je veux tant le revoir. »

Puis elle se calmait et, par mille approches féminines, cherchait à mettre la Vierge de son côté. « Je ferai une neuvaine, disait-elle, si je le rencontre aujourd'hui même. » La peur de s'engager sans espoir de réussir lui vint au cœur comme une vague glacée. Elle ajouta : « Je ferai les neuf premiers vendredis du mois aussi. Mais rien que si je le rencontre aujourd'hui. Autrement ça compte pas. »

Elle suppliait de toute son âme et, cependant, ses yeux restaient durs, sa bouche, immobile.

À l'élévation, elle croisa, en se courbant, le regard d'Emmanuel. Un instant, un très bref instant, elle fut traversée d'une nostalgie : elle pensa à prier pour que fût extirpé de son cœur cet amour qui la rongeait. Mais penchée jusqu'à toucher de son front le bord du banc, elle revit Jean, de dos, s'en allant. Et alors, elle s'accrocha à son tourment, elle s'y retint comme une noyée à son épave.

Elle ferait encore d'autres choses plus pénibles, s'il le fallait, pour gagner l'intercession de la Vierge. Elle assisterait à la messe tous les matins. Et même — oh ! cela lui coûterait beaucoup — elle n'irait pas aux vues pendant six mois, peut-être davantage... Que ne ferait-elle pas ? Elle irait à l'Oratoire sur la montagne, elle grimperait les marches sur les genoux comme un gueux qui demande sa guérison, mais elle, ce qu'elle demanderait, ce serait de rester enivrée d'un mauvais rêve et de donner ce rêve à un autre, de le lui communiquer, tel un mal contagieux. Elle fixait les cierges allumés de ses yeux qui, à cette flamme, paraissaient résolus et durcis, ne songeant pas une minute que le désir qu'elle avait des baisers de Jean pût être un obstacle entre elle et les pâles statues qui se dégageaient dans l'ombre de l'abside. « Aujourd'hui même, si je le vois, bonne sainte Vierge, je commencerai une neuvaine. » Et ce fut sa prière jusqu'à la fin de la messe.

Ayant remarqué sa grande fatigue, ses pas chancelants, Emmanuel dit en sortant de l'église :

— Mignonne, tu n'en peux plus. Veux-tu qu'on prenne un taxi ?

Une voiture ralentissait justement devant le petit groupe de fidèles débouchant du portique.

La maison des Lacasse ne se trouvait qu'à cinq minutes de marche. Mais Florentine était à ce point irritée qu'il ne lui déplaisait pas de pousser Emmanuel à des dépenses extravagantes. « Jamais il ne fera assez pour moi », pensa-t-elle. Elle imagina l'ébahissement de sa mère, lorsqu'elle la verrait arriver en taxi. De la tête, elle fit un bref signe d'assentiment ; elle exagérait le frisson qui l'avait saisie et s'aidait à claquer des dents.

Le soleil se levait, rond et couleur de soufre. Une neige molle, qui menaçait de tourner en pluie, avait commencé de tomber. Ému, le jeune homme remonta le col de fourrure de Florentine et, la protégeant du mieux qu'il pouvait, l'entraîna vers le taxi.

Elle eut un sourire en se pelotonnant comme un chat sur les coussins.

— Comme tu as froid ! dit Emmanuel, et il lui couvrit les jambes d'un pan de son manteau.

Elle frissonnait maintenant à plaisir pour se voir entourée, choyée, sans qu'elle eût rien à donner. Pourtant, une bonne chaleur venait jusqu'à elle de la chaufferette. L'appareil de radio, installé dans la voiture, égrenait, au milieu d'interférences, de grésillements, une insignifiante chanson amoureuse. L'atmosphère de l'église était déjà balayée dans le souvenir de Florentine. Pourquoi s'affoler ? Si elle était patiente, elle obtiendrait bien ce qu'elle voulait. Et, en attendant, pourquoi ne pas accepter qu'Emmanuel fût bon pour elle ? Elle dit lentement, et sans que le jeune homme comprît par quels détours sa pensée avait cheminé :

— Ton ami Lévesque, celui qui était au magasin avec toi, l'aut' jour, tu l'avais invité. Pourquoi donc qu'il est pas venu ?

Elle regardait filer les maisons d'un air détaché et distraitement se laissa prendre la main par Emmanuel.

Il eut un sourire de contrariété.

— T'occupe pas de Lévesque, dit-il en s'approchant un peu.

Elle laissa tomber son sac, se pencha pour le ramasser et poursuivit, la voix faussement enjouée :

— Ah ben ! je me demandais seulement pourquoi ce qu'il était pas venu. Je trouvais ça drôle. Je pensais que vous étiez des grands amis. D'où c'est qu'il vient déjà ?

— Oui, dit Emmanuel simplement, nous avons été amis, nous nous voyons encore de temps en temps... C'est un gars qui a eu beaucoup de misère dans sa vie. On dirait qu'il veut s'en prendre maintenant à tous ceux qui lui rappellent ses malheurs... Mais parlons plutôt de nous autres, Florentine... Il ne nous reste pas grand temps.

Elle le repoussa une seconde fois en prétendant qu'elle avait maintenant très chaud, et riant de cela comme d'une boutade.

— Il me paraît drôle, continua-t-elle la bouche moqueuse. Où c'est qu'il reste donc ?

— Il a une petite chambre au coin de la rue Saint-Ambroise et de la rue Saint-Augustin. Il aime vivre seul, passe son temps à étudier et se moque pas mal des filles. Cependant, presque toutes le trouvent de leur goût...

Il insistait sur le dernier mot, quêtant un regard de Florentine.

Elle ouvrit les yeux très grand, le toisa, appuya une main sur son cœur et se força à rire :

— Pas moi, en tout cas, dit-elle, la voix haute et acérée, je le trouve... » Elle chercha un mot qui la soulagerait, qui, à distance, atteindrait Jean, un mot qu'Emmanuel peut-être lui rapporterait. « Ah ben ! je le trouve pas à mon goût, reprit-elle, pantoute à mon goût. »

La véhémence qu'elle avait mise dans sa phrase amena un sourire sur les lèvres d'Emmanuel.

— C'est tant mieux, dit-il, tant mieux pour moi, j'entends. Jean, je lui dois beaucoup, j'ai de l'amitié pour lui malgré tout, mais si tu étais ma sœur, je n'aimerais pas te voir sortir avec lui.

— Pourquoi ?

Il répondit simplement, directement :

— Parce que tu courais à ton malheur avec lui.

— Oh, dit-elle comme amusée et à demi incrédule.

— Il y a une autre raison, dit-il, lui saisissant la main.

— Qu'est-ce que c'est ?

— Tu n'es pas ma sœur, heureusement, et tu me dis beaucoup.

— Tant que ça ?

— Beaucoup, reprit-il.

Le taxi stoppait devant la maison de la jeune fille. Il descendit, paya et la rejoignit. Elle s'était remise à trembler de froid, involontairement cette fois, et regardait loin devant elle, comme perdue et sans ressort, les yeux vides. La rue, déserte et laide, retenait toute la mélancolie de ce jour souffrant. Il n'y avait qu'eux de vivants, qui faisaient une tache claire, murmurante, dans ce triste couloir. Emmanuel jeta un coup d'œil un peu gêné autour de lui, puis timidement :

— On s'embrasse, Florentine ?

Elle sursauta, parut sortir d'un songe trouble et le considéra avec ennui, ne sachant que décider. Il était le seul qui, au cours de la soirée, n'eût pas cherché à l'étreindre dans les coins sombres. En vérité, elle s'attendait à ce qu'il voulût l'embrasser. Mais ici même, quand elle était déchirée par le souvenir de Jean... Elle fit la moue en détournant le visage, de sorte que la bouche du jeune homme n'effleurât que la joue. Grisé par cette légère caresse, il en voulut tout de suite beaucoup plus.

— Pas comme ça, Florentine. Mieux que ça.

Il la saisit par la taille si brusquement qu'elle en perdit l'équilibre. Très rouge, tremblant, il lutta contre elle et lui prit les lèvres.

Une porte claqua au loin. Vivement, il desserra les bras, mais la retint par les poignets.

— Je ne te reverrai pas avant de partir, Florentine. Je pars ce soir. Mais à partir de maintenant, t'es mon amie de fille, hein ?

Elle ne répondit ni oui ni non, songeant : « J'ai le temps d'y penser, j'ai pas besoin de rien décider tout de suite. »

Mais aussitôt qu'il se fut éloigné, elle s'essuya la bouche. Elle le regardait s'en aller, remarquant qu'il marchait, la tête inclinée vers l'épaule, presque de biais ; et elle se sentait tout à la fois une envie de rire et de pleurer.

XII

La fin de l'hiver s'entourait de nuages et de soudaines rafales. Tôt cet après-midi-là des nuées basses s'étaient amassées sur le versant sud de la montagne et les vents avaient chargé le bas quartier.

Vers huit heures du soir, la poudrerie se déchaîna. Les volets disjoints battaient ; on entendait parfois comme une déchirure de zinc au toit des maisons ; les arbres noirs se tordaient avec des craquements secs au cœur de leur tronc noueux ; les vitres crépitaient sous des poignées de grenaille. Et la neige continuait à tourbillonner, s'infiltrait sous les portes branlantes, glissait dans les joints des fenêtres et cherchait partout un asile contre la fureur du vent.

On ne voyait ni ciel ni terre. Les maisons n'étaient plus que des masses d'ombre avec, de-ci de-là, un pâle clignotement de falot. Une main vigilante, aurait-on dit, tâtonnait dans la tempête, allumait un réverbère qui s'éteignait aussitôt, fixait une ampoule qui ne produisait qu'une flamme brève et, jamais lasse, essayait toujours de faire jaillir la clarté. Rue Notre-Dame, les plus vives enseignes ne jetaient sur la chaussée qu'une lumière douteuse ; du trottoir, en face du cinéma, on n'apercevait qu'un vague rougeoiement comme la lueur lointaine d'un incendie.

Poussé, poursuivi par le vent, Azarius sortit d'un pan obscur, entra un instant dans le halo trouble d'un lampadaire, puis, à pas courts, rapides, courbé dans la rafale, il se dirigea vers le restaurant

153

des *Deux Records*. La façade blanche ne faisait qu'un avec la neige tournoyante. À trois pas on n'aurait pu la distinguer. Un vague reflet pourpré marquait seul la porte. Avec la sûreté de l'habitude, Azarius trouva le loquet.

La salle de restaurant était à peu près vide. Sam Latour, assis contre le poêle qui ronflotait, fumait un cigare, rejetant la fumée en cercles dont il suivait la marche vers le plafond d'un œil satisfait. Derrière le comptoir, sa femme, une brune accorte, les cheveux fraîchement ondulés, feuilletait un illustré, la joue contre la paume d'une main et les coudes posés sur le bois franc. Il n'y avait qu'un consommateur ; on le voyait de dos, penché sur un journal.

—Ah, c'est not' grand parleur et petit faiseux ! s'écria Latour avec bonhomie. C'est-y la tempête qui t'amène ? Nita disait justement : « Je crois ben qu'on verra pas un chat à soir. »

—Ça s'adonne qu'il y a pas gros de monde dehors à soir, correct, dit Azarius, laconique.

Appuyé au comptoir, il déboutonna son pardessus et demanda un coke. Il ne paraissait pas décidé à lier conversation. Contre son habitude, il resta longtemps silencieux, essuyant plusieurs fois le goulot de la bouteille de sa manche. Son front était lisse, ses joues avivées par le froid et d'un rouge ardent, mais ses yeux se posaient autour de lui avec une expression d'égarement et de contrainte.

—En effette, dit Anita Latour en prenant les cinq cents qu'Azarius avait mis sur le comptoir, Sam disait justement qu'il devrait pas y avoir gros de monde dehors à soir.

Chez ce couple affectueux, l'habitude était prise de s'appuyer mutuellement même dans les propos les plus banals. Toutes les remarques de l'un passaient dans la conversation de l'autre, précédées du commentaire affable :

« Sam disait... », ou bien « Nita disait ». Cet emprunt effectué, ils se remerciaient d'un sourire.

—C'est ben ce que j'ai pensé, reprit Anita, quand j'ai vu la tempête. Sam va être tout seul toute la soirée que je me suis dit. Ça fait que je me suis amenée.

Sam eut un rire débordant de malice.

— As-tu déjà vu ça, toi, Lacasse, fit-il, du bon monde comme ma Nita. Ça devient haïssable à force d'être bon.

Azarius but rapidement à même la bouteille, puis s'essuya la bouche du revers de la main. Il resta un moment indécis, le regard fuyant. L'image de Rose-Anna passa devant lui, non pas telle qu'elle était devenue, mais telle qu'elle avait été : gaie, avec des yeux tendres et veloutés, une voix chaleureuse. Puis la vision disparut. Il voyait Rose-Anna penchée sous la lampe, occupée à ravauder des vêtements d'enfants. Il la voyait se lever par moments pour se rapprocher de la lumière et faire quelques points en tenant l'étoffe sombre tout près de ses yeux.

Il avait essayé de l'aider ; il lui avait offert d'enfiler son aiguille. Il lui avait demandé humblement de lui indiquer ce qu'il pourrait faire et elle n'avait pas répondu un seul mot. Alors, pour la première fois de sa vie, il lui avait dit une parole plus haute que l'autre : « Bon sang, ça pousserait un homme à aller boire. »

À ça non plus, elle n'avait rien répliqué. Alors il s'était habillé lentement avec l'espoir qu'elle le retiendrait au dernier moment. Il pouvait endurer les reproches, mais pas le silence.

Tout à coup, l'atmosphère de la maison lui était devenue insupportable.

« Je vais aller faire un tour dehors, sa mère, d'abord que c'est comme ça. »

Rien.

Dans la rue, il avait, par habitude, dirigé ses pas vers les *Deux Records*. Et maintenant, dans la bonne chaleur, il se calmait. Il était dans son élément ici ; on l'écouterait tantôt lorsqu'il élèverait la voix. Sam le contredirait, mais il l'écouterait. Il entendrait surtout le son de sa propre parole qui raffermissait sa confiance en lui-même.

— Comment est-ce que ça va, chez vous ? s'enquit Anita.

Azarius sursauta. Il esquissa des lèvres une ombre de sourire.

— Ben, pas mal pantoute, je vous remercie, madame.

— T'as lâché les taxis ? fit Sam. Ton garçon, Eugène, me disait ça l'autre fois quand il est venu... En effette, le v'là dans l'armée, ton garçon ! Qu'est-ce que tu dis de ça !

— Quant à moi, c'est correct. Il a ben fait, Eugène. Il est jeune, il est capable. Je me mettrais à sa place de bon cœur.

— Ouais ?

— Ouais, pis vite aussi.

— Ouais... pis t'as vu que les Russes sont mal emmanchés avec les Finlandais, hein ? Mais à part ça, il y a pas grand-chose de nouveau. D'un bord comme de l'autre, on dirait qui veulent pas se garrocher. Les Français jousent aux cartes dans leur forteresse et pis les Allemands pareil, ç'a l'air.

Il caressa son menton et soupira : « C'est ben vrai que c'est une drôle de guerre, sais-tu. »

Azarius soupira à son tour :

— Oui, une drôle de guerre !

Puis, relevant le front, il ajouta : « Les taxis, ça paye pas. C'est pour ça que j'ai lâché. Six, sept piastres par semaine ! Y a toujours ben une limite. Un homme est pas pour travailler pour rien à cause qu'il est mal pris. » Il s'échauffait petit à petit et sa phrase se faisait plus assurée.

Puis, comme s'il entendait soudain le son creux que rendaient ses paroles, ses épaules s'affaissèrent.

— Ah, pis, c'est aussi ben pas travailler, fit-il, et y rester su le secours.

Sam s'était levé et marchait de long en large dans la partie la plus éclairée de la boutique.

— Oui, mais oublie pas qu'ils vont arrêter ça. Il y en aura plus de secours. Ça va arrêter net, conclut-il, en se nouant solidement les mains derrière le dos.

— On demandait qu'à travailler, rétorqua violemment Azarius.

— Bien sûr, et c'est justement ce qu'il y a de pas correct. Toi et ben d'autres, vous demandiez pas mieux qu'à travailler pour un salaire un petit brin de bon sens comme de bonne raison. Mais, au lieu de ça, vous étiez à rien faire et pis, nous autres, ceux qui gagnaient que'que chose, eh ben, on payait pour ça. On payait pour vous garder à rien faire. Icitte, en Canada, c'était rendu que deux tiers de la population faisaient vivre l'aut' tiers à rien faire.

— Pourtant, c'était pas l'ouvrage qui manquait, interrompit Azarius, des maisons, il en fallait encore.

Sam Latour se prit à rire et tira son col serré sur son large cou avec l'impatience d'une bête de labour contre son licou.

— Ben quiens ! Y avait des maisons à bâtir, pis des routes, pis des ponts.

Il dénoua enfin sa cravate et repartit plus à l'aise.

— C'était toujours ben pas l'ouvrage qui me manquait. Les hommes non plus. Des hommes, j'en ai vu une cinquantaine, moi, qui se disputaient une job. Je me demande donc ben ce qui manquait.

— L'argent, dit Azarius.

— Oui, l'argent, tonna le patron. Y en avait pas pour les vieux, ni pour les écoles, ni pour les orphelins, ni pour donner de l'ouvrage au monde. Mais à c'te heure marque ben qu'il y en a pour la guerre. A se trouve à c'te heure, l'argent.

— A se trouve toujours en effette pour la guerre, répliqua Azarius.

Il finit sa bouteille d'un coup en renversant la tête, puis les yeux au plancher, il murmura :

— On va pourtant finir par en voir la couleur un petit peu.

— P't-être ben, dit Sam, en se rasseyant.

Il y eut un silence coupé des pétillements du gros poêle de fonte.

Le petit homme, qui se tenait au fond de la salle, et que ni Azarius ni Sam Latour ne connaissaient, éleva tout à coup la voix :

— Les affaires reprennent, dit-il, mais surtout dans la mécanique de guerre. Ça, c'est une vraie bonne ligne de nos jours. Moi, si c'était à recommencer, c'est là-dedans que je me mettrais. Mais, de mon métier, je suis constructeur, je suis maçon... Et savez-vous depuis combien d'années que j'ai pas travaillé de mon métier ? Je parle pas des petits trous à boucher dans le mur et qui me payent pas mes déplacements — mais une vraie job là, savez-vous combien de temps que j'en ai pas eu ?

Il parlait tranquillement, assis à une table du fond, les mains posées à plat sur la table, et regardait devant lui d'une façon à la fois pitoyable et drolatique à cause d'un tic nerveux qui lui plissait la joue droite et le menton.

— Eh ben ! ça fait huit ans que j'ai pas travaillé de mon métier. Huit ans, poursuivit-il d'une voix calme et uniforme. Mais j'ai fait ben d'autres choses par exemple. J'ai été jardinier pour les sœurs, j'ai été tapissier et pis, pendant une épidémie de vermine, j'ai fait ma vie à tuer des punaises et à désinfecter des matelas pouilleux.

Sans se douter que sa voix basse et son allure un peu craintive, plus encore que ses paroles, portaient à rire, il enchaîna :

— C'est pas toute. Écoutez, si vous voulez voir quelqu'un qui a fait bien des sortes d'ouvrages dans sa vie, regardez-moi ; je suis l'homme qui vous faut. Après avoir désinfecté des matelas, il m'est venu une idée, une bonne. Vous allez rire, parce que, comme vous me voyez, je suis pas un bel homme pour passer de porte en porte. Eh ben ! quand même, je me suis mis commis voyageur. Il n'y a pas d'affaires que j'ai pas essayé de vendre : des polices d'assurance — on commence toujours comme ça, on se pense plus fin qu'on est — pis des essences de vanille, du thé vert, des cartes de Noël, pis des brosses à plancher, des ceintures pour les hernies, des remèdes à chevaux, pis quoi donc encore !... Je disais...

Il se leva tout à coup et comme s'il allait répéter son rôle de vendeur, il prit Sam Latour à part, tout petit et malingre devant le gros homme, et entonna sur un ton haut :

— Alors comme ça, vous voulez pas de poudre, mamzelle, mais p't-être ben que votre mère là, c'te belle grande femme que j'aperçois derrière vous, serait intéressée dans ma nouvelle poudre à pâte qui fait lever les gâteaux quatre fois plus haut que d'ordinaire ?... Non, ben vous, monsieur, ça vous le dirait pas d'essayer mon onguent pour les cors ?... Vous avez pas de cors, mais vous avez peut-être des brûlements d'estomac. Essayez c'te bouteille et dans trois jours si vous êtes pas guéri... Pas de brûlements d'estomac non plus ? Ben, prenez toujours c'te petite brosse à plancher. Je reviendrai peut-être l'année prochaine...

Il fit un petit geste d'adieu, mi-découragé, mi-comique, et partit se rasseoir.

— Y a pas d'ouvrage que j'ai pas fait, confia-t-il, ne s'adressant plus à personne en particulier, mais dirigeant au fond de lui-même un regard impitoyable et morne. Pas d'ouvrage, sauf le mien, mon ouvrage de maçon. Ils disent qu'il faut être spécialisé de nos jours pour se trouver de l'ouvrage. Ben, voulez-vous que je vous le dise : un métier de nos jours, c'est pus rien. On passe la moitié de sa vie à l'apprendre, son métier, pis le reste de sa vie à l'oublier. Non, les belles époques des métiers, c'est fini. Aujourd'hui, c'est pus que dans des petites jobs qu'un homme se réchappe...

L'atmosphère, qui s'était allégée pendant la démonstration du petit homme, s'appesantit de nouveau.

Dans un silence lourd de réflexion, Azarius considérait cet étranger, dont la vie lui apparaissait soudain semblable à la sienne.

— C'est pas mal vrai, dit-il. Moi, je suis menuisier de mon métier. Oui, menuisier, monsieur, reprit-il comme le petit homme levait sur lui un regard plus attentif. Quand la construction a tombé à rien, j'ai eu l'idée de gagner ma vie en faisant des petits meubles. Les plus petits, des tabourets, des services de fumeur, ça se vendait bien d'abord. Mais je me suis aperçu un jour que ça me payait pas mon temps. C'est comme pour la couture. Ma femme est une première modiste. Dans le temps qu'on s'est mariés, elle faisait des robes, bien de l'ouvrage, pour deux piasses. À c'te heure, elle est même pus capable d'avoir ça. On peut acheter une robe de soie toute faite pour une piasse et demie... Une piasse et demie pour une robe de soie ! Ils doivent en payer, des beaux salaires, dans les factories pour arriver à vendre des robes à une piasse et demie !

— C'est entendu, dit le maçon. C'est la même chose partout. L'habileté se perd..., le métier se perd... Y a plus que la mécanique. Pourtant...

Ses petits yeux gris sous la touffe épaisse des sourcils noirs se mirent à cligner violemment. On aurait dit que, soudain, une blancheur inconnue frappait ses prunelles myopes, les criblait de rayons fulgurants.

— ... pourtant, qu'est-ce qu'il y a de plus beau sur la terre que le métier de construction ! Vous prenez la maçonnerie, là... Plâtrer un beau mur neuf, avec le plâtre ben fait, ben solide... Hein, monsieur ! fit-il, souriant à demi à Azarius.

— Oui, monsieur, reprit Azarius, sur le même ton exalté, soulevé par ses souvenirs et inexplicablement réchauffé par cette approbation dont il avait soif, et qui lui venait ce soir comme par miracle.

Il s'était avancé d'un pas vers ce maçon qui aurait pu être un compagnon des beaux jours écoulés. Il levait vers la lumière ses mains de menuisier qui avaient aimé le contact du bois franc, et ses larges narines frémissaient à la bonne odeur des planches neuves qu'il croyait tout à coup retrouver.

— Être juché sur un échafaudage, dit-il, entre ciel et terre, et entendre cogner du matin au soir ! voir un mur monter ben droit, ben uni, au-dessus d'une bonne fondation ; et pis, un bon jour, voir une maison finie au bord du trottoir, là où c'est qu'il y avait rien que des champs de mauvaises herbes... oui, ça, c'est une vie !

— Oui, de la belle ouvrage, dit le maçon.

— De la belle ouvrage, reprit Azarius.

Et le silence tomba.

Au bout d'un moment, Anita fit signe à son mari.

— Cout' donc, vieux, il y a quelqu'un à matin qui cherchait un homme pour chauffer son truck ? Qui c'est donc ? T'en rappelles-tu ?

— Oui, en effette, c'était Lachance, je crois ben, Hormidas Lachance. Tu pourrais p't-être ben aller le voir, Lacasse.

La figure d'Azarius se rembrunissait.

— Lachance, fit-il avec un ressentiment qu'augmentait cette brusque déviation donnée à sa pensée. Il porte bien son nom ce gros numéro-là. Oui, je le connais, correct. C'en est justement un de ceux-là qui pensaient avoir le monde quasiment pour rien il y a quelques années. Ça faisait son affaire de prendre du monde qu'était sur le secours ; il les avait pour rien. Pis après, quand les hommes lâchaient, il les dénonçait pour leur faire perdre leur secours.

— Quand même, plaida gentiment Anita. P't-être des fois, qu'il serait mieux disposé à c'te heure.

— On verra, dit Azarius, avec une brusquerie qui ne lui était pas coutumière.

Il enleva sa casquette, la renfonça sur ses cheveux, parut hésitant. Puis, soudain, en regardant l'horloge au mur, il siffla entre ses dents :

— Acré gué, le temps passe vite. Bon ben, il faut que je file. Bonsoir et merci quand même de l'offre, madame. Bonsoir, Latour...

Il se retourna sur le seuil, dévisagea le maçon qui s'était remis à lire, la tête entre ses mains, redevenu ce petit homme tranquille qu'on aurait pu prendre pour un modeste employé à sa retraite et tout satisfait de sa vie.

— Et à vous aussi, un bonsoir, l'homme ! jeta Azarius avec une nuance de détresse et de commisération.

Et, brusquement, il ouvrit la porte, fonça dans la tempête.

Lui, si placide d'ordinaire, marchait ce soir d'un pas agile en lançant tout haut avec colère des bribes de phrases. Il en voulait tout à coup au maçon, à ce petit vieux pitoyable, de lui avoir rappelé la force, les rêves de sa jeunesse. Il le voyait maintenant avec aigreur comme la personnification de sa propre vie manquée. Il en voulait à Sam Latour de lui avoir parlé de Lachance, ce qui le mettait dans l'embarras d'avoir à considérer une démarche éventuelle, bien qu'il se reconnût déjà incapable de l'entreprendre. Comme toutes les natures indécises, il luttait ainsi, pour la forme, contre des refus de sa conscience qu'il savait irrévocables. Et peut-être, au fond, s'en voulait-il à lui-même plus qu'à tout autre, d'avoir éprouvé de la gêne, de la nostalgie. Si longtemps il avait vécu dans un profond engourdissement, cessant de se tourmenter et s'entretenant de vagues espérances ! Et voici qu'il lui faudrait encore se tâter, se débattre pour trouver des raisons et refaire sa paix intérieure. Il marchait vivement, la tête enfoncée dans les épaules. La tempête diminuait, épuisée par sa propre violence. Quelques rares étoiles brillaient entre les fissures des nuages.

Arrivé à la rue Beaudoin, Azarius accéléra son pas. L'inquiétude d'avoir laissé Rose-Anna seule avec des enfants malades s'était avivée dès qu'il s'était senti sur le chemin du retour. Il atteignit son seuil et entra avec la vivacité de quelqu'un qui pressent une catastrophe.

— Rose-Anna, t'es là ! cria-t-il. T'as pas eu trop besoin de moi ?

Elle était dans la cuisine, occupée à trier des vêtements d'enfants. D'un côté, elle mettait en pile ceux qui n'étaient pas trop salis et plongeait les autres dans l'évier. Son regard étonné effleura son mari, puis elle se détourna sans répondre.

— Tu pourrais pas attendre à demain pour laver, dit-il. Tu te ruines, sa mère.

Il avait de ces soudaines illuminations qui lui révélaient la fatigue, la mauvaise santé de Rose-Anna, lorsqu'il sentait lui-même la griffe du découragement.

— Il faut bien, répliqua-t-elle sèchement. Les enfants ont pas de rechange, tu le sais bien.

Assis au coin de la table, il commença à dénouer les cordons de ses bottines. Il en enleva une qu'il laissa tomber lourdement sur le plancher.

— J'ai vu Sam, dit-il après un moment de silence. Il m'a fait entendre que Lachance se cherche un homme pour runner son truck.

Sachant combien Rose-Anna avait détesté Lachance, il espérait lui arracher une vive protestation, la toucher en même temps par sa bonne volonté.

— En ben ! qu'est-ce que t'attends, dit-elle, pour aller le voir !

— Sa mère ! fit-il surpris. T'oublies pas que c'est lui qui nous a fait perdre notre secours ?

Une petite voix irritée appela « Maman ! » de la salle.

— Qu'est-ce qu'il a ? demanda Azarius, frappé du ton plaintif, exaspéré de l'enfant. C'est encore Daniel. Il va pas mieux ?

— Je sais pas ce qu'il a, dit Rose-Anna. Il a saigné du nez t'à l'heure. Faudrait pourtant le mener au docteur...

Elle alla porter un verre d'eau au petit garçon. Azarius

l'entendit qui engageait l'enfant à dormir. Puis, peu après, il la vit qui le surveillait, appuyée au chambranle de la porte. Il ne put retenir un mouvement de gêne tant le regard de Rose-Anna, lucide, semblait voir en lui de la faiblesse.

— Écoute, Azarius, dit-elle, d'une voix presque implacable pour une fois, c'est pas le temps de faire le fier. Pas quand les enfants ont besoin de linge, pis p't-être demain de remèdes. Doux Jésus, non !... Va le voir quand même... Azarius.

— Tu y penses, sa mère !

Le vent gémit contre le carreau et il ajouta, le ton évasif :

— J'irai demain, de bonne heure. Mais je pense quasiment que c'est une bêtise, Rose-Anna. Il peut se présenter quelque chose de mieux et, une fois pris avec Lachance, je manquerai mon coup... Mais si tu y tiens absolument, j'irai demain. Drette demain matin.

— Non, Azarius, si ça presse, Lachance aura trouvé un homme d'icitte à demain matin. Et toi, je te connais ! T'auras encore changé d'idée. Vas-y tout de suite.

— Tout de suite ! Ça presse pas tant que ça. Ça peut attendre.

Il la vit dénouer tout à coup les cordons de son tablier et porter les mains à ses tempes rapidement pour lisser ses cheveux.

— Je vas y aller, moi, dit-elle.

— Voyons, t'es pas folle ! Un soir comme à soir...

Elle s'éloigna dans la pièce voisine. Il crut qu'elle voulait l'éprouver, se dit qu'elle n'était allée chercher que sa couture dans la salle et que tantôt, assise près de lui dans la cuisine, où il y avait plus de chaleur, ils reparleraient de tout cela avec plus de calme. Il enleva l'autre bottine et resta silencieux, un coude sur la table et le regard dans le vague. « J'irai peut-être demain, songeait-il, mais je passerai avant voir le contracteur Holliday... En tout cas, je vais y repenser. »

Et tout à coup Rose-Anna fut devant lui, vêtue pour sortir, nouant avec délibération la ceinture intérieure de son manteau. Instinctivement, il se leva pour lui barrer le passage.

— T'es pas pour sortir par une tempête pareille. J'irai, que je te dis.

— Non, laisse-moi y aller, Azarius.

Il croisa le regard de sa femme. C'était le regard grave, énergique, qu'elle avait eu au temps où elle faisait des ménages, cousait pour les autres et, du soir au matin, luttait pour alléger leur misère. Et il baissa la tête.

— Tu sais bien que c'est mieux que j'y aille moi-même, expliquait-elle de sa voix la plus calme. Tu comprends, Lachance va avoir honte quand il va me voir arriver. Je vais y mettre sous le nez tout ce qui nous a fait ; je vais tout y expliquer. Je vais y en faire t'en donner de l'ouvrage ; aie pas peur.

— Demain, ça sera ben encore assez vite, recommença Azarius.

Mais Rose-Anna avait posé une main ferme sur la poignée de la porte. Elle dit :

— Remplis la cuvette et mets-la sur le poêle, si tu veux m'aider. Je finirai mon lavage quand je reviendrai.

Elle ajouta encore quelque chose qui se perdit dans le vent.

Sur le seuil, il la vit osciller, prise de travers par un coup de rafale, puis la porte se referma. Et il n'entendit plus que le son des gouttes d'eau tombant à longs intervalles du robinet.

Il tâtonna pour trouver le bord de la chaise. Il s'assit, les bras pendants, et il fixa avec des yeux éteints, le tas de vêtements sales qui débordait de l'évier. Son physique n'avait point souffert des années de chômage et de petits métiers. Il avait toujours ses cheveux abondants de jeune homme, sa bouche large qui souriait facilement, son teint frais et sa belle prestance. Il parlait bien ; il savait discuter ; il savait bien se présenter quand il demandait de l'ouvrage, et, au fond, il n'était pas paresseux. Que lui était-il donc arrivé ?

Il ramena tout à coup ses mains en avant et y enfouit son visage.

Oui, que lui était-il arrivé ?

Toute sa vie passa devant lui rapidement avec des images très nettes, très précises, et d'autres qui étaient floues et comme dissimulées derrière des paquets de brume. Il se voyait d'abord menuisier, bâtissant des cottages dans la banlieue. En ce temps-là, Rose-Anna préparait le lunch qu'il apporterait dans une petite boîte de fer-blanc. Et le midi, assis haut sur un madrier, les jambes pendantes, il ouvrait la boîte, défaisait un paquet et y trouvait toujours quelque chose d'appétissant et qui était une surprise : une belle pomme rouge qu'il mangeait en crachant les pépins en bas dans la rue, un petit pâté à la viande enroulé dans plusieurs couches de papier ciré, et qui avait gardé un peu de la chaleur du fourneau, une poignée de beaux raisins verts, des galettes de sarrasin, dont il ne se fatiguait jamais. Ces goûters là-haut, par les ardents midis d'été, dans la chaleur qui lui plombait la nuque, étaient une partie claire, nette, importante de sa vie. Et il ne comprenait pas pourquoi tant de détails insignifiants lui restaient dans la mémoire, tels que le son du marteau, le goût des clous au bord des lèvres, le crissement d'une porte neuve que l'on ferme et ouvre pour la première fois, et la saveur de ses dînettes d'autrefois.

Et puis, brusquement, il y avait eu une fêlure dans sa vie. Et il sentait qu'il fallait remonter à ce moment même de son existence pour comprendre ce qui lui était arrivé. Dès lors, les images se superposaient avec une vitesse implacable.

Il n'était plus bâtisseur, et il se voyait mal tout à coup dans des ouvrages qui ne lui ressemblaient pas. Il apercevait un homme qui devait être lui et cependant qui n'était pas lui. Cet homme était juché sur un siège haut à l'avant d'une voiture de livraison ; il descendait déposer des bouteilles de lait de porte en porte. Puis, cet homme se lassait de cette besogne monotone ; il cherchait autre chose. Le laitier devenait livreur de glace, puis vendeur dans un magasin du faubourg ; le vendeur s'effaçait. Il n'y avait plus que des petits métiers, des journées d'ouvrage par-ci par-là, une piastre, trente cents, dix cents par jour... Et puis, plus rien. Un homme s'asseyait auprès du poêle de cuisine et s'étirait paresseusement : « Je crois ben qu'on va se laisser vivre, sa mère, en attendant... Tant qu'à pas travailler de mon métier !... »

Azarius fut surpris du ton de sa propre voix. Il avait parlé haut sans s'en douter. Et pendant quelque temps, il écouta la plainte du vent, l'oreille tendue, et se demandant s'il ne venait pas de s'assoupir.

Alors ce chômeur qu'il était chercha à renouer connaissance

avec l'autre, le premier, celui qui souffrait encore de sa déchéance et ne voulait pas le montrer. En ce temps-là, il était devenu hâbleur, grand discoureur, fréquentant les débits de tabac, les petits restaurants du quartier, et il avait développé son talent inné de beau parleur. C'est alors qu'il avait commencé à se vanter des couvents, des églises, des presbytères qu'il avait bâtis et d'autres, à l'entendre, qu'il bâtirait bientôt. En vérité, il n'avait jamais bâti que des petits cottages pour nouveaux mariés, mais à force de parler d'églises, de presbytères, de couvents, il avait fini par se persuader qu'il en avait construit des centaines. À cette époque il s'était toujours cru à la veille d'une grande entreprise. Il n'avait pas craint alors d'engloutir les deux cents dollars que Rose-Anna avait reçus à la mort de son père dans l'achat d'outils pour la fabrication de petits meubles de fantaisie. Il s'était persuadé qu'il faisait de grosses affaires jusqu'au jour où il s'était réveillé avec des meubles invendables plein son atelier et de fortes dettes chez le marchand de bois.

Mais loin de le décourager, cet échec n'avait fait que le pousser à de plus grands risques. Il s'était cru habile à tous les métiers et sur le point de faire fortune, d'une manière ou d'une autre. Il avait réalisé une centaine de dollars, de grippe et de grappe, et avait fondu le tout dans un commerce de ferronnerie et de réparation, en compagnie d'un individu dont il connaissait tout juste le nom. La petite boutique, rue Saint-Jacques, avait porté à l'enseigne les noms de Lacasse et Tremblay, deux semaines durant exactement. Puis l'associé avait déguerpi, laissant Lacasse en mauvaise posture auprès des créanciers et, sur la devanture de la boutique, de nouvelles lettres noires avaient été peinturées.

Et cependant Azarius n'avait point encore perdu confiance. Il refusait toujours les petits emplois que des amis, par l'entremise de Rose-Anna, cherchaient à lui obtenir, déclarant qu'il n'était point né pour des besognes de gagne-petit. Sa réputation s'était faite dans le quartier : un sans-cœur qui laissait sa femme faire des ménages plutôt que d'accepter un honnête travail. Et pourtant cela n'était pas vrai ; chaque fois qu'il avait vu partir Rose-Anna pour aller laver chez les autres, il s'était cabré intérieurement. Mais il n'avait rien dit. Il leur montrerait à tous qu'il était capable de faire vivre sa famille et comme il faut. Qu'on lui en laisse le temps ! Et à la première occasion, il s'était lancé dans ce que Rose-Anna elle-même appelait maintenant « des embardées ».

Auprès de ses beaux-frères, il avait épuisé son crédit jusqu'à l'extrême limite pour tenter la chance dans une affaire de *sweepstake*. Cette fois il avait quasiment eu maille à partir avec la police. Il avait essayé encore, échoué encore, et encore essayé.

Il se leva soudainement, étourdi par le poids de ses pensées. Il n'était pourtant pas plus bête qu'un autre. Comment se faisait-il qu'il n'avait pas encore réussi ? Sans doute parce qu'il n'avait pas eu de chance, mais un jour, il en aurait, et sa grande entreprise, une de ses grandes entreprises, le vengerait de tout le dédain, de toute la honte qu'il sentait peser sur lui.

Il regarda le misérable logis avec des yeux qui clignaient comme au sortir d'un songe. « Rose-Anna n'a pas confiance, non plus, se dit-il. Elle n'a jamais eu confiance. Personne a confiance. » Il eut peur de se réveiller et de se voir tel qu'elle l'avait jugé depuis vingt ans, tel qu'il était peut-être.

Et, tout à coup, il souhaita l'évasion. Il la souhaita avec une telle âpreté qu'il envisagea mille projets tous plus absurdes les uns que les autres. Il s'imagina faisant son paquet et déguerpissant avant le retour de sa femme. Il « sauterait un fret », il irait s'embaucher dans les mines. Ou bien, il suivrait tout bonnement la rue Saint-Jacques vers la banlieue, vers la campagne et, là, il prendrait la grand-route, marchant droit devant lui jusqu'à ce que la chance lui sourie enfin, lui qui était né pour les aventures. Il irait marchant à la pluie et à la neige, sous les étoiles et sous le soleil, tout son bien dans un mouchoir au bout d'un bâton, et, quelque part, à un certain moment, à une fourche quelconque du chemin, il rencontrerait ce qu'il cherchait depuis sa naissance. Il souhaita l'évasion avec une telle mélancolie que sa gorge nouée refusa de laisser passer le flot de sa salive. Il souhaita n'avoir plus de femme, plus d'enfants, plus de toit. Il souhaita n'être qu'un chemineau trempé, couché dans la paille sous les étoiles et les pauvres paupières humides de rosée. Il souhaita l'aube qui le surprendrait un homme libre, sans liens, sans soucis, sans amour.

Alors ses yeux tombèrent sur l'évier. Le bassin de tôle rouillée s'était rempli des gouttes s'échappant du robinet ; il débordait maintenant avec un ruissellement mince et continu. Azarius retroussa ses manches jusqu'aux coudes et, lentement, plongea les mains dans la lessive.

Une horloge sonna.

Avec des gestes d'automate, durs et maladroits, Azarius frottait une petite jupe noire, trouée et si usée que sous ses doigts l'étoffe de toutes parts crevait.

XIII

Le ronron de la machine à coudre grignotait le silence ; il se taisait parfois ; on entendait alors la bouilloire chanter. Rose-Anna, les lèvres pincées, examinait une couture de près ; puis elle pressait la pédale et la voix du travail repartait, sourde, inlassable et légèrement plaintive.

La clarté de la lampe unissait la mère et la fille. Chaque fois qu'elle levait les yeux, Rose-Anna apercevait Florentine assise devant elle sur le canapé de cuir, les jambes repliées. La jeune fille tenait un magazine à couverture jaune, y lisait quelques lignes d'un air ennuyé, puis se prenait à regarder dans le vide, les sourcils froncés ; et elle faisait claquer sa gomme à mâcher. Elle était nerveuse, irritable, mais Rose-Anna ne s'en avisait point, toute à la joie de la voir là près d'elle.

Les petits dormaient. Rose-Anna les avait couchés dans son lit en attendant qu'elle eût fini sa couture, et très tôt afin d'avoir la place libre. La salle paraissait tranquille, proprette, avec ses sofas couverts de cretonne, rangés contre les murs. Rose-Anna, calme, à l'image de la pièce qu'elle aimait ainsi, hâtait son travail. Azarius rentrerait bientôt... Azarius qui, grâce aux démarches qu'elle avait entreprises, s'était remis à l'ouvrage, en paraissait même très content. En fallait-il plus pour que la maison vive enfin de l'âme apaisée de Rose-Anna ?

Depuis deux semaines, elle se levait la première, très tôt, pour préparer le déjeuner d'Azarius. Il lui rappelait souvent qu'il pouvait se faire du café en un tour de main ; il la priait de rester au lit, mais avec une hésitation, une nuance d'espoir qui ne la trompait pas. Elle savait qu'Azarius trouvait du réconfort à l'entendre traîner ses savates sur le lino de la cuisine alors qu'il se rasait aux premières lueurs grises qui franchissaient les fenêtres. Elle ne pouvait douter qu'il aimât entrer dans une pièce déjà tiède où le feu crépitait et où la vapeur cernait et embuait les carreaux. Même elle était sûre qu'il goûtait davantage le pain qu'elle lui présentait, beurré, le café qu'elle lui versait en retenant la manche ample de son kimono. Des regards passaient alors entre eux qui étaient brefs et éloquents. Rose-Anna ne tenait point à d'autres récompenses. D'ailleurs, pour l'homme qui partait travailler — et il avait maintenant des heures bien dures — aucun signe de respect ne lui paraissait trop grand. Elle allait jusqu'à la porte, l'ouvrait pour lui, puis frissonnante et s'effaçant à demi, elle le saluait sans tendresse trop ouverte, sans élan, mais avec une sorte de dignité qui exigeait le courage. Elle refermait elle-même la porte d'un geste lent et toujours elle allait ensuite s'asseoir sur la chaise d'Azarius et s'accordait quelques minutes de loisir, les mains croisées sur la nappe.

Il en était de même ce soir. Malgré tant de reprisages qu'elle voulait terminer, ses mains s'abandonnaient par instants devant elle, et ainsi inoccupée, sa pensée lui échappait. Sous la lumière qui tombait directement du plafond, son visage montrait bien la trace des travaux commencés tôt et prolongés tard dans la veillée, mais la bouche était tranquille, presque en repos. Et voici que pour apprivoiser ce soudain espoir de son âme, si nouveau, et que l'expérience lui avait appris à considérer comme la chose la plus frêle, Rose-Anna s'en résumait les causes. D'abord Eugène leur avait fait une courte visite ; en permission de vingt-quatre heures, il n'avait fait pour ainsi dire que passer à la maison ; elle avait été frappée cependant de sa bonne mine et rassurée à son sujet. Le petit Daniel restait encore pâle, très faible ; pourtant il lui semblait que l'enfant reprenait le goût de jouer. Et pour Rose-Anna, un enfant qui s'occupait à des jeux, si graves, si étranges fussent-ils, était en bonne santé. Ainsi, elle ne remarquait point que le petit garçon montrait un sérieux bien au-delà de son âge. Elle le regardait écrire ou faire semblant de lire toute la journée, d'un œil distrait et amusé. Enfin (n'était-ce pas la plus grande de ses joies ?) Florentine restait à la maison presque tous les soirs et, bien qu'elles n'eussent pas grand-chose à se dire, absorbées de façon différente, il était consolant de sentir, même silencieuse, même renfrognée, la présence de la jeune fille. « Quelque petit dépit, pensait-elle. Ça passera et je retrouverai ma gaie Florentine d'autrefois. » Elle se disait encore : « Qu'est-ce qui peut la chagriner ainsi ? Est-ce qu'elle aimerait quelqu'un ? » Elle cherchait à se souvenir des mots que la jeune fille murmurait parfois en rêverie et à se rappeler ses sorties. Oublieuse de sa nature en ce qui touchait ce genre de choses, elle se rassurait aisément.

Elle s'était accoudée à la machine, l'œil perdu dans les coins sombres de la pièce. Puis, honteuse de s'être dérobée à tant de besognes qui l'attendaient, elle appuya le pied sur la pédale d'un mouvement précipité. La machine ronronna de nouveau, accompagnée dans sa chanson monotone par le sifflement de la vapeur qui venait de la cuisine. Aux carreaux passait et repassait un vent doux. Ce n'était plus l'haleine courte et rauque de l'hiver. C'était un vent de printemps qui secouait les derniers paquets de neige aux arbres et frottait les unes contre les autres les branches humides.

— Ton père doit être à la veille de rentrer, dit-elle. Betôt huit heures.

Il lui arrivait d'émettre ainsi une remarque banale, au milieu du silence, avec une trace de satisfaction intime. Sa phrase tombait. Elle ne la continuait point, se replongeant dans ses réflexions ; et parfois elle poussait ensuite un soupir léger qui faisait frémir la bavette de son tablier frais.

Car il y avait, hélas ! un point noir dans sa quiétude, auquel elle ne pouvait s'empêcher de penser avec effroi : c'est qu'ils n'avaient pas encore trouvé de logis convenable et que le temps du déménagement approchait. Azarius lui répétait que ça ne pressait pas encore et d'attendre qu'ils eussent quelque argent à verser comptant pour le premier mois de loyer. Ainsi, disait-il, ils obtiendraient un meilleur logis. Il avait peut-être raison. Elle ne demandait qu'à le croire. Et cependant le souvenir de bien des déboires l'avertissait que, pour tout ce qui exigeait du sens pratique, elle ne devait se fier qu'à elle-même.

Au fond, la plus grande souffrance de sa vie de mariage tenait peut-être justement à ce sentiment que, dans les décisions importantes, elle ne pouvait prendre appui sur aucun des siens, si ce n'est sur Florentine ; et elle n'était pas née pour mener, étant plutôt douce de caractère et sans doute aussi, malgré ses efforts, restée trop rêveuse.

Pourtant, il lui avait fallu essayer de conduire leur barque et, en agissant ainsi, souvent éloigner d'elle-même son mari, ses enfants. De toutes ses tentatives, entreprises timidement au fond, il lui restait au cœur, en effet, plus de gêne que de fierté et l'impression qu'en ayant eu raison contre Azarius, souvent elle avait élargi la distance entre eux.

Et voici que de plus en plus elle remarquait chez ses enfants ce penchant de leur père à vivre dans le vague. Dans quel monde de rêve se dérobaient-ils où elle n'avait point accès, elle qui était pourtant douée d'une imagination vive ? La petite Yvonne, la première, à sa façon exaltée, s'était détachée des siens. Elle pouvait être là, sous la lampe, penchée sur ses livres de classe, avec son visage pâle et têtu ; Rose-Anna la savait pourtant lointaine et insaisissable, et l'évasion de cette enfant, obscurément, lui était plus irritante que toute autre. Heureusement, il y avait Florentine, si différente des autres, si pratique !

Tout en cousant, Rose-Anna jetait du côté de la jeune fille un coup d'œil qu'elle prenait garde de prolonger. Avec ses enfants pas plus qu'avec Azarius, elle ne se livrait souvent aux épanchements. La tendresse s'abritait presque toujours chez elle sous des regards discrets et des mots d'un usage familier. Elle eût éprouvé de la gêne à l'exprimer autrement. Son cœur était plein pourtant ce soir d'affection en éveil et de subite clairvoyance : Florentine était bien la seule de ses enfants qui vivait sur son plan à elle, et à qui les soucis quotidiens n'échappaient point. Une chaude émotion l'enveloppa et elle éprouva en même temps comme un abandon au jugement de Florentine. Une fois de plus, cette idée venait d'effleurer son esprit : Florentine, si débrouillarde, si assurée, serait leur salut. « Elle fera ceci... Elle décidera cela ; ce sera à elle de décider puisqu'elle nous aide tant... » pensait-elle, et elle remuait un peu les lèvres comme pour parler. Dans tous ses monologues intérieurs, elle s'aidait ainsi d'un mouvement absent de la figure. Puis elle s'apprêtait à amorcer la conversation sur un tout autre sujet, s'apercevant de l'abîme entre ses réflexions et l'habituelle tournure de ses phrases.

— Ton père a eu sa paye à soir, dit-elle. Pourvu qu'il s'en vienne tout de suite à la maison et qu'il aille pas dépenser avant !

Elle se reprocha aussitôt cette parole qui ressemblait à un soupçon.

— Non, je devrais pas dire ça, se reprit-elle avec vivacité. Ton père est pas dépensier pour lui-même, il faut toujours bien lui donner ça... Mais des fois les vols, les accidents, ça arrive...

Cela lui parut absurde à la réflexion. Alors, elle demanda tout simplement :

— T'es sûre, ma fille, que son souper est dans le réchaud ? Il va rentrer avec sa grosse faim...

Et c'était comme si elle disait, rassérénée : « Il va rentrer, son labeur de la journée accompli, avec sa dignité retrouvée, la trace de la sueur sur son visage, toutes choses que j'ai aimées en lui, mais il va rentrer aussi avec son appétit décuplé par le grand air, sa lassitude, sa fierté brisée, et je ne lui ferai pas défaut en ce qu'il attend de moi plus qu'il ne me fait maintenant défaut. Je prendrai à mon compte ce qu'il apportera : que ce soit sa simple fatigue, que ce soit une joie inattendue. »

— Azarius !... prononça-t-elle à voix haute, entraînée par sa rêverie.

— À qui est-ce que tu parles ? demanda Florentine, sans lever les yeux.

Elle s'ennuyait dans cette pièce silencieuse. Et plus que l'ennui encore, la haine de ce pauvre logis, comme un clos où venaient mourir toutes leurs tentatives d'évasion, la tourmentait. Depuis trois semaines, depuis le jour où il était venu au magasin avec Emmanuel, elle n'avait pas revu Jean. Il était disparu avec la dernière tempête rude de l'hiver, tel un coup de bourrasque qui, une fois épuisé, ne laisse derrière lui d'autres traces que celles de la violence. Oh, la misère, le dépit, l'exaspération de l'attendre jour après jour, sans oser en souffler mot comme un mal qu'on dissimule en soi ! On cherche pourtant à se renseigner par des moyens détournés ; on apprend que l'être sans qui la vie est impossible continue, lui, à respirer, à dormir, à parler, à marcher, sans regret et sans ennui. Et alors la rage pousse dans l'amour, à travers l'amour, comme des épines parmi un taillis de fleurs qui auraient pu s'épanouir, mais qui meurent, une à une, prises dans un enchevêtrement rugueux.

L'aigre sensation, comme un écorchement, de devenir méchante en perdant tout ce qu'elle avait souhaité, qui lui était un instant apparu, Florentine l'éprouvait ce soir jusqu'à vouloir se plaindre à voix haute. Mais qui donc l'entendrait, sa méchante plainte ? Ils sont tous ici, dans cette maison, éloignés par les songes qu'ils élaborent chacun de son côté.

L'ennui la submergeait et semblait la couvrir un peu plus à chaque tic-tac de l'horloge qui résonnait dans le silence. Et de même que le feu qui couvait dans la pièce jaillissait un peu plus haut à chaque coup de vent venu du dehors, une fièvre brûlait dans son cœur que le moindre souffle de l'extérieur, un pas d'homme sur la neige durcie devant la porte, une voix attisaient.

Oh, qu'elle s'ennuyait donc ce samedi soir de congé ! Pour se distraire, pour calmer ses nerfs épuisés par le doute et l'espoir, elle eût souhaité fumer, mais à cause de sa mère n'osait pas.

Cependant, elle tenait une petite boîte de cigarettes sous un coussin ; et après bien des hésitations, elle la sortit, plaça une cigarette entre ses lèvres, puis, prête à faire craquer une allumette, elle dit :

— Ça te fait rien, sa mère...

Rose-Anna éprouva un léger choc. Florentine, les jambes croisées, allumait sa cigarette et envoyait tout de suite une bouffée au plafond. Mince et hardie, elle avait l'air d'un garçon. « Faut pas que j'y fasse toujours des reproches », pensa Rose-Anna, pour se cacher à elle-même sa propre timidité. Et elle dit simplement, en toussotant un peu et avec un accent de doute :

— Tu trouves ça bon ! Ben, si t'aimes ça, Florentine...

Et sans plus d'interruptions elle se remit à coudre. Est-ce qu'on avait le temps depuis toutes les années qu'on était ensemble d'arrêter sa besogne pour apprendre à se connaître ? La roue de la machine se reprit à tourner ; elle tournait insensible à l'ennui de Florentine et à la rêverie de Rose-Anna, elle tournait comme les années avaient tourné, comme la terre tournait, ignorant dans son cycle éperdu ce qui se passe d'un pôle à l'autre. Ainsi la maison semblait prise dans ce mouvement inlassable de la roue. La besogne emplissait la maison ; elle rejetait la parole, toute compréhension. Elle filait, les heures avec elle, les confidences perdues avec elle, et tant de voix se taisaient, tant de choses restaient inexprimées pendant qu'elle ronronnait, elle, l'infatigable.

Il arrivait parfois une surprise, un mot, une plainte qui brisait cet envoûtement. Ce soir, ce fut l'arrivée d'Azarius.

Vers huit heures, on l'entendit claquer la porte de la cuisine avec une brusquerie inaccoutumée. Il entra en sifflant, jeta sa casquette sur un clou de la cloison, posa lourdement sa boîte à lunch sur la table de la cuisine et on ne sut s'il arrivait avec une triste ou une bonne nouvelle qu'au moment où il se montra dans l'embrasure de la salle, avec, sur sa figure épanouie, la poussière de la route, la joie de se retrouver chez lui et autre chose encore de plus éloquent, qui dans son regard scintillait.

— Un bon vent, dit-il, amène les bonnes surprises, Rose-Anna !

Le visage levé vers lui, elle hésitait à sourire ou à s'alarmer, saisie par le ton frémissant de cette voix et encore préoccupée d'ailleurs de finir une couture. Puis elle trancha le fil d'un coup de dents et demanda :

— Quoi ce que c'est, Azarius ?

Il se tenait appuyé au chambranle de la porte et toutes ses dents brillaient. Ses cheveux retombaient comme autrefois en mèches humides et aplaties là où la casquette lui avait laissé sur le front une raie bien enfoncée. Il paraissait jeune, gai et comme si, évaluant ses trésors, il se trouvait riche d'une richesse qu'il n'avait jamais remarquée — une richesse enfouie sous les jours pareils et qu'il s'étonnait de n'avoir plus tôt perçue.

Rose-Anna le regarda en silence pendant quelques secondes ; et elle écoutait son propre cœur. Il y avait des instants où, violemment, Azarius la replongeait dans sa jeunesse.

— Quoi ce que c'est donc, beau fou, ta nouvelle ? C'est une nouvelle que t'as ? Ben, dis-la donc, ta nouvelle.

Elle restait à demi penchée sur la machine à coudre. Elle épiait son mari, moins sévère que d'habitude, et sur ses lèvres traînait encore l'ombre du sourire qui y naissait lorsqu'elle employait cette expression mi-tendre, mi-railleuse de « beau fou », souvenir de leurs fiançailles.

Azarius partit d'un grand rire.

— Ah, t'es curieuse, hein, la femme !

Il aimait, n'ayant pas souvent de grandes joies à donner, dorer les petites surprises, les présenter comme un événement, jouir de l'attente et la prolonger. Il aimait aussi à voir Rose-Anna sourire. Mais surtout comme il éprouvait de contentement à lui apporter soudain quelque chose au-delà de toute expectative ! Chez cet homme, la quiétude, le vivre assuré, ainsi que Rose-Anna très simplement le désirait, ne paraissaient pas propres à allumer le bonheur dans les cœurs. Il cherchait ailleurs le bonheur qu'il voulait donner.

Il se campa devant sa femme.

— Greille les enfants ! fit-il.

— Greiller les enfants ! Qu'est-ce que tu me chantes ?

— Je te dis de greiller les enfants, lança-t-il comme un éclat de clairon. On part demain, ma femme. On va voir ta parenté, ma femme. Demain, on part, on prend congé. Toute la journée. En route, demain, ma femme.

Elle l'arrêta d'un geste, pâlissant d'émotion, de trop de surprise, d'inattendu qui lui gonflaient le cœur.

— Fais-moi pas des joies, dit-elle.

— C'est pas des joies en l'air, ma femme. J'ai le truck. On part demain matin, drette de bonne heure à la première petite lueur de l'aube. On part pour la campagne... Ah ! dit-il, comme s'il s'admirait d'avoir su devancer un désir d'elle, un désir gardé toujours secret, ça fait longtemps que l'envie te ronge d'aller visiter ta parenté de là-bas, voir ta parenté Laplante, hein, ma femme ?... Eh ben, ça y est. On y va. On part avec le jour demain. Ta mère, tes frères, tu vas les voir toutes. Et sais-tu encore que les sucres viennent de commencer... Les sucres, Rose-Anna !

Oh, qu'elle l'entendait bien la voix qui n'avait pas su la calmer dans la peine, la rassurer dans l'inquiétude, mais qui, cinq fois, dix fois peut-être dans sa vie, à des moments fulgurants, avait su la soulever jusqu'aux sommets les plus hauts de la félicité ! Par lui, elle avait eu froid et faim, par lui elle avait vécu dans de misérables abris, éprouvé la peur du lendemain la rongeant jour après jour ; mais par lui aussi elle avait bien entendu les oiseaux à l'aube ; — « T'entends-ti le p'tit merle sur le toit, ma femme ? » disait-il en s'éveillant — ; par lui elle avait perçu encore que le printemps venait. Par lui quelque chose de sa jeunesse, un frémissement s'était conservé, une faim peut-être qui endurait les années.

Pouvait-il se douter de l'émoi qui la soulevait, Azarius, cet homme extraordinaire ! Encore une fois, n'avait-il pas trouvé le chemin où ses désirs refoulés se cachaient, comme effrayés d'eux-mêmes. « Les sucres !... » Ces deux mots avaient à peine frappé son oreille qu'elle était partie rêvant sur la route dissimulée de ses songeries. Ainsi, c'était donc une joie qu'elle avait pressentie à l'arrivée d'Azarius et qui l'avait bouleversée presque autant qu'un malheur, tant elle en avait perdu l'habitude ; une joie venait à elle, lui coupait le souffle. Voyons, elle devait être plus raisonnable, ne pas s'abandonner ainsi. Et pourtant, elle se voyait déjà là-bas, dans les lieux de son enfance ; elle avançait à travers l'érablière, dans la neige molle, vers la cabane à sucre et, oh, miraculeusement ! elle avançait à longues foulées, avec sa démarche de jeune fille svelte, allant, cassant des branches au passage... Elle aurait pu dire : « Ce vieil arbre a donné du sirop pendant six ans, celui-là beaucoup moins, et tel autre n'a coulé que quelques jours à chaque printemps. » Mais ce qu'elle n'aurait pas su dire, c'était encore là ce qui l'émouvait le plus : les bois montrant de grandes taches ensoleillées où la neige disparue mettait à nu la terre rouille et les feuilles pourries de l'automne ; les troncs humides où les gouttes scintillaient comme des perles du matin ; la grande avenue qui se creusait, aérée, vaste, percée à jour entre les sommets dégarnis.

Elle ne cessait de voir surgir, se recomposer, s'animer, s'enchaîner les délices de son enfance. Au pied des plus grands arbres, l'ombre et la neige se tassaient encore, mais le soleil, plus haut chaque jour, perçait plus avant entre les érables où des silhouettes affairées vivement couraient ; son oncle Alfred activait les chevaux, charroyant du bois coupé pour entretenir le grand feu de la cabane ; les enfants aux tuques rouges, jaunes, vertes, sautaient comme des lapins ; et le chien Pato les suivait à travers la clairière et dans les sous-bois avec des jappements que les coteaux se renvoyaient. C'était gai, clair, joyeux ; et son cœur battait d'aise. Elle voyait les seaux de fer-blanc qui brillaient au pied des érables ; elle entendait le son mat de ceux que l'on transportait à bras, débordant de sève, et que parfois l'on heurtait ; elle entendait encore un mince murmure, moins qu'un ruissellement, plus doux que le bruit d'une lente pluie de printemps sur les feuilles jeunes et lisses : les érables, saignant à plaies ouvertes, c'était le son de mille gouttes jointes une à une qui tombaient. Rose-Anna percevait encore le pétillement du grand feu de la cabane ; elle voyait la sève blonde dans les bassins, qui, en gros bouillons, se levait et soudain comme des bulles d'air crevait ; le goût du sirop était sur ses lèvres, la senteur sucrée dans ses narines ; et toute la rumeur de la forêt dans son souvenir. Puis la vision changeait. Elle se trouvait dans la maison des vieux, auprès de ses belles-sœurs, de ses frères, et entourée de leurs enfants qu'elle ne connaissait pas tous, les naissances se multipliant très vite chez eux. Elle parlait avec sa vieille mère qui, dans un coin de la cuisine, se berçait. Jamais démonstrative ni fort aimable, la vieille madame Laplante réservait cependant un accueil chaleureux à sa fille qu'elle n'avait point vue depuis bien des années. La vieille prononçait quelques paroles encourageantes, la pièce les enveloppait toutes deux dans un moment de confidences. Toute la maison gardait de l'érablière comme un lointain murmure. Sur la table reposait un grand baquet de neige ; on y jetait du sirop qui durcissait aussitôt et devenait une belle tire odorante et couleur de miel. Rose-Anna frémit. Elle voyait ses enfants se régaler de trempettes et de toques, douceurs toutes nouvelles pour eux. Elle revint d'un long, d'un magnifique voyage et, ses yeux tombant sur le travail de couture qu'elle tenait à la main, un soupir lui échappa.

— Sept ans ! murmura-t-elle.

— Oui, reprit-il, croyant saisir sa pensée, sept ans que t'as pas vu ta mère.

« Sept ans, avait-elle pensé, que je refoule ce désir de les voir, ceux de là-bas... Sept ans ! Est-ce qu'on peut continuer ainsi indéfiniment à lutter ? »

Elle pencha la tête et hasarda timidement :

— Son père, as-tu pensé à la dépense ?

— Oui, sa mère, c'est tout arrangé. Le truck me coûte rien.

— Lachance te le laisse ?

La physionomie d'Azarius se rembrunit.

— Beau dommage qu'il me le laisse ! Je fais assez de bonnes affaires pour lui, me semble... Et pis, c'est pas rien que ça ; je vas me trouver à ramener trente, quarante gallons de sirop pour payer le voyage. J'ai des demandes de sirop pour payer le voyage. J'ai des demandes pour plus encore.

— Des demandes ?

Elle se douta un instant qu'Azarius mijotait une autre embardée. L'enthousiasme chez lui puisait aux prévisions les plus faciles. Il était d'autant plus heureux, plus enivré, qu'il risquait fort et maladroitement. Mais elle était privée de joie depuis trop longtemps pour pas être prête à céder tout d'un coup. Peut-être avait-elle déjà cédé et ne continuait-elle à émettre des objections que pour se punir d'un si rapide, si prompt acquiescement.

— Les enfants, son père ? murmura-t-elle.

— On les emmène, les enfants, c'te histoire. Qu'ils voient ça, eux autres itou.

Elle était fière. Elle endurait leur pauvreté avec assez de courage à la condition qu'elle n'eût pas des gens de la famille pour témoins. Aller leur montrer ses enfants en guenilles ! Non, elle ne s'y résignerait jamais. Là-bas, on les croyait à l'aise ; et cette idée qu'on ne connaissait pas toute leur misère avait toujours été une manière de consolation pour Rose-Anna.

— T'as pas le temps d'icitte à demain de rapailler que'ques affaires, sa mère ?

Elle, silencieuse, songeait que la pauvreté est comme un mal qu'on endort en soi et qui ne donne pas trop de douleur, à condition de ne pas trop bouger. On s'y habitue, on finit par ne plus y prendre garde tant qu'on reste avec elle tapie dans l'obscurité ; mais qu'on s'avise de la sortir au grand jour, et on s'effraie d'elle, on la voit enfin, si sordide qu'on hésite à l'exposer au soleil.

— Je sais pas trop, dit-elle ; les enfants ont quasiment rien à se mettre su le dos.

— C'te affaire ! reprit Azarius. Je vas te donner un coup de main.

Lui, se frottait les paumes de plaisir et d'insouciance, car, du voyage, il ne voyait que la fuite, tandis qu'elle prenait encore son fardeau quelle que fût la route où elle s'engageait. Allant à Florentine qui, muette, étonnée, hostile, suivait leur discours, il se pencha pour tirer affectueusement les longs cheveux châtains de la jeune fille.

— Toi aussi, fifille, greille-toi. Tu vas voir ça, les gars de la campagne s'ils vont t'en faire de la façon !

Florentine s'était reculée, les sourcils noués ; sa bouche, en une moue agacée, tombait vers les coins.

— Non, j'y vais pas moi, fit-elle, mais allez-y, vous autres. Je garderai la maison.

Azarius vit aussitôt comme une subite résolution s'allumer dans le regard détourné. Il resta pensif, interloqué. Cette jeune fille mince et jolie, qui ne se laisserait pas facilement tourner la tête, à ce qu'il croyait, était sa fierté et sa joie. Il avait songé, en revenant au logis, sur la route où il menait le camion à bonne vitesse, qu'il aimerait montrer Florentine à la parenté Laplante. Il l'avait vue, soudain, sa fille, au-delà du tableau que fixaient ses yeux ensommeillés, dans la poussière de la route éclairée par le jet puissant des phares : sa fille, avec son nouveau petit chapeau de printemps, ses jambes droites, fuselées ; il avait cru la voir courant devant les phares dans le sable mouvant que soulevaient ses pieds fins. D'habitude, c'était l'image de Rose-Anna qui l'accompagnait dans ces retours nocturnes, quand, les mains molles au volant, il cédait à un demi-sommeil et chantonnait pour ne pas complètement perdre conscience. Douze heures d'affilée parfois sur la route poudreuse !... Bien des visages surgissent alors sous les paupières battues de fatigue de l'homme dévorant la route !... Mais ce soir, c'était toujours Florentine qu'il avait vue courir devant les immenses pneus mordant le gravier. Florentine, si svelte, si petite, que son cœur en était resté tout serré ! Florentine, mise comme pour une fête, et courant à en perdre haleine sur le grand chemin obscur ! Alors, pour se décharger d'un vague malaise, il avait pris vis-à-vis de lui-même l'engagement formel de se montrer généreux envers Florentine. Puis sa rêverie avait pris un chemin placide et agréable. Florentine... il ne manquait jamais de remarquer les colifichets, les petits chapeaux pimpants, les beaux bas de soie qu'elle s'achetait ; et bien que ce fût sur ses payes de serveuse, et après en avoir donné la plus grande part pour les besoins de la maison, il s'était toujours senti libéral à son égard quand elle arrivait avec ses emplettes personnelles. Il se croyait bon père parce qu'elle réussissait à se vêtir avec éclat. Elle, du moins, n'étalait pas leur indigence. Elle, comme lui, savait que c'était passager, leur déveine. Oh, qu'il lui était reconnaissant d'avoir foi comme lui en des jours meilleurs ! Et ainsi, rasséréné, il était arrivé au logis tout fier de préparer une belle surprise autant à Florentine qu'à Rose-Anna. Au fond, il envisageait de se venger ainsi de la froide méfiance des Laplante. Florentine, ce serait leur fierté qu'ils iraient montrer là-bas... Certes, il n'avait pas prévu qu'elle bouderait ce beau projet de voyage.

— Mais, fifille, dit-il pour la dérider, ça ne te tente donc pas, les sucres, la tire, et de te faire un beau cavalier à la campagne.

— Qu'est-ce que tu veux que ça me fasse ? dit-elle, allumant une autre cigarette.

Étrange qu'à cet instant la silhouette de Florentine, courant éperdue sur la route, s'imposât de nouveau à lui ! Son front s'assombrit. Anita Latour, bien installée derrière son comptoir pour voir tout ce qui se passait dans le faubourg, lui avait laissé entendre que Florentine pouvait bien avoir un ami.

— C'est-y que t'as un amoureux ? demanda-t-il.

Mais il avait toujours peur d'aller jusqu'au fond des questions, et n'insista guère plus. Florentine se dégagea brusquement.

— Laisse-moi tranquille, dit-elle. Je veux pas y aller à vos sucres, c'est toute.

Azarius resta une minute empêtré de ses mains. Puis il couvrit son désappointement par une volte-face.

— Eh ben, c'est ça. Florentine va garder. Ça fait qu'on peut partir, nous autres, sans inquiétude... Qu'est-ce que t'as à jongler, sa mère ? T'as pas envie de te parer ? On peut pourtant pas manquer une chance comme c'telle-là.

— Une chance comme c'telle-là... reprit-elle.

Elle rencontra le regard jeune, luisant, où fondaient déjà les traces de dépit. Ses propres craintes s'évanouirent. Elle effleura d'un coup d'œil la contenance posée de Florentine, fut rassurée, et une complicité joyeuse parut sur son front.

— Non, dit-elle, t'as ben des fois raison. Quand on remet toujours à plus tard, on finit par rien avoir. » Il lui prit un besoin de s'expliquer et elle ajouta, tournant ses paumes l'une dans l'autre : « Je crois ben qu'il vaut mieux se décider raide, tout d'un coup. »

Ce qu'elle n'osait encore montrer trop ouvertement, c'était qu'elle se sentait gagnée à la folie d'Azarius. Pour une fois, elle le suivrait dans sa folie, elle qui avait toujours eu le bon sens de son côté et qui avait tiré seule de son côté.

— Écoute, dit-elle, et le tremblement de sa voix indiquait une résolution tout à l'opposé de sa nature, les magasins sont pas encore fermés, puisque c'est samedi... T'as le temps, en te pressant, de me faire quelques emplettes... Écoute, dit-elle, et son timbre devint si grave qu'on aurait pu entendre soudain l'appel déchirant de leurs promenades toujours différées, de leurs désirs si longtemps contrariés, écoute, tu vas acheter...

Elle fit une longue pause sur ce mot terrible, ensorceleur. Et elle l'écoutait comme en rêve, doutant que ce fût elle qui l'eût prononcé.

— Tu vas acheter...

Ils haletaient un peu, même Florentine, se demandant sur quel objet entre mille la pauvre femme allait arrêter son choix. Et certes, ils virent passer dans son regard une foule de choses entre lesquelles elle hésitait. Et alors, ce fut étonnant, car elle énuméra rapidement une liste longue qui s'était formée en un instant dans sa tête.

— Tu vas acheter, dit-elle, deux verges de serge bleue, trois paires de bas de coton, une chemise pour Philippe si t'en vois une, non, quatre paires de bas de coton et une paire de chaussures pour Daniel. Trompe-toi pas, c'est des numéro sept...

Elle parut réfléchir à une chose contrariante ; elle ajouta un peu déroutée dans ses sages prévisions :

— C'est pas lui qui en a le plus besoin, on sait ben, vu qu'il sera peut-être pas assez fort pour retourner à l'école de l'année. J'aurais p't-être pu ménager ça ; des chaussures, ça en prend tant. Albert passe à travers les siennes...

L'indécision se peignit sur ses traits. Une notion confuse de justice la tenaillait. Comme bien des mères dans le faubourg, elle s'imaginait que rien ne pressait d'envoyer un enfant à l'école. Et souvent, elle ne s'était pas fait trop de scrupule de garder les plus jeunes à la maison, faute de vêtements chauds quand, en revanche, elle déployait toute son énergie à envoyer les plus grands en classe ; et cela au prix d'une préférence cent fois marquée qui faisait pleurer les plus petits. Daniel surtout avait été lésé. Il lui apparut qu'à cause de sa maladie, l'enfant avait été privé depuis longtemps de chaussures neuves.

— Des sept, murmura-t-elle, serrant des mains ses tempes qui battaient... Donc, j'ai dit, de la serge, des bas, des chaussures, une chemise...

Alors Albert, qu'on croyait profondément endormi, supplia :

— Moi, je pourrais-t-y avoir une cravate ?

— Et moi, glapit la fillette Lucile, y a longtemps que tu me promets une robe, m'man.

Daniel, tiré du sommeil par leurs petites voix exigeantes, ne sachant trop de quoi il s'agissait sinon que le temps était venu d'exprimer des désirs, balbutia, du fond de sa misère enfantine :

— C'est-y Noël ?

Et on rit quand même, la gorge serrée.

Mais Rose-Anna s'était vue soudain cernée, envahie par les désirs qu'elle avait déclenchés ; elle prit peur et gronda :

— Dormez tous, dormez, ou on n'ira pas demain.

— Où c'est qu'on va demain ?

Exaltés, les enfants se penchaient comme des grappes hors des lits, et écoutaient Albert qui leur racontait :

— Chut ! Je pense qu'on va chez grand-mère, aux sucres.

Ils avaient atteint tous, les petits et les grands, un si haut transport, ils avaient si bien laissé derrière eux la maison, la lumière douteuse, l'ombre rampante, ils étaient dans une si belle contrée, qu'il parut naturel à Azarius de demander :

— Et pour toi, sa mère ? Il te faudrait quasiment une robe neuve...

Elle lui accorda un sourire bref, teinté de reproche, comme si elle mesurait de moins loin, ayant elle aussi pris son vol, le caractère imprévoyant d'Azarius, toute sa tendresse tendue dans l'instant.

— Tu me vois en robe de satin pis en velours ! essaya-t-elle de plaisanter. De quoi ce que j'aurais l'air ?

Elle rit un peu avec lui, car le temps n'était pas encore passé de rire, de se regarder avec des yeux neufs et de suivre le même chemin d'aventure. Puis son regard redevint sérieux.

— Marque, dit-elle, ce que je t'ai dit, et, surtout, va pas te faire prendre. Et va pas payer des prix fous.

Azarius sortit un calepin et, mouillant son crayon :

— Ben, si je veux me rappeler, je ferais mieux de prendre des notes. T'as dit une jupe, deux verges de serge bleue, des chaussures...

Mais elle, à l'idée que ces projets qui tenaient encore de la rêverie, de l'exaltation, pussent soudain se matérialiser, se traduire en termes de chiffres, de dépenses, hésitait, battait en retraite.

— Non, laisse faire la serge... À moins que t'en voies de la belle à ben bon marché... Penses-tu t'y connaître assez ?...

Ainsi, à la dernière minute, elle chargeait Azarius de sa peur, elle la rejetait sur lui.

Et ni l'un ni l'autre, réunis à cet instant dans le cercle de la lampe au-dessus de la machine à coudre, ne s'aperçurent que Florentine s'habillait promptement.

Rose-Anna relut la liste ; elle mit un chiffre au bout de chaque item ; elle se prit à additionner et, devant le total, s'arrêta, effarée, et puis quand même inébranlablement déterminée à ne rien retrancher.

Soudain, la porte de la cuisine s'ouvrit de l'intérieur. Une bouffée d'air froid lui fouetta les jambes. Elle leva un visage étonné et distrait.

— Qui c'est donc qui sort ? Florentine ! Où c'est qu'a va à c'te heure-cite ?

Un nuage passa sur son front, puis, reprise par la fièvre de leur projet, elle tendit la liste à Azarius d'une main qui tremblait, en évitant de le regarder en face. Et elle dit, voyant l'avenir, mesurant ce que chaque joie coûte de peine, avertie par toutes les fibres de son être que chaque joie exaspère la peine, elle dit :

— Vas-y vite avant que je change d'idée. Ça se pourrait bien qu'on soit en train de vouloir manger notre pain blanc trop vite, mon homme, mais bon Dieu du ciel, le pain blanc, on l'a pas tous les jours, on fait p't-être mieux y goûter quand il passe.

Et dans le petit logis où les enfants retournés au sommeil ne seraient pas dérangés du grand lit de leur mère, parce que toute la nuit elle accompagnerait la besogne de Rose-Anna, la voix du travail reprit, vive, inlassable, courant dans le silence comme une promesse d'épanouissement et se mêlant aux respirations endormies.

Les épaules affaissées, le dos arrondi, les paupières lasses, Rose-Anna cousait pour la fête, en se privant même de chanter pour ne pas effrayer sa joie.

XIV

Une clarté vive incendiait les carreaux de la *Montreal Metal Works,* rue Saint-Jacques. Dans la nuit claire et douce, des martèlements continus, le grincement des treuils, mille bruits entrechoqués, stridents et mats, se répandaient sur le quartier endormi.

Florentine contourna d'assez loin la fonderie dont chaque fenêtre l'éclairait vivement au passage. Elle n'osa s'approcher de la porte donnant sur l'atelier de forge, à cause du gardien armé, debout sur le pas de la guérite. Immobilisée de l'autre côté de la rue, elle plongea le regard dans la salle du rez-de-chaussée. Par les carreaux noircis de suie et rougeoyants, elle apercevait des ombres et, de temps en temps, quand on tirait des pièces de fer rougi d'une fournaise béante, elle voyait jaillir soudain une éclatante lueur dans laquelle des formes nettement tranchées couraient et se hâtaient. Elle s'aventurait de quelques pas dans un sens, puis allait dans l'autre, toujours près des murs, et son regard craignait à tout instant d'attirer l'attention du veilleur. Un peu plus tard, elle vit sortir un employé, sa boîte à lunch sous le bras et la casquette bien enfoncée. Elle s'avança vers lui et, comme si toute cette atmosphère de travail nocturne l'eût terrorisée, elle demanda d'une voix presque inintelligible :

— C'est icitte que travaille monsieur Lévesque ?

Et de nommer Jean ainsi l'intimida encore plus fort.

L'homme la dévisagea sous la lisière qui tranchait le front juste au-dessus des yeux.

— Lévesque ? le machiniste Lévesque ? Oui, madame... mademoiselle... Il doit être dans la salle de forge.

Puis, après un intervalle de silence :

— Voulez-vous que j'aille l'avertir ? Si c'est pressé...

Florentine le retint d'un mouvement hâtif de la tête.

— Non, je vais attendre.

Elle hasarda ces mots, et une rougeur couvrit son front :

— En a-t-il pour longtemps ?

L'homme haussa les épaules.

— Sais pas. Le travail presse gros de ce temps-ci.

Et portant la main à sa casquette, il s'éloigna.

D'autres employés sortirent bientôt en groupes, des apprentis mouleurs et polisseurs nouvellement embauchés, sans doute, car Florentine les entendit discuter âprement les conditions de leur travail.

Leurs voix au loin dans la rue Saint-Jacques se perdirent. Florentine vit surgir une nouvelle silhouette sur le pas de la salle de forge. À la minceur de la taille, à la robustesse des épaules, elle reconnut Jean. Les battements de son cœur s'accélérèrent ; ses tempes devinrent moites ; elle attendit qu'il se fût engagé sur la chaussée, puis elle sortit de l'ombre et se mit sur son passage.

Elle ne trouva pas un mot à dire et resta devant lui à sourire naïvement, la poitrine haletante.

— Qu'est-ce que tu fais ici ? dit-il.

Il la considéra brièvement, avec une nuance d'impatience, et le pli de son front, entre les sourcils, se creusa davantage.

À ses côtés, elle se mit à trottiner.

— Il y a longtemps qu'on s'est pas vus, dit-elle. Ça fait qu'à soir, comme je passais par ici...

Il ne lui donnait aucun encouragement. Alors elle s'arrêta dans ses explications, sentant bien d'ailleurs qu'il n'y attacherait aucune importance ; ses mains serrèrent fortement sur elle son petit sac en faux cuir de forme arrondie et gonflée. Des yeux, avidement, elle interrogeait le profil du jeune homme. La ligne de la mâchoire était dure, tressaillait quelquefois comme involontairement et de fatigue.

Au bout d'un moment, Jean passa une main sur son front et ralentit un peu son allure. Ensuite, il parla distraitement :

— C'est vrai, ça fait un bout de temps que je t'ai pas vue. On travaille double de ce temps-ci. J'ai même fait trente-six heures de travail en deux jours de cette semaine. Un homme sait plus s'il est encore en vie ou bien s'il est devenu machine.

Il secoua les épaules et, s'adressant au vide devant lui, continua :

— Ils m'ont encore mis quatre nouveaux apprentis sur les bras. Des gars qui connaissent quasiment rien. Il faut tout leur montrer. Avec ça, qu'ils grognent, ces gars-là. Ils sont pas contents. « Qu'est-ce que vous avez à chiquer la guenille ? que je leur ai demandé à soir. Avant de rentrer ici, vous gagniez quinze, vingt cennes de l'heure. Vous en gagnez trente à l'heure qu'il est et quarante pour l'overtime. »

Il s'arrêta, soufflant très fort, et à ce point terrassé par la fatigue, qu'il éprouvait de la difficulté à s'exprimer. Puis il réprima un bâillement :

— Ouais, c'est une drôle de vie! Ou bien tu gagnes quasiment rien et t'as du temps en masse pour dépenser, ou bien tu gagnes le double et t'as pas une miette de chance de dépenser une cenne.

— C'est si dur que ça ? fit-elle à tout hasard, pour s'imposer à son attention, car elle savait bien qu'il ne s'adressait pas à elle, mais parlait pour lui-même.

Il jeta sur elle un regard furtif et poursuivit son monologue indifférent :

— Me voilà chef de mon département.

Cependant, sans songer à elle précisément, il demanda :

— Est-ce que tu le savais ?... » Et n'attendit point de réponse.

De quel prix pouvait lui être ce soir l'admiration éperdue de cette jeune fille qui venait le harceler ? Auparavant, oui, quand il était encore si peu sûr de lui-même, elle lui aurait été quelque peu agréable. Diable, qu'il était fatigué ! À peine capable de rassembler ses idées. Pourtant, elles bouillonnaient et s'offraient à lui avec une abondance presque irritante. Ah, oui, chef de département ! Un bon commencement !... Car s'il devait sacrifier ses soirées d'études, ce ne serait pas au détriment de son avancement.

— Oui, à cette heure-ci, continua-t-il à voix haute, on juge un homme d'après sa compétence et non d'après un bout de papier. J'ai pas peur de personne. Ça prend une guerre pour qu'on voie clair parmi les hommes.

Toute déconcertée, Florentine le parcourait d'un regard hâtif et inquiet. Lorsqu'ils passèrent sous une lumière de la rue, elle remarqua que ses yeux paraissaient tirés comme ceux d'un homme qui depuis longtemps n'a pas dormi.

— T'es rendu à boutte, hein, Jean ? demanda-t-elle.

Elle cherchait à s'accrocher à son bras et à paraître gentille. Sa main resta dans le vide ; le jeune homme avait esquissé un geste brusque.

— Qu'est-ce qui t'a amenée ici à soir ? Je te pensais en grande amitié avec Emmanuel. Ça te tente pas un mariage de guerre ? Dix jours de noces ? Un beau petit soldat ? Puis une petite pension du gouvernement ?...

Il eut un rire blessant et, au bout de quelques minutes, ajouta, sans la voir, la fuyant, semblait-il :

— Au fond, tu serais encore mieux avec un gars comme moi qui a une tête sur ses épaules, hein ?

Elle ne répondit rien. Alors les yeux du jeune homme tombèrent sur l'ombre de Florentine qui derrière la sienne courait. Et le peu de pitié qu'il éprouva, mêlé peut-être à un confus sentiment de jalousie, le poussa à une nouvelle attaque :

— Emmanuel, tu lui faisais pourtant bien de la façon, il y a quelques semaines au *Quinze-Cents*.

— Manuel, je l'haïs pas, répondit-elle d'une voix un peu étranglée. Mais il ne me dit pas plus que ça...

Elle trébucha en voulant se mettre à son pas, et son menton tremblait.

— Pourquoi t'es venue quand même ? insista-t-il.

Elle eut un petit sourire humble qui se perdit, qu'il ne vit pas, car ses yeux erraient dans le vide, un sourire qui ne laissa de trace que dans la phrase gauche de la jeune fille.

—Ils m'ont dit que tu travaillais tard à soir. Ça fait que j'ai pensé t'attendre. Je sais pas, moi, il y a ben trois semaines qu'on s'est pas vus en toute. T'es pas venu au party chez les Létourneau non plus, comme t'avais dit.

Elle prolongea sa pensée en un geste maladroit. Elle mouilla un peu ses lèvres et osa tout d'un coup :

—Des fois, je pensais que t'étais peut-être fâché.

Il broncha. Alors elle poussa l'humilité jusqu'où elle n'aurait jamais cru possible de descendre. Elle supplia :

—Je t'ai-t-y fait de quoi, moi, des fois, sans le vouloir ?

Il secoua la tête avec emportement.

—Rien, dit-il, mais je suis pas ton ami de garçon.

Il marchait rapidement, et elle s'efforçait de le rejoindre. Elle mettait ses pas l'un devant l'autre presque à la course. Mais toujours son ombre restait derrière celle du jeune homme.

Et de plus en plus elle s'irritait de n'avoir pas trouvé une explication plus habile. Ce qu'elle avait fait dans un coup de tête s'expliquait si difficilement. Et pourtant elle ne le regrettait pas, bien qu'une voix s'élevât en elle pour lui dire : « Il ne se soucie pas de toi. Tu ne comptes pas pour lui. » Mais elle ne voulait pas écouter ce conseil. Il fallait suivre la ligne de conduite qu'elle s'était tracée en quittant la maison. Elle essaya de renouer la conversation.

—Quand ben même que t'es pas mon vrai ami de garçon, dit-elle, on a pas besoin pour ça de rester fâchés.

Tant de naïveté et de ténacité le firent sourire à son tour. Un sourire si cruel que, le voyant, Florentine perdit toute maîtrise d'elle-même. Ce qui lui restait d'orgueil se cabra. Elle mordilla ses lèvres minces ; et les ailes de son nez se dilatèrent.

—Ah ben ! aie pas peur, dit-elle. Je cours pas après toi, tu sauras.

Elle ajouta, et les larmes commençaient à mouiller sa voix :

—C'est toi qui as commencé.

Alors il la rattrapa par le bras.

— C'est bon, dit-il. On va aller souper ensemble, puisque t'es venue.

C'était lui maintenant qui cherchait à la rejoindre, car elle bousculait ses pas, elle marchait très vite à côté de lui, la tête dégagée de son col de fourrure ; et ses dents n'arrêtaient pas d'étirer le bord de sa lèvre. À tout instant, elle essayait de se dégager et, parfois, un brouillard passait devant ses yeux et elle ne voyait plus très bien sa route.

Une façade fortement éclairée brilla à leur droite. Ils entrèrent dans un restaurant tout neuf et qui sentait encore la peinture et le bois franc. Jean conduisit Florentine vers une table du fond et l'aida à enlever son manteau. Elle se laissait faire, elle ne disait plus un mot, mais ses lèvres ne cessaient de s'agiter. Et quelque chose alors changea en lui.

Florentine surgissait, non plus comme une ombre irritante et tenace qui s'attachait à ses pas quand il désirait être seul, mais comme un être vivant et tremblant sous la vive lumière du plafond. Son pull-over marron la moulait étroitement, lui faisant des seins pointus et tout petits. Elle n'avait pas de bijoux ce soir, presque pas de fard. Pour une fois, elle était là, devant lui, sans coquetterie, sans défense, et toute sa personne vivait d'une vie inconnue, craintive, presque soumise. Et voici que sa misère dépouillée de tout artifice, de toute cachotterie, réveillait en lui des souvenirs lointains, les souvenirs les plus tristes. Il en était gêné encore plus que surpris. Pendant trois semaines, à force de travail, il avait repoussé l'image de la jeune fille. D'ailleurs, voyant Emmanuel attiré vers elle, dès la première rencontre, il avait pris la résolution de ne plus la revoir, à la fois satisfait d'une solution qui mettrait fin à toutes ses hésitations, laisserait le champ libre à son meilleur ami et lui donnerait encore l'illusion du désintéressement. En fait, le soir du party chez les Létourneau, il avait passé deux ou trois fois sous les fenêtres éclairées, puis s'était éloigné. Bah, il n'était pas si mauvais garçon qu'on pouvait le croire, puisqu'il avait poussé Florentine vers Emmanuel, bien capable celui-là de l'aimer véritablement. Mais il n'avait pas prévu qu'il la reverrait. Ni au restaurant, qu'il évitait absolument, ni par hasard. Encore moins, la nuit, dans une rue déserte... Il se mit à observer la jeune fille avec un sentiment de vive contrariété, et cette pensée à demi formulée l'agitait : « Tant pis pour elle ; après tout c'est sa faute... »

Elle avait saisi le changement sur la physionomie du jeune homme. Elle posa sa main sur la table, une main qui s'offrait à lui. Et déjà elle concevait un nouveau plan. Elle n'en était plus à dédaigner les minimes avantages. Sa main continua à travers la table. Il prit cette main entre ses doigts.

— T'as pas peur, Florentine ?

Peur ? Oui, elle avait eu peur, une peur insensée que Jean se détournât d'elle, mais maintenant qu'elle le voyait troublé, et moins habile qu'elle peut-être à le cacher, l'assurance lui revenait.

— De quoi ?

Elle souriait d'une façon imprécise, comme dans ces rêves où on est guidé par une main inconnue ; et elle secouait la tête d'un mouvement libre et gracieux qui éparpillait ses cheveux sur ses épaules.

— Peur d'un gars comme moi, précisa-t-il.

Ses paupières battaient fortement, et son œil luisant l'enveloppait toute. Il lui arriva, cependant, à l'observer ainsi de si près, de constater que, plus il la désirait, moins il gardait d'illusions sur elle, moins au fond peut-être il l'aimait.

Et elle, perdue dans le silence, songeait aux paroles lointaines d'Emmanuel : « Avec Jean, je ne suis pas sûr que tu ne courais pas à ton malheur. » Cela, en vérité, était important et méritait qu'on s'y arrêtât. Mais pas maintenant, pensait-elle. Oh, pas maintenant, lorsque après avoir eu si longtemps le cœur rempli d'ennui et de regrets, elle recommençait de respirer à l'aise ! D'ailleurs que craindre de Jean ? S'il était ce garçon audacieux qu'il prétendait être, n'aurait-il pas cherché déjà à prendre avantage d'elle ? Tandis qu'au lieu de cela, il l'avait reconduite chez elle après leur sortie ; il ne l'avait embrassée que gentiment. Malgré lui, qu'il le voulût ou non, il serait son ami de garçon, son vrai, son steady ! Ensemble, ils iraient au cinéma tous les samedis soirs, peut-être deux fois la semaine. Oh, la belle vie s'ouvrait devant elle, si seulement elle se montrait assez tenace et pas trop fière pour l'instant ! Plus tard, elle saurait bien mener les choses à sa guise.

Sa main frémissait dans celle de Jean, et, tout à coup, elle la porta d'elle-même contre la bouche du jeune homme, elle l'y appuya de toutes ses forces en retournant la paume sous la caresse des lèvres.

Le restaurateur parut à l'entrée de leur compartiment. Jean eut un geste pour retirer sa main, mais elle, impudente, la retenait ; elle ne craignait plus de se montrer en tête à tête amoureux avec Jean ; pour elle, c'était un hommage que des démonstrations de tendresse presque en public ; et puis d'ailleurs, elle se sentait emportée dans un mouvement passionné. Se croyant si près de Jean, elle entrait dans une solitude inimaginable. Sa passion déjà lui fermait les yeux.

Ils mangèrent peu, lui la couvrant d'un regard incisif, avec parfois un sourire tiède, bref, qui se jouait un instant sur ses lèvres et tout de suite disparaissait ; elle, ne faisant que porter une fourchette à sa bouche pour la laisser aussitôt retomber.

Au dessert, il vint s'asseoir près d'elle. Il enserra le poignet de la jeune fille de sa main ; il semblait en mesurer le tour ; il enfonçait ses doigts autour des petites veines gonflées ; il regardait ce poignet meurtri, comme fasciné ; puis il remonta en suivant l'intérieur du bras jusqu'au coude. Alors sa main se raidit sur la chair tendre. Elle sentit cette main qui la brûlait. Ses paupières s'alourdissaient ; elle appuya un instant sa tête contre l'épaule du jeune homme, ses cheveux tout dénoués lui frôlant la joue ; et elle fut alors dans une brume qui, de partout, se refermait sur elle.

— Sortons, dit-il tout à coup.

Elle prit son chapeau et son manteau, comme un automate, souriant avec des yeux tout brouillés. Dehors, assaillie par la brise qui devenait aigre, elle retrouva un peu de calme.

— Sais-tu, ce n'était pas rien que pour voir si t'étais fâché que je suis venue à ta rencontre, murmura-t-elle en s'appuyant à lui.

Elle levait vers lui des yeux un peu ivres et tirait la manche de son pardessus. Toucher ses vêtements, en respirer l'odeur de sable chauffé, de fonte, de moule refroidi, la brisaient d'émoi.

— C'était aussi pour t'inviter à la maison... Demain. Dimanche, ajouta-t-elle rêveuse.

Malgré tout, elle reconnaissait l'importance de suivre son projet jusqu'au bout : amener Jean à lui rendre visite chez elle le dimanche, mais en l'absence de ses parents, afin qu'ils puissent être libres de s'embrasser. Projet audacieux. Se doutant bien, instinctivement, que son désir d'elle serait exaspéré, elle se croyait pourtant assurée du respect du jeune homme, puisqu'elle lui ferait une telle confiance. Projet à demi avoué et cependant arrêté et qui lui plaisait.

— Tu viendras ? insista-t-elle.

Il répondit par une vague pression sur son bras. En silence ils débouchèrent sur la place Sir-George-Étienne-Cartier. Entre les ormes et les érables, raidis de froid, quelques ombres passaient, deux par deux ; et un instant après, revenaient. Les bancs restaient libres. Cette soirée de mars, mi-printemps, mi-hiver, obligeait les amoureux à une promenade lente et ne permettait que des arrêts furtifs dans les coins d'obscurité.

Jean cherchait une tache sombre du coin de l'œil. Soudain, il avisa un grand arbre qui, au bord du square, jetait une mare d'ombre. Avec Florentine, il disparut dans les arabesques noires que les branches projetaient.

Florentine ferma aussitôt les yeux. Elle avançait les lèvres. Mais lui, frappé à ce moment par la fragilité de ce visage clos, murmura presque avec effroi :

— Comme tu es maigre !

Vivement, il avait desserré l'étreinte. Et il se retira. Elle ouvrit les yeux et le vit devant elle, à quelques pas ; il avait enfoncé les mains dans ses poches. Alors ce fut elle qui s'élança vers lui, ce fut elle qui quitta l'ombre pour entrer dans la demi-clarté et qui noua ses bras autour de son cou, perdue de crainte à l'idée qu'elle n'avait guère avancé son projet et que Jean pouvait encore lui échapper. Presque en sanglots, à bout de résistance, d'une voix plaintive, elle éclata en explications hachées qui sonnaient comme un rire nerveux :

— Je t'aime tant, Jean, ça n'a pas de bon sens, c'est pas de ma faute, mais je t'aime tant !

Les bras abandonnés au long de son corps, il regardait au-dessus de Florentine, au-dessus des toits, au-dessus du square, le pâle croissant de lune qui se levait. Ses yeux restaient durs, secs ; par moments, sa bouche exprimait l'énervement. Et il était vraiment, réellement gêné de cette scène qu'il avait si peu prévue.

— Qu'est-ce que ça va te donner que j'aille chez toi demain ? demanda-t-il.

Mais elle, de la tête, sans lever les yeux, faisait signe que c'était bien à cela qu'elle tenait absolument. Et son petit menton pointu, à chaque mouvement, entrait dans la poitrine du jeune homme. Il la sentait s'apaiser contre lui ; car avertie qu'il viendrait certainement chez elle pour sortir de cette ridicule impasse, elle se félicitait déjà de sa crise de larmes. Il lui prit le menton et la força à le regarder en face ; puis il dit, sans méchanceté, avec presque de la douceur, mais sachant bien aussi que c'était la dernière fois qu'il lui montrait quelque patience.

— Je suis pas ton ami de garçon. C'est pas parce que je t'ai fait de la façon au magasin que t'es allée te mettre des idées dans la tête. Parce que moi, le mariage, tu sais...

Il guettait en même temps un mouvement de recul ; il en était presque venu à le souhaiter. Mais elle serrait de plus en plus ses bras maigres autour de lui. Elle se haussait pour appuyer sa joue contre le menton de Jean. Elle mêlait son haleine à la sienne, lui souriant à demi à travers les mèches éparpillées qui voilaient son regard. Alors, craignant qu'un passant les surprît ainsi, exaspéré et surtout envahi par la soudaine lâcheté d'en finir au plus tôt, il promit d'un ton évasif :

— C'est bon, si je travaille pas demain toute la journée, j'irai te voir.

Alors, comme si cette réponse lui en eût donné le droit, elle s'empara de son bras et ils se remirent en route. Marchant à ses côtés, dans la nuit noire, elle se souriait à elle-même.

XV

Aux yeux des enfants, la campagne n'était qu'espaces enneigés, qu'espaces d'un blanc gris avec, de-ci de-là, des morceaux de terre pelée et de grands arbres bruns qui se levaient dans la solitude ; mais Rose-Anna et Azarius, qui se consultaient souvent du regard, souriaient d'un air entendu et souvent partaient à rêver ensemble.

— C'est ici, tu te souviens, disait l'un.

— Oui, ç'a pas changé, disait l'autre.

Des riens qui les plongeaient dans des réflexions béates et faciles.

À la portière, Rose-Anna aspirait l'air pur avec délice. Dès qu'ils eurent quitté le pont Victoria, elle avait baissé la vitre et avait aspiré longuement.

— De la bonne air ! avait-elle dit, les narines largement dilatées.

Ils filaient maintenant à vive allure sur la route nationale. Bien qu'elle eût passé la nuit à coudre, Rose-Anna ne montrait pas trop de fatigue. Les yeux étaient un peu lourds, mais les plis de la bouche, soulagés, se détendaient.

Un à un, elle reconnaissait les villages de la vallée du Richelieu, et quelque chose comme son ancienne joie de jeune fille lui soufflait des remarques que seul Azarius comprenait.

Puis, soudain, elle se tut. Avec un grand élan muet de tout son cœur, elle venait de saluer la rivière qui bouillonne au pied du fort

197

de Chambly. Par la suite, elle se prit à guetter chaque courbe du chemin, chaque détour qui les rapprochaient du Richelieu. Non que les collines, les cours d'eau en eux-mêmes fussent propres à éveiller en elle un grand attrait. Elle ne les remarquait et ne s'en souvenait qu'autant qu'ils étaient liés à sa vie. Ainsi, elle restait à peu près indifférente au Saint-Laurent ; mais du Richelieu elle connaissait tout, elle l'avait vu passer toute son enfance et, le connaissant si bien, elle n'hésitait pas à déclarer à ses enfants : « C'est la plus belle rivière du pays. » De même que pour décrire un paysage, elle disait : « C'est pas aussi beau que le terrain en planche de chez nous, au bord de la rivière. »

Dès que le Richelieu avait paru à leur gauche, elle s'était tenue plus droite. Les mains à la vitre, elle se penchait un peu au dehors. Elle jetait tout haut les noms des villages où ils passaient, cahotés à toute vitesse dans le camion à bestiaux : Saint-Hilaire, Saint-Mathias, Saint-Charles.

Les berges se faisaient de plus en plus basses, de plus en plus espacées. La rivière coulait avec une telle tranquillité, une telle plénitude de force et de vie calme qu'on devinait à peine la grande épaisseur de ses eaux sombres sous une mince croûte de glace.

Par instants, Azarius se retournait vers le fond du camion où les enfants étaient assis sur des couvertures, et il criait haut par-dessus le grondement de leur course :

— Regardez ben, les petits Lacasse ! Vot' mère et moi, on est venus icitte dans le temps en petite barque.

Alors le petit Daniel, qu'ils avaient installé entre eux sur la banquette afin qu'il n'eût pas trop froid, ouvrait des yeux ronds encore avivés de fièvre. « Où c'est qu'elle est la rivière ? » Il était trop petit pour voir au dehors par les vitres de la voiture. Et pour lui le Richelieu pouvait être la bande de ciel bleu qui se déroulait à ses yeux dans le pare-brise, avec parfois, des tiges, des branches noires jetées là-dessus comme des arabesques.

— C'est quoi des petites barques ? demanda-t-il une fois, fort sérieusement et en faisant pour réfléchir des efforts qui le mirent presque en sueur.

De temps en temps, il tentait de se soulever sur la banquette pour mieux découvrir le paysage et situer toutes ces choses dont parlaient ses parents. Mais le Richelieu devait, dans son imagination, rester toujours un peu d'azur au-dessus de sa tête, du bleu comme il n'en avait jamais vu, avec des bandes de nuages très blancs, très doux, qui étaient peut-être des barques.

Distraite un instant dans sa joie, Rose-Anna le couvrit jusqu'au cou, car tassé près d'elle, il semblait frissonner.

Puis son village apparut au bout d'une allée d'arbres.

— Saint-Denis ! lança Azarius.

Et Rose-Anna se souleva, les yeux soudain mouillés. Aidée du souvenir, elle devançait le tournant de la route, là-bas, au bout du village, elle devançait un coteau. Enfin, le paysage lui livra la maison paternelle. Le toit à pignons se précisa entre les érables. Puis se dessina nettement la galerie à balustrade avec ce qui restait de concombres grimpants, ratatinés par l'hiver. Rose-Anna, projetée vers Azarius, murmura avec un tressaillement de douleur physique aussi bien que d'émoi :

— Eh ben, nous v'là... Quand même ç'a pas gros changé !

Sa joie avait duré jusque-là et dura encore un peu, car, dans l'embrasure de la porte brusquement ouverte, apparurent ses frères, sa belle-sœur ; et des exclamations chaudes lui arrivèrent dans un grand bourdonnement : « Ben, regarde donc ça, qui est-ce qui nous arrive ! Parle-moi d'une affaire ! De la visite de Montréal ! »

Mais, alors qu'elle descendait du camion, vacillante, étourdie par une soudaine bouffée d'air frais, et cherchant à défriper son vieux manteau, une gouaillerie lourde de son frère Ernest porta une première atteinte à sa joie.

— Ben, nom d'une pipe, te v'là Rose-Anna !... dit le paysan en la détaillant d'un brusque coup d'œil. Vieille pipe à son père, t'as envie d'en élever une quinzaine comme sa mère, je crois ben.

Rose-Anna chancela sous cet étrange accueil. Elle s'était corsetée tant qu'elle avait pu et elle avait espéré que sa grossesse passerait inaperçue, non par fausse honte, mais parce qu'elle était toujours venue chez les siens dans cet état et puis, parce qu'au fond, cette fois, elle aurait voulu que cette journée en fût une de détente, de jeunesse retrouvée, d'illusion peut-être. Pourtant elle chercha à sourire et à tourner la chose en plaisanterie légère.

— Ben, c'est de famille, Ernest. Qu'est-ce que tu veux !

Mais elle avait compris soudain combien sa joie était une chose frêle et vite menacée.

Un coup plus rude lui vint de sa belle-sœur, Réséda. En l'aidant à dévêtir les enfants, la jeune madame Laplante s'écria :

— Mais ils sont ben pâles tes enfants, Rose-Anna ! Leur donnes-tu de quoi manger au moins ?

Cette fois, Rose-Anna se sentit prise de colère. Réséda parlait par dépit, bien sûr, elle qui habillait si mal ses enfants. C'est qu'ils avaient vraiment l'air fagotés, avec leurs gros bas de laine du pays, et leurs petits pantalons tout de travers et longs sur leurs jarrets. Rose-Anna appela la petite Gisèle pour refaire la grosse boucle dans ses cheveux et remonter sa robe au-dessus des genoux ainsi que le voulait la mode. Mais, alors qu'elle mettait une main hâtive à la toilette de ses enfants, ses yeux tombèrent sur le groupe que formaient Daniel et l'aîné de Réséda, le gros Gilbert, joufflu et rosé. Un cri lui échappa. Le petit paysan avait empoigné son cousin de la ville et, comme un jeune chien robuste, cherchait à le faire rouler par terre avec lui. L'enfant maladif se débattait sans courage. Il espérait visiblement qu'on le laissât tranquille et tout seul.

Alors Rose-Anna se redressa un peu :

— Il est plus vieux que le mien aussi.

— Ben non, protesta la jeune femme. Ils sont nés la même année, tu sais ben.

— Non, maintint Rose-Anna. Ils ont six mois de différence.

Et vinrent de longues explications pour déterminer la date exacte des naissances.

— C'est plutôt Albert qui se trouve de l'âge du tien, insistait Rose-Anna.

— Pas d'affaires, voyons donc, trancha Réséda. Tu sais bien qu'ils sont de l'été tous les deux.

Elle se promenait en parlant dans la pièce ; et elle s'efforçait de tranquilliser son nourrisson qui réclamait son repas et de ses mains déjà fortes cherchait à dégrafer le corsage rond et soulevé de sa mère. Et elle précisait :

— Ah, tu peux pas me faire changer d'idée ! Je sais ben trop qu'ils sont du même mois.

Les deux femmes se regardèrent un court moment, presque hostiles ; dans les yeux de la paysanne éclatait un orgueil insolent. Rose-Anna abaissa les siens. Sa colère tombait. Elle fit le tour de ses enfants, d'un regard craintif, effaré ; et elle se demanda si elle les avait vraiment vus jusque-là tels qu'ils étaient, avec leur petit visage maigre et leurs membres fluets.

L'avant-dernier de Réséda s'était traîné vers elle sur de grosses pattes courtes, à demi arquées, potelées aux genoux, et, tout à coup, au-dessus du bébé, elle avait aperçu une rangée de petites jambes grêles. De ses enfants, assis contre le mur docilement, elle ne voyait plus que les jambes, des jambes pendantes, longues et presque décharnées.

Et maintenant une dernière blessure lui venait de sa mère. Après l'énervement du dîner en deux tablées et où elle avait secondé sa belle-sœur autant qu'elle l'avait pu, Rose-Anna se retrouvait enfin seule avec la vieille madame Laplante. Elle avait attendu ce moment où, Réséda s'occupant de son nourrisson et les hommes se groupant pour parler d'affaires autour du poêle, elle serait assurée d'un moment d'intimité avec sa mère. Mais voici que les premiers mots de la vieille femme étaient tout empreints de fatalisme :

— Pauv' Rose-Anna, j'ai ben pensé que t'avais eu de la misère, toi aussi. Je le savais ben, va. Ça pouvait pas être plus drôle pour toi que pour les autres. Tu vois à c'te heure que la vie, ma fille, on arrange pas ça comme on veut. Dans le temps, tu pensais avoir ton mot à dire... toi...

C'était dit d'une petite voix pointue, sans émotion, comme sans rancœur. La vieille madame Laplante, du fond de sa chaise geignante, semblait s'être muée en une négation obstinée de tout espoir. Ce n'était pas qu'elle eût omis la charité au cours de sa vie. Au contraire, elle se plaisait à croire qu'elle s'acheminait vers son

Créateur, les mains pleines de bonnes actions et richement pourvue d'indulgences. C'est tout juste si elle ne se représentait pas franchissant le ciel à la manière d'une voyageuse prudente qui, toute sa vie, eût pris des précautions pour s'assurer un séjour confortable là-haut. Elle avait, selon son expression, « enduré son purgatoire sur terre ».

Elle était de ces personnes qui prêtent une oreille attentive aux récits des malheurs. Aux autres, elle accordait un sourire méfiant. Rien ne la surprenait tant qu'un visage épanoui. Elle ne croyait pas au bonheur, elle n'y avait jamais cru.

Au fond de la cuisine, les hommes parlaient entre eux, s'animant vite. Rose-Anna avait rapproché sa chaise tout près de celle de la vieille femme. Gauchement, mal à l'aise, elle tournait et retournait ses mains sur ses genoux. Elle se sentait presque honteuse, tout à coup, honteuse d'être venue vers sa mère, non pas comme une femme mariée avec ses responsabilités, ses charges et la force que cela suppose, mais comme une enfant qui a besoin d'aide et de lumière. Et les conseils détachés, empreints d'un ton sermonneur, froids comme le visage blanc et anguleux de la vieille femme, se frayaient un chemin à ses oreilles, mais dans son cœur n'éveillaient que le sentiment d'une immense solitude.

Qu'était-elle venue chercher exactement ? Elle ne le savait plus ; car, à mesure qu'elle causait à voix basse avec la vieille, elle oubliait l'image qu'elle s'en était faite à la longue et à distance. Elle la découvrait telle qu'elle était, telle qu'elle avait toujours été, et se demandait comment elle avait pu se leurrer. Car de la vieille femme, il n'y avait à espérer aucun aveu de tendresse.

Mme Laplante avait élevé quinze enfants. Elle s'était levée la nuit pour les soigner ; elle leur avait enseigné leurs prières ; elle leur avait fait répéter leur catéchisme ; elle les avait vêtus en filant, tissant et cousant de ses fortes mains ; elle les avait appelés à une bonne table, mais jamais elle ne s'était penchée sur aucun d'eux avec une flamme claire et joyeuse au fond de ses durs yeux gris fer. Jamais elle ne les avait pris sur ses genoux, sauf lorsqu'ils étaient au maillot. Jamais elle ne les avait embrassés, sauf, du bout des lèvres, après une longue absence ; ou encore, au jour de l'An, et cela avec une sorte de gravité froide et en prononçant des souhaits usés et banals.

Elle avait eu quinze petites têtes rondes et lisses contre son sein ; elle avait eu quinze petits corps accrochés à ses jupes ; elle avait eu un mari bon, affectueux, attentif, mais toute sa vie elle avait parlé de supporter ses croix, ses épreuves, ses fardeaux. Elle avait parlé toute sa vie de résignation chrétienne et de douleurs à endurer.

Sur son lit de mort, le père Laplante avait murmuré, d'une voix déjà engluée du dernier sommeil : « Enfin, tu vas être délivrée d'une de tes croix, ma pauv' femme ! »

— Comment est-ce qu'il se débrouille, ton Azarius ?

Rose-Anna sursauta. Elle revint de loin, le regard trouble. Puis elle se pencha de nouveau vers sa mère. Elle comprenait que la vieille, à sa manière distante et sèche, s'informait des siens. Elle avait toujours dit : « Ton Azarius, ta famille, ta Florentine, tes enfants, ta vie. » Pour Azarius, un citadin, elle avait eu encore moins d'amitié que pour ses autres beaux-fils, tous de la campagne. Au mariage de Rose-Anna, elle avait déclaré : « Tu crois p't-être ben te sauver de la misère à c'te heure que tu vas aller faire ta dame dans les villes, mais marque ben ce que je te dis : la misère nous trouve. T'auras tes peines, toi aussi. Enfin, c'est toi qui as choisi. Espérons que tu t'en repentiras pas. »

Le seul souhait de bonheur qu'elle eût jamais formulé, se rappelait Rose-Anna.

— Azarius, dit-elle, sortant de sa rêverie, ah ben ! il travaille de ce temps-ci. Il est ben encouragé. Pis Eugène s'est enrôlé comme je vous l'ai dit d'abord ; il paraît pas mal dans son uniforme. Ça le vieillit un peu. On se débrouille. Florentine a ses payes régulières...

La vieille clignait des yeux. Elle disait à tout instant :

— Eh ben ! tant mieux, tant mieux si ça marche comme tu dis !

Mais ses doigts secs, jaunis, frottaient le bras de la chaise, usé à cet endroit par ce geste habituel des mains, et semblaient souligner un doute constant.

Et cependant Rose-Anna continuait à défendre son mari avec la même voix âpre qu'elle avait eue autrefois quand sa mère cherchait à le lui présenter sous un mauvais jour.

— Il se tire d'affaire, disait-elle. Quand une chose va pas, eh ben, il en essaye une autre. Il reste pas longtemps à rien faire. Ça, c'est rien qu'en attendant qu'il a pris le truck. Il compte se remettre à travailler de son métier. La guerre va donner de la construction.

Elle se surprenait à employer le langage d'Azarius et, pour parler de son métier, elle y mettait presque autant de passion que lui-même. Mais à d'autres instants, sa voix sonnait faux, lointaine ; elle s'écoutait parler, se demandant si c'était bien elle qui s'exprimait ainsi. Par la fenêtre donnant sur l'étendue de la ferme, elle apercevait les enfants qui, sous la conduite de l'oncle Octave, se dirigeaient vers la cabane à sucre. Le petit Daniel trébuchait dans la neige, loin derrière les autres qui gambadaient. Alors, elle s'arrêtait de causer ; son regard s'échappait complètement, inquiet, jusqu'au moment où elle voyait Yvonne revenir en arrière et aider son petit frère. Puis elle se prenait à écouter Azarius dont la voix lui arrivait comme à travers un rêve. Elle l'entendit qui disait à son jeune beau-frère :

— Cout' donc, si tu penses en avoir gros du sirop, t'aurais qu'à me le passer ; je m'en vas te le vendre, moi, rien que pour une petite commission. Su ma run, rien de plus facile.

Il se rengorgeait et se donnait des airs d'importance, étalé sur une chaise de cuisine, les pieds sur la porte ouverte du fourneau. Dans son complet encore passable, auquel Rose-Anna avait donné un coup de fer la veille, il tranchait de tout son prestige de citadin sur ses beaux-frères en bras de chemise, qui avaient dénoué leur cravate et relâché leurs bretelles. Rose-Anna remarqua qu'ils paraissaient considérer favorablement le projet d'Azarius, et elle fut inquiète. Aussitôt qu'un événement heureux les favorisait, Azarius prenait de l'audace, se montrait de nouveau prêt à se risquer dans quelque entreprise, à laquelle bien souvent il n'entendait presque rien. Ainsi, une part d'elle-même redoutait toute chance qui leur échoyait. Elle aurait voulu mettre Azarius en garde, ses frères également. L'attitude de Philippe la surprenait aussi de plus en plus, l'offensait. Voici qu'il se roulait des cigarettes sous les yeux désapprobateurs de sa grand-mère, se mêlait aux hommes et, à tout instant, employait des mots grossiers. Mais au lieu de le reprendre, Rose-Anna ramena un regard gêné vers sa mère et continua à raconter leur vie d'une voix égale et monotone :

— Yvonne est la première de sa classe ; les sœurs sont bien contentes d'elle. Et Philippe est à la veille de se trouver de l'ouvrage. Il paraît qu'ils vont en prendre des tout jeunes comme lui dans les usines de munitions... Ça fait que tous ensemble, on va finir par se tirer d'affaire, pas mal.

Ses yeux se levaient par instants ; et elle se haussait un peu sur sa chaise pour suivre la marche des enfants ; elle les vit pénétrer dans l'érablière, une petite masse de couleurs se dénouant et se mettant à la file entre les arbres. Et elle regretta si vivement de n'être pas partie avec eux que ses yeux s'embuèrent de larmes. Elle n'avait point osé, lorsque sa mère, la morigénant comme si elle était restée une enfant, avait déclaré : « Dans ton état, t'es pas pour te mettre à courir les bois. »

« Courir les bois... » se répétait Rose-Anna, toute navrée. Mais ce n'était pas ainsi pourtant que lui était apparue cette promenade. Sans doute aussi, avait-elle cessé quelque temps de se voir elle-même telle qu'elle était aux yeux des autres et, éblouie par son désir, entraînée par l'illusion, elle avait rêvé l'impossible. Et elle craignait tant maintenant d'en arriver à trouver son rêve ridicule qu'elle se défendait d'y penser, le reniait et se disait : « Je savais bien aussi que j'irais pas... dans l'érablière. »

Lorsque la vieille madame Laplante envoya chercher à la cave un gros morceau de lard salé, des œufs frais, de la crème et des conserves, et qu'elle fit envelopper toutes ces choses, Rose-Anna fut émue de la générosité de sa mère. Sachant comme la pauvre vieille s'irritait des remerciements, elle n'osa pas en formuler. Et cela acheva de l'attrister. Elle regardait sa mère qui s'était levée péniblement pour ajouter encore un gros pain de ménage dans la boîte de victuailles et qui, de ses mains fureteuses, déplaçait les objets, les remettait en place et grondait. « A nous donne toujours gros chaque fois qu'on vient », songeait Rose-Anna. « Peut-être qu'a croit pas un mot de ce que j'y dis. Pauv' vieille, a veut nous aider à sa manière. Et ça la fâche de ne pas pouvoir faire plus. A toujours eu bon cœur pour donner. Ben sûr, qu'a nous laisserait pas pâtir de la faim, si a savait qu'on a pas tout ce qu'il faut. Toute notre vie, quand on a eu besoin d'elle, a nous a donné la nourriture, les vêtements et les bons conseils, c'est vrai. » Sa bouche se plissa. Et elle pensa : « Mais est-ce rien que ça qu'une mère doit donner à ses enfants ? »

Et, tout à coup, Rose-Anna s'affaissa à demi sur sa chaise, le front soucieux et le regard au loin. Elle se demandait : « Est-ce que j'aurai, moi, quelque chose de plus à donner à Florentine quand elle sera une femme mariée et qu'elle aura peut-être besoin de moi de la façon que j'ai moi-même aujourd'hui besoin de quelqu'un pour me parler ? » Elle croyait comprendre soudain l'austérité de sa mère. N'était-ce pas avant tout la gêne terrible de ne pas savoir défendre les êtres qui l'avait ainsi fait se raidir toute sa vie ?

Et parce qu'elle n'avait plus la certitude de pouvoir aider sa fille ni plus tard ni maintenant, parce qu'elle était traversée de la crainte que Florentine ne chercherait pas cette aide, et parce qu'elle comprenait subitement qu'il est très difficile de secourir ses enfants dans les malheurs secrets qui les atteignent, Rose-Anna hocha la tête et se laissa aller au silence. Sans effort, comme si l'habitude fût déjà ancienne, elle esquissait, sur le bras de sa chaise, le même geste futile que sa vieille mère.

XVI

Rue Beaudoin, on n'entendait dans la maison que la poussée de la vapeur sous le couvercle de la bouilloire ; et, par intervalles, sur le linoléum, les petits talons hauts de Florentine qui claquaient.

Une indéfinissable mélancolie persistait dans la salle à manger, un silence lourd, quelque chose de vaguement insolite, comme si d'avoir déplacé quelques meubles dérangeait les rapports humains établis entre le foyer et les êtres.

Pour recevoir Jean, la jeune fille avait brossé, ciré, épousseté ; et elle avait fait disparaître tous ces petits vêtements, ces pauvres jouets défoncés, ces petites choses d'enfants qui rappelaient leur vie étroite et bousculée. Elle avait groupé les chaises à sa fantaisie autour de la table ronde, exposant ainsi des taches claires qui accusaient la fatigue et l'usure du papier. Sur le buffet, débarrassé de tous les bibelots entassés là depuis longtemps, elle avait posé une garniture de table brodée, très raide et, là-dessus, directement sous une image sainte, un vase de faïence d'où sortaient quelques mélancoliques fleurs de papier. L'image, naïve, reproduite en série, représentait Jésus enfant à demi drapé dans une étoffe écarlate et dont les bras potelés entouraient une madone vêtue de bleu profond. Et c'était cette image que Jean fixait en ce moment avec une gêne morose.

Florentine s'affairait dans son rôle de ménagère. Il lui avait paru habile de se montrer ainsi au jeune homme. Pas un instant, elle ne s'était permis de douter qu'il viendrait, allant tout juste parfois à la fenêtre guetter son arrivée et chiffonnant un peu le rideau qui retombait de ses mains, lentement. Au pas résonnant sur le trottoir et ralentissant devant la maison, elle avait tout de suite été sûre que c'était lui, avant même d'entendre le timbre de l'entrée. Et une satisfaction profonde plus encore que de la joie l'avait soulevée.

Maintenant qu'il était là près d'elle, toute son énergie tendue à défier celle du jeune homme plutôt qu'à lui plaire, elle jouait le rôle avec précaution. Des bijoux de couleur vive sautaient à son cou et à ses bras, s'entrechoquaient et semblaient exprimer sa volonté nerveuse ; mais sur sa robe de soie noire, un petit tablier de caoutchouc glissait à ses hanches à chaque mouvement de son corps, avec un bruit doux et continu.

Un instant, elle était auprès de Jean, lui demandant s'il ne s'ennuyait pas ; vive, alerte, elle lui apportait un coussin, un magazine ou quelques instantanés d'elle-même collés dans un petit album ; penchée sur son épaule, elle donnait quelques explications ; puis, tout de suite après, elle était dans la cuisine, chantonnant au-dessus du poêle.

Le jeune homme se sentait exaspéré par toutes ces attentions. Elle le traitait manifestement avec les égards, l'abandon confiant dus à un fiancé et tout comme si définitivement ils eussent conclu entre eux un accord tacite. Ainsi elle le laissait seul quelque temps pour lui faire du sucre à la crème, disait-elle ; et, de la cuisine, elle continuait à l'entretenir d'une façon aimable, un peu détachée et surtout empreinte de politesse. Toute son attitude dénotait encore une réserve prudente et bien en éveil. Elle évitait de lui toucher la main, et, lorsqu'il la priait de s'asseoir, elle choisissait une chaise éloignée de la sienne. Et alors, elle se donnait des airs sérieux, préoccupés ; elle jouait avec ses bracelets d'une façon distraite et détournant les yeux dès que par hasard elle sentait le regard du jeune homme se poser sur elle. Ni l'un ni l'autre ne se trouvaient à l'aise.

Les ruses de Florentine amenèrent cependant un sourire de curiosité sur les lèvres de Jean. « Habile, Florentine, pensa-t-il. Si je ne t'avais pas vue autrement, je croirais que tu es la candeur même. » Mais ses allées et venues l'énervaient. Il la voyait se dérober avec tant d'adresse qu'il en restait tout vexé. Aussitôt qu'il essayait un geste vers elle, elle se redressait et prétextait une nouvelle course à la cuisine. Elle se surveillait tout comme s'ils eussent été entourés des siens.

Le pas d'un promeneur solitaire éveilla tout à coup un écho vibrant qui, dans la maison, se prolongea. Il s'éteignit peu à peu ; et Jean mesura leur solitude à l'intensité du silence qui tombait.

Il eut un regard trouble autour de lui. Par la porte de la cuisine, il vit Florentine qui beurrait des casseroles. Le frottement de son tablier accompagnait le tintement du fer-blanc contre la table ; et puis il entendit le grésillement du sucre en ébullition coulant sur le métal. Ces divers bruits semblaient lui arriver de très loin ; ils l'irritaient parce qu'ils excitaient son instinct de défense contre l'ordre domestique. De nouveau, il fixa la madone à l'enfant Jésus au-dessus du buffet. Et il comprit pourquoi cette image l'attirait et le troublait. C'était tout son passé qu'elle évoquait, toute son enfance malheureuse et son adolescence inquiète. Un flot de souvenirs remontait en lui. Ce qu'il avait cru bien mort, doucement s'éveillait.

C'était d'abord l'image sainte de l'orphelinat qui ressuscitait ; et puis, mêlée à ce souvenir, Jean retrouvait confusément comme une impression de sommeil ; des silhouettes noires passaient et repassaient devant son petit lit de dortoir. L'image faisait aussi partie des aubes froides dans la chapelle : elle était liée d'une façon étrange et mystérieuse jusqu'au son grêle de sa voix d'enfant de chœur qu'il lui semblait entendre, lointaine, au fond de sa mémoire.

L'image s'associait à une infinité d'autres souvenirs. D'elle se détachait le tablier gris des orphelins, ce tablier de gros coutil qui était comme la couleur même de leurs journées sans tendresse. Il se revoyait déchirant un jour l'étoffe grise à pleines mains ; déjà, en ce temps-là, il avait un besoin profond d'individualité.

Puis l'image écarlate et bleue changeait de dimension. Elle devenait un tout petit souvenir que les sœurs glissaient dans son livre de messe le jour où une dame était venue le chercher à l'orphelinat. C'était une femme silencieuse, aigrie, qui avait fait le vœu d'adopter un enfant si la sienne, une fille unique, retrouvait la santé. Ainsi, il avait servi de marchandage avec les saints, mais l'autre était morte quand même, un peu plus tard.

Sa mère, celle qui avait insisté pour qu'il lui donnât ce nom, n'avait point été dure à son égard ; mais après la mort de son enfant, elle s'était renfermée en elle-même, si lointaine, si inaccessible, que Jean se rappelait avoir trouvé auprès d'elle une solitude pire que celle de l'orphelinat.

Des mots échangés la nuit, alors qu'on le croyait endormi, jaillissaient dans sa mémoire, précis et cruels : « Ça me surprend pas, qu'est-ce que tu veux ? Un enfant trouvé ! » — « Non, quand même, il avait ses parents ; tu sais, ces pauvres petites gens qui sont morts dans un accident. » — « Oui, si tu veux, mais on ne sait vraiment pas à quoi s'en tenir. »

On n'avait eu aucune indulgence pour ses plus légères peccadilles.

Puis Jean se revoyait au collège, élève tour à tour taciturne et frondeur, mais d'une intelligence vive et d'une curiosité avide qui déconcertaient ses professeurs. Ses parents adoptifs, s'ils ne lui témoignaient déjà plus aucune tendresse, ne lui ménageaient pas du moins les biens matériels. Et, en ce temps-là, bien mis, toujours quelque argent en poche, il se vengeait d'une longue humiliation en faisant tinter des pièces blanches entre ses doigts. Quelquefois par orgueil plus que par bonté, il en cédait à ses camarades les plus pauvres. Il savait déjà que l'argent achète le respect et le prestige.

En quelques années, il avait grandi, presque tout d'un coup, à un régime alimentaire fortifiant. Des muscles solides, des épaules carrées, un regard volontaire et perçant ; rien ne rappelait l'orphelin chétif dans l'adolescent robuste qu'il était devenu. Une hérédité mystérieuse triomphait en lui. De deux inconnus, morts peu après sa naissance, il tenait cette force qui s'éveillait. Il aurait voulu arracher à ces morts leur secret, car il n'y avait plus beaucoup de liens entre lui et les vivants. Rien que cette attraction curieuse, poignante, envers deux inconnus.

Son caractère encore plus que son physique avait subi une transformation complète. Il passait violemment d'une soumission apparente à la rébellion ouverte. Il affichait le dédain, le sarcasme. À tout venant, il exprimait des opinions bien personnelles, teintées d'humour caustique. Il faisait naître des discussions pour le seul plaisir de contredire ses adversaires.

D'une curiosité insatiable, il s'était mis à dévorer tous les bouquins qui lui tombaient sous la main. Il s'arrêtait au hasard de ses promenades pour causer avec les travailleurs dans les rues ; il croyait toutes les petites gens du peuple torturées comme lui par le tourment de savoir et de comprendre. Il les aimait un jour avec une sorte de pitié tendre et protectrice et ne songeait plus qu'à se vouer à des réformes sociales ; le lendemain, il méprisait la masse et se croyait, lui, différent et marqué d'un signe de prédestination. Et à mesure qu'il allait, il s'enfonçait plus profondément dans la solitude. Ses traits d'esprit, durs et justes, ses brusques accès de silence, ses incompréhensibles volte-face achevaient de dérouter ses plus fidèles amis. Par défi, il ne cherchait bientôt plus qu'à s'associer aux plus déshérités. Au collège, sa réputation était faite : un orgueilleux. Pour lui donner une leçon d'humilité, ses professeurs, à la fin d'une année scolaire, lui avaient supprimé tous les premiers prix auxquels il avait droit.

Jean se rembrunit au souvenir de cet affront... Un soir, il avait quitté la maison de ses parents adoptifs après une dernière explication orageuse. Il se revit, faisant ses paquets, puis fonçant dans le noir d'une rue déserte. Cette fuite avait rétabli l'équilibre de ses forces morales. Dès lors, il était devenu un jeune homme, comme tant d'autres, uniquement préoccupé de se faire une situation à une époque où il n'y en avait pas une pour dix demandes. L'âpre satisfaction de ne devoir son succès qu'à lui-même versait déjà dans ses veines un orgueil insensé. Une petite chambre de hasard, un premier emploi comme puddleur ; un autre emploi, une autre chambre : le reste de sa vie défilait rapidement, sans heurt, sans arrêt. Il atteignait une époque relativement calme où, comme un naufragé dans une île déserte, il regardait toute ressource autour de lui avec un besoin primitif de la plier à ses fins. Il se vouait à des années de lutte et de misère au bout desquelles il n'aurait qu'à étendre la main pour saisir le fruit de son travail et de son renoncement.

Jean se mit debout. Il regarda autour de lui avec étonnement, car il ne se souvenait plus du point de départ de ses pensées. Le silence pesait sur lui. L'humble arrangement domestique d'objets si nécessairement confondus avec les gestes de la vie le gênait. Il voulut fuir. Dans la cuisine, il aperçut Florentine qui se haussait devant la petite glace de l'évier et tournait ses cheveux autour de ses doigts. Il s'irrita d'être seul avec elle et si proche d'une curiosité à nouveau débordante qu'il n'avait pas prévue. Il appela la jeune fille sur une note impatiente. Elle vint aussitôt, mettant entre eux un petit plat de bonbons. Presque rudement, il le lui arracha des mains ; il ne pouvait plus souffrir cette espèce d'apprivoisement auquel elle semblait vouloir le soumettre.

— Comment se fait-il que tes parents ne sont pas là ? demanda-t-il. Ils sont partis pour la journée ?

Les yeux de la jeune fille parurent ingénus et limpides.

— Je sais pas trop. Mais je pense qu'ils sont à la veille de revenir.

— C'est parce que tu savais être seule aujourd'hui que tu m'as invité ?

Elle prit crainte à l'expression de ses yeux.

— Ben non. Ils ont parlé de partir rien qu'à matin...

— Où sont-ils allés ?

— Aux sucres, je crois ben. En effet, papa a parlé d'aller aux sucres à matin. Ça fait qu'ils ont dû se décider.

Les mots s'arrêtèrent dans sa gorge ; elle vit qu'il ne la croyait pas. Mais elle chercha encore à lui donner le change, s'empêtrant dans son mensonge.

— Quand maman a vu qu'il faisait si beau à matin, tu comprends...

De nouveau, elle fléchit sous son regard, puis brusquement prit le parti de paraître très fâchée, très vexée de son incrédulité.

— Si tu penses que tu connais toute ! fit-elle.

Il l'avait saisie aux poignets et soudain jeta les bras autour d'elle comme pour la briser. Son désir l'exaspérait. Il était venu vers elle, assuré de la trouver au milieu des siens, à contrecœur, imaginant une petite réunion de famille qui le glacerait d'ennui et cependant résolu à le subir par cette espèce d'orgueil qu'il mettait à tenir sa parole, même imprudemment donnée. Mais non, au fait, pourquoi était-il venu sinon parce que cette jeune fille en larmes, la veille, l'avait un instant désarmé, qu'elle l'avait amené à un peu de compassion. Stupidité de sa faiblesse ! Voici qu'il la surprenait plus rusée et tenace que jamais. Elle minaudait devant lui en ce moment ; elle cherchait à le conquérir ; elle retrouvait d'instinct toutes les coquetteries qui l'avaient servie à se faire remarquer de lui au restaurant.

La violence et le regret de lui avoir cédé la veille l'ébranlaient.

— Oh, fit-il, agacé, va chercher ton chapeau et on ira aux vues.

Mais il la retenait contre lui. Il savait maintenant que la maison de Florentine lui rappelait ce qu'il avait par-dessus tout redouté : l'odeur de la pauvreté, cette odeur implacable des vêtements pauvres, cette pauvreté qu'on reconnaît les yeux clos. Il comprenait que Florentine elle-même personnifiait ce genre de vie misérable contre laquelle tout son être se soulevait. Et dans le même instant, il saisit la nature du sentiment qui le poussait vers la jeune fille. Elle était sa misère, sa solitude, son enfance triste, sa jeunesse solitaire ; elle était tout ce qu'il avait haï, ce qu'il reniait et aussi ce qui restait le plus profondément lié à lui-même, le fond de sa nature et l'aiguillon puissant de sa destinée.

C'était sa misère, sa tristesse qu'il tenait entre ses bras, sa vie telle qu'elle pourrait être, s'il ne s'était arraché d'elle comme d'un vêtement gênant. Il pencha la tête sur l'épaule de la jeune fille et, songeant au grand tourment d'affection qu'il avait eu, tout petit, il murmura sans y penser, comme si c'était dans le passé qu'il l'eût connue :

— Une petite taille de rien du tout. Mes mains en feraient le tour.

Il se rappelait en même temps que, parfois, dans sa vie, il avait cherché à soulager une peine, sur sa route. Enfant, il cédait volontiers ses friandises à un petit camarade. Il avait encore de ces mouvements généreux, pourvu qu'ils ne gênassent pas la libre expansion de son être. Oui, tout était là ; il pouvait à l'occasion céder à la générosité à la condition qu'elle ne lui posât pas d'entraves. Aussi, combien d'amitiés déjà écartées !

Florentine maintenant était toute craintive sous ses prunelles sombres qui, en la regardant, s'emplissaient d'égarement. L'imprudence de sa conduite lui était si visible enfin que l'issue, l'irréparable devant elle, lui paraissait déjà impossible à éluder.

Elle chercha à s'esquiver et, dans le geste qu'il fit pour la retenir, ses doigts s'accrochèrent à une bretelle du tablier. L'étroite bande de caoutchouc sauta. Et ce vêtement déchiré, qui pendait à moitié, affola le jeune homme.

Dans un grand effort de volonté, il souffla encore à l'oreille de Florentine :

— Va chercher ton chapeau..., ton manteau...

Mais il l'empêchait de partir et, du coin de l'œil, par-dessus son épaule, il fixait le vieux canapé de cuir.

Elle tomba, à la renverse, les genoux repliés et un pied battant l'air. Avant de fermer les yeux, elle surprit le regard de la madone, le regard des saints pesant sur elle. Un instant, elle chercha à se soulever vers ces regards de saints si douloureux qui, tout autour de la pièce, descendaient sur elle et la suppliaient d'une façon muette, soutenue et terrible. Jean semblait encore prêt à la laisser partir. Puis elle glissa de tout son long à l'endroit déjà creusé où elle dormait la nuit auprès de sa petite sœur Yvonne.

Au dehors, sur le faubourg imprégné de la grande paix du dimanche, les cloches sonnaient les vêpres.

XVII

Longtemps ce dimanche soir, Jean Lévesque marcha au hasard, saisi de haine contre lui-même. Non à cause du visage de souffrance de Florentine, qui flottait devant son regard, mais parce qu'il éprouvait le sentiment très net d'avoir irrémédiablement engagé sa liberté. Il eut un geste comme pour desserrer deux bras noués autour de son cou. Aurait-il donc désormais partout où il irait cette impression d'une vie liée à la sienne ? D'une intrusion dans sa destinée qui lui rendait le souvenir de la solitude mille fois plus agréable qu'il ne l'avait imaginé ? D'autres préoccupations d'un ordre plus précis commençaient aussi à l'assaillir. Quelle serait maintenant l'attitude de Florentine, qu'espérerait-elle de lui ? Mais il ne leur accordait qu'une attention éparse. Ce qui l'irritait encore le plus, c'était de ne pas retrouver cette pleine possession de soi qui exclut tout sens de responsabilité. Où donc avait-il eu la tête ? Jusqu'ici, il avait su limiter sa curiosité à des tentatives prudentes, à des demi-avances qui n'engagent pas le partage de l'être. Un vague dégoût lui serra le cœur ; il prenait conscience du motif inavoué qui lui avait fait craindre par-dessus tout les suites d'une liaison avec une toute jeune fille sans expérience de la vie. « Ah, en être encore à ces idées ! » pensait-il, avec plus de dédain de ses propres hésitations que de sa conduite à l'égard de Florentine.

D'un pas rapide, il franchit la rue Saint-Jacques. La lumière d'un lampadaire le frappa en plein visage, puis, tout de suite après avoir traversé la chaussée, il fut de nouveau enveloppé dans la demi-obscurité de la rue Beaudoin qui se fait plus sombre et plus lamentable à mesure qu'elle approche du canal de Lachine. Il se trouva bientôt dans la rue Sainte-Émilie, faiblement éclairée, avec ses petites boutiques à balcons ornés et à toits à clochetons qui se donnent une réplique à peu près identique à chaque coin de rue. Parfois, en passant sous une clignotante lampe à arc, Jean voyait les façades ruisselantes avec de longs zigzags couleur rouille là où l'eau depuis longtemps choisissait le même chemin de descente. Sous un vent du sud très doux qui s'était levé à la tombée de la nuit, la neige fondait. On l'entendait presque se dissoudre, se perdre en ruisselets d'eau salie dans le silence de la rue déserte. De tous les toits, de toutes les branches ramollies, de près, de loin, elle s'écrasait dans un bruit de pluie, continu et triste.

Ce besoin de se justifier qui occupait le jeune homme, l'aigrissant et le confondant, orientait cependant ses pensées dans le même sens. Avait-il vraiment voulu le malheur de Florentine ? Une vive protestation lui vint aux lèvres. Mais non ! Aujourd'hui même, il avait entretenu le désir de l'épargner. Et n'était-ce pas précisément ce désir contrarié qui le remplissait maintenant d'une telle colère ? D'elle au fond, il avait peut-être voulu garder un souvenir qu'il ne mépriserait point, une vision d'elle mêlée à quelque vague sentiment de pitié et d'angoisse ressenti à un certain moment de sa vie. Quand ? Il ne le savait au juste. Une illusion peut-être !

Mais entre Florentine et lui, il n'y avait plus de nuit nuageuse, plus de tempête qui lui rappellerait : « Je l'ai laissée aller parce qu'elle se jetait à ma tête, si étourdie, si ignorante ! » Il y avait désormais entre eux, jusqu'à la fin des temps, il y aurait entre eux le craquement d'un mauvais sofa, le cri d'un ressort, le reflet d'un lustre ébréché. L'image de Florentine pourrait mourir dans son souvenir, l'image de sa jeunesse pourrait se perdre, mais jamais il n'oublierait l'affreuse pauvreté qui avait entouré leur instant d'amour. Cela était la suprême offense qui déteignait sur son sentiment de supériorité, le gênait déjà jusque dans ses ambitions de l'avenir, se présenterait peut-être à lui chaque fois qu'il réussirait et d'autant plus qu'il réussirait.

Jean marchait à une allure précipitée, les cheveux au vent, ayant retiré son chapeau qu'il écrasait sous son bras. Il lui était après tout impossible de se cacher à lui-même qu'il était vraiment bouleversé, car il n'y avait eu qu'une femme dans sa vie avant Florentine, mais une femme plus âgée que lui, qui l'avait entraîné et qui ne gardait point de visage dans son souvenir. Mais Florentine ! Il eut soudain présent à l'esprit ce mouvement inquiet, sans fierté, qu'elle avait eu pour l'empêcher de prendre son chapeau, son manteau, si craintive de se retrouver, après son départ, seule avec ses pensées. « Pauvre petite folle ! » murmura-t-il, moins touché de compassion envers elle cependant que de regret que ce fût lui qui lui eût apporté la peine et le désenchantement. Car il ne doutait plus maintenant que c'était une ignorance extrême qui l'avait conduite à se compromettre si imprudemment. À la lumière de cette connaissance qu'il avait maintenant d'elle, il comprenait enfin la témérité de ses attitudes. Ah, qu'elle était timide et gauche au fond ! Ce qu'elle lui avait révélé d'enfantine hésitation !... Mais non, il ne voulait plus penser à ce qui s'était passé. La pitié le gagnerait, ou pis encore, ce sentiment de liberté diminuée qui lui était intolérable.

Le cadran illuminé de l'église de Saint-Henri marquait près de minuit, lorsqu'il s'engagea dans la rue Notre-Dame. Plus tard, il traversait la place Guay profondément endormie, avec ses fantômes d'arbres qui jetaient sur la pierre leurs ombres inquiètes. Un brouillard léger, de fine pluie comme il y en a au printemps, les diluait.

Déjà la pensée de Jean avait dépassé cette frontière où la vision d'une faute commise arrête l'esprit, le retient en suspens, comme si la vie dès ce moment devait prendre une nouvelle tournure. Il se voyait au-delà de cette étape, l'ayant franchie et ne pouvant pas plus s'arrêter aux conséquences de sa conduite que le vent lâché sur les plaines considère ce qu'il a détruit, saccagé derrière lui. L'immense désarroi dans lequel il avait laissé Florentine, il le fuyait, s'en éloignait un peu à chaque pas, ce soir. Et cette petite voix transie demandant : « On se rencontrera demain, oui, Jean ?... » ne l'atteignait plus qu'à travers une distance sans cesse accrue. Au moment où elle lui avait posé cette question, il avait été conscient de son hésitation à répondre. Maintenant cette voix cheminait en lui, perdue, comme un appel qui n'avait plus de signification et ne le distrayait plus de son idée fixe : trouver une issue qui le défendrait contre une faiblesse éventuelle à l'égard de Florentine, un retour sur lui-même. « Abattre, abattre tout ce qu'il y a derrière », prononça-t-il, emporté par la force de sa pensée à l'exprimer tout haut. « Abattre ! » Et il sut qu'il s'en prenait non seulement à des souvenirs particulièrement désagréables à son amour-propre, mais à toute une partie de sa vie, qui, ce soir peut-être, finissait. « Il est temps, il est grand temps, se dit-il, de se dégager de tout cela. » Et il y mettait d'autant plus de violence que l'obstacle sur son chemin prenait à ses yeux, à ce moment, la forme d'une jeune fille du peuple, accourue non pour lui barrer la route, mais pour s'attacher à ses pas, timidement, tenace et sans fierté. La pensée qu'elle l'aimait vraiment, que seule la passion pouvait l'avoir égarée à ce point, traversa son esprit, mais au lieu de le calmer, elle envenima ses réflexions. Cela, en vérité, lui paraissait maintenant un affront, cet amour aveugle et têtu qu'elle osait lui porter.

Il atteignit la rue Saint-Antoine, ébranlée au loin par le passage d'un train. Au sortir des ruelles sombres, ses yeux clignèrent. Les feux des boutiques jetaient sur le pavé une clarté qui lui semblait intense. Il s'y engagea avec la rapidité de qui cherche à secouer une obsession que l'ombre, le silence entretiennent. Ce dont il voulait maintenant se dégager, plus encore que du souvenir de cette soirée, c'était du sentiment exaspérant qu'il était aimé de Florentine.

Il commença bientôt à pleuvoir. Sous des gouttes larges, espacées, la dernière neige disparaissait tout à fait. Des mois de gel et de froid il ne restait plus, sous les pas du jeune homme, qu'une légère croûte ramollie qui s'écrasait, s'effritait à mesure qu'il allait. En peu de temps, sous la pluie lente et tenace, le pavé fut complètement lavé ; il montra une surface unie et brillante qui refléta des lumières tardives et des entrecroisements de branches nues.

Le printemps !... que lui apporterait-il ? se demandait le jeune homme. Il fut saisi de cet appétit d'inconnu, de recommencement qu'entraînent toujours avec eux les brusques changements de saison.

Un pas de femme, menu et vif sur le trottoir, le fit se retourner ; et voyant une ombre solitaire derrière lui, il se rappela avec agacement la sensation de la main de Florentine sur son bras. Il se souvenait aussi comment elle était venue trottinant vers lui un soir de tempête et, pendant un très court instant, il comprit bien qu'à travers le vent, du fond de sa misère, du fond de toute son incertitude, elle était accourue à lui, follement, avec témérité, mais lui apportant toute sa vie, à lui qui était solide et représentait sans doute le succès à ses yeux de jeune fille pauvre. Puis il vit son ombre qui s'allongeait sur le trottoir ; la stupéfaction et le dépit le clouèrent sur place. Qu'avait-il à faire de ce don ? Que lui apportait-il ? Jamais encore la froide solitude dont il s'était entouré ne lui avait paru plus précieuse et plus nécessaire.

Le printemps, qui exagère la sensibilité de tant d'êtres, le laissait en dehors de son nostalgique attrait. Au contraire, il lui mettait au cœur une détermination renforcée, un refus plus net que jamais de céder au penchant de l'amitié.

Le printemps, quelle saison de pauvres illusions ! Il y aurait bientôt des feuilles dans la clarté des lampadaires ; les petites gens mettraient des chaises sur le trottoir en face de leur maison ; il y aurait dans la nuit le crissement des berçantes sur le ciment ; de tout petits enfants respireraient l'air du dehors pour la première fois de leur vie ; d'autres traceraient des signes à la craie sur le pavé des rues et y pousseraient une rondelle en sautant sur un pied d'un carré à l'autre ; et, dans les cours intérieures, sous la faible lueur des carreaux, les familles réunies causeraient ou joueraient aux cartes. De quoi causeraient-ils ces besogneux dont la vie restait égale et monotone ? Ailleurs, les hommes se rassembleraient sur un terrain vague pour lancer des fers à cheval, jouant eux aussi à oublier. Les nuits résonneraient du heurt du métal, des cris des enfants et des milliers de soupirs joyeux dans le halètement des locomotives et les coups hachés de la sirène. Oui, voilà ce que serait le printemps dans l'enceinte de la fumée, au pied de la montagne !

Il imagina la fin d'avril. Ce serait un grand exode vers la rue. De tous les logis, des sous-sols humides, des soupentes sous le zinc, des taudis de la rue Workman, des grandes maisons de pierre de la place Sir-George-Étienne-Cartier, des ruelles inquiétantes en bas contre le canal, des squares paisibles, de loin, de près, de partout, la foule sortirait, et sa rumeur, contenue par le flanc de la montagne, contenue par le ceinturon des usines, monterait vers les étoiles lointaines. Ainsi, elles assisteraient, seules, à l'inconcevable propension à la joie qui soutient les hommes.

Il y aurait partout dans les ruelles sombres, au fond des impasses obscures, dans la grande tache mouvante des arbres, des silhouettes réunies. Deux par deux, elles iraient dans la pénétrante odeur de la mélasse chaude, du tabac, dans les effluves des fruiteries, dans la vibration des trains, elles iraient couvertes de suie, ombres tenaces et pitoyables ; et certaines nuits de printemps, parce que le vent souffle mollement et qu'il y a dans l'air une folie d'espoir, elles recommenceraient ces gestes qui assurent à l'humanité sa perpétuité de douleurs. Et Jean osa se réjouir de cette passivité des hommes qui permet aux audacieux une si facile ascension. Il porta son regard sur la masse sombre des toits qui cachaient chacun sa part de rêve et de misère, et il lui sembla qu'entre lui et Florentine, un printemps pauvre soufflait son plein, son atroce désenchantement.

Une porte s'ouvrit au loin. Un air de jazz se répandit dans la rue. Des soldats sortaient en titubant, accompagnés de femmes en cheveux qui riaient haut et se bousculaient. Les jeunes gens cherchaient à les entraîner. Elles se défendirent à demi, puis se décidèrent à les suivre. Le groupe disparut bientôt en chantant ; et Jean, qui hâtait le pas, se surprit à sourire. Il songeait à ce qu'il fuyait en évitant Florentine : cet amour traqué, ces rencontres furtives, ces longues marches errantes et la crainte chez le jeune homme comme chez la jeune fille d'avoir à payer durement leur faute si mesquine. Un air de suffisance éclatait sur son visage. Sa domination brutale, acharnée, de Florentine, ne lui avait laissé au fond que le goût de conquêtes plus rares et plus difficiles. « Mais tout viendra, tout viendra », se dit-il, scandant sa marche du bruit rythmé de ses talons.

Il avait complètement perdu la notion du temps lorsqu'il se trouva au coin de la rue de Courcelles et de la rue Saint-Ambroise. Sous le macadam, il perçut un grondement sourd ; et, passant au-dessus d'une bouche d'égout, il entendit un fracas d'eaux. Tout un enchevêtrement de voies souterraines aboutissait ici à un conduit collecteur. Le grondement emplissait la rue et roulait au loin comme un bruit de torrent. Emportant avec lui cette voix puissante qui était bien la véritable et la première expression de liberté dans le quartier, le jeune homme goûta sur ses lèvres comme une saveur de détente, d'élargissement, il se sentit absolument libéré.

D'instinct, il avait choisi le chemin de sa maison. Il marchait d'un pas sonore qui réveillait des échos au long de la rue déserte. À sa droite, s'élevaient les massives rangées du silo à céréales. Il les regarda avec une amitié qui datait de loin, avec un nouvel intérêt et avec insistance, comme s'il lui fallait obtenir des murs impérieux, des tours de ciment, orgueilleuse œuvre de l'homme, une dernière confirmation de sa destinée.

Plus loin, la grande masse des usines de coton assombrissait le ciel, montant de chaque côté de la rue et jetant par-dessus la chaussée une galerie élevée. Cheminant dans cette ombre, Jean aperçut un couple qui venait vers lui, lentement, uni par la main comme des enfants. À la lueur d'une fenêtre ruisselante, il reconnut Marguerite L'Estienne, entrevue au *Quinze-Cents*, et Alphonse Poirier ; il souriait, en s'éloignant, de leur attitude qui lui avait paru ridicule et parce qu'il se rappelait qu'Alphonse tout dernièrement avait cherché à lui emprunter de l'argent. À grands pas, il s'enfonçait dans la demi-clarté qui venait d'un champ vague ; et il commençait à comprendre ce qui l'avait agité confusément toute la soirée et s'imposait enfin à lui sous la forme d'une résolution déjà définitive. Eh bien, oui, il quitterait Saint-Henri. « Le temps est venu de changer d'air », se dit-il, pour ne pas avoir à étudier en lui-même d'autres motifs qui lui répugnaient. Tout lui était devenu odieux dans ce quartier, et plus encore que le souvenir d'une jeune fille délaissée, la pensée que pendant une soirée entière il avait été occupé au fond à se justifier. Comme s'il avait à se justifier ! Au-delà de son départ, il voyait déjà ce que les êtres ambitieux d'une grande ville, à l'affût d'un hasard propice, aperçoivent tout d'abord dans la fuite : un terrain neuf à exploiter. Quelque chose l'attendait dans ce monde bouleversé par la guerre, dont il ne prévoyait pas encore l'exacte nature, sinon que cela le vengerait de son piétinement, ici, dans Saint-Henri. Une minute, il fut ébloui de se sentir emporté vers l'inconnu et avec une telle confiance, une telle légèreté, comme s'il eût à ce moment jeté du lest. Ce n'est que plus tard qu'il devait comprendre ce dont il s'était débarrassé ce soir-là. Son ancienne et stérile pitié enfin ne lui pesait plus sans qu'il le sût encore.

À tâtons, il gravit l'escalier craquant. La paix de sa petite chambre descendit sur lui sans calmer sa hâte d'agir. Un instant, comme il cherchait la suspension, dans l'obscurité, il rencontra la vision de Florentine, telle qu'il l'avait laissée, le visage plus pâle encore qu'à l'ordinaire et les yeux fixés sur lui avec une sorte d'interrogation muette, effroyable. L'idée qu'il prenait pour sortir de ses difficultés le moyen le plus banal, le moins digne peut-être, frappa son esprit, mais il n'en était plus à s'en indigner. Au contraire, son indignation, s'il lui en restait, se portait vers la jeune fille.

Tout de suite après avoir fait de la lumière, il chercha parmi les papiers qui encombraient une planchette, y trouva une formule de demande d'emploi portant l'en-tête d'une des plus importantes usines de munitions du pays. Sa plume glissa avec un bruit rapide, rêche. Il remplit tous les blancs, cependant que sa pensée trottait. Son expérience de la mécanique aidant, il obtiendrait sûrement un emploi avantageux. Au besoin, il solliciterait une lettre de recommandation de son patron. Avant une semaine, sans doute, il obtiendrait une réponse satisfaisante. Et jusque-là, quoi qu'il arrivât, il ne faudrait pas fléchir.

Quelles surprises redoutait-il donc de lui-même ? La lettre qui devait accompagner sa demande d'emploi terminée, il la glissa dans une enveloppe qu'il adressa et cacheta.

Puis, tout habillé, il s'étendit sur son lit. Et alors une pensée basse, presque vulgaire, se glissa en lui, l'éclairant sur lui-même : —

« Après tout, si je voulais encore... avant de m'en aller » — à laquelle il refusait de donner son adhésion, mais avec humiliation et colère, car il ne savait pas combien de temps encore sa chair, dans l'obscurité, dans la solitude, crierait vers cette jeune fille pauvre, aux hanches étroites... Florentine Lacasse ! Combien de temps il souffrirait de ce qu'il avait dû la laisser échapper si facilement.

XVIII

Depuis une grande heure Rose-Anna marchait en direction de la montagne. Elle avançait à pas lents et tenaces, le visage baigné de sueur, et enfin, arrivée à l'avenue des Cèdres, elle n'osa de suite l'attaquer. Taillée à même le roc, la voie montait en pente rapide. Au-dessus brillait le soleil d'avril. Et, de-ci de-là, entre les fentes humides de la pierre, jaillissaient des touffes d'herbe déjà verdissantes.

Rose-Anna, s'étant arrêtée pour souffler un peu, laissa filer son regard autour d'elle. Une haute clôture se dressait à sa gauche sur un terrain vague. Entre les tiges de fer, au loin, toute la ville basse se précisait : d'innombrables clochers s'élançaient vers le ciel ; des rubans de fumée prolongeaient les cônes gris des cheminées d'usines ; des enseignes suspendues coupaient l'horizon en morceaux de noir et de bleu ; et, se disputant l'espace dans cette ville de prière et de travail, les toits descendaient par étages, et se faisaient de plus en plus resserrés jusqu'à ce que leur monotone assemblage cessât brusquement à la bordure du fleuve. Une légère brume, vers le milieu des eaux moirées, brouillait le lointain.

Rose-Anna contempla le spectacle à travers sa fatigue pendant qu'elle reprenait haleine ; elle n'eut même pas l'idée de chercher au loin l'emplacement de sa maison. Mais, d'un coup d'œil, elle mesura ce qui restait à gravir avant d'arriver à l'hôpital des enfants qu'on lui avait dit situé tout au haut de l'avenue des Cèdres.

Daniel y avait été transporté peu de temps après le voyage à Saint-Denis.

Un soir, en le dévêtant, Rose-Anna avait découvert de grandes taches violettes sur ses membres. Le lendemain, elle l'installa dans son petit traîneau et le conduisit à un jeune médecin de la rue du Couvent, chez qui elle avait fait des ménages autrefois. Le reste s'était accompli si vite qu'elle se le rappelait mal. Le docteur avait tout de suite emmené le petit à l'hôpital. Rose-Anna ne se souvenait que d'un détail précis : l'enfant n'avait point pleuré, point protesté. Se confiant dans l'excès de sa débilité à cet inconnu qui l'emportait, qui était fort et qui paraissait bon, il avait agité sagement au hasard sa main qui était déjà décharnée.

Rose-Anna se remit en marche.

Du Mont-Royal, s'allongeant jusqu'au-dessus de Saint-Henri, elle ne connaissait que l'oratoire Saint-Joseph et le cimetière où les gens d'en bas vont comme ceux d'en haut mettre leurs morts en terre. Et voici que dans la maladie les enfants des bas quartiers venaient aussi habiter cette montagne ouverte au flot salubre et protégée de la fumée, de la suie et du halètement des usines qui, dans les tristes creux, s'épandent autour des maisons basses comme une grande haleine de bête, tendue au travail. Cela lui parut de mauvais augure.

Le grand luxe des hôtels particuliers, qu'elle entrevoyait au fond des parcs, l'étonnait. À plusieurs reprises, elle ralentit, se murmurant à elle-même : « Mon Dieu, c'est bien riche, bien beau ! Comment se fait-il qu'ils ont emmené Daniel ici ? »

Elle ne songeait pas à se réjouir de ce que l'enfant eût trouvé l'air pur et abondant. Au contraire, à mesure qu'elle allait, elle se l'imaginait isolé, tout petit, et regrettant dans ce grand silence le passage des trains qui ébranlaient leur logis à Saint-Henri. Elle se rappela son jeu naïf et entêté de tous les jours ; elle le revit qui plaçait les vieilles chaises de la cuisine l'une devant l'autre et qui s'asseyait avec gravité sur la première, pour jouer au chemin de fer. Parfois, installé à bord de son train imaginaire, il lançait un faible cri pour imiter le sifflement de la locomotive, il portait la main à ses yeux comme s'il découvrait, au-delà de la cloison branlante, la courbe des rails luisants qui sillonnaient leur quartier. La cuisine n'étant pas grande, Rose-Anna reconnut que souvent elle avait contrarié l'enfant dans son plaisir, bousculant les chaises et l'envoyant jouer ailleurs.

Elle fut de nouveau tellement fatiguée qu'elle dut s'arrêter. Haletante, elle pensa à tous les malheurs qui leur étaient arrivés depuis quelques semaines. Ils passèrent devant elle en tourbillon et, lorsqu'elle ouvrit les yeux sur la clarté du ciel, elle se demanda si ce n'était pas un mauvais rêve qui l'avait surprise. Et cependant, à mesure qu'elle s'apaisait, à mesure que les battements de son cœur s'espaçaient, elle retrouvait de la force pour reconnaître et admettre ces malheurs.

Quelle folie que d'être allé aux sucres ! Chercher une joie, n'était-ce pas pour eux, est-ce que ce n'avait pas toujours été un sûr moyen de s'attirer la malchance ? Oh ! qu'elle paraissait absurde et incompréhensible, maintenant, la frénésie de bonheur, qui, tous, les avait saisis.

Tout se mêla à ses yeux : l'accident à quelques milles de Saint-Denis et le retour dans la nuit vers la maison de sa mère ; leur arrivée à la ville, le lundi. À l'attitude penaude d'Azarius, elle n'avait pas été longue à comprendre la vérité. Il avait pris le camion sans permission et, maintenant qu'il était découvert, craignait fort d'être congédié, ce qui était arrivé le lendemain matin. Et puis, songeait Rose-Anna, ce n'était peut-être pas là le plus grand de leurs malheurs. Elle croyait en deviner un autre plus irréparable, une voisine les ayant avertis que Florentine, durant leur absence, avait reçu un jeune homme à la maison, et que ce jeune homme n'était parti que très tard le dimanche soir. Rose-Anna se troubla en se rappelant l'air de défi qu'affectait Florentine lorsqu'elle la questionnait à ce sujet. Lasse, brisée, elle revint quand même à la plus pressante de ses préoccupations : la maladie de Daniel.

Le médecin lui avait parlé de globules rouges, de globules blancs, qui se multipliaient... elle ne savait plus lesquels ; et encore de déficiences de vitamines. Elle ne comprenait pas très bien, mais elle revoyait le corps à demi dévêtu de Daniel, marbré de violet, le ventre trop gros, les bras pendants ; et elle se sentait comme honteuse.

Ses autres enfants lui paraissaient tout aussi menacés. Elle se souvenait maintenant qu'à la clinique, il avait été question d'alimentation rationnelle, propre à former les os, les dents, et à assurer la santé. Une espèce de ricanement monta à sa gorge. Ne lui avait-on pas souligné que cette alimentation était à la portée de tous les budgets ? Ne lui avait-on pas clairement montré son devoir ? Ses prunelles se remplirent d'angoisse. Peut-être manquait-elle, en effet, à sa tâche. Elle finit par s'en persuader et regarda autour d'elle pour la première fois de sa vie avec des yeux secs et mauvais.

Puis, chassant cette idée, la repoussant d'un geste de la main sur son front, car il lui faudrait bien, si elle voulait résoudre ses problèmes, les attaquer un par un, petit à petit, selon ses forces, elle secoua la tête ; et, d'un coup de reins, elle hâta son allure. Le chemin avait été long et dur — elle l'avait fait à pied parce que le mouvement du tramway souvent la rendait malade — et maintenant elle craignait d'arriver à l'hôpital après l'heure des visites.

L'enfant, supporté par plusieurs oreillers, était à demi couché dans son lit. Des jouets s'amoncelaient partout dans les plis des couvertures : une petite flûte en métal, comme il en avait toujours voulu une, un ourson de peluche, une crécelle, ainsi qu'une petite boîte de crayons de couleurs, et un livre de dessin. On lui avait donné en un seul jour plus de jouets qu'il en avait eu durant toute sa vie et, sans doute, il en avait trop pour les aimer tous ; ou bien, il se découvrait trop sérieux pour ces jeux, car ce qui retenait son attention n'était ni l'ourson ni la flûte, mais une petite boîte contenant des cartes qui représentaient les lettres de l'alphabet. Il les alignait d'un air las et absorbé ; et, par moments, quand il se trompait, une crispation de souffrance passait sur son visage.

À l'entrée de la salle, Rose-Anna vit une jeune infirmière dont les yeux limpides, d'un bleu magnifique, s'attachaient à elle avec une surprise mêlée de pitié. Elle se sentit vieille sous ce regard clair et, inconsciemment, d'un geste court, elle ramena sur son manteau gonflé son pauvre sac défraîchi.

Puis elle s'approcha du lit, sur la pointe des pieds à cause de cette salle d'hôpital très blanche garnie d'abondantes fenêtres, où tout semblait gai malgré la souffrance, et aussi à cause de ses rudes semelles qui criaient sur le parquet vernis.

L'enfant sourit timidement, puis tout de suite se remit à chercher des lettres.

Elle voulut l'aider, mais elle rencontra sa petite main rétive.

— Laisse-moi faire tout seul, dit-il. C'est comme ça que le frère nous montrait, tu sais bien, à l'école.

Il n'avait été en classe que quelques semaines en tout. Il gardait cependant de l'école un souvenir persistant mais douloureux et qui ne lui laissait pas de repos. Dès l'ouverture en septembre, il se rappelait deux ou trois jours où il avait été particulièrement heureux, s'en allant vers l'école avec son cartable tout neuf pendu au dos, et tenant sagement la main de Lucile et d'Albert. Alors, ce qu'on lui enseignait n'était pas trop difficile à saisir ; il comprenait très bien et, de retour à la maison, sa grande joie était de sortir son syllabaire et de montrer à Azarius ce qu'il avait appris dans la journée. Il allait, suivant aussi parfois sa mère de pas en pas dans la cuisine, épelant derrière elle des « ba, be, bi, bo, bu » qui la mettaient bientôt hors d'elle-même. Elle le rabrouait sans malice, mais c'en était assez pour qu'il se trouvât soudainement tout seul avec cette inquiétude qui frémissait en lui.

La nuit, à force de vouloir retenir son savoir tout neuf et fragile, il s'éveillait quelquefois en murmurant des bribes de leçons d'un air égaré et têtu.

Au matin, il était pris de saignements de nez et souffrait de maux de tête. Alors Rose-Anna disait : « Il est trop petit aussi pour aller à l'école. » Et malgré ses larmes, elle le retenait à la maison.

Plus tard, à cause des grandes pluies et parce qu'il n'avait point de caoutchoucs, elle l'avait de nouveau gardé plusieurs semaines au logis. De retour à son petit pupitre, il ne comprenait déjà plus clairement ; il y avait des trous dans sa mémoire ; et, lorsque le maître lui parlait en particulier, de grosses sueurs lui venaient aux tempes. Ce n'était pas sa faute, il tentait de toutes ses forces de faire comme il faut. Enfin, au bout de quelques jours, il recommençait petit à petit à voir cette belle lumière qui l'avait frappé une fois déjà.

Mais bientôt une vague de froid s'abattait sur le faubourg. Il y avait toujours quelque chose pour l'empêcher d'aller à l'école. Rose-Anna se mettait à coudre : un manteau pour Yvonne d'abord, qui était très avancée en classe, puis un petit coupe-vent pour Albert. Son tour ne venait pas vite. Enfin, pourtant, Rose-Anna lui faisait un manteau à lui aussi dans du vieux. Et Daniel, irrité lorsqu'il la voyait laisser sa couture pour vaquer à d'autres besognes, la suivait avec entêtement, tirant sur les cordons de son tablier et répétant toujours : « Finis donc mon manteau, maman. »

C'était si important que ce manteau-là fût fini ! La nuit, il avançait un peu quelquefois. Mais le jour, il reposait sur la table, sans manches encore, plutôt informe, et avec des faufilures blanches. Daniel l'essayait à toute heure malgré les reproches de sa mère qui disait : « Tu vas me défaire mes coutures. Hé, enfant-touche-à-tout ! »

Elle ne comprenait pas qu'il eût un tel désir de retourner à l'école.

Au bout de quelque temps, le manteau eut des manches pourtant. Et Daniel l'aimait déjà.

Un matin, il l'endossa en cachette ; et, allant chercher ses livres de classe, il essaya de se faufiler au dehors sans être vu. Mais Rose-Anna l'arrêta sur le seuil. Elle n'était pas fâchée, elle était plutôt triste et avait murmuré d'une voix dolente : « Je peux pas aller plus vite. J'ai trop d'ouvrage. »

Mais ce jour-là, elle négligea son ménage. Elle laissa même la vaisselle s'empiler sur l'évier et elle cousit longtemps. Le soir, lorsque la salle à manger fut nettoyée et que les sofas furent tirés et ouverts, elle cousait encore. Daniel s'endormit au ronronnement de la machine à coudre, et il rêva de son manteau. Chose étrange, il l'avait vu avec un beau col de fourrure dans les fantaisies du sommeil. Et lorsqu'il ouvrit des yeux brillants, il aperçut son manteau au dos d'une chaise et garni du vieux loup noir qui avait été un cadeau de noces de sa mère.

Mais il n'alla pas à l'école ce matin-là. Palpant ses membres, Rose-Anna avait déclaré qu'il avait la fièvre. Pendant de longues semaines, il était resté étendu sur deux chaises qui lui formaient un petit lit au milieu des allées et venues, avec son manteau tout près de lui pour le consoler.

Lorsqu'il retourna enfin en classe, après les fêtes, c'était bien fini. Il était perdu. Les paroles du frère restaient des mots incompréhensibles. Tous ses efforts se perdaient. Il y avait, entre lui et le petit devoir qu'on lui demandait, un visage sévère et comme mécontenté, pas méchant, mais mécontenté. Et il fallait, oh, il fallait tellement essayer de plaire à ce visage ! Mais il ne pouvait plus. Il se désolait tout seul au fond de la classe. Il ne comprenait plus rien, il ne savait plus rien. Sa main laissait glisser la craie, laissait glisser le crayon, il reprenait la craie et traçait des signes vagues. Il ne comprenait même plus ce qu'on voulait de lui.

Rose-Anna vit comme une lueur d'angoisse dans les yeux de son fils. Des craintes antérieures, des obsessions vagues passaient, revenaient dans les prunelles abattues.

— Laisse donc ces lettres-là, dit-elle, tu te fatigues pour rien.

Mais l'enfant repoussa de nouveau la main de sa mère ; et patiemment, avec des yeux qui se dilataient, il reprit son travail. Il était bien d'elle, ce petit Daniel, pensa Rose-Anna. Il n'abandonnerait jamais une recherche, une besogne, un devoir. Jusqu'au bout, dans le noir, dans la solitude, il suivrait sa petite idée fixe.

Elle voulut du moins chercher à simplifier cette tâche qu'il s'était imposée. Mais comme elle se levait, la boîte de lettres glissa sur le parquet. Daniel, d'une voix affolée, appelait déjà :

— Jenny !

Rose-Anna se retourna avec surprise. La jeune infirmière, qu'elle avait remarquée en entrant, accourait à l'appel de l'enfant. Ainsi déjà, songeait-elle, lorsqu'il a besoin d'aide, c'est vers elle plutôt que vers moi qu'il se tourne.

La garde ramassa les lettres qu'elle remit dans leur boîte à la portée de l'enfant ; puis, ramenant les couvertures sur lui, elle lui demanda comme d'une grande personne à une autre :

— *All right now, Danny* ?

Et Daniel sourit à sa façon timide et lente. Jenny avec ses cheveux blonds en bandeaux si sages, Jenny avec ses yeux d'un bleu gris et son sourire qui découvrait une fossette à chaque coin de la bouche, Jenny qui venait vers lui dans un froufrou de linge blanc et empesé, Jenny toujours patiente luttait avec lui contre le visage sévère des jours de classe. Dans sa souffrance, dans sa détresse, il y aurait jusqu'au bout ces deux visages ; et parfois, l'un l'emportait sur l'autre, mais jamais il n'arrivait à les dissocier et à ne voir uniquement que la figure de sa paix.

Rose-Anna croyait comprendre des choses mystérieuses et bien au-delà de ses habituelles préoccupations. Elle se tut un long moment.

Lorsque la garde se fut éloignée, vivement elle se pencha au-dessus du lit. Elle était prise de cette crainte horrible que son enfant fût incapable de se faire comprendre. Et puis, à son insu, un autre sentiment se glissait en elle avec le froid de l'acier.

— Elle parle rien qu'en anglais ? demanda-t-elle avec un léger accent d'inimitié. Quand t'as besoin de quelque chose, es-tu capable de le demander ?

— Oui, dit Daniel simplement.

— Mais il n'y a pas d'autres enfants qui parlent français ici ?

— Oui, le petit bébé là.

Rose-Anna vit un tout petit enfant, debout dans son lit, ses deux menottes serrant les barreaux.

— Celui-là ?

— Oui, il est mon ami.

— Il est trop petit pour parler. T'as personne à qui parler ?

— Oui, Jenny.

— Mais si elle te comprend pas ?

— Elle me comprend.

Il avait un léger mouvement d'impatience. Et ses yeux cherchaient le sourire de Jenny au fond de la salle. Elle était quelque chose de merveilleux et de tendre qui était entré dans sa vie, et ils se comprendraient toujours même s'ils ne parlaient pas la même langue.

Rose-Anna pour le reprendre donna un tour enjoué à sa phrase ; et faisant allusion à leur promenade à la campagne, elle demanda :

— Tu t'es bien régalé, hein, la fois qu'on est allé aux sucres ? T'avais-t-y trouvé ça bon un peu les trempettes et les toques ?

— Oui.

Il songeait, en effet, à ce qu'il avait connu de meilleur dans sa vie, mais c'était pour le mêler dans son imagination au nom de Jenny. Il retrouvait la campagne de sa grand-mère, ainsi qu'il nommait Saint-Denis ; il revoyait tout le bleu dans le pare-brise et qui était peut-être le Richelieu, un mot qu'il aimait, le trouvant mystérieusement beau et lointain ; et il se dit qu'il aurait dû apporter du sucre de là-bas pour en faire cadeau à Jenny. Ses pensées se brouillaient ; il ne se rappelait même plus qu'il ne connaissait pas Jenny au temps de leur promenade à la campagne.

— Vous l'appelez par son petit nom ? demanda tout à coup Rose-Anna.

— Oui, Jenny, dit-il, soufflant avec peine. C'est Jenny.

Puis il se remit à chercher des lettres. Au bout de quelque temps, sa mère hasarda :

— Tu l'aimes bien ?

— Oui, c'est Jenny.

— Tu l'aimes pas mieux que nous autres toujours ?

Une légère hésitation passa dans le regard fatigué.

— Non.

Elle attendit qu'il se plaignît de quelque chose et demandât enfin d'être ramené à la maison. Mais il était toujours très occupé à trier des lettres ; et ce fut elle qui, au bout d'un long silence, aborda le sujet :

— T'as-t-y hâte d'être guéri, pis de revenir... et de retourner à l'école comme dans le temps ?

Rencontrant son regard morne, elle se pressa d'ajouter :

— Je trouverai p't-être ben l'argent pour t'acheter une petite casquette, si tu veux, pour aller avec ton beau manteau neuf. C'était ça que tu voulais le plus, hein ?

— Non.

Elle croyait pourtant cette fois avoir touché le point sensible, car elle se rappelait soudain comme il avait voulu faire l'homme dès ses débuts à l'école. Elle s'avança encore un peu plus près du lit en tirant sa chaise.

— Que c'est donc que tu voudrais le plus ?

Une grande fatigue plissa le front du petit. Peut-être, trop précoce pour son âge, entrevoyait-il vaguement la misère des siens qui lui commandait à lui aussi d'être raisonnable ; peut-être était-il trop las pour réfléchir. Il jeta un coup d'œil autour de lui, en prenant le temps de sourire au petit bébé qui lui tendait ses menottes à travers les barreaux ; il haussa les épaules, et dit :

— Rien.

Il y eut un long silence ; et lorsque Rose-Anna se remit à parler, sa voix glissait vers ce ton un peu distrait, un peu triste, que l'on prend d'instinct pour causer à travers une grille ou dans un parloir de couvent.

— T'as de beaux jouets. Qui c'est donc qui te les a donnés ?

— C'est Jenny, fit-il avec joie.

— Ben non, c'est pas Jenny. Ce sont des dames riches qui apportent des jouets aux petits garçons malades, ou d'autres enfants, qui en ont plus qu'ils en veulent, eux autres.

— Non, non, non, c'est pas vrai. C'est Jenny.

Rose-Anna fut surprise de cette expression de colère. Les yeux de Daniel brillaient. Sa bouche frémissait. Elle fut perplexe et attristée. Et puis, se rappelant que l'irritation et l'impatience étaient, à ce que disait le médecin, des symptômes de la maladie de Daniel, elle chercha à l'adoucir.

— Gisèle et Lucile s'ennuient ben gros de toi, dit-elle.

Il fit un signe de tête pour indiquer qu'il savait, mais ses lèvres se détendirent à peine. Pourtant, un peu plus tard, il s'informa d'Yvonne. Comme sa mère lui fournissait de longues explications et s'y embrouillait, il parut se désintéresser du sujet. Son regard errait. Ici aussi, songeait-il, il était aimé, et il se trouvait bien avec des petits camarades qui ne cherchaient pas à l'entraîner dans des jeux fatigants. Les moins malades jouaient parfois au hockey, en se lançant la rondelle de lit en lit. Ce n'était pas vraiment un jeu de hockey. C'était un jeu inventé par Jenny et que Daniel suivait d'un œil amusé. Il aimait beaucoup ce jeu-là, car alors même qu'il ne bougeait pas dans son lit, Jenny disait qu'il était gardien de but, et elle lui donnait des points au tableau noir.

Puis, ici, il était dans un monde fait pour les enfants. Il n'y avait plus de grandes personnes avec leurs conversations inquiétantes pour troubler son sommeil. Il n'y avait plus de chuchotements la nuit autour de lui ; il n'entendait plus, en s'éveillant brusquement, parler d'argent, de loyer à payer, de dépenses, mots trop vastes et trop cruels qui frappaient son oreille à travers l'obscurité ; il pouvait rester étendu à son aise, car il avait enfin un lit qu'il ne fallait pas fermer et déplacer chaque matin. Il avait plusieurs choses bien à lui pour la première fois de sa vie. Surtout, jamais il n'y avait eu tant de fenêtres devant lui, et jamais il n'avait vu tant de soleil sur les murs. Cela lui faisait oublier jusqu'à son manteau neuf que Jenny lui avait enlevé dès son arrivée à l'hôpital et qu'elle avait serré pour lui avec ses chaussures de Saint-Denis et tous ses autres petits effets. À une autre que Jenny, il n'aurait jamais cédé ce manteau-là.

Il respira avec effort ; puis, ayant complété son assemblage de lettres, il cria gaiement :

— Regarde, j'ai écrit...

Rose-Anna l'avait devancé et, sur les couvertures, découvrait le nom de Jenny.

— Es-tu capable d'écrire autre chose ? demanda-t-elle, la gorge nouée.

— Oui, dit-il gentiment, je vais écrire ton nom.

Au bout de quelque temps, elle vit entre les plis du drap quatre lettres qui formaient « Mama ». Elle voulut l'aider à compléter le mot, mais Daniel se fâcha tout à coup.

— Laisse-moi faire tout seul ; le frère veut pas que tu touches.

Ses yeux s'ouvraient immenses, pleins de terreur. Sa bouche tremblait de dépit.

La garde fut aussitôt à son chevet.

— *He's getting tired. Maybe, tomorrow, you can stay longer.*

Les paupières de Rose-Anna papillotèrent. Elle comprit vaguement qu'on la congédiait. Avec la docilité des humbles, se découvrant si parfaitement en visite, elle se leva tout de suite, mais en chancelant ; car c'était maintenant, après ces quelques minutes de repos, qu'elle sentait des tiraillements au long de son corps. Elle fit quelques pas lourds, appuyant ses semelles cette fois de tout leur poids sur le parquet glissant. « C'est loin de chez nous, c'est pas pareil ici », déraisonnait-elle au fond d'un sentiment empêtré et têtu. Puis elle croisa le regard de Jenny, et elle baissa la tête comme si elle s'était sentie pénétrée jusqu'au fond de ses pensées.

Elle fit encore quelques pas hésitants et, dans sa répugnance à s'en aller, il y avait tout l'effort qu'elle mettait à se souvenir de quelques mots d'anglais. Elle cherchait à s'informer du traitement que subissait Daniel. Elle aurait voulu décrire le caractère de l'enfant afin que la jeune infirmière sût l'aider du mieux possible au moins puisqu'elle devait le lui abandonner. Mais plus elle y pensait, plus une explication de ce genre lui paraissait difficile. Elle se contenta d'un bref sourire à l'adresse de Jenny ; puis se retournant une dernière fois, elle vit la tête du petit enfoncée dans l'oreiller.

Au pied du lit, il y avait un dossier sur lequel elle lut : *Name : Daniel Lacasse. Age : six years.* Puis venait le nom de sa maladie qu'elle ne sut pas déchiffrer.

« Leucémie, lui avait dit le médecin ; un mal de langueur. »

Elle n'avait pas été trop effarouchée, car il n'avait pas ajouté que de ce mal on ne revient pas.

Sur le seuil, une espèce de pressentiment la saisit pourtant, dur, l'atteignant jusqu'aux fibres de l'âme. Elle se retourna tout d'une pièce avec le désir violent de prendre l'enfant dans ses bras et de le ramener chez elle. Une vieille méfiance à l'égard des médecins et des hôpitaux, entretenue dans son enfance par les dires de sa mère, lui remontait à l'esprit.

Jenny bordait le lit. Daniel, rasséréné, souriait. Alors elle esquissa gauchement un petit signe d'adieu ainsi que font les enfants, le coude rapproché des côtes et les doigts levés à la hauteur du visage. Le bébé, aux menottes arrondies sur les barreaux, s'amusa de ce geste. Il partit d'un rire clair, la salive lui pendant au menton.

L'ombre du couloir couvrit Rose-Anna. Elle s'en allait à petits pas incertains à cause de la faible lumière et avec la frayeur de ne pas trouver la sortie. Une pensée l'obsédait qui prenait la forme d'un reproche : Daniel avait tout ce qu'il lui fallait. Jamais il n'avait été si heureux. Elle ne comprenait pas, et elle s'entêtait à chercher une raison. Et un sentiment la saisit à la gorge qui avait le goût du poison. « Ils me l'ont pris, lui aussi, pensa-t-elle. C'est facile aussi de me le prendre ; il est si petit ! » Elle marchait, toute raidie. La paix toute nouvelle, toute merveilleuse de Daniel, au lieu de la réjouir, la poursuivait dans l'escalier comme une honte que jamais elle n'oublierait.

Dès le portique, un pan de lumière la heurta au visage. Ses mains vides se tendirent les premières, tâtonnant dans le soleil comme si elles cherchaient. Jamais elle ne s'était sentie si pauvre.

Elle ouvrit pourtant son sac pour y prendre un billet de tramway, car elle se trouvait vraiment trop lasse ; ahurie, elle aperçut un billet de dix dollars qui s'était logé dans la doublure décousue. Puis elle se rappela : c'était tout ce qu'elle avait réussi à économiser, à « cacher » selon son expression, sur la somme de vingt dollars qu'elle avait reçue du gouvernement après le départ d'Eugène ; une somme qui lui paraissait obtenue au prix de si grands sacrifices qu'elle n'avait pas songé à l'entamer davantage ni pour la nourriture, ni pour les vêtements, ni même pour acheter quelques friandises à Daniel, mais qu'elle réservait avec une tragique résolution pour le déménagement, et qu'elle appelait tout simplement : l'argent du loyer.

XIX

Rose-Anna descendait du tram, rue Notre-Dame, lorsque, devant les *Deux Records*, elle aperçut un bulletin de nouvelles tout frais imprimé. Un petit groupe d'hommes et de femmes s'y pressaient. Et, de loin, par-delà les têtes penchées et les épaules écrasées comme par l'étonnement, Rose-Anna vit danser sur le jaune de l'affiche des lettres en caractères gras :

Les Allemands envahissent la Norvège. Bombes sur Oslo.

Elle resta hébétée un moment, l'œil dans le vide, et tirant la courroie de son sac. Elle ne sut pas d'abord d'où et comment lui était venu le coup qui la paralysait. Puis, dressée au malheur, sa pensée vola vers Eugène. De quelque façon inexplicable et dure, elle crut sur l'instant que le sort de son fils dépendait de cette nouvelle. Elle relut les gros caractères, syllabe par syllabe, formant à demi les mots du bout de ses lèvres. Sur le mot « Norvège », elle s'arrêta pour réfléchir. Et ce pays lointain, qu'elle ne savait situer que vaguement, lui parut lié à leur vie d'une manière définitive et incompréhensible. Elle n'examina, ne calcula, ne pesa rien, elle oublia qu'Eugène l'assurait, dans sa dernière lettre, qu'il resterait au moins six mois au camp d'entraînement. Elle voyait des mots qui s'allongeaient devant elle lourds de danger immédiat. Et cette femme, qui ne lisait jamais que son livre d'heures, fit une chose extraordinaire. Elle traversa rapidement la chaussée en fouillant déjà dans son sac à main ; et à peine arrivée sur le trottoir d'en face, elle tendit trois sous au vendeur de journaux et déplia aussitôt la gazette humide qu'il lui avait remise. S'appuyant au mur d'un magasin, elle lut quelques lignes, poussée, entraînée par des ménagères qui sortaient de la fruiterie, et retenant son sac comme elle le pouvait sous son bras serré contre elle. Au bout d'un moment, elle plia le journal d'un geste absent, et leva devant elle des yeux lourds de colère. Elle haïssait les Allemands. Elle, qui n'avait jamais haï personne dans sa vie, haïssait d'une haine implacable ce peuple inconnu. Elle le haïssait, non seulement à cause du coup qu'il lui portait, mais à cause du mal qu'il faisait à d'autres femmes comme elle.

D'un pas d'automate, elle prit le chemin de la rue Beaudoin. Elle les connaissait bien, soudain, toutes ces femmes des pays lointains, qu'elles fussent polonaises, norvégiennes ou tchèques ou slovaques. C'étaient des femmes comme elle. Des femmes du peuple. Des besogneuses. De celles qui, depuis des siècles, voyaient partir leurs maris et leurs enfants. Une époque passait, une autre venait ; et c'était toujours la même chose : les femmes de tous les temps agitaient la main ou pleuraient dans leur fichu, et les hommes défilaient. Il lui sembla qu'elle marchait par cette claire fin d'après-midi, non pas seule, mais dans les rangs, parmi des milliers de femmes, et que leurs soupirs frappaient son oreille, que les soupirs las des besogneuses, des femmes du peuple, du fond des siècles montaient jusqu'à elle. Elle était de celles qui n'ont rien d'autre à défendre que leurs hommes et leurs fils. De celles qui n'ont jamais chanté aux départs. De celles qui ont regardé les défilés avec des yeux secs et, dans leur cœur, ont maudit la guerre.

Et pourtant, elle haïssait les Allemands plus que la guerre. Ce sentiment la troubla. Elle chercha à le chasser comme une mauvaise pensée. Puis, il l'effraya, car elle vit tout d'un coup en elle une raison de consentir à son sacrifice. Elle voulut se reprendre, se défendre de la haine comme de la pitié. « On est au Canada, se disait-elle en brusquant le pas ; c'est bien de valeur ce qui se passe là-bas, mais c'est pas de notre faute. » Elle reniait farouchement ce cortège triste qui l'accompagnait au retour. Mais elle ne pouvait aller assez vite pour s'en dégager. Une foule innombrable l'avait rejointe, venant mystérieusement du passé, de tous les côtés, de très loin et aussi de très près, semblait-il, car des visages nouveaux surgissaient à chaque pas, et lui ressemblaient. Pourtant, c'étaient des malheurs plus grands que les siens qu'elles supportaient, ces femmes d'ailleurs. Elles pleuraient leur foyer dévasté ; elles arrivaient vers Rose-Anna, les mains vides et, en la reconnaissant, esquissaient vers elle un geste de prière. Car, de tout temps, les femmes se sont reconnues dans le deuil. Elles suppliaient tout bas, elles tenaient leurs bras levés comme pour demander un peu d'aide. Rose-Anna allait d'un pas pressé. Et chez cette femme simple se livrait un grand combat. Elle vit le désespoir de ses sœurs, et elle le vit bien, sans faiblesse, elle le regarda en face et en comprit toute l'horreur ; puis, elle mit le sort de son enfant dans la balance, et il l'emporta. Eugène lui parut aussi délaissé, aussi impuissant que Daniel. C'était la même chose ; elle les voyait tous deux ayant besoin d'elle. Et son instinct de gardienne remontant en elle, elle retrouva toute son énergie, elle retrouva son but et écarta toute autre pensée.

En quittant le tram un peu avant la rue Beaudoin, elle avait pensé s'arrêter au *Quinze-Cents* pour donner des nouvelles de Daniel à Florentine, et acheter à une épicerie de la rue Notre-Dame quelques provisions pour le souper. Tout cela était oublié. Elle marchait vers sa maison, les mains serrées, le regard court, résolue, anxieuse d'y arriver comme si elle allait trouver là un autre danger pressant, et qu'il fallait coûte que coûte cerner, abattre, dompter, devancer même si elle arrivait assez tôt.

En apercevant sa maison, elle eut cependant une espèce de détente qui amena un bref sourire sur ses lèvres.

Elle entra rapidement dans la cuisine, enlevant déjà son manteau ; au milieu de son inquiétude, elle n'oubliait pas que l'heure était avancée et qu'il faudrait se hâter de préparer le souper. Ses yeux éblouis par la clarté du dehors ne discernèrent d'abord que le contour familier des meubles. Elle se dirigea vers la salle à manger, alla déposer ses vêtements de sortie dans la garde-robe ; puis, nouant un tablier sur sa meilleure robe qu'elle n'avait pas le temps d'enlever tout de suite, elle revint à la cuisine. Déjà elle remontait ses manches au-dessus du coude et s'approchait du poêle, lorsqu'elle aperçut Eugène assis contre la table, et qui lui souriait.

Ses mains allèrent à lui, frémissantes. Puis, émue au-delà de toute parole, elle recula un peu pour l'examiner de la tête aux pieds. Elle n'était pas surprise outre mesure de le voir là soudain devant elle. Elle comprit que, si elle était venue en hâte et à tel point préoccupée d'Eugène, c'était que par une espèce de télépathie elle avait été avertie de sa présence et du besoin qu'il avait d'elle.

Les enfants jouaient dehors. Elle était seule avec lui, mais, craignant une interruption, elle l'entraîna vivement dans la salle à manger. D'ailleurs, il lui semblait que pour ce beau jeune homme en uniforme, les joues rosées par l'exercice, et qui ne ressemblait guère à l'image qu'elle gardait d'Eugène, pour ce visiteur, il fallait se mettre en frais.

— Que je te voie comme il faut ! » dit-elle, le devançant dans la pièce la plus éclairée de la maison et se retournant à chaque pas pour le mieux détailler. Malgré elle, sa voix trahissait la fierté de le voir ainsi, plus droit, le teint plus frais. Mais elle eût été bien étonnée, en allant jusqu'au fond de ses sentiments, d'y découvrir une part d'orgueil. Un peu de gêne aussi que son fils arrivât à un moment où elle n'était pas prête et la maison en désordre.

Dès qu'ils furent assis côte à côte sur le canapé de cuir, la crainte de nouveau l'envahit. Eugène, malgré ses belles couleurs, paraissait soucieux. Alors elle accepta ce retour comme une fuite.

— Ils ont voulu t'envoyer là-bas, je suppose ! fit-elle âprement.

Et de la main elle indiqua le journal froissé qu'elle avait jeté sur le buffet.

Le jeune homme se prit à rire. Il riait mollement, sans conviction et sans joie, un peu par ennui, en lissant sa chevelure qui était ondulée et bien fournie.

— Ben non, voyons donc, sa mère ! T'es toujours la même à aller te mettre des idées dans la tête.

Le silence tomba. Il chercha à son tour à lier conversation. Il donna quelques détails sur le camp militaire ; il se déclara très content. Puis, il s'arrêta, cherchant une transition.

Rose-Anna continuait à le questionner. Comment était-il nourri dans l'armée ? S'ennuyait-il beaucoup ? Avec qui était-il lié ? Eugène répondait distraitement, souriait parfois à la puérilité des questions, puis regardait autour de lui avec agacement. Dieu, que c'était triste et pauvre ici ! Il revoyait son petit lit de camp que sa mère dépliait elle-même pour lui et couvrait d'un matelas mince quand il décidait de se coucher de bonne heure ; il se rappelait les plats qu'elle lui avait gardés au chaud alors qu'il revenait tard de ses vagabondages dans le quartier. Il revit son visage blanc, tiré, le jour où elle était allée au poste de police pour l'excuser et le défendre ; il avait remis la bicyclette volée, et elle avait accompli encore d'autres démarches pour qu'il n'y eût ni frais ni plaintes. Oh, il revoyait même le petit chapeau fané qu'elle avait à cette époque et sa meilleure robe, sa robe des dimanches, qu'elle avait portée, ce jour-là, si tendue à faire bonne impression, à forcer la sympathie. Que tout cela était irritant ! Il aurait préféré se rappeler quelque injustice, quelque colère de sa mère ; alors il lui aurait été facile de lui demander ce qu'il attendait d'elle.

Il sentait bien que chaque minute écoulée en était une contre lui. Les soucis, les embêtements, les souffrances de sa mère, tout allait tomber de nouveau sur lui, l'encercler, le paralyser, s'il restait ainsi dans le triste étau de la maison. Vrai, elle lui faisait peur, cette maison, avec tous ces rappels de l'enfance. Et la pauvreté qui avait son visage écrit, clairement exprimé, dans chaque recoin ! Et le courage aussi qui se lisait, comme des signes mystérieux, indélébiles malgré tout sur la sombre couleur des murs ! Ah, c'était depuis longtemps qu'il avait voulu fuir ! Et c'était depuis longtemps aussi qu'il était parti ! Et pas pour revenir ! Ah, passer la porte et s'en aller à grandes enjambées dans la vie qui, ce soir, lui réserverait peut-être le vin excitant de l'oubli !

Il se mit debout. Le sang bouillonnait à ses tempes. Un visage de jeune fille flotta devant ses yeux. Il fit quelques pas ; il piétina sur place comme s'il cherchait à détruire des souvenirs. Soudain, il se retourna vers sa mère. Ses yeux s'étaient durcis ; et il faisait pour sourire un tel effort que toute sa physionomie en parut crispée. Il dit, s'abritant le visage derrière la main et de ce ton un peu humble qu'il prenait pour s'adresser à sa mère :

— T'as reçu vingt piasses, sa mère, au commencement du mois ?

Elle fit un signe de la tête, du coin du sofa où elle se tenait toujours assise.

— Y a dix piasses que j'ai réussi à cacher, avoua-t-elle. Ton père est encore sans ouvrage... Il compte se remettre à travailler betôt..., mais au cas, je garde le dix piasses. Qu'on ait ça au moins pour mettre su un premier mois de loyer. J'ai été voir une pas mal bonne maison, continua-t-elle dans un moment de confiance. J'ai ton dix piasses pour faire un dépôt si on se décide à la prendre.

Elle disait « ton dix piasses » avec un fléchissement de la voix, une sorte de déférence et de gratitude, elle qui si longtemps avait refusé de compter sur cet argent.

— Tu comprends, ajouta-t-elle, le logis, c'est ben la première chose. Après ça, eh ben, comme on pourra ! Une fois qu'on a un toit su la tête, on a le temps de penser au reste.

Elle expliquait ses intentions minutieusement comme s'il fallait bien lui rendre compte, à lui, désormais, de l'emploi qu'elle entendait faire de l'argent qu'il apportait à la maison.

— Ça, s'écria-t-elle, presque véhémente, je t'assure que j'y touche pas à moins de grande nécessité !

Il détourna la tête. Il ne pouvait l'entendre ainsi lui parler encore de loyer, de misère, de nécessité. Parleraient-ils jamais d'autre chose entre eux ? Était-ce pour cela qu'il était venu ? Était-ce pour recueillir encore des plaintes ? Dehors, des gens passaient qui s'en allaient vite, presque à la course, vers les rues animées. Et d'autres, à cette heure, entraient dans les cinémas. Et les jeunes filles venaient à la rencontre de leurs amis. Il y avait de la musique, il y avait de la jeunesse dans les rues ; il y avait tout cela qui l'attendait.

D'une main nerveuse, il tira un étui à cigarettes de sa poche, un étui frappé de ses initiales, qu'il admira malgré son émotion, ainsi qu'il ne pouvait s'en empêcher lorsque ses yeux tombaient sur cette merveilleuse acquisition.

Il aspira une bouffée, le regard trouble et rageur sous ses sourcils rapprochés ; puis, jetant aussitôt sa cigarette, il l'écrasa du talon. Debout à la fenêtre, il dit tout à coup sans se retourner :

— Je suis pas mal à court, sa mère. Tu pourrais pas me passer que'ques piasses ? Le voyage, pis des extra, tu comprends...

Le soleil, bas dans la vitre, découpait ses hanches minces. Rose-Anna tressaillit. Son cœur alla à lui tout de suite comme au temps où il était petit garçon et lui demandait cinq sous, le visage ainsi détourné d'elle, carré devant la fenêtre et regardant les gens dans la rue.

— Sûr, dit-elle. Mais j'ai rien que ce dix piasses-là, à part que'ques miettes de change. Je trouverais p't-être cinquante cennes...

Les yeux d'Eugène brillèrent. Il s'approcha rapidement :

— Ben non, mets-toi pas à plus court. Passe-moi le dix, je te rapporterai le change.

Elle reçut la demande en plein cœur, affolée d'un doute terrible. Eugène allait-il partir avec tout cet argent, lui qui était faible et n'en connaissait pas la valeur ? Elle vit s'écrouler ses tenaces, ses âpres calculs avec une sorte de désespoir. Puis elle se ressaisit. Dieu, qu'elle sautait vite aux conclusions ! Eugène irait au magasin du coin, puis lui rapporterait aussitôt la monnaie.

Elle ouvrit le tiroir du buffet où elle cachait son sac et en sortit un billet tout neuf, raide sous les doigts.

— C'est ton argent, après tout, dit-elle. Si tu t'étais pas enrôlé, on l'aurait pas eu... Seulement, si tu pouvais pas dépenser toute... Eugène.

Cette fois, elle soutenait son regard et lui adressait une prière urgente, les mains tendues vers lui.

Il prit le billet, impatient d'en finir avec toutes ces objurgations qui le torturaient.

— Maudit, fit-il, je te remettrai ça, je vais retirer ma solde ben vite. Pis je t'en remettrai de plusse.

Il reprenait de l'audace, l'argent en poche. Tout allait changer dans cette maison. Ce serait son tour de prendre les choses en main. Son père n'avait rien su accomplir pour sauver la famille. Eh bien, lui, il entreprendrait cette tâche.

— Tu sais, la mère, notre misère est pas mal finie, dit-il. Je m'en vas p't-être monter en grade, et ça sera pas vingt piasses par mois que tu recevras dans ce temps-là, tu vas voir ça, la mère. T'auras de quoi vivre. T'es pas pour en arracher toute ta vie ; on est là, nous autres.

La gaieté lui revenait ; de caresser de si beaux projets faisait monter le sang à ses joues et allumait dans ses yeux de chauds reflets. Il se pencha pour embrasser la joue de sa mère et murmura, câlin :

— De quoi ce que t'aurais le goût ? De quoi ce que t'aimerais que je t'achète ? Une robe ? Un chapeau ?

Elle eut un sourire pitoyable et elle dit, poursuivant sa pensée, rien qu'une seule pensée humiliée et tenace, bien guérie va, des fausses chimères, les sourcils noués, avec une voix têtue et douce :

— C'est pour le loyer, tu comprends.

Puis ses mains retombèrent d'un geste d'accablement sans fond.

Alors lui, vivement, ajusta son calot sur ses cheveux ondulés et alla étudier son image dans la petite glace du buffet.

— Tu restes pas à souper ! s'écria-t-elle, incrédule.

La physionomie du jeune homme prit une expression chagrine et humble. Sa bouche sensuelle, aux contours mous et féminins, se contracta. De nouveau, il fut ballotté, triste et confus.

— Ben, tu vois, là, moi, j'ai du monde à voir... mais demain...

Et il se défilait, il s'en allait très vite devant ce regard traqué de sa mère.

— J'ai du monde à voir. Mais après ça...

Il atteignit la porte. Il y portait la main lorsque, en bande tapageuse, les enfants entrèrent.

— Ah, Gène ! s'écrièrent-ils.

Ils se pendirent aussitôt à ses bras, à ses jambes. Lucile et Albert fouillèrent dans les poches du jeune homme, et la petite Gisèle le tirait par la manche. Elle demanda d'une voix zézayante :

— M'as-tu appoté un présent, Zène ?

Philippe, sur le pas de la porte, regardait son frère d'un air rogue et envieux.

— Passe-moi que'ques cigarettes, si t'en as en masse.

Eugène s'était pris à rire, apparemment flatté de cet accueil. L'admiration la plus ingénue lui était agréable.

— Tiens, p'tit bum !

Il jeta à Philippe un paquet de cigarettes à peine entamé. Puis il sortit une poignée de menues pièces blanches et, sans voir sa mère qui serrait tout à coup les lèvres, il les lança l'une après l'autre en l'air. Lucile et Albert les attrapaient au vol ou, à quatre pattes, couraient se les disputer sous la table et sous les chaises.

Gisèle, moins vive, pleurnichait :

— En ai pas moi, Zène.

Et elle commandait, de sa petite voix pointue et criarde, en battant le plancher de ses pieds :

— Donne à Zèle.

Alors Eugène la prit dans ses bras, lui essuya le nez de son grand mouchoir kaki, puis mit un sou brillant et neuf entre les petites mains rondes qui se mirent à trembler de plaisir.

— Ça, c'est rien que pour toi, dit-il.

Et il y avait vraiment dans la maison une gaieté brûlante tout à coup, une excitation intense. Les enfants comptaient leurs pièces en se bousculant, déjà prêts à se talocher sournoisement. Puis Rose-Anna, accablée de surprise et de gêne, les vit partir à la course vers le magasin du coin. Eugène, à son tour, se glissa au dehors.

Seule avec la petite fille qui chantonnait, réfugiée sous une chaise, elle s'appuya à la table et se laissa aller à un moment de tristesse poignante. Elle avait eu du mal, un mal infini, à voir cet argent voler en l'air.

XX

À peine sorti de la maison, Eugène avait redressé la tête et, tout en sifflotant, s'était dirigé vers la rue Notre-Dame. Il tourna le coin de la rue Beaudoin, respira profondément et laissa paraître sur ses lèvres un demi-sourire de ruse et de contentement. Il s'assura d'un geste fébrile qu'il avait bien le billet neuf en poche, puis il déplia un petit bout de papier qu'il gardait à la main et y relut un nom, un numéro de téléphone. Une image aussitôt se précisa à ses yeux : des lèvres très rouges, un regard espiègle et hardi, un petit béret planté sur des cheveux longs et emmêlés.

Une fièvre brûlante lui monta aux joues. Il revit la gare pleine de soldats, une jeune fille un peu à l'écart et qui lui avait souri au passage, imperceptiblement, des yeux surtout, en levant à peine ses paupières frangées de longs cils noirs. Un instant après, il était assis auprès d'elle ; il osait lui demander son nom. Elle croisait de longues jambes minces sous son regard et riait bas : « As-tu la permission de ta mère pour rôder tout seul ? »

Il lui montrerait qu'il n'était point si misérable et enfant qu'elle le croyait. Il froissa le petit morceau de papier, déchiré de son carnet. Pourvu qu'elle n'eût pas cherché à le leurrer et que ce numéro de téléphone fût bien le sien !

Il accéléra sa marche, entra chez un marchand de tabac et se précipita dans la cabine du téléphone. Il composa le numéro, haletant un peu. Au bout d'un moment, une voix inconnue le surprit. Ses paupières battirent. On lui demandait à qui il voulait parler. « Yvette », balbutia-t-il. Il craignit si bien qu'on lui en demandât davantage qu'il se prit à trembler et des gouttes de sueur parurent sur son front. Une pause, puis la voix aiguë qu'il se rappelait éclata à son oreille. Il s'essuya la figure de son coude levé. Il était à ce point soulagé qu'un rire nerveux le secoua.

Puis il se nomma et aussitôt brusqua :

— On se rencontre à soir ?

Un silence. Un éclat de rire. Et enfin :

— O.K. !

— Où ? demanda-t-il, la gorge serrée.

Elle fixa l'endroit et l'heure du rendez-vous. La voix d'Eugène se fondit en un murmure. Il raccrocha, resta un instant, un coude sur la tablette de la cabine, puis sortit, la figure très rouge, en se redressant les épaules comme à la parade.

Dehors, il pensa qu'il avait deux grandes heures devant lui avant de rencontrer Yvette. Une crispation d'ennui passa sur son visage. Il s'immobilisa au bord du trottoir, se demandant comment il tromperait l'attente. La physionomie triste et lasse de sa mère revint à son esprit. Il prit un air maussade, et, pour chasser l'obsession, se mit à marcher au hasard. Il se trouva bientôt devant les *Deux Records*, entra et demanda un paquet de cigarettes.

Sam Latour écoutait le commentateur des nouvelles, penché vers le tout petit appareil de radio qu'il avait placé sur un rayon entre quelques cartons-affiches. Il s'approcha du comptoir en bougonnant :

— Cré bateau, ça va mal en Norvège !

Sa voix trahissait de la surexcitation.

— Quand est-ce qu'ils vont les arrêter, ces diables de Boches-là ? fit-il comme ahuri et tout décontenancé.

— Attendez qu'on arrive, nous autres ! s'écria Eugène.

Puis, avec nonchalance, il fit craquer son billet de dix dollars et le jeta sur le comptoir.

— Acré gué, te v'là dans l'argent, toi ! dit Sam. Des dix, ç'a pas l'air de te coller aux doigts, toi.

— Y en a d'autres d'où ce que c'ui-là vient, répliqua Eugène.

Il ramassa la monnaie négligemment, une cigarette entre les lèvres et glissa les billets dans toutes ses poches.

— Ouais, poursuivit Latour, t'as l'air au-dessus de tes affaires, toi, mon jeune Lacasse.

— Il est ben temps, dit Eugène, et il s'appuya au comptoir, le bras sur le bois franc, les jambes croisées, le visage tourné vers la salle, dans une attitude toute semblable à celle d'Azarius.

Sous le front bas, planté de cheveux serrés et ondulants, ses yeux pétillaient de vanité. Du même bleu que ceux d'Azarius, mais plus rapprochés du nez étroit et court, moins francs et moins directs, ils donnaient à son visage une tout autre expression. Autant le regard du père se montrait clair, enthousiaste, autant celui d'Eugène se coulait, fureteur, changeant et prêt à se dérober.

— Ouais, dit encore Sam Latour.

Un passant entra, puis deux ouvriers s'arrêtèrent devant la boutique et, entendant le commentateur, franchirent le seuil. De temps en temps, Sam hochait la tête et ponctuait ses réflexions d'un balancement de ses fortes épaules ou bien portait les mains sur son ventre et tirait sa ceinture d'un geste belliqueux et déterminé. Il avait beaucoup changé depuis le temps où il engageait avec Azarius Lacasse de futiles discussions. Son indifférence faisait place à un étonnement outragé. Il écoutait la description de l'invasion d'Oslo, le front courbé et mâchonnant durement un cigare. Sa nature heureuse et paisible le portait, lorsqu'il se sentait ému, à de grosses colères d'enfant. Incapable de détours, la preuve d'une sournoiserie, plus encore que d'une injustice, le faisait bondir.

Un grand silence accueillit la fin de l'émission. Sam tourna le bouton de la radio. Et aussitôt un brouhaha de voix emplit le petit restaurant.

— Tu parles de sarpents ! s'exclama le propriétaire.

Il s'avançait pour servir les clients, le front en avant comme un bélier irrité.

— Se faufiler dans un pays, habillé comme le monde de par là, et tout poigner avant que t'aies le temps de voir où ce que t'en es. Tu parles de salauds pis de traîtres !

Il distribuait les paquets de cigarettes, de gommes, les bouteilles de coca-cola, tapait son tiroir-caisse d'une forte paume et lâchait un flot ininterrompu d'invectives.

Les passants ne se hâtaient pas de filer. Quelques-uns, debout sur le pas de la porte, lisaient les journaux du soir pour se renseigner plus amplement. D'autres étudiaient une carte de l'Europe que Sam avait épinglée au mur de sa boutique.

— La Norvège, dit l'un, c'est du bon monde par là. Ç'a jamais cherché la guerre.

— Pas plusse que nous autres, expliqua un des ouvriers, sa boîte à lunch sous le bras.

— C'était un pays pas mal avancé et moderne, reprit un autre qui paraissait quelque peu renseigné.

— Ils avaient leurs traîtres quand même, rugit Sam Latour.

— Des traîtres, ajouta le passant qui avait parlé le premier, y en a partout, ç'a l'air. C'est-y quand même mystérieux ça, de vendre son pays...

— Ben quiens, coupa Latour, pour des honneurs, pour de l'argent, y en a qui vendraient leur mère.

Il donnait des coups de mâchoires en tirant sur son col comme un animal pris dans les brancards.

— Je me demande s'ils vont réussir à les arrêter, prononça un petit homme maigre, en levant le nez de son journal.

Eugène se redressa en avançant le front avec audace, les mains raidies. Il n'était pas sans voir que ces hommes du peuple, sages et modérés, lui jetaient de temps en temps un regard de muette approbation. Une émotion violente s'emparait de lui, car, se voyant lui-même à travers leurs yeux, il restait tout saisi d'orgueil. Il était la jeunesse vaillante et combative en qui l'âge mûr, la vieillesse, les faibles, les irrésolus ont placé leur confiance. Un défenseur des opprimés, des femmes, des vieillards, voilà ce qu'il était. Le bras vengeur de la société outragée. Dans ses prunelles jaillit une ardeur agressive.

— You bet, qu'on va les arrêter, lança-t-il. Comme ça...

Et de son bras, il fit le geste de pousser une baïonnette à travers le mur, le visage tendu, la bouche serrée, comme s'il rencontrait une forte résistance. Puis il fit entendre un bruit sec entre ses dents, ramena son bras et laissa traîner autour de lui un regard empreint d'une satisfaction intense.

— Ouais, dit Sam Latour.

— Ouais, dit Eugène.

La porte s'ouvrit. Léon Boisvert entra, vêtu de neuf, un journal soigneusement plié sous le bras, l'air précautionneux et affecté, tendant un peu l'oreille avant de s'aventurer plus loin. Il frottait en même temps ses chaussures sur le paillasson près de la porte.

Eugène lui jeta un coup d'œil moqueur.

— T'es encore dans le civil, toi ?

Léon Boisvert resta décontenancé. Cinq semaines auparavant, il avait réussi à se placer comme comptable dans un bureau voisin. Sa peur de la conscription était devenue une hantise constante, effrayante, qui le tourmentait jusque dans le sommeil. Aux visions que lui avait suggérées la guerre, corps percés de baïonnettes, lui-même poursuivi par des hommes qui lui offraient une arme et la lui mettaient de force entre les mains, s'ajoutait maintenant l'effroi de perdre son petit emploi, cette première bonne fortune qu'il avait cherchée avec un réel courage pendant des années. Une pâleur maladive se répandit sur ses traits.

— Quand on peut pas se trouver une job, y a toujours l'armée, en effette, répliqua-t-il dédaigneusement.

Eugène se dandinait, un sourire arrogant aux lèvres.

— La conscription va venir betôt, fit-il. Moi, je suis posté pour le savoir. Ça fait que t'as rien qu'une chance. Prends le bois... Ou marie-toi, ajouta-t-il sur un ton persifleur.

Il écrasa sa cigarette sur le comptoir.

— À part ça, dit-il, c'est les gars qui s'en vont volontaires qu'auront les bonnes places après la guerre.

Puis avec un balancement de son corps mince il passa le seuil de la boutique.

253

L'air du dehors lui parut léger. Il se sentit soudain maître de sa vie et porté sur des nuages... Finis les indécisions et les scrupules. « Aïe, songea-t-il, la vie me doit ben que'que chose, je pense, après ce que je risque, moi. » À pas longs et faciles, il gagna l'arrêt du tramway et se fraya un chemin à coups de coude parmi la cohue. Il lui semblait que la foule fatiguée prenait de l'intérêt à le regarder. Sa joie montait, montait. Et ses exigences se précisaient. « Nous autres, ils devraient pas nous faire payer nulle part, pensait-il. C'est ben une honte. S'ils sont tranquilles, ce monde-là, c'est à cause de nous autres. »

L'attente, place d'Armes, au pied du monument Maisonneuve, lui parut intolérable. Les nerfs surexcités, il fumait des cigarettes coup sur coup. Yvette tardait. Il s'aperçut, en consultant l'horloge de l'édifice Alfred, que la jeune fille l'avait déjà fait attendre dix minutes. Mais la jeunesse, l'étourdissement, les distractions, tout lui était dû et dû immédiatement. Il se remit en marche et, soudain, très net, il revit le visage de sa mère quand elle lui avait donné le billet de dix dollars.

Il mit la main dans sa poche, compta ce qui lui restait. Un faible désir le prit de retourner à la maison.

« M'man » murmura-t-il à mi-voix, vaincu par un vague attendrissement, et dépité, si fort dépité qu'il désirait maintenant comme une vengeance de consoler sa mère, de retrouver toute son admiration éperdue. Il s'imagina qu'il lui remettrait ce qui restait du billet de dix dollars et qu'elle, rassérénée et si fière, s'en irait tout de suite le serrer là où elle l'avait pris. Et ce qui le bouleversait le plus, ce n'était pas quand même la profonde satisfaction de sa mère, mais son rôle à lui là-dedans, sa générosité, et comme Rose-Anna regretterait d'avoir douté de lui. « M'man a eu peur, vrai, que je dépense toute », pensa-t-il. Il tournait et retournait mollement sa bonne intention comme une chose déjà à peu près accomplie et qui, vraiment, le grisait, le rehaussait dans sa propre estime. À ce moment, un tramway, arrivant de l'est, ouvrit ses portes. Il en vit descendre Yvette, vêtue d'un long manteau ample qui découvrait ses jambes minces, étroitement moulée dans une robe claire, une robe rouge qui lui sauta aux yeux. L'image de Rose-Anna recula très loin dans son esprit. Il jeta sa cigarette et, sifflotant, vint à travers le square à la rencontre de cette robe claire, collante et flamboyante.

XXI

À l'émoi du printemps, Florentine était devenue insensible. Avril avait passé, le mois de mai se risquait timidement dans le faubourg, et les vieux arbres des rues que la lente limaille du ciment ne décourageait point avaient reverdi sans qu'elle portât la moindre attention à l'aspect neuf qui s'offrait à elle pendant le trajet qu'elle faisait deux fois par jour, entre le magasin et la maison. Mais ce soir, pourtant, en quittant le *Quinze-Cents*, elle ne put faire autrement que de s'arrêter toute saisie de la douceur surprenante qui planait dans l'air, étonnée même, comme si elle s'éveillait à une transformation qui se fût accomplie pendant qu'elle était absente et dont toutes les étapes lui eussent échappé. Le soleil chauffait encore la rue Notre-Dame malgré l'heure tardive. Au-dessus des échoppes de cordonniers, des fruiteries et des petits débits, les fenêtres s'ouvraient sur des intérieurs qui mêlaient au flot roulant de la rue la rumeur de leur vie intime et qui, lorsqu'un train, un lourd camion, un tramway avaient passé, aspiraient des sons de cloche venus de loin.

Devant la petite gare à tourelle de Saint-Henri, quelques fleurettes poussaient leurs corolles hors d'une terre galeuse. Et très haut, au-delà des clochers qui franchissaient des épaisseurs de suie, la montagne étendait ses pentes de verdure et, de branche en branche, tissait un réseau mouvant, comme un floconnement de feuilles pâles et légères. C'était bien le printemps partout autour d'elle, un printemps déjà fané même dans le faubourg, avec une menace de poussière et d'âcre lourdeur. La fuite du temps venait donc de s'imposer à elle, sans qu'il lui fût possible de se leurrer ; elle devait l'accepter. Alors, sa peur s'agita en elle comme un grelot insensé qui ne s'arrêtait plus de trembler et sonnait plus fort que toutes les cloches de la ville — sa peur qu'elle avait vue venir vers elle depuis des jours, depuis longtemps, depuis la visite de Jean à la maison peut-être.

Pouvait-elle encore la tenir tranquille ? Cela eût été aussi impossible que d'apaiser les gros bourdons qui ensemble s'ébranlaient au-dessus des toits. Elle le savait bien, elle n'en pouvait plus d'essayer la raison contre ce constant bruit d'alarme. Aujourd'hui même, il faudrait agir. Mais en quel sens ? Le projet qui la hantait depuis quelque temps : faire savoir à Jean ce qu'elle redoutait et qu'elle avait rejeté pour ne point donner prise en elle à l'irréparable, lui revint à l'esprit. Instinctivement, elle s'était mise en marche en direction de la rue Saint-Ambroise.

Aucun plan précis ne la soutenait. Elle ne s'avouait pas encore que toutes ses démarches pour retrouver Jean demeuraient vaines. Accablée par son malheur, éperdue de crainte, elle s'imagina que le hasard la servirait ce jour même et que ce soir, sans doute, un miracle se produirait : elle rencontrerait enfin le jeune homme. Mais même sans cet espoir elle se fût engagée dans ce coin du quartier qui se rattachait à la vie de Jean, tant elle se sentait désemparée et abandonnée à une mystérieuse intuition.

À la rue Atwater, elle descendit vers le canal. Les tavernes ouvertes sur son passage lui envoyaient au visage leur odeur aigre, et les bars casse-croûte où mangeaient des vendeurs de journaux, des petits Juifs éreintés, exhalaient un insupportable relent de fritures. Et soudain, en tournant le coin de la rue Sainte-Émilie, elle aperçut la roulotte familière du marchand de tabac, un vieux de la campagne, à qui Azarius achetait un produit fort et amer ; puis la place du marché avec son va-et-vient paysan se découvrit à elle entièrement. Des fleurs, des plantes, elle en vit des centaines, en plein soleil, sur des éventaires branlants ; des fougères qui balançaient leurs mousseuses vagues vertes dans l'air chargé de suie ; des jonquilles pâles que le moindre souffle de vent couchait ; des tulipes éclatantes, d'un rouge vif. Et derrière cette floraison, Florentine voyait, aux étalages, la pente bien équilibrée des pommes rondes à peau lisse, les oignons d'un bleu veiné de violet, les laitues fraîches où scintillaient encore des gouttes d'eau... Elle détourna la vue, blessée par cette fête de couleurs, cette abondance d'odeurs fortes auxquelles elle ne pouvait plus prendre aucune joie. Ah, le printemps se vengeait d'elle qui avait voulu l'ignorer ! Il lui mettait toute sa richesse sous les yeux. Il lui envoyait les effluves vivants de serres chaudes, d'érablières, d'animaux dociles mis en cage. Le sirop épais et doré, le sucre en pain odorant, les grands lièvres pendus au-devant des étaux par leur arrière-train, et montrant leur fourrure engluée de sang, le glous-sement affolé des poules dont on voyait la crête à travers les planches de leur abri, et le petit œil rond, inquiet, de celles qu'on jetait vivantes sur la balance : tout était là pour lui dire que la vie était bonne à certains, dure à d'autres, et qu'il n'y a pas à se sous-traire à cette loi impitoyable.

Elle hâta le pas comme pour se dérober volontairement à cette animation du marché dont elle se sentait pourtant exclue.

Naguère, elle était venue ici bien des fois avec son père, faire les emplettes du samedi soir... Elle était petite encore et aimait porter elle-même le grand sac de provisions. Son père s'arrêtait pour causer avec une forte campagnarde, dont les épaules, dans ce temps-là, comme aujourd'hui, crut se rappeler Florentine, étaient recouvertes du même vieux chandail d'homme, bruni au soleil. Ils lui achetaient des petits cornichons au vinaigre dont Azarius était friand. Parfois ils entraient dans la boutique du mareyeur et tâtaient les poissons. Son père lui disait le nom de la barbotte, de la carpe et, la voyant rétive, s'amusait à vouloir lui faire toucher de ses petits doigts une longue anguille qui nageait dans un bassin. Oh, comme c'était loin tout ça, le samedi soir au marché ! Et comme c'était fou d'y repenser maintenant. C'est vrai pourtant qu'elle avait été une enfant heureuse et choyée. Il y a des enfants riches qui n'ont jamais eu ce qu'elle avait possédé, toute jeune. À leur départ, Rose-Anna faisait de graves recommandations : « Fais bien attention à la petite », disait-elle cent fois au moins car on l'avait appelée la « petite » jusqu'à ce qu'elle eût atteint ses douze ans ; et elle partait, sa petite main confiante dans celle d'Azarius. Et la conversation de son père tout au long du chemin ! Et la complicité qui s'établissait entre eux quand il lui serrait la main un peu plus fort dans sa paume large et douce et disait : « Ta mère a dit qu'elle ne voulait pas de crème, mais si on en achetait quand même, hein, pour voir son plaisir demain en mangeant la soupane ! »

Aurait-elle pu continuer à être heureuse si elle avait suivi ce même chemin ? Mais non, quelle folie ! Son choix, elle l'avait fait, sachant bien qu'elle ne pouvait pas plus le refuser que s'arrêter de respirer. Et même encore maintenant, si c'était à recommencer...

Revenue au point de départ de ses pensées, Florentine montra un visage contracté et malheureux dans lequel elle-même se fût à peine reconnue. Toutes ces réflexions ne l'aidaient pas. À quoi bon, à quoi bon ! Elle eût voulu crier le mot à force de rancœur contre ce vague attendrissement qui l'avait saisie.

Elle allait très vite maintenant, les lèvres resserrées, les yeux fixes, et elle cherchait un plan pratique, elle cherchait, insoumise à toute humilité, un espoir qui la mettrait à l'abri de sa terreur. Qu'importe le reste. C'était de sa terreur qu'elle voulait être délivrée.

Continuant à descendre vers le canal, elle fut bientôt environnée d'un grand bruit de chaînes et des éclats répétés d'une sirène. Au bas de la place du marché, où la halle dresse sa tour ocre et sa crête dentelée, au bas de la rue Saint-Ambroise, le pont tournant s'écartait de la chaussée ; entre deux longues files d'autos et de camions immobilisés, Florentine vit s'avancer la cheminée d'un cargo.

Elle se figea, non avec intérêt, car le spectacle lui avait toujours paru banal, mais parce qu'elle percevait tout à coup avec acuité un sens nouveau de la vie et qu'elle en restait toute paralysée. Tous ces bateaux qu'elle avait vus passer ici n'avaient jamais provoqué en elle le moindre frémissement, mais celui-là qui, insensiblement, se coulait entre les barrières, retenait son regard malgré elle, comme s'il avait été le premier qu'elle eût jamais remarqué.

C'était un aventurier marchand, gris de quille, avec des flancs étroits et bosselés, où s'attachait encore la souillure de la vase, et un grand mât qui rappelait les embruns de l'estuaire. Il avait accompli déjà un grand voyage entre des horizons si éloignés qu'ils reculaient dans la brume et, poursuivant son chemin dans la ville, son chemin étroit, absurde pour sa force de navire, il n'aspirait plus qu'à atteindre, de contrariété en contrariété, de barrière en barrière, le flot libre du Saint-Laurent et, plus tard, le roulis des Grands Lacs. Ses hommes d'équipage debout sur le pont, les uns prêts à lancer les amarres qu'ils tenaient roulées à la main comme des lassos, les autres étendant du linge à l'avant du rouf, le bateau glissait d'une allure tranquille, indolente. Et c'était comme s'il venait imposer aux carrefours besogneux sa vie indifférente aux hasards de la terre. Et encore le poignant rappel des horizons qui dorment au fond des êtres.

Il s'engagea bientôt entre les murs des usines qui bordent le canal, et le ronronnement de son hélice déjà se perdait. Mais, venant du port, d'autres cheminées fumaient, et leur tourbillon de suie formait des nuages qui suivaient aussi le fil brillant de l'eau. Un bateau-citerne s'avançait, mollement allongé comme un flotteur ; puis, derrière lui, une barge qui paraissait enfoncer sous le poids des planches et brouillait de ses efforts ardus la surface unie de l'eau. Et encore d'autres mâts, d'autres pavillons effilochés, d'autres quilles embrumées qui voyageaient entre les toits et les enseignes ! Mélancoliques et délaissés comme toutes ces bâtisses que le hasard des routes, des ponts, des canaux, et le besoin de servir ce qui passe fixent en des endroits arides, s'élevaient, sur la berge noircie par la fumée des cargos, la guérite du gardien et, presque toujours désert, un petit restaurant à toit plat, à demi enfoncé derrière le ciment du trottoir.

Alors Florentine s'aperçut qu'elle était seule au monde avec sa peur. Elle entrevit la solitude, non seulement sa solitude à elle, mais la solitude qui guette tout être vivant, qui l'accompagne inlassablement, qui se jette soudain sur lui comme une ombre, comme un nuage. Et pour elle, la solitude, cet horrible état qu'elle découvrait, prenait un goût de pauvreté, car elle s'imaginait encore que dans le luxe, dans l'aisance même, il n'y a point de pareille découverte.

Ses pensées ne la conduisaient à rien. Elle ferma les yeux, elle chercha en elle son âpre volonté, son naïf et impérieux désir de Jean — la seule chose d'elle-même qui lui parût encore familière, tant ses songeries l'avaient égarée — mais elle n'y trouva qu'une vision morose de barges en mouvement, comme une trame, secrète, insolite, incompréhensible. Et au fond de son être, elle découvrit aussi, impitoyable, clair, un affreux sentiment de rancune, quelque chose de si laid qui poussait là qu'elle en fut comme empoisonnée.

Oh ! Jean ne pourrait jamais rien connaître de sa peur à elle qui s'en allait seule par cette soirée de printemps faite pour le rire, pour les mains doucement unies, et c'était cela le moins acceptable, le plus injuste. Elle aperçut cette vie d'homme qui s'épanouissait, libre, sans regrets ; et cette vision lui fut plus intolérable, oui, mille fois plus intolérable encore que le sentiment de sa faute. En très peu de temps, il aurait oublié jusqu'à ses traits à elle. Il aimerait d'autres femmes. Il lui faudrait un effort de mémoire peut-être pour parvenir à l'évoquer, elle, Florentine. Voilà ce qu'elle ne pouvait admettre. Puisqu'il était perdu pour elle-même, elle aurait souhaité du moins qu'il fût voué à une détresse égale à la sienne. Ou plutôt qu'il fût mort. Elle s'arrêta à cette idée avec complaisance. Oui, s'il était mort, peut-être parviendrait-elle à se sentir quitte. Mais tant qu'il vivrait, tant qu'il respirerait, elle connaîtrait l'humiliation de n'avoir pas su le retenir.

Puis, elle sentit naître en elle une plainte sourde, un cri bas, troublé, qui demandait que Jean l'aimât encore, malgré cette haine qu'il lui inspirait et qui pesait sur son cœur. Pour être délivrée de cette haine, pour être délivrée de sa peur, il fallait qu'il l'aimât. Alors elle se mit à chercher dans son souvenir des preuves de tendresse dans les paroles de Jean. Elle s'attachait à ces paroles, comme une mendiante à qui on donne une pièce, la tourne, la retourne, espérant peut-être la voir se transformer, grandir sous son regard par la seule magie du désir. Mais non, le cadeau était petit, mesuré, infime.

C'est donc pour ça que le monde tournait, que l'homme, la femme, deux ennemis, accordaient une trêve à leur inimitié, que le monde tournait, que la nuit se faisait si douce, qu'il y avait, tracé devant soi, soudain, comme un chemin réservé au seul couple. Ah ! c'était donc pour ça que le cœur refusait la paix ! Misère ! Elle oubliait les instants d'égarement, les instants de bonheur suspendu, elle ne voyait plus que le piège qui avait été tendu à sa faiblesse, et ce piège lui paraissait grossier et brutal, elle éprouvait, plus fort encore que sa peur, un indicible mépris pour sa condition de femme, une inimitié envers elle-même qui la déroutait.

Elle arriva à la maison où Jean avait habité. Avec ses larmiers suintants qui ruisselaient comme des dalots, sa peinture galeuse et ce grand bruit d'hélice qui l'entourait, elle faisait penser à un triste vaisseau de transport mis au radoub. Florentine en fit le tour, hésitante. Elle y était venue deux fois déjà, mais elle n'avait pas eu le courage d'y entrer. Puis, elle avait dépêché Philippe avec une lettre pour Jean. Le jeune garçon avait soutenu qu'il avait perdu la lettre ; le lendemain, il réclamait vingt-cinq cents pour le prix de son silence. À la fin de la semaine, il revenait à la charge et exigeait le double.

Florentine réprima une terrible envie de fuir devant elle, n'importe où, et de garder encore intacte quelque bribe de fierté. Mais où aller ? Vers qui se tourner si Jean continuait à lui manquer ? Sa mère glissait dans un accablement de plus en plus profond depuis le voyage à Saint-Denis. Son père ? Quelle aide, quel appui leur avait-il jamais donnés ? Quant à Eugène, chaque fois qu'elle pensait à lui, ayant découvert qu'il n'avait jamais remis l'argent emprunté à sa mère, elle aurait souhaité l'atteindre, le souffleter, l'égratigner. Durant la dernière permission du jeune homme, elle l'avait croisé, rue Sainte-Catherine. Il avait la démarche incertaine et donnait le bras à une jeune fille tapageuse. Ce soir même, leur mère ne leur avait servi au souper que du pain et un peu de viande froide en disant qu'elle n'avait pas eu le temps d'aller aux provisions. Oh, le misérable goût de ce repas ! Florentine l'avait encore à la bouche, comme une nourriture de peine et de ressentiment qui jamais ne passerait. Alors, elle avait perdu tout bon mouvement envers sa mère, tout désir de l'aider, par rancune contre Eugène. Et elle en voulait surtout à son frère d'avoir causé cette perte du meilleur d'elle-même.

De récents indices de la désunion familiale continuaient à l'enserrer de toutes parts. Mais derrière ces souvenirs, Florentine reconnaissait l'odeur des logis d'autrefois, toutes les pauvres maisons où ils avaient été ensemble et cependant déjà séparés les uns des autres. Elle découvrait avec une lucidité extraordinaire toute une série d'intérieurs où les mêmes images saintes, les mêmes portraits de famille se superposaient sur des murs qui venaient à la suite se placer devant elle comme pour l'emprisonner. Alors, il lui sembla que c'était du fond de sa vie, du fond de son enfance, depuis qu'elle existait, qu'elle avait cherché Jean.

Elle sortit son poudrier, passa la houppette sur ses joues, et dans le petit carré de glace qu'elle tenait au bord de son sac, se regarda avec un mélange d'incompréhension, d'orgueil navré et de grande pitié pour elle-même. Et elle regretta de n'avoir point acheté un petit chapeau de paille, une petite toque ridicule, toute fleurie, que malgré sa détresse elle avait dû remarquer quelque part en route, peut-être aujourd'hui, peut-être y avait-il déjà longtemps, et qui lui revenait à la mémoire, et qu'elle voyait si bien, grand à peine comme une paire d'ailes repliées, rouge, avec des rubans qui se croisaient sur la nuque. Elle se disait que, peut-être, si elle avait été mieux mise, plus jolie, tel jour où il l'avait vue, Jean ne l'aurait pas dédaignée.

Elle monta deux marches, appuya un doigt sur la sonnette. Et alors, ce fut rapide comme dans un éclair : pendant qu'elle attendait, son sac au bras, toute raide, une vision d'elle-même lui sauta aux yeux, et elle éprouva une gêne croissante de se reconnaître pauvre, délaissée, et, surtout, dans sa toilette du printemps dernier, rafistolée un peu, mais qui n'était plus à la dernière mode.

La porte s'entrebâilla. Florentine s'entendit demander des renseignements d'une voix basse et monotone. En même temps, elle percevait distinctement, à travers ses mots, un pas qui résonnait sur le trottoir et un sifflotement gai, qui s'éloignait. Il lui parut que, si elle se retournait, elle verrait Jean disparaître au coin de la rue. Il lui sembla que toute sa vie elle le verrait disparaître.

À travers un brouillard, elle perçut des mots : « Parti sans laisser d'adresse. » Et ces mots aussi, il lui semblait qu'elle les avait déjà entendus, la nuit, à l'aube, chaque fois qu'elle s'éveillait et craignait d'être acculée à l'évidence.

Plus tard, elle marchait, tête basse, vers la fonderie de la rue Saint-Jacques. À ses poignets menus, des bracelets sautaient, sonnaient et, au bord de son chapeau de paille, une grappe de cerises rouges en verre tintait. Cela faisait dans sa tête un bruit sec qui l'empêchait de poursuivre sa pensée jusqu'au bout, qui la tenait dans un état de demi-hébétude. Elle arriva à la forge et là, immobilisée, le bruit de verre ayant cessé, sa pensée s'éveilla brusquement ; elle se rappela comment, il n'y avait pas deux mois, Jean l'avait accueillie ici même avec une froideur dédaigneuse. Une brûlante colère empourpra ses joues. Comment avait-elle pu se décider à venir rencontrer ici le souvenir de ce méchant sourire ? Comment pouvait-elle seulement aller aux mêmes endroits que Jean ? Ses démarches, elle les regretta plus encore, tout à coup, que son rêve évanoui.

Elle rebroussa chemin. Et voici que devant l'impuissance où elle se trouvait de reprendre Jean — impuissance que, par défi, elle nommait répugnance, refus — elle commença à douter de sa frayeur.

À mesure qu'elle s'éloignait du quartier où Jean avait vécu, il lui semblait, en effet, qu'elle laissait un peu plus de sa peur en route. Oh ! si c'était vrai qu'elle s'était trompée, quelle revanche secrète ne ressentirait-elle pas toute sa vie contre son absurde et incompréhensible frayeur, quelle revanche contre les terreurs qui s'étaient levées ce soir sur sa route ! Elle devait s'être trompée. Maintenant, elle se rappelait que sa mère une fois... De plus en plus les battements de crainte s'espaçaient. Cette cloche, qui avait sonné à ses oreilles depuis des heures, diminuait ses secousses, s'éteignait petit à petit, arrivait par instants à se taire tout à fait, et Florentine parvenait à se représenter sa faute comme un stupide accident — une bêtise dont elle aurait bien garde, en y pensant trop, de la fixer en soi comme une tache ineffaçable.

À la rue Notre-Dame, qu'elle atteignit un peu plus haut que le cinéma Cartier, elle fut soulagée de voir briller les enseignes et les vitrines des modistes ; pour la première fois de sa vie, elle perçut dans le bruit d'une foule qui marche un son ami et agréable.

Un petit restaurant lui envoya au passage un flot de jazz. Ses jambes, fauchées de fatigue, retrouvèrent un soudain élan, la portèrent vers ce seuil d'où venait une rassurante animation. Elle entra, demanda une bouteille de coca-cola, un hot dog et, aussitôt assise, seule à une table, alluma une cigarette. Presque à la première bouffée, une sensation de mollesse la gagna. Elle redescendait, redescendait très vite dans cette demi-nuit bruyante, échauffée, glapissante, qui avait été le climat habituel de son âme depuis déjà bien des années et hors duquel elle se reconnaissait perdue. Il lui sembla que, maintenant, elle serait contente de se retrouver même au *Quinze-Cents* où, du moins, l'agitation, le bruit, jamais ne ralentissaient. Oh ! l'horreur du silence qu'elle avait saisi de toute part, partout autour d'elle, ce soir ! La profonde horreur des rues désertes ! Si, plus tard, s'échappant comme elle ne pouvait plus en douter de cette nuit abominable, elle en gardait cependant quelque souvenir, ce serait à coup sûr la sensation d'avoir été seule, irrémédiablement seule, quand, dans des rues éloignées, des couples allaient au son des juke-box qui braillaient leurs chansons syncopées de tous les cafés. Ce qu'elle ne pardonnerait jamais à Jean, ce serait qu'elle eût ce soir rôdé comme une lépreuse, bannie du rapide courant de bruits et d'émotions qu'elle aimait tant.

La musique cessa et avec elle l'impression d'être à l'abri de la solitude. Elle glissa une pièce dans le phono automatique et alors, à l'accompagnement d'un *jitter-bug* étourdissant, elle sortit son peigne, son poudrier et son rouge à lèvres, et elle se maquilla avec soin. Elle posait et reprenait sa cigarette, appliquait un peu plus de rouge à ses lèvres, un peu plus de poudre sur son front et, sous la table, ses pieds marquaient le rythme de la fiévreuse musique.

Puis elle s'examina, satisfaite, et se vit pâle malgré le rouge mais jolie, plus jolie que jamais avec ses cheveux dénoués et ses yeux que la crainte avait agrandis. Elle étudia sa taille fine comme si jamais encore elle ne l'avait bien remarquée. Elle fit briller ses cheveux dans la glace, au-dessous de la lampe d'applique, elle étendit ses mains devant elle, considéra ses doigts fins, ses ongles teintés de carmin, et devant sa jeunesse, ses cheveux épars, la blancheur de ses bras, elle recommença d'aimer la vie. Aussitôt, elle résolut d'acheter le petit chapeau convoité ; elle se rappelait maintenant dans quel magasin de la rue Notre-Dame elle l'avait vu. Ainsi elle se vengerait de Jean. Un sourire d'une incroyable naïveté entrouvrit ses lèvres. Elle serait si élégante que, s'il la rencontrait un jour par hasard, il regretterait de l'avoir délaissée. Mais ce serait à son tour à elle de se montrer impitoyable.

Le jazz lui remplissait la tête, et la fumée de la cigarette qu'elle retirait à peine de ses lèvres lui procurait une agréable sensation d'étourdissement. Elle passa en revue tous les colifichets qu'elle avait désirés et, s'en voyant parée, elle décida d'acheter celui-ci, de rejeter celui-là. Elle s'évertuerait tellement à mettre dans sa vie toutes les apparences du bonheur, que le bonheur y viendrait faire sa place.

Cette pensée la conduisit à évoquer sa mère. Et devant l'attendrissement qui la saisit — attendrissement provoqué par le répit de son mal et où elle se trouvait si bien — elle crut reconnaître en elle, inattaquable, le sentiment de la bonté, et cette bonté d'elle-même lui plut tellement qu'elle s'y laissa glisser comme sur une pente agréable. Oui, désormais, elle serait pour sa mère un sûr soutien. Qu'importe qu'Azarius et Eugène ne fissent pas leur part ? Elle n'abandonnerait jamais sa mère à leur insouciance.

Le mouvement de ses pieds sous la table au rythme du jazz trépidant l'aidait à entrevoir comme faciles tous les sacrifices qu'elle s'imposerait. De temps en temps, l'éclat de la sirène, vibrant et passionné, se prolongeait dans le faubourg. Son cœur se serrait et, un instant, elle se retrouvait au bord du canal, entrevoyant le fil gris et mélancolique de ses jours ; puis elle buvait rapidement en renversant la tête quelques gorgées de coca-cola, aspirait plusieurs bouffées de sa cigarette, secouait les épaules avec emportement. Elle fixa enfin une dernière limite à son passé : si, de retour à la maison, elle n'y trouvait rien de changé, elle pourrait alors conclure que son angoisse était fausse. Séduite, comme si elle avait tout mis en règle, elle se leva et, après un dernier regard jeté dans la glace, sortit et s'achemina vers la rue Beaudoin.

De loin, elle vit la lumière de la salle à manger qui brillait entre les rideaux écartés. Et cette humble lumière éclaira soudain en elle plus qu'une bonté calculée, défiante, qui s'entretenait elle-même comme une monnaie d'échange ; elle fit jaillir, insoupçonnée, une amitié infinie, poignante, pour leur existence qu'elle ne jugea plus étroite et bousculée, mais embellie depuis le commencement par le courage de Rose-Anna. Ce courage de Rose-Anna luisait subitement comme un phare devant elle. La maison allait la reprendre, la guérir.

Elle mit la main sur la poignée de la porte et, avant d'entrer, connut une minute d'ineffable attente. Puis elle poussa la porte. Et ce fut comme si un courant glacial avait soufflé sur ses frêles efforts de recommencement.

XXII

Dans la salle à manger, des meubles qu'elle ne reconnaissait pas s'entassaient contre la cloison ; des visages inconnus se montraient entre les caisses éventrées, les cuvettes remplies de linge et les chaises qui montaient l'une sur l'autre jusqu'au plafond.

Un instant, Florentine espéra s'être trompée de maison dans sa hâte, car, en vérité, bien que l'attente sur le seuil lui eût paru longue, elle était entrée très vite. Mais non : au-delà des matelas empilés et des armoires boiteuses, il y avait encore au fond de la maison trop de choses familières : la vieille horloge, des chapeaux d'enfants, la nappe cirée sur la table. Et puis, à travers ces objets, Florentine discerna bientôt sa mère au bord d'une chaise et qui tirait sur son tablier d'un geste absent. Elle s'approcha en tremblant. Rose-Anna la vit, fit un sourire distrait, puis se leva pour fermer derrière elles la porte de la cuisine. Alors elles furent seules dans un petit coin encombré mais qui ressemblait encore un peu à leur vie quotidienne. Florentine, reprenant encore une fois pleine conscience de la fuite du temps, avait songé tout de suite avec stupeur : « C'est vrai, voici le mois de mai, le temps de déménager. »

— Assieds-toi, dit la mère comme si elle se découvrait à ce point déroutée et dénuée que toute autre invitation lui eût paru superflue, et pour marquer peut-être aussi qu'il leur restait encore cela : s'asseoir et se regarder... causer aussi si les paroles pouvaient encore leur venir.

Elle-même se laissa choir sur une chaise. Son terme approchait. Au moindre effort, elle s'essoufflait, et il lui fallait aussitôt chercher un appui.

Leurs regards se rencontrèrent. La scène se passait d'explication. Mais Rose-Anna se crut obligée de la commenter. Elle dit avec impatience, presque avec méchanceté :

— C'est les nouveaux locataires, comme tu penses, qu'on a su le dos. » Puis sa voix devint égale, plaintive ; elle expliqua comme à travers des épaisseurs d'incompréhension, d'ennui, de solitude : « Je pensais qu'on aurait eu que'ques jours de grâce, mais ces gens-là ont payé. Ça fait qu'ils sont plus chez eux que nous autres. Il a ben fallu que je les laisse entrer. »

« C'est inimaginable », songeait Florentine. Elle était habituée certes au déménagement annuel — et même parfois ils avaient quitté une maison au bout de six mois — mais non pas à cette invasion de leur logis par une troupe d'étrangers. Entendant gémir, crier les plus petits dans la pièce voisine, elle fut prise d'une rage froide. Était-ce donc à cela qu'elle s'attendait lorsqu'elle était revenue à la maison si désireuse de retrouver chaque chose à sa place, et comme un signe infaillible de sa sécurité ? Son père, sa mère : pourquoi ne s'étaient-ils pas occupés plus tôt aussi de s'assurer un logement.

— T'aurais pas dû les laisser faire, se mettre chez eux icitte, dit-elle avec humeur.

— Que veux-tu ? » reprit Rose-Anna. Plus doucement maintenant, elle se prit à raconter comment elle avait prévu les besoins les plus immédiats : « Ça va pas être drôle pour se coucher à soir... Mais j'ai parlé à la voisine ; elle nous prêtera une chambre. Je me suis réservé aussi celle de Philippe pour les petits... les miens, ajouta-t-elle, comme s'il fallait établir une différence. Je les ai mis au lit le plus vite possible, tu comprends. Le train qu'ils faisaient avec les autres enfants — ceux de c'te femme-là, je sais pas encore son nom... Le train c'était à devenir fou ! »

Elle s'arrêta subitement et regarda Florentine figée devant elle et qui ne semblait rien entendre.

— D'où viens-tu si tard ? demanda-t-elle.

Mais elle n'attendait pas de réponse. Est-ce qu'il y avait encore des réponses que l'on pouvait obtenir du fond de ce gouffre où on était enfermé si loin de toute oreille humaine qu'on aurait pu crier des jours et des jours sans arracher à l'isolement autre chose qu'un faible écho de sa peine ?

Rose-Anna fixait obstinément un point usé du linoléum. Et soudain, sur un ton lâche, mou, fatigué, elle se mit à énumérer leurs malheurs comme si elle se plaisait enfin à les reconnaître tous, les anciens, les nouveaux, les petits, les grands, ceux qui dataient de loin déjà, ceux qui étaient tout récents, ceux qui étaient engourdis au fond de la mémoire et ceux qui palpitaient dans le cœur, au trou d'une blessure fraîche.

— Ton père, disait-elle, ton père qui devait trouver une maison ! Tu le connais, ton père ! Il nous tient comme ça jusqu'à la dernière minute avec des fausses espérances. Des fausses espérances ! Il devait trouver une maison à l'entendre. À l'entendre ! Une bonne maison ! Il faut que ça soit moi qui m'occupe de toute. Mais comment est-ce que j'aurais pu faire. J'ai passé tout mon temps à l'hôpital... Daniel, qui est à l'hôpital, se crut-elle obligée de rappeler comme si elle eût perdu l'écheveau embrouillé qu'elle dévidait. Daniel, pis Eugène !... Qu'est-ce qu'on avait affaire aussi d'aller aux sucres ! C'est depuis ce temps-là que Daniel est malade. Nous autres, on n'est pas nés pour la chance. À c'te heure, rendu au mois de mai, les maisons sont quasiment pus trouvables... Où c'est qu'on va se loger ?...

Mais voici que derrière ces malheurs, ces inquiétudes clairement énoncées, elle en voyait d'autres, toute une légion qui se levait à chaque détour de ce dédale qu'elle suivait. Alors elle se tut. Et d'avoir tant de douleurs secrètes porta Rose-Anna à la compassion. Elle n'en espérait plus pour elle-même, mais à donner autour d'elle, elle en avait encore.

— As-tu soupé ? demanda-t-elle soudain avec une douceur déconcertante... Je pourrais te faire une omelette.

Mais Florentine devant elle ne desserrait pas les lèvres. Des larmes montaient à ses paupières, brûlantes de révolte. Et voilà donc ce qu'elle était venue chercher auprès de sa mère : des malheurs si grands et si nombreux qu'elle sentit s'étouffer en elle les dernières lamentables velléités d'espoir.

Pour la première fois de sa vie, elle voyait Rose-Anna dans une robe poussiéreuse et les cheveux défaits. Et l'accablement de celle qui, à travers tous les malheurs, était pourtant jusque-là restée vaillante, lui apparut comme le signe certain de leur effondrement à tous, de son effondrement à elle en particulier.

Rose-Anna tirait le bord de son tablier d'un geste las et futile qu'elle n'avait point eu autrefois — le geste de la grand-mère, songea Florentine. Ses épaules allaient et venaient dans un balancement ininterrompu, triste et monotone, comme si elle berçait un enfant ou une pensée ou encore une vieille rancune qu'elle aurait bien voulu engourdir. Ou peut-être était-ce simplement sa fatigue, et toutes ses pensées ensemble, pêle-mêle, qu'elle berçait pour les endormir. Mais le creux de sa robe, entre les genoux, la courbe de ses bras qui semblaient soutenir un poids, l'oscillation de son corps, sa tête penchée rappelèrent à Florentine le petit Daniel que Rose-Anna recevait ainsi et calmait quand il avait la fièvre.

Daniel !... Il était tout petit pour son âge. Il avait toujours eu un visage pâle, presque transparent. Mais avant d'être malade, il les étonnait tous par sa précocité. Dans le faubourg, il y avait un vieux dicton : les enfants trop intelligents ne vivaient pas longtemps. Si frêle, si sérieux, le petit Daniel ! Quels tourments avaient déjà pu le toucher ! « Oh, qu'il vive, pensa Florentine, et je prendrai sa guérison comme un signe de délivrance. »

Brusquement, sa pensée dévia. Elle revint à son propre effroi comme un malade inévitablement à une attention aiguisée de sa douleur. Un malaise la reprenait. Et elle sut cette fois qu'elle ne pourrait plus continuer à lutter contre la certitude qui l'envahissait. Il faudrait en parler à sa mère. Mais comment ! Maintenant surtout !... De loin, à travers un bourdonnement, elle entendit Rose-Anna qui disait :

—Qu'est-ce que ton père fait bien à c'te heure-citte qu'il n'arrive pas ! Depuis deux heures cet après-midi, qu'il est parti.

Qu'est-ce qu'il peut bien chercher ? Qu'est-ce qu'il peut bien faire ?

Cet appel banal, cent fois répété, n'éveillait plus de pitié en Florentine. Elle-même sombrait dans un noir étouffant où il ne lui venait de quelque côté qu'elle se tournât aucune aide, aucun conseil. Tout tourna autour d'elle. Un tiraillement la prit au creux de l'estomac.

Lorsqu'elle se redressa, pâle, le visage humilié, sa mère la regardait. Elle la regardait comme si elle ne l'avait jamais encore vue, et la découvrait soudain. Elle la regardait avec des yeux agrandis, fixes, et une expression de muette horreur. Sans pitié, sans amitié, sans bonté : rien que de l'horreur plein les yeux. Presque violente, d'une voix qui montait, elle s'écria :

— Mais qu'est-ce que t'as donc, toi ! Hier, à matin, pis encore à soir... On dirait que t'es...

Elle s'était tue et les deux femmes se regardaient comme deux ennemies. Il n'y avait plus entre elles que les bruits d'une intimité qui s'établissait dans leur propre logis, de l'autre côté d'une mince cloison.

Florentine, la première, abaissa la vue.

Une fois encore elle chercha les yeux de sa mère, avec des paupières battant lourdement, avec un tressaillement des lèvres et une angoisse de tout son corps : la première fois et la dernière fois de sa vie sans doute qu'elle mettait dans son regard cet appel d'être traqué. Mais Rose-Anna avait détourné la tête. Le menton appuyé sur la poitrine, elle semblait être devenue une chose inerte, indifférente, à demi enfoncée dans le sommeil.

Alors Florentine, avec une impression de recul infini, se vit toute jeune, gaie, fiévreuse sous le regard de Jean. Et cette joie lointaine étant insupportable à son souvenir, plus horrible, plus dure qu'un reproche exprimé, elle tourna sur elle-même, ouvrit la porte d'un coup sec et s'enfuit dans une lame de vent qui semblait la happer.

XXIII

Dans une course irraisonnée, aveugle, écoutant malgré elle le son de ses pas qui troublait le silence des rues désertes, Florentine fuyait sa terreur, se fuyait elle-même. Soudain, elle se rappela que Marguerite l'avait souvent invitée à passer la nuit chez elle. Jamais elle ne s'était souciée de cultiver l'amitié de jeunes filles de son âge, imaginant qu'elles étaient envieuses d'elle, prêtes à lui jouer un mauvais tour, ou simplement ennuyeuses ; et parmi celles qui lui témoignaient de la gentillesse au magasin, aucune ne l'avait irritée autant que Marguerite, dont la sympathie bruyante et tenace lui était sans cesse motif de raillerie ou d'impatience. Mais elle connaissait la bonté de Marguerite, et elle en était à un degré d'abattement où elle ne souhaitait plus justement que de se trouver auprès de quelqu'un — même un peu niais — qui l'accueillerait avec sollicitude, et qui surtout ne savait rien de son malheur. Elle enfila des rues, affolée par l'obscurité et plus encore par le sentiment qu'elle ne pouvait plus se leurrer, qu'elle éprouverait toujours désormais ce cuisant regret d'avoir échoué.

Les murs de la grande cotonnerie, rue Saint-Ambroise, l'enveloppèrent de leur ombre pleine de l'essoufflement, de la plainte des machines. Tout conspirait à la jeter dans un extrême affaissement : ce travail nocturne qui semblait jaillir de sous terre, quelques passants qui la suivaient d'un regard curieux, le ciel se couvrant de nuages et tous les arbres qui s'agitaient ensemble au fond des cours dans un murmure dolent comme à l'approche d'une averse.

Elle déboucha dans une éclaircie entre les hauts bâtiments de la filature, et reconnut à ses pignons verts sur la ruelle Sainte-Zoé, la maison que Marguerite habitait avec sa tante. C'était une de ces anciennes demeures d'aspect campagnard, telles qu'il s'en trouve encore quelques-unes dans le quartier, qui, surprises par l'avance des entrepôts et des usines, mettent d'autant plus de ténacité à parer leurs fenêtres de dentelle raide, à astiquer leur seuil et à se couvrir de peinture fraîche que la poussière et la suie les menacent de plus en plus.

Une lumière brillait à l'étage, dans la chambre de Marguerite. Florentine, n'osant frapper à la porte et saisie de gêne à la pensée que la tante de Marguerite, une vieille dame sévère et roide, pût ouvrir, alla se placer sous la fenêtre éclairée ; elle se mit à appeler d'une voix étouffée, puis plus haut. Enfin, une ombre apparut derrière les rideaux. Florentine, haletante, murmura :

— C'est moi, Marguerite. Viens m'ouvrir. Fais pas de bruit.

Lorsqu'elle se trouva dans la petite chambre de Marguerite, lorsqu'elle se fut assurée que la maison restait silencieuse, alors seulement Florentine entrevit la nécessité d'expliquer sa visite à une heure aussi tardive. Quelle heure pouvait-il être ? Elle n'en savait plus rien. Était-ce pendant une soirée qu'elle avait erré sans soutien ou pendant toute sa vie ? La peur de se trahir la raidit. Elle balbutia, la gorge sèche :

— Ils sont à la veille de déménager chez nous. Y a pas de place pour se coucher.

Mais avec un excès de nervosité qui démentait ses paroles, elle s'empara de la main de Marguerite, elle la serra à la briser et elle supplia :

— Garde-moi, garde-moi !

Marguerite enroulait autour d'elle sa robe de chambre à ramures claires et, voulant se montrer jolie à son amie, passait ses doigts dans ses cheveux coupés courts, ébouriffés.

— Bien sûr, dit-elle gaiement, on va parler, on va se raconter toutes sortes d'affaires, hein ?

Puis voyant la pâleur de la jeune fille, ses yeux égarés, elle s'inquiéta :

— Qu'est-ce que t'as ? T'es malade ?

— Non, non, cria Florentine.

Elle s'était écrasée dans un fauteuil et ses mains tremblantes allaient de ses cheveux épars à son sac à main qu'elle ne parvenait pas à ouvrir. La glace de l'armoire lui renvoya son image qu'elle saisit avec une crispation de détresse. Puis, fidèle à tant de gestes qui l'avaient aidée autrefois, elle fit un pitoyable effort pour démêler ses cheveux, elle parvint à se lever et, fouillant parmi les effets de Marguerite, elle trouva un bâton de rouge et commença de couvrir ses lèvres sèches et toutes gercées par le vent. Avant d'avoir fini, elle se détourna, incapable de supporter plus longtemps sa réflexion, ses épaules s'affaissèrent, et elle eut un petit rire navrant, déçu, incroyablement triste.

— De quoi est-ce que j'ai l'air, Marguerite ? demanda-t-elle sur un ton plaintif. Je suis enlaidie, hein ?

— Ben non, dit Marguerite, t'as toujours l'air fine, toi, même quand t'es fatiguée.

— Oui, dit Florentine faiblement. C'est ça... je suis donc fatiguée... » Puis elle avoua, vaincue, brisée : « Je veux me coucher, Marguerite. Je veux dormir, Marguerite. »

C'était comme une plainte qui sortait d'elle plutôt qu'un souhait, une plainte qui n'en pouvait plus de se contenir.

— Mon Dieu, que je veux donc dormir !

Le lit était défait, tout petit, tassé contre le mur.

— Je vais changer les draps, dit Marguerite... Ça sera pas long.

Et elle sortit de la pièce pour aller chercher du linge propre. Restée seule, Florentine courut aussitôt à la glace de l'armoire et là, sans témoin, épia longuement, en ennemie, cette nouvelle image d'elle-même, ces traits qui lui paraissaient inconnus et qui, dans leur égarement, l'épouvantaient ; et elle retenait à grand-peine les larmes qui s'amoncelaient sous ses paupières. Puis la poignée de la porte tournant, elle vint précipitamment se rasseoir et prit l'attitude exacte qu'elle avait eue un instant auparavant. Bientôt des draps blancs, entrouverts, invitèrent au repos. Florentine enleva ses souliers, ses bas, son chandail, sa jupe et, d'un élan, courut se jeter au lit. Et la fraîcheur du coton coulant sur ses membres las, soudain elle ne sut plus se maîtriser et éclata en sanglots. Elle pleurait les coudes levés et les mains tendues sur ses yeux pour en cacher l'expression à Marguerite, sans abandon, mais plutôt avec exaspération et emportement. Par instants, elle se tournait contre le mur et s'y cognait le front durement comme pour s'infliger une peine, et elle poussait une plainte.

Marguerite la laissa sangloter quelque temps. Puis elle s'approcha du corps glacé de Florentine et, lui passant les bras autour des épaules, se prit à lui parler comme à une enfant.

— Dis-moi ce que t'as. Des fois ça peut te faire du bien.

Elle sentit Florentine se raidir, et insista :

— Dis-moi donc ta peine »... Et comme on fait avec les enfants pour solliciter un aveu : « C'est-y que ta mère t'a dit quelque chose ? Non ?... C'est-y que ton gars te fait plus de façon ?... Y en a d'autres, tu sais. Un de perdu comme on dit, et dix de retrouvés... C'est pas ça ?... » Et soudainement grave : « C'est-y parce qu'il y en a qui parlent sur ton compte ?... »

— Qui ça ! fit Florentine violemment à travers ses sanglots. Qui ça qui parle de moi ?

— Oh, personne, je me demandais... dit Marguerite, qui se rappelait pourtant quelques propos médisants très précis. Faut pas pleurer pour ça, voyons. C'est des mauvaises langues. Il faut pas s'en occuper. Moi, je sais bien que t'as pas pu faire rien de mal.

Cet excès de confiance allié à une certaine réticence qu'elle sentait très bien chez Marguerite, acheva d'exaspérer Florentine. Elle se recula jusqu'à l'extrême bord du lit et déclara :

— Si tu veux pas me dire qui parle de moi, c'est ton affaire, dis-le pas. » Puis elle cria comme un défi : « J'ai rien en tout cas, j'ai rien pantoute. »

Mais aussitôt, soulevée par une nouvelle crise de larmes,

terrifiée par cette distance qu'elle apercevait entre elle et les jeunes filles de son milieu, elle enfonça ses ongles dans les épaules de Marguerite comme pour faire passer en elle son insupportable angoisse, se décharger sur un être humain.

— Éteins la lumière, supplia-t-elle.

Dans l'obscurité, elle trouva plus poignant encore cependant le sentiment d'être livrée à la solitude, à quelque chose d'inhumain, d'effrayant, qui était son lot à elle seule, qu'elle ne pouvait rejeter, pas même partager.

Marguerite se taisait maintenant, avertie, par un instinct très sûr, de la vérité. Elle n'avait pas été sans remarquer que la jeune fille avait beaucoup changé depuis quelques semaines, et que les autres serveuses du restaurant, sournoises, l'étudiaient, guettaient chacun de ses mouvements avec une curiosité désobligeante et souvent, dans un regard, se livraient l'une à l'autre la trame d'une pensée commune.

« Mon Dieu, est-ce possible ! » songea-t-elle. Et elle fut étonnée de n'éprouver aucun sentiment de mépris. Elle avait pourtant jusque-là porté sur l'amour hors du mariage un jugement plein de sévérité et de dédain. Elle l'avait même raillé, elle avait peut-être pris du plaisir elle aussi aux calomnies que les serveuses ébruitaient au magasin. Et voici que, n'apercevant que des ruines sur le chemin que parcourait Florentine, elle éprouvait surtout le désir de la couvrir, de la protéger.

Que ferait-elle, si jeune, en vérité guère plus jeune qu'elle-même, mais plus frêle, plus légère, et par conséquent plus pitoyable, plus jolie aussi, et ainsi ayant été exposée davantage ? Que ferait-elle, si jolie, cette pauvre Florentine ? Serait-elle renvoyée du magasin ? Dans son désespoir, à quelle extrémité ne se porterait-elle pas ?

Une pitié navrée, un besoin rebelle d'agir selon le cœur, s'emparèrent de Marguerite.

Elle n'était pas encore sûre qu'elle en aurait le courage, mais, voulant justement se forcer à cela qu'elle trouvait beau et juste, elle se laissa entraîner par ses paroles.

— Coute, Florentine, dit-elle. T'es p't-être mal pris. Et si c'est
ça, je t'aiderai, moi. Je t'aiderai, moi, tu entends.

Mais ce n'était pas encore assez, et elle savait qu'il fallait
s'engager davantage pour vaincre cet égoïsme de la nature qui
commande à chacun de limiter sa part dans la peine d'autrui.

Marguerite entrevit tout cela et murmura :

— Coute, Florentine, on peut passer à travers, tu sais. Y en a
d'autres qui ont passé à travers. Nous serons ensemble, Florentine.
Je te le promets. Et je te défendrai, va. Qu'elles disent un mot contre
toi, au magasin, et je les attends !... Ça sera entre nous autres comme
un secret.

Et songeant malgré tout aux difficultés de son projet, elle
exposa ses moyens, tandis que Florentine, trop étourdie de colère et
d'étonnement pour émettre un seul mot, la laissait parler :

— J'ai un peu d'argent de côté, fit-elle. Ça nous aidera. Je te le
prêterai, si t'es trop fière pour l'accepter autrement.

Florentine continuait à se taire. Elle aussi réfléchissait. Mais
loin d'être touchée par l'offre de Marguerite, elle demeurait pétrifiée
de surprise que son secret eût pu être découvert, et que surtout
Marguerite osât parler de cela — de cela qui arriverait plus tard, qui
était si effrayant qu'elle-même ne pouvait se résoudre à l'envisager.
Quelle sotte, cette Marguerite ! Quelle grande bête ! Folle et sotte !
Coûte que coûte, il fallait se sentir tranquille et ne rien précipiter.
Surtout, il fallait détruire l'idée que cette grosse niaise s'était mise
dans l'esprit.

— T'es folle, dit-elle, hésitant entre la colère et la moquerie,
t'es folle pour vrai, toi, pis toutes tes idées. Je te dis que j'ai rien.
C'est les nerfs. C'est les nerfs.

Elle criait la même chose avec rage et défi comme pour s'en
persuader elle-même. Et lorsqu'elle vit Marguerite à demi convain-
cue, penaude, elle en ressentit un tel soulagement, elle se crut à ce
point engagée vers sa propre délivrance, qu'elle se hâta d'accumuler
d'autres reproches :

— Une chance que tu dis ça pour rire, parce que je me fâcherais.
Je m'en irais tout de suite, si je savais que tu croyais ça de moi, ce

que tu viens de dire là. Reprends ça ou ben j'sus fâchée contre toi. Faut-y que tu sois folle, toi pis tes idées.

Puis elle fit mine de bâiller, de s'étirer, comme si elle tombait d'épuisement, et décida :

— À c'te heure, dormons, qu'on ait pas l'air trop bête demain matin. Dormons.

Elle feignit aussitôt le sommeil pour être plus vite à l'abri de la sollicitude. Quand elle entendit enfin la respiration égale de Marguerite, alors seulement elle se permit de bouger. Soulevée sur un coude, elle plongea les yeux dans le vide et elle s'abandonna enfin à ses pensées.

Elle fut d'abord surprise du calme effrayant qui était descendu sur elle. Mise devant l'évidence, par les paroles de Marguerite, par sa pitié plus encore que par l'avertissement de la nature, il n'y avait plus de place en elle pour des regrets ou de la honte. Elle se disait simplement, ses mains froides pressées contre sa gorge : « Qu'est-ce que je vais faire, moi ? » Elle fixait les coins sombres de la pièce étrangère comme si elle ne parvenait pas à comprendre où elle était. Et toujours cette question qui venait la harceler : « Qu'est-ce que je vais faire, moi ? »

Elle se frotta les yeux et, les mains à plat contre ses tempes qu'elle pressait comme pour en faire jaillir un projet, un espoir, elle s'obligea à réfléchir. Elle se rappelait une petite ouvrière qui lui avait candidement avoué, un jour, tout en marchant dans la rue, une chose horrible. Et elle se souvint aussi que ce jour-là la vie lui avait paru malsaine et torturante. Pourtant, s'il fallait s'y résigner !... Elle jouait avec l'idée, les membres crispés par la crainte de la douleur physique et sachant bien qu'elle ne pourrait pas l'accepter. Toujours d'ailleurs, lorsqu'elle pensait à ces choses, à cette confidence restée dans son souvenir comme une flèche empoisonnée, une vision surgissait tout à côté, une vision toute différente, où l'église, les images saintes et même les cierges allumés de ce matin où elle avait assisté à la messe avec Emmanuel, les images, les cierges, l'église s'emmêlaient. Des journées de joie pure et naïve lui revenaient à l'esprit. Elle se sentait alors retranchée du soleil, de la lumière, de la vie, et comme morte. Elle chercha à se faire violence, mais, ne pouvant se convaincre que c'était là la seule issue qui lui restait, elle n'y mettait pas une entière conviction. Elle abandonna ce projet, elle s'avoua qu'elle ne pourrait jamais s'y résoudre.

Et, de nouveau, l'affolante question frappait, frappait à ses tempes : « Mais qu'est-ce que je vais faire ?... Avouer ?... Avouer à sa mère ?... Oh ! cela, non jamais... Mais alors ? Avouer peut-être à Marguerite ? » Sa gorge se contracta. Non, cela non plus. Marguerite, avec ses promesses de l'aider, de se taire ! Elle pouvait bien faire la généreuse, celle-là ! Personne ne l'avait aimée, personne ne sortait avec elle, sauf Alphonse, un chômeur, un gars qu'elle faisait vivre probablement ! Marguerite, en voilà une qui ne comprenait rien à la vie. C'était par curiosité sans doute qu'elle se montrait si bien disposée. Et pour mieux la calomnier ensuite. Les femmes ! pensait-elle avec mépris. Et d'ailleurs, est-ce qu'une femme peut aider une autre femme ?... Mais qui, l'aiderait ?...

Elle chercha une autre issue. Elle était encore jeune et jolie. D'autres jeunes hommes que Jean Lévesque l'avaient remarquée. Il y en avait tant qui l'avaient poursuivie de leurs attentions au restaurant. Elle s'attarda quelque temps à cette pensée, mais aussitôt le souvenir de son expérience physique la rejeta au désespoir.

Jusqu'à l'aube, elle fut secouée de tremblements convulsifs et pleura, la tête écrasée dans l'oreiller pour ne pas réveiller Marguerite, cette ennemie qui connaissait, qui croyait connaître son tourment. Enfin un mince rayon de soleil se fraya un chemin dans la chambre sous le store baissé. Alors elle cessa de s'agiter. Elle resta étendue, sans mouvement, les yeux secs. Il lui sembla avoir été soumise au cours de la nuit à des traitements si cruels que son cœur, à la fin, en était devenu comme insensible. Son amour pour Jean était mort. Ses rêves étaient morts. Sa jeunesse était morte. Et à l'idée que sa jeunesse était morte, elle éprouva encore un frisson de peine, léger comme un cercle qui, en s'élargissant sur l'eau, en brouille si peu la surface.

Le calme s'était fait en elle, un calme plat et stupéfiant, qui descendait jusqu'aux couches les plus profondes de l'être et ne remuait plus rien. Plus de souvenirs, plus de joie, plus de regret. Une attente passive, contraire à la raison, contraire à elle-même, qui n'était plus désespérée mais encore moins touchée d'espoir, une simple attente, comme un sentiment durable, permanent, l'habitait.

Sa décision était prise. Quoi qu'il en fût, quoi qu'il arrivât, jamais elle ne desserrerait les lèvres sur son secret. Elle se laisserait vivre, elle se laisserait faire, elle attendrait. Elle attendrait elle ne savait quoi, mais elle attendrait. Un très pâle, très faible orgueil de ne s'être pas trahie la soutenait, et la pensée aussi qu'elle avait du temps devant elle pour réfléchir.

La vie reprenait déjà dans le faubourg ; elle entendit les roues d'une voiture brimbalant sur le pavé, puis des bouteilles dans un panier de laitier, sonnant, s'entrechoquant, et soudain un sifflotement heureux, insouciant qu'accompagna aussitôt un trot allègre ; et dans son cœur le besoin de vivre subsistant malgré tout s'exprima par une espèce de défi. Tout n'était pas fini. Puisqu'elle n'avait pas de choix à son goût, elle refusait tout ce qui s'offrait à elle, et il devait se produire parfois des miracles, pensa-t-elle, en faveur d'êtres comme elle, fermés et audacieux. Ses yeux lourds de fatigue s'attachaient au mince rayon de soleil qui envahissait la pièce.

XXIV

Le soir même où Florentine s'était enfuie de la maison de ses parents, Azarius rentra au logis vers les dix heures.

— J'ai trouvé notre affaire, dit-il, dès le seuil. Cinq chambres, une salle de bain et un petit bout de galerie. À part ça, une petite cour en arrière pour faire sécher ton linge, Rose-Anna. J'ai settlé le marché. Si tu veux, on déménagera drette de bonne heure demain matin.

Depuis le départ de Florentine, Rose-Anna était restée affaissée au coin de la table. Les paroles d'Azarius prirent quelque temps à pénétrer son accablement et sa torpeur. Elle n'entendit d'abord que le son de cette voix, puis peu à peu elle perçut le sens des mots. Ses mains s'agitèrent comme pour vaincre un poids d'inertie. Et, tout de suite, elle fut debout, cherchant un soutien ; dans ses yeux bistrés luisait une lueur de soulagement.

— C'est bien vrai ! T'en as trouvé une, une maison ?...

Elle n'en demandait pas plus pour l'instant. Où était cette maison ? comment était-elle ? Voilà des questions qu'elle ne songeait même pas à lui poser. Ils avaient trouvé un abri, un coin à eux, un refuge exclusif pour les misères et les joies de sa famille ; déjà cela semblait une grâce, une lumière dans leur désarroi. Vivement, elle s'efforça de se mettre en branle. Elle s'apercevait à cette minute à quel point l'idée de vivre avec des étrangers, sous le même toit, la bouleversait. Toute leur vie exposée à la curiosité des indifférents ! Non, une masure, une grange, n'importe quel trou noir lui parut préférable à la torture qu'elle endurait depuis quelques heures.

Ses yeux vinrent courageusement à la rencontre d'Azarius. L'énergie lui revenait en vagues rapides, consolantes. Femme du peuple, elle semblait en avoir une inépuisable réserve. Elle attrapa le bord de la table d'un geste déterminé et se pencha de tout son corps vers son mari.

— Cout' donc, dit-elle subitement, pourquoi ce qu'on déménagerait pas tout de suite à soir ! Il se trouve pas encore trop tard.

Azarius la considéra avec surprise, puis avec bonne volonté et, enfin, avec soumission. Depuis le soir où il s'était mis à souhaiter l'évasion, il avait redoublé de douceur, comme s'il voulait surtout s'acquitter envers elle d'une dette lourde et implacable. Ses dernières déveines surtout paraissaient l'avoir incliné à une sorte de passivité aux ordres de Rose-Anna. Et perdu plus qu'il ne l'avait jamais été, humilié, contraint, apprenant enfin à dissimuler sa faim de liberté et de recommencement, il mettait à essayer de lui faire plaisir une complaisance presque pathétique.

— J'avais fait mettre un truck de côté pour demain matin, dit-il, mais je vois pas pourquoi que je l'aurais pas à soir. Je peux aller voir tout de suite, si tu y tiens. Une affaire d'un quart d'heure...

— Vas-y, dit-elle énergique. On aura le temps en se dépêchant de monter que'ques lits là-bas et de coucher tout seuls à soir. Ça vaut ben de se démener un peu. Pour le reste, tu pourras toujours venir le chercher demain matin.

Elle dit encore d'une voix déjà plus douce :

— Tu comprends aussi, se lever ensemble deux familles demain matin, pis avoir besoin tous à la fois du poêle, du lavabo, ç'a quasiment pas de bon sens. Ah, et puis !...

Elle levait les bras d'un mouvement de lassitude infinie...

— ... ah, et puis être chez nous, Azarius !

Il partit aussitôt et, elle, courageuse, ramassait déjà des poêles, des chaudrons, des marmites. Il y avait plusieurs grandes boîtes de carton, toujours prêtes pour le déménagement, dans le débarras derrière la cuisine. Elle alla les chercher une à une, puis, agenouillée sur le plancher, elle y disposa du linge plié d'abord, une rangée de vaisselle ensuite ; une couche de linge et une autre de vaisselle. Elle remplit ainsi une grande boîte, jetant un coup d'œil de temps en temps à l'horloge de la cuisine. Mon Dieu, qu'elle n'allait pas vite ! Souvent essoufflée, elle devait s'arrêter pour donner un peu de répit à son cœur agité.

À la longue, elle dut convenir qu'elle n'y arriverait jamais seule. Elle se décida bien à contrecœur à éveiller les enfants. Très doucement, elle ouvrit la porte de la salle à manger, et traversa la pièce sur la pointe des pieds. L'intimité d'autrui lui paraissait inviolable. Elle la respectait avec le même entêtement farouche qu'elle mettait à défendre la sienne. En marche sur les planches qui craquaient, elle jeta un regard soudain apitoyé sur les enfants étrangers qui sommeillaient, couchés sur les chaises mises bout à bout. Son cœur n'était pas indifférent à l'universalité du malheur, mais Rose-Anna se méfiait d'une pitié trop large ; à son habitude, elle s'interdisait de trop penser aux autres, par économie de tendresse, avec une méfiance toujours en éveil contre ses propres mouvements de générosité. Elle avait cette idée bien enracinée que la charité commence chez soi. Mais en ce moment, toute réticence, toute prudence s'écartèrent d'elle. Elle eut un geste spontané et bienveillant vers l'étrangère, elle toujours si réservée :

— Faut pas être gênée, dit-elle. Servez-vous de toute ce qu'il vous faudra. Nous autres, on sera plus dans votre chemin longtemps.

Et elle fut soulagée comme si elle avait réussi à soulever enfin un vague poids de rancune qui l'avait oppressée.

Elle pénétra dans la petite chambre de Philippe et parla tout bas dans l'obscurité à ses enfants.

— Levez-vous, dit-elle, sans faire de bruit.

Et alors qu'ils écarquillaient les yeux et, soudain effrayés, se dressaient sur leur couche, elle les aidait à passer leurs vêtements.

— On s'en va chez nous, répétait-elle.

Et sa voix dans la pénombre avait des inflexions très nettes et arrêtées qui glissaient, rassurantes, sur la frayeur des enfants.

Elle les habilla tous, sauf la petite Gisèle qu'elle laissa dormir, et elle ramena les autres sur la pointe des pieds, emportant en même temps des oreillers et des couvertures.

Dans la cuisine, d'une voix bien posée, bien calme, elle leur assigna à chacun une petite tâche, sans perdre elle-même une seule minute. À genoux de nouveau sur le plancher, elle disait :

— Toi, Yvonne, t'as pas des doigts qui cassent tout. Prends ma meilleure vaisselle et enveloppe chaque morceau dans de la gazette. Chaque morceau, répétait-elle d'une voix énergique et basse.

— Va, mon grand garçon, dit-elle à Albert, fais pas de bruit, fais attention de pas te cogner et va chercher la cuve de maman derrière la porte.

La petite Lucile demandant aussi à être occupée, Rose-Anna acquiesça :

— C'est bien. Aide ta sœur Yvonne, mais casse rien, hein, mon enfant !

Ils étaient surpris de ce timbre si calme, si placide, presque grave, de leur mère. Ils se sentaient déjà portés à la joie plutôt qu'à l'inquiétude. Philippe rentra, et sa mère ne lui demanda pas où il était allé, en fronçant les sourcils selon son habitude. Elle le chargea tranquillement de quérir d'autres caisses à la cave. Aucun reproche. Sa douceur déconcertante durait.

Évoluant sans bruit, les enfants lui obéirent, puis enhardis par sa sérénité, ils montrèrent leur joie tumultueuse. Ce déménagement en pleine nuit les ravissait. Leurs voix s'élevaient, et des petites chicanes soudaines les faisaient crier alors qu'ils voulaient tous ensemble accomplir la même besogne. Rose-Anna ne se fâchait pas encore. Il semblait que jamais plus elle ne se fâcherait. Très lasse, elle demandait seulement un peu de calme :

— Voyons, disait-elle, faites pas tant de train ; on est plus chez nous.

Et elle promettait, avec un soupçon de sourire sur ses lèvres fatiguées :

— Tâchez de vous contenir. Ça sera pas long. On sera bien vite chez nous.

Chez nous !

Il était vieux ce mot-là, un des premiers qu'ils eussent appris, eux, les enfants. Il venait sur les lèvres inconsciemment, à toutes les heures du jour. Il avait servi tant, tant de fois. C'était bien ce mot-là qu'on employait naguère pour désigner un logis humide au sous-sol, rue Saint-Jacques. C'était encore ce mot-là qui leur rappelait les trois petites pièces brûlantes au faîte d'un immeuble crasseux, rue Saint-Antoine. Chez nous, c'était un mot élastique et, à certaines heures, incompréhensible, parce qu'il évoquait non pas un seul lieu, mais une vingtaine d'abris éparpillés dans le faubourg. Il contenait des regrets, des nostalgies et, toujours, une parcelle d'incertitude. Il s'apparentait à la migration annuelle. Il avait la couleur des saisons. Il sonnait au cœur comme une fuite, comme un départ imprévu ; et quand on l'entendait, on croyait entendre aussi, au fond de la mémoire, le cri aigu des oiseaux voyageurs.

Devant elle, se levaient des petits visages illuminés ; des yeux tout pleins de bonheur s'attachaient à elle avec une espèce de réticence émue et les enfants parfois tous ensemble se taisaient.

Mais comme, après les avoir fait rêver, Rose-Anna savait tout de suite les défendre contre l'illusion !

— Allons pas s'imaginer qu'on va rentrer dans un appartement de millionnaire, par exemple, dit-elle attendrie. Y aura ben des coins à nettoyer. Vous vous souvenez comme c'était sale quand on est arrivé icitte. Ça on peut pas s'attendre qu'ils nous feront un ménage. » Et ramenée en pleine préoccupation matérielle, elle recommanda vivement : « Avez-vous pensé au balai, que'qu'un ? Ça, c'est important. On sera content de l'avoir sous la main en arrivant là-bas. Avec de l'eau pis un balai, on arrive toujours à boutte de la plus grosse saleté. Moi, je dis toujours : un balai, la première chose. »

Elle n'était pas très loquace à l'ordinaire avec les plus jeunes enfants. Le langage établi entre elle et les petits en était un de tendresse silencieuse et d'amicale gronderie plutôt que de véritable conversation. Mais ce soir, bouleversée par le départ de Florentine, elle se faisait des reproches, elle tâchait de se racheter en ramenant plus étroitement les petits vers elle. Et puis, du fond de sa solitude, tant elle lui était devenue perceptible ce soir, elle aurait cherché à gagner à elle le moindre être animé.

Elle leur parlait avec volubilité, d'égal à égal ; elle se mettait non pas à leur niveau, mais elle les appelait au sien avec une sorte de gravité tendre. Ils en étaient fortement impressionnés. Jamais encore leur mère ne leur avait parlé sur ce ton. Elle leur disait des choses étonnantes et sérieuses tout d'un coup en les regardant bien en face ; ou encore, elle les déroutait avec des mots dits en passant, des riens, des soupirs qui accusaient cette soudaine confiance qu'elle mettait en eux.

— On a nos misères, c'est entendu, disait-elle. Ça fait triste de déménager comme ça en pleine nuit. Pis, je sais pas encore !... Regardez les autres... On est pas pire que d'autres. À l'heure qu'il est, dans les pays en guerre, y en a qui sont plus malheureux que nous autres, ça doit être. Du pauvre monde en peine...

Puis elle se tut, se demandant si elle parlerait à Azarius de la fuite de Florentine ce soir même ou si elle la tairait jusqu'au lendemain. Et soudain, il lui apparut qu'elle avait bien fait de n'en souffler mot encore et que cette scène, qui lui paraissait maintenant un rêve dont elle doutait, devait rester à jamais secrète.

Plusieurs caisses étaient remplies. Ils se mirent tous ensemble à en faire une autre, agenouillés en rond au centre de la cuisine. Rose-Anna se sentit brusquement un sauvage besoin d'étendre ses bras autour d'eux, de les réunir tous dans la même étreinte et de les rassurer.

— En tout cas, ça peut pas être pire que notre autre maison, dit-elle. On était ben trop petitement. Y aura toujours plus de place là-bas. Vot' père a dit cinq chambres. T'auras p't-être la tienne, Yvonne. Il faut pas se bâtir des châteaux en Espagne, beau dommage, tant qu'on aura pas vu la maison, mais ça me dit qu'on va être mieux qu'icitte. Y a une galerie que vot' père a dit : on pourra mettre que'ques pots de fleurs. La cour, ça sera commode ; on sèmera que'ques plants de légumes si est assez grande. Pis, comme je l'ai déjà dit, la saleté, ça c'est rien : on arrive toujours à boutte de nettoyer.

Leurs mains besogneuses tout ce temps vidaient les placards, dépouillaient les murs. L'atmosphère familiale se désagrégeait. Elle ne tenait plus qu'à l'horloge ancienne sur sa corniche entourée de papier crêpé et à quelques casquettes pendues à la cloison. L'atmosphère familiale était morte, mais leurs yeux n'en montraient point de regret. C'était comme si elle ressuscitait déjà dans leurs prunelles éblouies, et combien meilleure !

Ainsi leur plus beau moment avait toujours été celui qui précédait le déménagement.

Mais ils ne s'en souvenaient point.

Le petite cuisine était déjà remplie de grosses boîtes ficelées, d'ustensiles en pile, lorsque Azarius revint. Ils avaient le tour de déménager rapidement et pouvaient lever le camp en une heure comme des bohémiens. Ingénieux et prestes, ils savaient emballer beaucoup d'objets en charges faciles à transporter.

Ils s'y mirent tous ensemble pour transporter les effets dans la camionnette, et avec une sorte de merveilleuse entente tacite. Philippe et son père portaient les paquets les plus lourds, marchant, l'un à reculons, l'autre de front. Rose-Anna ramassait les choses fragiles et allait elle-même les déposer au fond, sous la bâche, en prenant bien soin de noter où elle les plaçait. Derrière elle, les petits couraient, l'un avec la précieuse pendule de la cuisine entre ses bras frêles, et celle-là avec une poupée sale et fatiguée qu'elle venait de repérer sur un tas de lessive. Albert, enfant prévoyant et sage, fermait la marche, trébuchant sur ses petites jambes et portant, tassée jusqu'au menton, une grosse brassée de bois.

Oh ! les choses bizarres, variées qui composent une maison, comme elles prennent un aspect piteux et lamentable lorsqu'on les expose ainsi, une à une, sans feu ni lieu !

Autour du seuil éclairé, un attroupement de badauds et d'enfants se formait.

— Tiens, les Lacasse déménagent ! Ç'a l'air qu'ils sont pressés !

Rose-Anna entendit la réflexion, et soudain elle bénit la nuit qui couvrait leur départ. Elle aima la nuit qui enveloppait leur pauvre mobilier.

Trop de fois, ils avaient déménagé en plein jour. Trop de fois, les matelas jaunis, les chaises boiteuses, à l'envers, les tables égratignées, les fers de lits rouillés et laids, les miroirs éteints, trop de fois ces choses, le signe visible de leur indigence, avaient pris place dans le cortège des déménagements qui, le premier mai, guenilles au vent, emplissaient les rues des quartiers pauvres.

Enfin, les effets les plus nécessaires à leur installation furent empilés dans un ordre coutumier et traditionnel : les provisions pour la table dans un grand panier dont Rose-Anna elle-même se chargea, les vêtements de nuit dans une vieille valise, la table, les chaises et même le poêle de cuisine. Rose-Anna avait dit, ferme : « Il faut le démonter tout de suite ce soir, Azarius. Tard ou pas tard. Dans la nuit, demain matin, là-bas, on peut avoir besoin d'eau chaude. »

Lorsque la cuisine fut à peu près vide, elle apparut très grande, étrangement muette à Rose-Anna, et elle s'y aventura seule pour bien regarder autour d'elle une dernière fois. Elle crut qu'elle le faisait pour s'assurer qu'elle n'oubliait rien. Elle ne démêlait pas autrement le sentiment confus qui la ramenait et la retenait dans cette pièce dépouillée.

Ici, Eugène, avant de s'engager, avait dormi une dernière fois sous ce même toit qui ne les abriterait plus jamais ensemble. Qui sait même s'ils dormiraient encore une fois tous ensemble dans la même maison ! Ici, le petit Daniel avait joué ses jeux innocents et sérieux avant que la maladie ne l'eût terrassé ! Ici, par une aube froide et grise d'octobre, elle avait découvert qu'elle allait être mère à près de quarante ans et pour la douzième fois. Ici, Florentine tantôt l'avait suppliée des yeux.

Florentine... sa première ! Son cœur alla vers elle encore plein de doute, de colère et d'amour déçu. Elle s'arrêta un instant pour réfléchir. Et le calme se fit en elle. Ça n'avait pas de sens. Florentine reviendrait. Elle s'expliquerait. Et peut-être n'y avait-il rien à expliquer. Rose-Anna se raccrocha vivement à cet espoir. Florentine, qui était pieuse et douce comme Yvonne lorsqu'elle avait son âge, ne pouvait avoir fait le mal. Maintenant, Rose-Anna s'accusait avec véhémence. En songeant que sa fille pouvait revenir ce soir même, elle déchira d'un seul coup une feuille du calendrier, prit un crayon et, de sa main déshabituée d'écrire, traça quelques lignes. « On a déménagé, écrivit-elle, tu pourras coucher dans la chambre de Philippe pour à soir, pis demain midi j'enverrai Yvonne ou Lucile te chercher au magasin pour te montrer le chemin. » Elle hésita quelques secondes, puis elle signa : « Ta mère. »

Alors, soulagée, elle alla derrière la porte prendre son chapeau et son manteau. Puis elle entrouvrit doucement celle qui conduisait à la salle à manger et, sans faire de lumière, elle cueillit sur le buffet quelques objets de piété dont elle ne se séparait jamais.

L'étrangère bougea dans l'ombre. Alors Rose-Anna lui souhaita un bonsoir ému.

— Y aura rien que ma fille qui viendra p't-être à soir, dit-elle. Nous autres, on part là. Vous allez être chez vous.

Derrière elle, Azarius entra. Il alla à la chambre de Philippe et prit la petite Gisèle endormie dans ses bras. Il la souleva avec soin et l'enveloppa chaudement d'une couverture de laine. Et tous les trois, se tenant étroitement, ils franchirent le seuil de la maison.

Une fois seulement, Rose-Anna se retourna vers la façade grise qui se dégageait muette et vide de lumière sous un ciel plein d'étoiles.

Elle prit la petite fille endormie sur ses genoux alors qu'Azarius se mettait au volant. Le bruit du moteur remplit ses oreilles d'un bourdonnement intense et résonna jusqu'au fond de son cerveau fatigué. Elle colla un œil à la vitre derrière elle pour s'assurer que les enfants étaient tous dans le camion. Elle les vit debout ou penchés sur les meubles entassés. Leurs silhouettes se découpaient en plein dans le rayon cru de la lampe à arc. Et elle fut consciente que tout ce qu'elle avait pu sauver du désastre était bien autour d'elle et que, même, il lui restait encore une grande part intacte de sa richesse. Et alors un regret à demi formulé surgit brusquement du fond de son âme croyante : elle avait douté de la bonté divine, son cœur pendant quelque temps s'était refusé à l'espérance ; c'était mal, très mal. Mais à peine perçu, ce regret déjà l'avait approchée de Celui qui avait été la source de son courage. Elle mit la main sur le bras d'Azarius et tout bas, dans l'ombre, murmura :

— Eh bien, partons !

Il brusqua aussitôt le départ, voyant cependant à peine la rue qui se dessinait devant lui. Peu habitué à reconnaître sa responsabilité dans la misère des siens, aveugle à cette misère, cette fuite en pleine nuit l'atteignait pourtant au plus vif de sa sensibilité. Une émotion presque inconnue lui nouait la gorge.

Il lança le camion à fond de train, les pneus criant au premier virage brusque.

Beaucoup plus tard dans la nuit, alors que les enfants étaient étendus sur des matelas posés par terre autour d'elle, Rose-Anna se souleva avec précaution et, un coude sur l'oreiller, elle plongea les yeux dans l'obscurité. Elle prêta l'oreille au silence, attentive au mystère de cette maison où ils avaient trouvé abri et qui, cependant, lui restait inconnue.

Accoudée à l'oreiller, Rose-Anna se demandait : « C'est-y une maison où il y a eu du monde heureux ? » Il lui paraissait que certaines maisons prédisposent au bonheur et que d'autres, par un enchaînement fatidique, sont destinées à n'abriter que des êtres éprouvés.

Elle ne l'avait pas encore vue en vérité. Ils avaient oublié les ampoules électriques et c'était à la flamme du briquet d'Azarius et de nombreuses allumettes qu'ils s'étaient sommairement installés.

Elle ne l'avait pas vue, mais elle l'avait flairée, elle l'avait pressentie à l'odorat, au toucher, à l'oreille surtout. Puis, subitement, un peu après minuit, elle l'avait sentie longuement frémir à l'approche d'un train. Alors elle avait compris et, avec cette bonne volonté courageuse qui la soutenait, elle s'était du même coup résignée. Il fallait bien qu'il y eût un inconvénient. Il y avait toujours un inconvénient. Des fois, c'était l'ombre ; des fois, c'était le voisinage d'une usine ; d'autres fois, c'était l'exiguïté du logement ; ici, c'était la proximité du chemin de fer.

La maison, tout à l'heure, dans un tremblement sourd, dans

l'agitation de ses vitres disjointes, dans l'ébranlement de ses fondations, lui avait révélé son triste sort.

« Pas étonnant, songeait Rose-Anna, qu'on l'a eue pas cher. Si près des tracks, c'est quasiment pas habitable. Ce bruit-là, je m'y habituerai jamais. » Et cependant, elle ne perdait pas pied. Pas encore. Elle ne renonçait jamais si vite. « Il doit y avoir des avantages avec les désavantages, pensait-elle. C'est au matin que je verrai comme il faut. Là, il faut pas se dépêcher de tout voir en noir. »

Auprès d'elle, Azarius remua. Elle se pencha un peu vers lui et mit la main doucement sur son bras pour voir s'il dormait. Il tressaillit aussitôt.

— Tu dors pas, hein ? dit-elle d'une voix triste.

— Non.

Un long silence. Puis elle demanda :

— Tu jongles, toi aussi ?

Il marmotta une réponse vague et enfouit son visage dans l'oreiller. Le sommeil le fuyait.

C'était maintenant à chaque instant du jour et de la nuit qu'il mesurait sa faillite. Et même la misère des siens qu'il n'avait pas voulu voir pendant des années commençait à lui devenir familière à la façon d'une compagne avec qui on a longtemps cheminé et qu'on a laissée en route un jour. Elle lui devenait familière à la façon d'un souvenir. Rose-Anna... elle avait été jeune à ses côtés, puis lasse, puis accablée... Et elle finissait par dormir près de lui sur une espèce de grabat. Et il y avait des plaintes vagues dans la nuit, qui s'échappaient du sommeil...

Il se retourna de nouveau, et ce mouvement brusque mit Rose-Anna en éveil.

— Jongle pas trop, dit-elle. Ça donne rien. Ça fatigue pour rien.

Et assise à son côté, elle se prit à lui parler comme à un des enfants, la nuit, quand il ne pouvait dormir.

— On est encore ensemble, Azarius. On a encore not' force, not' santé. Qu'est-ce que tu veux qui nous arrive de pire ? C'est encore avec nos paires de bras qu'on se tirera d'affaire, va, crois-moi. Des jongleries, c'est pas ça qui aide. Des jongleries !

Elle s'arrêta brusquement de parler. Le petit enfant remuait beaucoup en elle depuis quelque temps. Il s'agitait comme bouleversé par la fatigue qu'elle s'était donnée.

Elle chercha une pose plus confortable et, la voix alourdie, sentant malgré tout venir le sommeil, elle lui chuchota :

— Dors, pauvre homme. Dors, si tu peux. De dormir, ça change les idées. De dormir, des fois, c'est ça qui aide le plus, sais-tu.

Un peu plus tard, dès l'aube, alors qu'il s'était enfin endormi, elle se leva courageusement pour explorer leur logis. Elle passa de pièce en pièce, pieds nus. Puis elle s'habilla, se chaussa.

Et vers six heures du matin, alors qu'un pâle rayon de soleil filtrait dans la maison par les vitres crasseuses, elle travaillait depuis longtemps déjà, à genoux sur le plancher, des mèches humides plaquées au front et, devant elle, un grand baquet d'eau salie.

XXV

Emmanuel descendit du train à la gare de Saint-Henri vers neuf heures, un samedi soir. La nuit était fraîche, très douce, avec des étoiles lointaines qui brillaient à travers une résille de nuages.

C'était un soir langoureux, déjà chaud, traversé incessamment du cri de la sirène, et qui baignait dans l'odeur des biscuiteries. Loin derrière cet arôme fade, une haleine d'épices chassée par le vent du sud montait des régions basses au long du canal et arrivait par bouffées sucrées jusqu'à la butte où Saint-Henri se hausse de quelques pieds.

Un soir tel qu'il n'y en a pas deux par an dans le faubourg, tel qu'il ne s'en trouve nulle part ailleurs dans les quartiers environnants que ne visitent point ces odeurs d'épices ou ces souffles d'illusions. Un soir composé d'éléments familiers et d'éléments exotiques si bien entremêlés qu'on ne sait plus où commence le mirage et où la réalité. Et cependant, un soir tel qu'Emmanuel croyait en retrouver une multitude au fond de son enfance vaga-bonde. Un de ces soirs où le peuple besogneux de fileurs, de lami-neurs, de puddleurs, d'ouvrières, semble avoir déserté les maisons d'un commun accord et s'être mis en route, rue Notre-Dame, vers quelque aventure. Lui aussi, souvent, avait erré par des nuits pareilles, cherchant il ne savait quelle mystérieuse joie à la mesure du ciel étendu sur sa tête comme un envoûtement.

Il s'aventura jusqu'au bout du quai. Et là, bien planté en pleine odeur et vision familières, il leva les yeux vers le faubourg. Son village dans la grande ville ! Car nul quartier de Montréal n'a conservé ses limites précises, sa vie de village, particulière, étroite, caractérisée, comme Saint-Henri.

Des enfants jouaient à la marelle tout autour de la gare et leurs cris s'entendaient à travers les sifflements de la locomotive qui avait repris de la vitesse et dévalait entre les cours, les arbres maigres, les cordes tendues où séchait le linge, entre ces aperçus d'intimité, mornes, rapides, que les trains découvrent en traversant les villes. D'où il se tenait, Emmanuel voyait les flèches de la paroisse percer les tourbillons de fumée. Son quartier continuait sa vie ordinaire, sa vie sans cesse hachée par les départs, les voyages, sans cesse indifférente aux départs et aux voyages. Rue Notre-Dame, la fruitière enveloppait des légumes. Sa silhouette affairée passait et repassait devant les carreaux. Le marchand de frites arrivait dans sa baladeuse tirée par une haridelle au long cou triste. Devant les *Deux Records*, les passants ralentissaient pour écouter la radio dont la voix éclatait dans la rue. Le libraire d'à côté vendait des cartes. Les ménagères allaient vivement, de gros paquets sur le buste. Et là-haut, dans sa guérite élevée au-dessus des toits, l'aiguilleur se penchait quelquefois à une vitre crasseuse, et on aurait dit qu'il regardait passer sous lui un peuple de fourmis. Toutes les fenêtres étaient ouvertes, et les bruits de la vie humaine, de la vaisselle entrechoquée, des conversations, tous les bruits des ménages flottaient dans l'air comme si la vie humaine n'avait plus été à l'abri des cloisons mais se serait étalée en commun dans toute sa pauvre intimité.

Là-bas, voyagent les chalands plats, les cargos, les pétroliers, les barges des Grands Lacs, les péniches grises, et Saint-Henri connaît l'odeur de tous les produits du monde : des grands pins du Nord, du thé de Ceylan, des épices des Indes, des noix du Brésil. Mais, rue du Couvent, derrière une grille, il abrite, ainsi qu'en une petite ville fermée et provinciale, ses nonnes que l'on voit passer deux par deux quand les cloches de la paroisse sonnent les quarante heures ou les vêpres dominicales.

Il a, le jour, sa vie impitoyable de labeur. Il a, le soir, sa vie de village, alors qu'assis au frais sur le pas de leur porte ou sur des chaises placées au bord du trottoir, ses gens s'entretiennent de seuil en seuil.

Saint-Henri : termitière villageoise !

Emmanuel, qui avait voyagé, et qui avait mûri rapidement en quelques mois, revenait au faubourg avec des yeux clairs et observateurs. Il vit Saint-Henri comme il ne l'avait encore jamais vu, avec sa vie complexe et pourtant sans secret. Il l'en aima davantage, ainsi qu'on aime son village, son patelin, quand revenant d'une aventure, on retrouve chaque chose à sa place familière, et partout des gens qui vous reconnaissent.

D'un coup allègre, il fit sauter son sac sur son épaule et hardiment se mit en route.

« Belle soirée », se répétait-il en marchant, de même qu'on se félicite parfois ingénument du beau temps ou d'une humeur docile qui nous porte à la joie.

Puis il s'arrêta, indécis. Aux devantures des boutiques, aux coins des rues, se détachaient partout les bulletins de nouvelles qui portaient le pathétique et suprême ordre du jour de Gamelin aux troupes françaises :

Défendre vos positions
jusqu'à la mort.

Emmanuel se sentit replongé dans l'absurde. Une scène de sang, de souffrance, se présenta à lui. Et, pendant un instant, il cessa de voir la fumée des toits qui montait, si droite, dans le ciel léger. Il cessa de boire l'air, comme s'il lui était devenu irrespirable. Et cette espèce de malaise indéfinissable qui planait sur le faubourg lui devint perceptible. Il remarqua enfin la gravité des ouvriers qui, leur boîte à lunch sous le bras, la casquette renfoncée, allaient plus soucieux qu'à l'ordinaire et comme apitoyés sur un malheur dont ils ne pressentaient pas encore cependant qu'il pût les toucher. Et, tout aussitôt, il nota le petit nombre d'hommes jeunes qui se promenaient dans la rue principale ; quelques-uns, comme lui, hâtaient le pas, mais plusieurs portaient l'uniforme militaire.

Le front assombri, il continuait sa route. Puis il se trouva devant le magasin du *Quinze-Cents*, et l'image de Florentine le saisit. Il s'arrêta un instant pour jeter un coup d'œil vers le restaurant, mais la foule se pressait si dense autour de la table-comptoir qu'il ne put apercevoir la jeune fille. Il eut le désir d'entrer tout de suite lui dire quelques mots. « Mais, dans cette cohue, pensa-t-il, quelle chance de lui parler ? » Puis il songea à l'attendre dehors puisque l'heure de la fermeture approchait. Enfin, il songea qu'il était couvert de poussière et qu'un brin de toilette le rendrait plus présentable. Ses joues se colorèrent vivement : il reprit sa route, sifflotant l'air populaire d'*Amapola*, que les phonos automatiques glapissaient sur son passage. Et il allait, sifflant avec entêtement, de même qu'on chante parfois pour forcer la bonne humeur ou se persuader qu'il n'y a rien à craindre.

Dix minutes plus tard, il embrassait sa mère, sa sœur Marie ; et de son sac ouvert au milieu du salon, il tirait des photos du régiment. Puis, tandis que la famille se passait les photos et s'ingéniait à le reconnaître parmi le groupe, il monta à sa petite chambre. Elle donnait sur le square, et les arbres, non loin, éclataient de pépiements d'oiseaux. La fontaine faisait entendre sa chanson fluide. Emmanuel se pencha à la fenêtre. Il respira à pleins poumons une odeur de lilas, puis, tournant sur lui-même, commença ses ablutions. Et, de temps en temps, en se rasant, il regardait sa chambre avec amitié et essayait de définir la satisfaction qu'il éprouvait à s'y retrouver. Pourtant, l'an passé encore, il ne pouvait y tenir en place, exécrait la fadeur de sa vie civile et redoutait jusqu'à la sollicitude de sa mère. Maintenant, elle lui paraissait agréable, cette petite chambre de jeune homme. Ses cravates pendaient à un anneau, en bon ordre, des cravates de couleurs vives, cadeaux de sa sœur, qu'il avait trouvées vilaines, mais il regretta pourtant de ne pouvoir en porter une ce soir, soit la bleue à pois blancs, soit celle-ci, rouge et rayée de noir. Il toucha ses pipes alignées sur la commode, s'amusant à se rappeler qu'il avait fumé la pipe naguère... quand il était très, très jeune, vers l'âge de dix-huit ans... Tant de choses, tant de souvenirs le surprenaient rien qu'à toucher une pipe, un cendrier qui exhalait encore un vague remugle de tabac refroidi, un petit instantané de lui-même glissé sous le cadre de la glace... Oh ! que ça lui donnait envie de rire de se voir ainsi, à la campagne, l'air naïf et misérable ! Ce qu'il avait dû être un jeune homme ennuyeux et maussade ! Il retourna à la fenêtre, sifflotant toujours l'air d'*Amapola*, dont il ne parvenait pas à se débarrasser, puis, sérieux soudain, revint se placer devant la glace de son armoire et se prit à étudier ses traits. Florentine !... L'aimerait-elle ?... Verrait-elle quelque chose de plaisant dans ce visage qu'il observait en ce moment avec inquiétude ?... Y verrait-elle qu'il était très sincère, très épris, et surtout déjà bien misérable sans elle ?

Il se regardait comme on regarde un étranger. La bouche était mince, sérieuse ; une certaine timidité épandue sur le visage lui donnait un air très jeune, plus jeune qu'il ne l'eût désiré. Mais dans le reflet des yeux bleu-gris passaient des nuances de méditation, d'audace et de tristesse. Une mèche de cheveux cendrés lui retombait sur le front ; il la releva avec impatience et essaya diverses façons de se peigner qui pussent le vieillir.

Puis il alla de nouveau s'accouder à la fenêtre. Florentine !... Il était partagé entre le désir de courir vers elle et celui de rêver à elle, la tête plongée ainsi dans la nuit douce. Quand donc avait-il commencé de l'aimer ? Était-ce la première fois qu'il l'avait vue au restaurant ? Ou était-ce quand il avait dansé avec elle à en perdre haleine ? Ou était-ce au camp militaire quand, pendant des soirs, elle lui était apparue dans la fumée des cigarettes qui empoisonnait la cantine ? Peu à peu, elle était devenue pour lui, là-bas, une ombre familière, une source de repos, quand, brisé de fatigue, il s'étendait sur son étroite couchette et restait des heures, les yeux clos. Oh, Florentine !... S'était-il trompé à son sujet durant tant de soirs là-bas où en imagination il avait dansé avec elle, causé avec elle, exploré la ville avec elle, mangé avec elle, ri avec elle ! Est-ce qu'elle était pareille à ses rêveries, à l'étrange figure qui avait hanté son ennui, ou était-elle différente et faudrait-il qu'elle apprît à l'aimer ? La Florentine de ses songes l'aimait ; elle était comme lui, tantôt follement gaie, tantôt triste sans raison ; elle le suivait par tous les détours de la pensée. Mais la Florentine vivante ?...

En bas, dans le salon, le rire si doux, si rare de Marie Létourneau s'élevait de temps en temps. Emmanuel se prit à écouter ce rire délicieux et frais de sa sœur. Jamais, ou si peu souvent, elle ne riait. Il fallait qu'il arrivât, lui, pour que, s'efforçant peut-être à le retenir ainsi par la gaieté, elle devînt une tout autre personne. « Petite sœur Marie ! » songea-t-il avec émotion. Et il s'aperçut pourtant qu'à peine rentré chez lui et malgré la douce affection qu'il éprouvait pour sa sœur et sa mère, il brûlait déjà de ressortir. C'était comme s'il ne possédait qu'une seule soirée de bonheur et qu'il eût à dépenser dans cette soirée des émotions qui eussent suffi à remplir toute une vie.

Sa toilette enfin terminée, il descendit les marches quatre à quatre. Il jeta un « bonsoir » rapide, gêné, aux siens qu'il quittait en si grande hâte, et se retrouva dans la rue avec le sentiment de s'échapper d'une prison... Oh ! une prison bien agréable, pas sévère, une prison de tendresse, mais qui, tout de même, quelquefois, l'énervait. Allégé de son sac, allégé du temps qui avait fui et le rapprochait de Florentine, il se lança sur le trottoir à une allure vive et agile. Un instant, à la pensée que sa mère pourrait apprendre vers qui il se précipitait ainsi, il se sentit très ennuyé. Puis il reconnut que cette découverte s'imposerait un jour ou l'autre, se promit d'en parler lui-même à la première occasion et repoussa une dernière réflexion contrariante d'un geste brusque de l'encolure. Au fond, il était amusé d'entourer son amour de mystère, du moins pour quelque temps

Il avançait à grandes enjambées, longues et souples. Son maintien avait gagné aux exercices militaires. Son pas résonnait plus ferme. Il tenait la tête mieux dégagée, bien qu'un peu penchée encore sur l'épaule droite dès qu'il quittait les rangs et ne se sentait plus soumis à une stricte discipline.

Une joyeuse assurance se lisait dans son regard lorsqu'il atteignit la rue Beaudoin. Il réfléchit qu'il avait bien fait après tout de ne pas s'arrêter au magasin. Pour sa première visite à Florentine, celle qui marquerait le début de leurs nouvelles relations, il lui apparut qu'il valait mieux se présenter à la maison de la jeune fille, selon la coutume des fréquentations sérieuses. Et il sourit à la pensée de ces mots qui l'avaient jusque-là profondément effarouché.

Il reconnut facilement la maison bien qu'il n'y fût venu qu'une seule fois, le matin — comme il s'en souvenait ! — qu'il avait reconduit, après la messe, Florentine tout ensommeillée. Il la reconnut mais s'aperçut pour la première fois que c'était une petite maison très pauvre, et à sa fièvre amoureuse s'ajouta un poids de chagrin plutôt que de pitié. « Comment pouvait-elle vivre dans cette masure, elle qui était si pimpante, si vibrante ! »

Ne trouvant pas la sonnette, il s'impatienta et donna du poing dans la porte ; puis il allongea le menton et passa la main dans le col de sa tunique. Un peu de sueur vint affleurer à son front. Il s'épongea et sourit en avançant un peu ses lèvres comme s'il raillait sa propre nervosité.

Une étrangère, lasse, énervée, vint enfin lui ouvrir.

Non, les Lacasse n'habitaient plus là. Ils avaient déménagé. Elle ne savait pas où. Son mari le savait peut-être. Elle irait le lui demander.

Elle revint au bout d'un long moment avec une adresse griffonnée sur le coin d'un papier brun. Emmanuel s'en empara et repartit en balbutiant de rapides remerciements. Il eut quelque difficulté à trouver la maison, et dut s'informer auprès de plusieurs passants. Elle était située dans une impasse ouverte sur la rue du Couvent. Aucun trottoir n'y donnait accès. Elle était plaquée immédiatement devant le chemin de fer, à quelque cent pas de la gare.

Emmanuel s'attendrit à la pensée que tantôt, en s'aventurant jusqu'au bout du quai, il avait été, sans s'en douter, tout près de la maison où vivait Florentine.

Il ne sut d'abord s'il devait essayer la porte d'avant. Il fallait pour y arriver côtoyer les rails de près et la suie s'y amoncelait si épaisse que cette porte semblait ne pas avoir été ouverte depuis des mois. Il s'y hasarda et, peu après avoir frappé du doigt contre le chambranle, il aperçut Rose-Anna qui venait à la hâte.

Elle le reconnut tout de suite bien qu'elle ne l'eût pas vu depuis le temps où elle allait en journées chez les Létourneau. Son visage s'éclaira joliment.

— Oh, vous êtes monsieur Emmanuel ! dit-elle.

Elle était vêtue d'une robe de maison, ample et lâche, et paraissait avoir tout juste laissé son ménage, car ses joues portaient des traces de poussière.

Elle voulut le faire entrer et le faire asseoir. Elle insista tout en le précédant dans la seule pièce qu'elle eût rendue claire, avenante, et où les portraits des vieux, les images saintes, composaient une atmosphère cent fois ressuscitée. Il ne sut pas lui refuser cette marque d'estime et de politesse, mais, tout le temps qu'il fut là, assis devant elle, il souffrit qu'elle ne le rassurât pas plus tôt. Enfin, elle aborda le sujet. Car, par gêne, il ne s'était pas encore prononcé sur le but de sa visite et croyait que Rose-Anna sûrement le devinerait.

— C'est pour voir Florentine ? dit-elle en rencontrant son regard.

Le jeune homme fit aussitôt un signe brusque du menton, et il souriait.

— Elle n'est pas encore rentrée, fit-elle, en baissant les yeux.

Un silence s'établit entre eux. Malheureuse, Rose-Anna cherchait une façon d'expliquer l'étrange conduite de Florentine depuis quelque temps sans peiner le jeune homme, sans le rebuter surtout. Mais comment aurait-elle pu lui dire que Florentine ne rentrait plus à la maison que pour manger et se coucher et qu'au reste, à ces moments-là, elle demeurait enfoncée dans un mutisme effrayant ? Comment lui dire que Florentine n'était plus la jeune fille insouciante et gaie qu'il avait rencontrée un certain soir ? Et pourtant, elle lisait dans le regard d'Emmanuel une si grande franchise, une telle force de caractère, qu'elle se sentait prête à lui avouer bien des choses qu'elle n'aurait même pas songé à exprimer à Azarius. D'ailleurs, c'était peut-être Emmanuel qui redonnerait à Florentine sa gaieté, sa vivacité perdues. C'était peut-être de lui qu'elle s'ennuyait tant, sans s'en rendre bien compte. Car Florentine ne s'était aucunement expliquée depuis le jour où elle s'était enfuie.

Revenant le lendemain, elle n'avait soufflé mot de son escapade ; elle avait seulement avoué qu'elle était trop fatiguée, trop énervée pour réfléchir à ce qu'elle faisait.

Rose-Anna leva le front et une brève lueur d'espoir parut dans ses yeux.

— Vous avez essayé au magasin ? demanda-t-elle. Elle travaille peut-être plus tard que de coutume. Le samedi soir...

Il souriait sans conviction, sachant bien, lui, que la jeune fille ne pouvait être demeurée si tard au restaurant. Alors elle repartit :

— Des fois, elle va passer la nuit chez son amie de fille, Marguerite L'Estienne. Ça se peut qu'a soit rendue là à soir. Des fois, elles vont aux petites vues ensemble, ou ben elles font un bout de marche, je suppose, quand le temps est beau...

Elle s'arrêta, confuse et troublée à l'idée qu'Emmanuel devait trouver étrange qu'elle ne sût pas exactement où était la jeune fille. Alors peut-être pour changer de conversation, peut-être simplement pour le remercier de sa visite, lui en marquer sa joie et l'estime dans lequel elle tenait la famille Létourneau, elle songea à s'informer de chacun. Mais elle y mit encore une certaine réserve.

— Votre sœur Marie, votre mère vont bien ? demanda-t-elle. Dites-leur bien que je ne les oublie pas.

— Elles non plus ne vous oublient pas, répliqua vivement Emmanuel, sans penser beaucoup à ce qu'il exprimait, car, de tout ce que venait de lui dire Rose-Anna, il n'avait retenu que ceci : Florentine devait se trouver avec son amie de fille, Marguerite.

Il se mit debout sans brusquer son départ, mais avec une impatience suffisante pour que Rose-Anna ne s'y méprît point et ne cherchât point à le retenir. Elle l'accompagna jusqu'à la porte et lui renouvela assez gauchement ses vœux de bonne santé pour ses parents. Puis, ainsi que l'on fait à la campagne, elle resta un instant sur le seuil ouvert, le regardant partir, et elle jeta assez haut :

— Maintenant que vous connaissez le chemin, revenez. Vous aurez p't-être plus de chance une autre fois.

Et soudain elle se rappela avec une douceur poignante ses adieux à Azarius, autrefois, lorsque, appuyée ainsi au chambranle de la porte, elle lui criait dans le vent qui courbait toutes les herbes devant la maison : « Tu reviendras... à c'te heure que tu connais le chemin... » Et son émotion fut telle qu'elle rentra précipitamment, aveuglée par elle ne savait quel regret, quel sursaut subit de jeunesse.

Cependant Emmanuel avait presque disparu déjà, soulevant le gravier de la voie sous ses pieds chaussés de solides bottines. À l'intersection des rails et de la rue du Couvent, il s'arrêta pour réfléchir. Puis sa décision fut prise de relancer Florentine, s'il le fallait, jusque chez Marguerite. Il se mit de nouveau en marche, cette fois vers la ruelle Sainte-Zoé, car il se rappelait une Marguerite L'Estienne qui habitait dans cette partie éloignée du quartier, et il se croyait à peu près certain que c'était elle, l'amie de Florentine. Il allait d'un pas toujours vif, mais une angoisse lui serrait le cœur. Sa peur n'allait pas encore loin. Elle n'allait qu'à envisager toute cette belle soirée sans Florentine marchant auprès de lui comme ce devrait être. Mais, c'en était assez pour que la nuit lui parût maussade et ennuyeuse. Il avait si peu de temps. Deux semaines de permission, c'est si vite passé. Chaque moment devait compter double.

Marguerite n'était point chez elle. Sa tante ne savait pas où elle était allée.

Au fond, Emmanuel avait redouté cet instant toute la soirée, sachant bien qu'alors la sagesse, la froide sagesse aurait raison de lui et qu'il ne pourrait s'empêcher de se trouver en face d'une foule de doutes : Florentine, après une si brève amitié, se souciait-elle encore de lui ? Ne s'était-elle point fait d'autres amis pendant son absence ?

Il se mit à errer au long de la rue Notre-Dame, tantôt repoussant toute pensée qui fût de nature à l'abattre, tantôt se livrant de lui-même, comme un champ libre, ouvert, comme un pays dénudé, aux doutes. Mais il n'abandonnait un espoir que pour y revenir tout aussitôt avec plus d'acharnement encore. De temps en temps, il retrouvait en lui la certitude de revoir Florentine ce soir même. Il détaillait alors, au passage, les jeunes filles qui se promenaient en groupes, puis il en vint à ne plus remarquer que celles qui venaient accompagnées de jeunes gens. À force de ressasser les paroles que

Rose-Anna lui avait dites, il croyait y démêler une réticence indiquant que Florentine, peut-être, était sortie avec un ami. Il pensa alors à Jean Lévesque, et son front se barra d'un pli. Jean et Florentine, était-ce possible que, se raillant continuellement l'un l'autre comme ils le faisaient, ils pussent être amis ? Cela, parfois, se voyait. Des êtres continuellement aux prises, se blessant à tour de rôle et incapables pourtant de vaincre une attraction physique... Mais, à la réflexion, une amitié entre Florentine, qu'il savait fière, et Jean qui était sarcastique et mordant, lui parut tout à fait impossible. D'ailleurs Jean lui avait écrit un court billet pour l'avertir qu'il quittait définitivement le faubourg et acceptait un emploi à Saint-Paul-L'Ermite. Il avait ajouté en guise de post-scriptum : « *Out for the big things.* »

Emmanuel arriva sur la butte de Saint-Henri. Sa marche lui avait donné soif. Il se hâta vers les *Deux Records*.

XXVI

Plusieurs hommes étaient debout au centre du restaurant, figés dans une attitude silencieuse ; d'autres, appuyés au comptoir, laissaient leur pipe s'éteindre au coin de la bouche ; tous, ils écoutaient les nouvelles de guerre. À cette heure, les postes radiophoniques interrompaient souvent les programmes du jour pour annoncer les dernières nouvelles. Une musique légère venait de cesser, la voix du speaker surgit sur les ondes ; elle détailla quelques faits brièvement, puis la musique reprit. Il y eut un mouvement de détente parmi les silhouettes immobilisées et plusieurs élevèrent la voix simultanément.

Puis on entendit distinctement une voix sourde, comme une plainte :

—Pauvre France !

Emmanuel, songeur, repris par la trame des pensées qu'il avait voulu chasser de son esprit durant sa permission du moins, alluma une cigarette avec une hâte nerveuse. Un pli tourmentait la ligne de ses sourcils et, fumant à bouffées rapides, il paraissait livré à une émotion subite et violente.

L'homme qui venait de parler restait près de lui, les coudes au comptoir et le visage entre ses poings fermés. Puis il se redressa lentement, avec effort, comme si en même temps que ses épaules il soulevait un poids d'accablement ; et Emmanuel, apercevant son visage, reconnut Azarius Lacasse qui avait déjà fait quelques petits travaux de menuiserie chez ses parents. Il lui tendit aussitôt la main avec cette cordialité simple et polie qui lui gagnait instinctivement la confiance.

— Monsieur Lacasse, je suis Emmanuel Létourneau, dit-il. Je connais bien Florentine.

Azarius leva les yeux, parut surpris d'entendre le nom de sa fille.

— Ça va ben mal, hein ! dit-il pour toute réponse. Pauvre France, pauvre France ! reprit-il.

Il paraissait profondément touché. Cet homme étonnant, qui avait assisté au désastre de sa famille sans se déclarer vaincu, ce paresseux comme on disait dans le faubourg, cet instable, ce rêveur, semblait près du désespoir parce que dans un lointain pays qu'il ne connaissait que par ouï-dire le sort des armées se jouait dans une sanglante épreuve.

— France ! murmura-t-il.

Et le mot prenait sur ses lèvres un son familier et pourtant magique, comme s'il évoquait ce qui fait la certitude quotidienne et un émerveillement rare et prodigieux.

— Un si beau pays, c'te France-là !

— Comment le savez-vous que c'est un si beau pays ? plaisanta le jeune placeur du cinéma Cartier. Vous y êtes jamais allé ?

Jamais, quand l'occasion s'en présentait, il ne négligeait de chercher querelle à l'ancien menuisier qui, un soir, lui avait reproché de ne pas être dans l'armée.

— Comment est-ce que je le sais ! reprit Azarius d'une voix riche et douce, sans trace aucune de colère. Comment est-ce que tu sais que le soleil est bon ? Parce que de loin, à travers des milliards de milles, à ce que nous disent les astérologues, tu sens encore sa chaleur pis sa lumière, hein !

« Comment est-ce que tu sais que les étoiles sont bonnes à que'que chose ? — Ces petites piqûres au diable vert dans le firmament ! — Parce qu'à travers des milles pis des milles pis encore des milles, tu vois encore leur clarté la nuit quand il fait ben noir ! »

Il s'échauffait peu à peu, un accent de lyrisme naturel, fruste, gonflait sa voix.

— La France, dit-il, est comme le soleil, pis comme les étoiles. A peut être loin, on peut l'avoir jamais vue, nous autres, Français, Français de France mais partis de France, on sait pas au juste ce que c'est, nous autres, la France. Pas plus qu'on sait ce que c'est que le soleil pis les étoiles, hormis que ça jette de la lumière le jour pis la nuit. Pis la nuit... répéta-t-il.

Il regarda en les retournant ses mains oisives, il les regarda avec cet étonnement qu'il semblait toujours éprouver à les voir si blanches, si inutiles, puis il les éleva soudain en un geste dramatique.

— Si la France périssait, déclara-t-il, ça serait comme qui dirait aussi pire pour le monde que si le soleil tombait.

On fit silence. Tous ces hommes, même les plus durs, les plus taciturnes, aimaient la France. Il leur était resté à travers les siècles un mystérieux et tendre attachement pour leur pays d'origine, une clarté diffuse au fond de l'être, une vague nostalgie quotidienne qui trouvait rarement à s'exprimer mais qui tenait à eux comme leur bonne foi tenace et comme leur langue encore naïvement belle. Mais d'entendre cette simple vérité énoncée par l'un d'eux les étonnait, les gênait même comme s'ils se fussent avisés soudain qu'ils s'étaient découverts les uns aux autres. Emmanuel, qui avait suivi le discours d'Azarius avec surprise, puis avec un élan irraisonné de sa nature jeune et généreuse, puis avec réserve, sentant bien que cette envolée patriotique ne soulageait pas son tourment, son besoin de justice, se tenait maintenant à l'écart, dans une attitude méditative. Quelques hommes parmi les plus âgés s'approchèrent d'Azarius et l'un d'eux lui donnant une tape sur l'épaule s'écria :

— Bien parlé, Lacasse !

Derrière son comptoir, Sam Latour se grattait la nuque, plus ému qu'il n'aurait voulu le laisser paraître et gonflé, à son insu, de la fierté intraduisible, oscillante, qu'il éprouvait, tous les ans, aux discours de la Saint-Jean-Baptiste.

— Oui, pis tout ça, ça aide pas gros, dit-il, cherchant à ramener la conversation sur un terrain où il était plus à l'aise. C'est ben de valeur qu'ils ont pas pensé en France à se préparer pour la guerre au lieu de faire comme c't oiseau-là — c'est-y l'autruche ? — qui se plante la tête dans le sable quand a voit venir le danger... Je te disais aussi, Lacasse, que ça valait pas grand-chose leur ligne Imaginot. Imaginot... Imaginot !... c'est comme imagination. Et c'est pas aut' chose qu'une imagination qu'ils se sont faite.

— D'abord, c'est pas Imaginot, mais Maginot, Maginot tout court, riposta Azarius. D'après l'ingénieur qui a tiré les plans, un nommé Maginot.

— C'est une imagination quand même.

— P't-être ben. Mais tout ça, c'est pas icitte pis c'est pas là, trancha Azarius. Une forteresse, c'est rien qu'une forteresse. C'est pas un pays. Un pays, c'est autre chose. Ça veut pas dire qu'un pays est fini parce qu'une forteresse est flambée.

Le mouvement oratoire lui revenait, et ce sentiment agréable de porter la persuasion chez ses auditeurs. Il se retourna comme pour s'adresser non pas à quelques badauds impressionnés, mais à une grande foule dont la rumeur serait venue soudain remplir ses oreilles.

— La France est pas à boutte, dit-il.

— Je t'avais quand même dit que ça valait rien leur ligne Imaginot, recommença Latour. Je te l'avais dit : tiens, c'était comme moi derrière mon comptoir... T'avais qu'à me poigner sur le côté...

Et, réjoui de cette facétie, il prenait les spectateurs à témoin de sa démonstration. Mais Azarius l'interrompit presque violemment :

— La France est pas encore à boutte. Chaque fois que la France a été frappée par l'adversité, a s'est relevée plus rayonnante que jamais. On a vu la France pas rien qu'une fois à l'heure de son péril. On a vu ça dans l'histoire. Mais on a vu aussi, qu'à l'heure du danger, la France a toujours eu qué'qu'un pour la mener à la victoire. A l'a eu Jeanne d'Arc, dans l'ancien temps. A l'a eu Napoléon Bonaparte. Et dans la dernière guerre, faut pas l'oublier, a l'a eu le maréchal Foch. Qui est-ce qu'a l'aura c'te fois-citte ! Personne le sait encore, mais a l'aura son sauveur. À l'heure de son péril, la France a toujours eu son libérateur.

Il se tut, se mouilla les lèvres et chercha des signes d'approbation. Mais autour de lui, par réaction contre l'émoi qui les avait soulevés, les hommes reprenaient le goût de blaguer.

— Cré gué, tu sais ton histoire su le bout de tes doigts, Lacasse, clama Latour. Vas-tu à l'école du soir ?

Et tous les hommes approuvèrent la plaisanterie facile avec des gros rires et des exclamations : « Ben quiens ; il prend le temps d'étudier ! — Ça y revient ben. »

— Je lis, je me renseigne, riposta Azarius sèchement.

Sa physionomie s'était rembrunie. Puis il avisa Emmanuel dont le visage incliné, un peu dans l'ombre, exprimait tant de jeunesse, tant de méditation aussi, qu'il posa la main en un geste fraternel sur le bras du jeune homme.

— Vous, jeune soldat, dit-il, vous êtes ben chanceux !

Son regard erra, nostalgique et déçu, puis revint à Emmanuel.

— Vous avez la jeunesse, dit-il, pis l'habit, pis les armes pour aller vous battre.

— Cré gué, tu parles comme un ancien de la tribu, lança Latour. Toi, t'es pas encore le 'iable plus vieux que moi.

— Je suis plus de la première jeunesse, reprit Azarius.

Et il y avait dans sa voix une soudaine fêlure.

Presque aussitôt cependant, il se redressa ; il se redressa face à Emmanuel, comme pour se mesurer à lui, et son regard bleu flamba.

— Salut ! cria-t-il, et il sortit.

Un peu plus tard Emmanuel quitta le restaurant à son tour et se mit en marche.

Il était fortement ému par les paroles d'Azarius, intrigué surtout par la personnalité complexe de cet homme qui, selon les dires, n'avait jamais réussi à faire vivre convenablement sa famille, et de qui émanait pourtant une telle force de conviction. Il crut qu'une part de curiosité entrait dans son émotion. Et comme de penser au père de Florentine était une façon de se rapprocher d'elle, il essaya de définir l'impression que lui avait laissée Azarius Lacasse. C'était comme s'il se fût emparé d'une idée belle, généreuse, mais dont il percevait aussi qu'elle pouvait être dangereuse et qu'il hésitait à faire sienne. Certes, il aimait lui-même la France. Comme tous les jeunes Canadiens français élevés dans des collèges restés fidèles à la culture française sans toujours la servir pleinement, il avait reçu certaines idées conservatrices : survivance de la race, fidélité aux traditions ancestrales, culte de la fête nationale, expressions figées qui n'avaient rien, songeait-il, pour échauffer ni nourrir les jeunes imaginations, ni même exalter vraiment le courage — ainsi, son père, fervent nationaliste comme il l'était, avait tout fait pour le dissuader de prendre les armes et de voler au secours de cette France dont il se déclarait pourtant si épris. Et cependant, Emmanuel croyait avoir adhéré un temps à ce culte national qui semblait s'être rajeuni et vivifié lorsqu'il l'avait fait sien. Ainsi qu'Azarius, c'était peut-être qu'il avait accepté, sans le reconnaître, plus que cette seule fidélité au passé. Il avait peut-être perçu, lui aussi, même dans son extrême jeunesse, la gloire, la beauté de la France vivante. Mais il savait que ce n'était point ce seul élan qui l'avait conduit à l'action. Il aimait la France, il aimait l'humanité, il s'apitoyait sur la détresse des pays conquis, mais il savait que la détresse régnait dans le monde avant la guerre et qu'on la soulage autrement qu'avec les armes. Et, malgré sa nature sensible, étant plus accessible au fond à toute idée de justice qu'à la simple pitié, il ne savait pas si le lent martyre de la Chine, par exemple, ou la misère profonde des Indes ne le révoltaient pas autant que l'invasion de la France. Et voici que, se livrant à des considérations difficiles, poignantes, parfois contradictoires, il ne trouvait plus le motif auquel il avait obéi lorsqu'il s'était volontairement soumis à la discipline militaire. Puis il se cabra devant ce constant retour sur lui-même qui l'irritait. Il n'ignorait pas que le temps viendrait pourtant d'entreprendre un voyage complet autour de sa pensée, pour y déceler sa vérité à lui, son indéniable vérité, mais il ne voulait pas que ce fût ce soir. Il voulait auparavant s'accorder quelques jours d'entière détente. Alors il rappela à lui la douce image de Florentine.

Plusieurs fois, marchant au hasard, il se trouva dans la rue du Couvent, à quelques pas de la maison qui abritait la famille Lacasse, mais il n'osa pas y retourner par crainte d'importuner Rose-Anna.

Vers onze heures il fut saisi d'un nouvel espoir et alla s'embusquer à la sortie du cinéma Cartier. Une trentaine de personnes en sortirent qu'il examina au passage ; et, soudain, une jeune fille, de dos, lui parut si semblable à Florentine, qu'il s'avança en tendant déjà les mains. La jeune fille se retourna, aperçut Emmanuel si déçu qu'elle laissa échapper un rire.

En s'éloignant, il se reprochait d'avoir pu prendre cette jeune fille pour Florentine. À la réflexion, elle lui paraissait tellement différente, pas du tout jolie, et il aurait voulu tout de suite avouer sa méprise à Florentine, en rire avec elle peut-être. Puis une inquiétude l'effleura. Connaissait-il si bien Florentine ? Comment était-elle vraiment ? Portée à la gaieté ou triste peut-être au fond ? Colère ou douce ? Oh, un peu colère, pensa-t-il, revoyant la scène du restaurant où elle s'était fâchée contre lui et Jean. « Mais tous ces hommes grossiers autour d'elle ! Et cette besogne irritante ! Ce doit être si fatigant », se dit-il. Il se mit à évoquer les traits de la jeune fille, un à un, en fermant les yeux pour retrouver l'image qu'il avait gardée d'elle depuis ce jour, au magasin. Toutes les autres rencontres n'avaient rien ajouté à cette vision. Dès ce jour, il avait eu d'elle un souvenir clair, précis, net. Il voyait son petit nez droit, ses yeux ardents, la peau de ses joues si fine, presque transparente, et jusqu'à cette veine du cou qui se gonflait au moindre émoi. Il se rappelait que sa taille lui avait paru fine quand il avait dansé avec elle. Un mot de Jean lui revint à la mémoire. « Elle est trop maigre », avait-il dit. « Non, pas maigre, pensa Emmanuel, mais délicate, très délicate. » Il aima aussitôt ce mot qui pour lui définissait complètement Florentine. Il imagina que ce serait le premier qu'il emploierait pour la décrire par exemple à un ami. « Délicate, toute délicate... » se disait-il en marchant. Il eut soudain un serrement de cœur en revoyant le misérable logis des Lacasse, et Rose-Anna, assise devant lui, si résignée, si douce : « Elle aussi, songea-t-il, a dû être un jour toute mince et gentille. »

Revenant à Florentine, il prononça tout haut : « Ce n'est pas sa place... » Et il songeait au bazar populaire et bruyant de la rue Notre-Dame, à la maison couverte de suie, collée à la voie ferrée. « Ce n'est pas sa place », s'entêtait-il à répéter, comme si à force de s'insurger contre le destin de Florentine, il pouvait arriver à en atténuer la misère.

De chaque boutique, grande ouverte sur son passage, s'échappait une voix métallique et forte. Une phrase se perdait ; de la boutique suivante, la même voix continuait une autre phrase décousue. Cent appareils de radio, à sa droite, à sa gauche, derrière lui, devant lui, lançaient des bribes de nouvelles et faisaient de leur mieux pour lui rappeler l'agonie dans laquelle le monde se débattait. Il ne les entendait plus ou, s'il les entendait encore, fermait son âme à cette invasion d'ombre, de terreur, n'y laissant pénétrer que les mots qui, vides de sens, l'ahurissaient.

Peu à peu, sa nature impulsive oubliait sa déception pour s'attacher à la promesse du lendemain. « Demain, je la verrai, se disait-il. Demain... » Et ce mot le remplissait d'un trouble délicieux. Il aurait voulu que la nuit fût tout de suite écoulée, et puis il songeait qu'il valait peut-être mieux après tout qu'il n'eût pas vu Florentine tout de suite en arrivant. De la sorte, toute sa joie était à venir, sa provision de joie était encore inattaquée, complète, sa part de joie était intacte, il n'y avait pas touché, il l'avait toute gardée.

« Demain... » se disait-il s'encourageant à la patience, de même que le promeneur acharné à couvrir une longue distance, d'étape en étape, se propose un but de plus en plus éloigné. « Demain... après-demain... s'il le faut. » Mais il savait bien qu'il ne pourrait plus longtemps supporter l'attente dans la solitude. Retourner chez lui, il n'y songeait pas cependant. Sa mère demanderait : « Comment as-tu passé la soirée, mon Manuel ? » Elle réveillerait toute sa déception. Lui, il avouerait peut-être ses démarches inutiles. Alors elle le gronderait amicalement, disant (ah, il était si bien sûr de ce qu'elle trouverait à dire) : « Mais voyons, Manuel, toi qui peux choisir parmi les jeunes filles les plus distinguées de Saint-Henri ! »

« Distingué », voilà un mot qu'elle employait souvent avec une amitié toute particulière, songea le jeune homme. Il se prit à sourire. Distingué ! Florentine était-elle distinguée ? Non, pensa-t-il. Elle était vraiment une pauvre jeune fille du faubourg, avec des mots crus, parfois, des gestes du peuple. Elle était mieux que distinguée. Elle était la vie elle-même, avec son expérience de la pauvreté, et sa révolte contre la pauvreté, avec ses longs cheveux flottants et son petit nez déterminé, et ses mots bizarres, durs parfois, ses mots de vérité.

Non, plus il y pensait, moins il croyait que sa mère approuverait son choix. Cela le navrait, mais ne lui enlevait rien de sa détermination. Cependant, il ne se sentait pas encore prêt à affronter l'opposition de sa famille. Ce soir, il ne pourrait rien supporter qui contrarierait son humeur.

Alors quoi ? Se mettre à la recherche d'un de ses copains ? Il ne pouvait penser à aucun d'eux dont la présence à cette heure lui parût indispensable, agréable, utile. Aucun d'eux ne paraissait plus vivre sur la même planète que lui. Ces jeunes gens qui continuaient à vivre pendant la guerre uniquement occupés de leurs petites querelles personnelles le blessaient, le vexaient trop. Il se sentait plutôt désireux ce soir d'atteindre le mystérieux, le troublant, le fond de l'angoisse, puisqu'il n'avait su atteindre l'oubli complet. Il lui semblait même qu'il tirerait un plus grand profit de quelques mots échangés avec le premier venu rencontré dans la rue que d'une longue discussion avec les gens de son monde. Lui et les ouvriers, il croyait le sentir, cheminaient ce soir avec la même lourde énigme enracinée dans l'âme. Trop de choses vraiment restaient inexpliquées en lui, s'opposant, et qui demandaient à s'entendre. Ce désir de pénétrer l'âme du peuple, il l'avait toujours éprouvé, mais jamais avec une telle intensité, comme si en allant vers le peuple, en restant avec lui, il continuait sa recherche de Florentine, une recherche qui le mènerait à une plus grande compréhension de la jeune fille et qui détruirait entre eux tous les obstacles. Oh, trouver une voix, entendre une voix, n'importe laquelle, mais qui lui parlât le langage de Florentine, le langage du peuple !

Et soudain, il pensa à ses compagnons de la rue Saint-Antoine, à ceux qui se rassemblaient chez la mère Philibert. Toute une série de visages marqués par la déception, marqués par la rudesse de la vie, surgissaient à ses yeux. Se pouvait-il qu'il les eût si complètement oubliés, ces amis-là, les premiers, ceux que dans son enfance il avait rencontrés tout grelottants de misère, ceux qui s'étaient dressés comme autant de reproches vivants entre lui et une certaine aisance, une certaine mollesse dont il aurait pu jouir ? Maintenant, la curiosité d'apprendre ce qu'ils étaient devenus s'emparait de lui, douce, un peu mélancolique, comme s'il apercevait soudain, avec une impression de recul infini, les chemins divers qu'ils avaient suivis depuis quelque temps, mais qui, déjà, les avaient menés très loin les uns des autres. Il pensait : « Jean, c'est facile de prévoir son avenir ; quand on ne s'encombre pas de scrupules, on réussit. Mais Alphonse, Pitou, Boisvert ? »

Brusquement, il tourna sur lui-même et se dirigea vers la rue Saint-Ambroise.

XXVII

La porte du restaurant était grande ouverte sur la rue ; les murs noircis de fumée s'offraient au regard ; on voyait des toiles d'araignées dans les coins ; l'endroit parut vide à Emmanuel, vide et triste. Ce n'est qu'en entrant qu'il aperçut Alphonse, immobile, à sa place habituelle, contre le poêle sans feu. Le jeune homme allongé sur deux chaises supportait sa tête de ses bras croisés sous la nuque et son regard fixe paraissait arrêté depuis des heures sur un point indéchiffrable. Une ombre s'étendait sur son visage.

— Eh bien, bonjour, toi ! dit Emmanuel en avançant le bras sur le dossier de la chaise, et pesant légèrement sur l'épaule d'Alphonse.

Ses yeux firent le tour de la petite salle. Derrière la tenture qui masquait l'arrière-pièce il entendit la mère Philibert traîner ses savates. Vers onze heures, elle préparait le repas de son mari qui revenait de l'usine à minuit. Un chou qui bouillottait doucement dans la cuisine emplissait le restaurant de son odeur.

Emmanuel prit une chaise, la fit pivoter et s'assit à califourchon devant Alphonse.

— Tu te chauffes contre un poêle mort ! blagua-t-il.

Alphonse leva ses paupières lourdes, puis les abaissa comme si la lumière lui causait une douleur intolérable.

— Mort ou plein de braises, c'est toujours de la compagnie, grogna-t-il.

Il étendit la main pour demander une cigarette, souffrit patiemment qu'Emmanuel lui passât son briquet sans bouger lui-même, puis porta le poids de son corps d'une hanche à l'autre.

— Tu t'es pas aperçu que l'hiver était fini ? demanda Emmanuel en riant.

— C'est-y vrai ? fit Alphonse.

Puis il s'enferma dans son mutisme.

— Et les autres ? s'enquit Emmanuel, qu'est-ce qu'ils sont devenus ?

Alphonse bâilla :

— Sais pas.

Puis il se prit à rire, d'un rire blessé, presque haineux.

— T'as pas revu Boisvert ? demanda-t-il.

— Non, j'arrive.

— T'aurais vu que'que chose de drôle...

Il laissa tomber sa phrase sur un ton chargé de confidences, qui laissait entendre qu'il aurait bien des choses à raconter si seulement il s'en découvrait le goût — une ruse qui lui attirait d'ailleurs presque toujours une attention immédiate. Mais Emmanuel ne le pressant pas, il affecta un silence hostile, renfrogné, puis, n'y tenant plus, jeta une nouvelle amorce.

— En v'là un à qui la guerre rapporte.

— Oui ? dit Emmanuel simplement.

— Oui, dit Alphonse. En masse : une job, des souyés neufs, un chapeau neuf, une montre garantie pour six mois..., et pis la demoiselle Éveline par-dessus le marché. Quand t'entendras sonner les cloches demain ou après-demain, ça sera pour son mariage. Monsieur Boisvert s'en reviendra dans la grande allée avec la demoiselle Rochon du *Quinze-Cents*, accrochée au cou pour le reste de sa vie ; une saprée bonne garantie contre la conscription. Il est garanti de la tête aux pieds, ce gars-là. Il s'est même pris une assurance contre les accidents ; au cas où il se ferait piler sur les pieds en traversant la rue. Une espèce de petit prodige. Y va rester le même toute sa vie, celui-là. À quatre-vingts ans, il sera exactement comme à dix-sept ans. Tu t'en souviens : un petit péteux qui bommait des cigarettes à drette, à gauche, pis, quand il en avait à lui, qui disait : « C'est à moué. Si vous en voulez, des cigarettes, achetez-en, faites comme moué : gagnez-les. » Un petit trustard manqué. « Ce qui vous appartient m'appartient et ce qui est à moué est rien qu'à moué. » Un gars va loin, tu sais, avec ces idées-là.

— Il travaille donc enfin ? demanda Emmanuel, amusé.

— Oui, pis tu croirais que c'est le premier gars qui a inventé une job. « Mon bureau par icitte, mon bureau par là... Mon petit bureau, ma petite plume, toutes mes petites affaires... » Il est dans les chiffres du matin au soir. Pis pour se reposer de l'ouvrage, il calcule cenne à cenne, dans un beau petit calepin rouge, ce que ça va y coûter pour le mariage. Boisvert achète son ménage à cinquante cennes par mois, comme on s'achète des prunes. Cinquante cennes su le frige, cinquante cennes su le fer à repasser, cinquante cennes su la corde à linge, cinquante cennes su la bague de fiançailles. Il sait même ce que ça va y coûter dans trois ans d'icitte pour nettoyer son habit neuf à petites lignes blanches qu'est encore su le tailleur. Si tu veux recevoir un cours en trois leçons pour savoir comment réussir dans la vie, pis te marier à dix-huit piasses par semaine, va trouver Boisvert. Il a tout ça d'écrit, lui, dans son calepin. Un petit phénomène que je te dis ! Un petit Rockefeller de trente bidous.

Emmanuel riait de bon cœur, se doutant bien qu'Alphonse avait dû essayer d'emprunter de l'argent à Boisvert et s'était heurté à un refus.

— Et les autres ? Pitou ?

— Sais pas. Ça trotte trop vite pour moi, ce monde-là.

— Et toi ?

— Et moi ? Eh ben ! tu me vois. Tout seul dans mon bateau. Le dernier des chômeux. Le dernier de mon espèce. Une curiosité !

Il ajouta avec une complaisance bouffonne :

— Tout seul dans mon bateau.

— Voyons, dit Emmanuel, t'es fou ; jamais un gars a eu autant de chance que de nos jours.

— Écoutez-moi-le donc parler, bougonna Alphonse. Un aut' petit monsieur !

Il tira ses genoux au menton, s'assit tout péniblement, avec des grimaces de douleur, frotta ses hanches et dodelina de la tête comme un vieux. L'appel de la sirène traversa l'atmosphère tranquille. Il se mit debout.

— Paye-moi un coke au moins, dit-il sur un ton larmoyant.

Puis il se ravisa :

— Non, allons-nous-en au plus vite. La vieille est à la veille de sourdre pis de me mettre en dehouars. La v'là pus endurable à c'te heure que le beau petit Pitou y chante pus ses chansons. À part ça, a devient curieuse. A voudrait savoir quand est-ce qu'un gars va finir par la payer. Je te demande !... Viens-t'en donc, grommela-t-il, comme Emmanuel soulevait la courtine et engageait la conversation avec la mère Philibert. Tu veux que je parle, hein ? fit-il, seul au centre de la pièce. Ben, tu vas m'entendre parler.

Mais dehors, il sembla avoir oublié la présence d'Emmanuel. Il traînait les jambes, encore engourdi, appesanti, fléchissant les genoux comme s'il était ivre. Approchant de la ruelle Sainte-Zoé, il parut se reconnaître et se récria :

— Aïe, allons pas de ce côté-là ; j'ai pas envie de rencontrer la Guitte, moi !

— La Guitte ?

— Oui, Guiguitte... Guiguitte L'Estienne... Moi aussi je vas faire mon petit tour au *Quinze-Cents* des fois. C'est là que j'ai rencontré la Guitte. T'as dû la remarquer quand t'es allé faire des politesses à sa petite amie de fille, la belle Florentine...

— Laisse Florentine, fit Emmanuel durement.

— C'est bon, c'est bon j'ai rien dit ! » s'écria Alphonse. Et il ajouta, un sourire rogue paraissant sur ses traits : « Je devais l'emmener aux petites vues à soir, la Guitte, pis y payer la traite. » Il se mit à rire, avoua : « J'ai pas trouvé l'argent. Ça se peut qu'a m'attende encore. »

— A t'attendra pas deux fois, c'est ben mon idée, fit Emmanuel.

— C'est encore drôle, poursuivit Alphonse. Y a des femmes qui aiment pas trop ça être sûres de leur coup... Mais c'est une bonne grosse fille, la Guitte, par exemple. Si a m'avait pas prêté tant d'argent, ça me gênerait moins. Tiens, c'est elle qui m'a acheté ce chapeau-là. Pis les souyés, me semble ben aussi...

— Ah, tais-toi ! dit Emmanuel.

Ils firent un grand bout de chemin en silence. Alphonse indiqua une mansarde éclairée, rue Saint-Jacques.

— Quiens ! dit-il, mon père est venu faire son petit tour en ville.

— Ton père ? C'est vrai. C'est tout ce qui te reste de famille. Je crois bien d'ailleurs que je le connais pas.

— T'as manqué qu'une chose, soupira Alphonse. Mon père c'est un type, un vrai type.

Il demanda une autre cigarette.

— Je te remettrai ça tout ensemble, dit-il, pis la piasse, pis les drinks... » À la lueur du briquet, il s'arrêta, regarda curieusement ses mains qui tremblaient. « As-tu déjà été su la dompe, toi ? » demanda-t-il.

— Su la dompe ?

— Oui, su la dompe de la Pointe-Saint-Charles.

— Non.

— Non, hein !

Il eut un sourire bizarre et, soudain se lança dans une histoire étonnante, morbide, dont Emmanuel se demanda d'abord si elle n'était pas fabriquée de toutes pièces.

— J'ai connu un type, commença Alphonse, qui s'était fait un petit commerce sur la dompe. Il rapaillait toutes les chaudières de fer-blanc, il les arrangeait, les redressait, pis les revendait à un vieux Juif. Beau dommage que c'était pas une grosse trade. Y avait des semaines où ce que la ferraille valait pas grand-chose, mais d'autres fois, mon vieux, il t'arrivait des pleins camions de chaudières à lard sur le bord de la rivière, et mon gars attrapait une bonne journée.

« Il avait sa chambre en ville. Mais y a des voleurs su la dompe comme partout ailleurs. Mon gars s'est bâti un petit chalet de plaisance drette sur la dompe pour surveiller ses petites affaires. Dans le temps, y avait tout un vrai village là-bas : un ramassis de bicoques un peu plus hautes que des niches à chien. T'avais pas besoin de demander un permis pour bâtir ni de chercher des planches ben longtemps. Mon vieux, c'était une vraie bénédiction tout ce qu'y avait su la dompe de matériaux : des montants de lit, des morceaux de tôle, pis du gros carton pas trop sale. Tu rapaillais là-dedans, à ton choix, une feuille de tuyau, quatre plaques de tôle pour la couverture, et tu te choisissais un lot à une place pas trop puante, drette au bord de l'eau. Mon vieux, y a du monde qui sont parés à payer des mille piasses pour avoir leur villa et leur petite visite du dimanche su le fleuve. Les gars de la dompe, ils avaient tout ça pour rien, sauf la visite du dimanche. Pis la tranquillité, faudrait que t'ailles loin pour en trouver autant que sur la dompe. Une espèce de tranquillité de cimequière, de bonne mort bien enterrée. T'entendais pas d'autre chose la nuit que les rats qui fouillaient parmi la charogne et qui se sauvaient avec les gros morceaux. T'avais la ville dans le dos, la ville pis son secours, la ville pis sa file de gueux qu'attendent leurs tickets pour le pain, la ville pis son vacarme à cause de bon Dieu sait quoi ! Plus de clink clank de tramway, pus de grosses limousines te crachant au nez comme si t'avais la peste, plus de boucane, pus rien. T'étais chez vous.

« Mais, pour revenir à mon bricoleur, ce gars, je m'en vas te le dire, il avait fini par se faire une bonne petite vie. Il devait pas une cenne à personne, il coûtait pas une cenne à la ville. Et par-dessus le marché, il élevait un petit gars en ville assez comme de bon sens. Mais v'là-t-y pas que les officiers de santé viennent faire un tour su la dompe, vu qu'un pauvre 'iable avait été trouvé mort tout seul dans sa cabane, à moitié rongé par les rats, et sais-tu ce qu'ils ont fait, Létourneau, les monsieurs de la santé, descendant sur la dompe en se tenant le nez à pleines mains ? »

Alphonse essuya son front où se formaient des gouttes de sueur.

— Eh bien ! ils ont mis le feu dans tout le sapré village. Ils ont mis le feu, Manuel. Ils ont tout brûlé, les niches, les grabats, la vermine... » Il soufflait rapidement, comme épuisé par son récit. « Et le lendemain, ajouta-t-il, mon gars était retombé su le secours. »

Il fit une longue pause, fit entendre un rire sombre, et poursuivit :

— Mais quand t'as goûté à l'air de la campagne, tu y reviens, tu finis par y revenir. Le maudit village s'est rebâti là-bas. Pas une cabane de moins, pas une cabane de plusse. Pareil comme par devant. Autant de petites cheminées grosses comme des pots de fleurs su le toit des cabanes. Autant de marmites qui bouillottent là-dedans. Et autant de chats maigres revenus avec le monde, de partout où ce qu'ils trouvaient pas à manger, des grands batailleux de chats ! Et tu me croiras p't-être ben pas, mais y a des fleurs qui se sont mises à pousser aussi devant les cabanes, des fleurs de soleil ; la graine, je suppose, s'en était venue avec le vent. Et tu diras ce que tu voudras, jeta-t-il d'un ton défiant, mais c'est une vie comme une autre dans ce pays-là. Parce que c'est un autre pays ; c'est pus le même pays pantoute. Tu fais ta petite business tranquille, pas achalé par personne, pis, le samedi soir, si ça t'arrive de t'ennuyer du monde, de l'autre pays, eh ben, tu te rases, tu viens en ville et tu fais ton tour parmi la société. Tu leur fais une visite à ceux de l'autre pays...

Emmanuel se taisait, ne doutant plus de la vérité. Il éprouvait une gêne extrême d'avoir pénétré si loin dans la vie d'Alphonse sans possibilité de lui porter secours.

— Alphonse, dit-il, pourquoi ce que tu t'enrôlerais pas ? Un gars oublie ses petites misères quand il est dans l'armée.

— Ses petites misères ! reprit Alphonse.

Ils arrivaient à l'entrée du tunnel de la rue Saint-Jacques. Soudain, Alphonse jeta sa cigarette. Il s'arrêta à la lueur d'un feu vert qui brillait dans un petit enfoncement de la paroi, derrière un grillage, et jetait sur le béton suintant une coulée glauque. Ses mèches noires s'échevelèrent au vent qui s'engouffrait dans l'allée souterraine. Et son visage apparut à Emmanuel marqué de raies noires comme s'il le voyait à travers des barreaux.

— Écoute, Manuel Létourneau, dit-il. Je m'en vas te conter une autre histoire. Tu y croiras si tu veux... » Il eut un petit rire étouffé, puis il avoua : « Un bon jour, après que je t'ai eu entendu si bien parler, toi, j'y ai été, moi aussi, pour m'enrôler. Drette le lendemain, je cré ben. En tout cas, avec une bande de recrues qu'a passé dans

Saint-Henri, le tambour, les plus beaux soldats par devant, et par derrière, les quêteux. T'as remarqué ça, toi aussi, hein : ils te mettent les gars costauds les premiers ; comme ça, les traîne-la-patte au boutte des rangs, ils se voient pas trop. Un bon truc, quand tu y penses.

— Mais je ne savais pas, tu l'avais jamais dit, interrompit Emmanuel.

Alphonse secoua les épaules avec énervement. Il poursuivit :

— En tout cas, moi, je me trouvais au bord du trottoir, planté là comme un piquet, l'air fin comme le 'iable, ça tu peux le croire. Je me tenais su une patte, pis su l'autre, pour essayer de me dégeler que'que part.... et, tout d'un coup, v'là-t-y pas que je vois arriver la gang. Le tambour battait. Les beaux gars d'en avant se trémoussaient ; t'aurais dit qu'ils s'en allaient tous chercher une petite mine d'or, un autre Klondike au bout de la vie, ou ben que'que chose de mieux encore. « Bonguienne ! que je me suis dit, v'là longtemps, Ti-Phonse, que t'as pas vu du monde si ben habillé, si ben nourri. Vas-y donc toi aussi, que je me suis dit. Vas-y donc !... » Et c'est comme ça que je me suis trouvé dans la gang, moi itou, avec les chômeux.

« Il s'en trouvait un, au ras moi, qui m'a fait un clin d'œil. J'y ai répondu. J'aime pas gros les familiarités, moi, mais dans un cas comme ça, quand tu pars pour une walk qui pourrait ben finir au bout du monde, faut ben que tu fasses un peu la parlette avec ceux qui se grouillent à côté de toi. Ça fait que dans ce clin d'œil-là, on s'est dit, tous les deux : " Que je tombe, et tu me ramasses, et que tu tombes et je te ramasse. " Une sorte de bargain. C'est encore drôle aussi quand j'y pense, comme ça se fait vite les bargains entre les gars ferme-ta-gueule et traîne-la-patte... »

— Continue donc, fit Emmanuel vivement.

— O.K. ! J'arrive betôt au plus beau de l'histoire, ricana Alphonse. J'étais pas aussitôt greillé d'un compagnon de route qu'on s'est mis à lever la patte drette pis la patte gauche et, left, right, le gars d'en avant nous gueulait left, right, on faisait comme lui, on se démenait que le 'iable, left, right, c'est une affaire que tu poignes vite ça, pis en avant la patte, on a marché comme ça jusqu'à la caserne, une saprée bande de fous ! On en ramassait de plusse en plusse à mesure qu'on y allait. Dans le coin de la rue Atwater, là tout seul, on en a attrapé trois, quatre, je cré ben. Ce qu'il y a de drôle, tu sais, c'est qu'aussitôt que t'es pris, t'es pas content tant que t'en as pas pris d'autres. Moi j'aurais pas été content ce jour-là tant que j'aurais pas vu, derrière moi, une file longue d'icitte au bout du pays, de quoi faire cent fois le tour de la ville, et pis encore ! Je me retournais de temps en temps, je voyais grossir not' gang, mais pas assez à mon goût... Ça me choquait de voir des gars qui restaient su le trottoir à nous regarder passer. " Venez-vous-en, que je leur aurais dit, on est saprement lonely dans notre business, à moins d'avoir toute la terre avec nous autres. " Mais le petit gars qui marchait à côté de moi, c'ui de la bargain et du clin d'œil, il était pas lonely pantoute, ce petit gars-là. C'était un beau petit gars itou, tout frisé, plein de santé, les joues rondes, pas un poil de moustache. Il chantait tout le long du chemin. " Aïe, ménage-toi, que j'y ai dit, tu vas arriver au boutte de tes chansons avant qu'on trouve une place d'iousque on pourra s'asseoir. " Mais si t'as jamais vu que'qu'un fier de faire l'homme, c'est ben ce petit gars-là. On tournait un coin ben venteux ; le vent a pris dans nos guenilles comme pour nous les arracher d'dessus le dos. Et pis, mon petit gars, le v'là-t-y pas qui me crie dans l'oreille : " Eh, bud, y a de l'avenir dans l'armée. "

« De l'aut' bord de moi, c'était un vieux qui marchait, tout ramassé dans le vent comme un paquet de linge. Un vieux... en tout cas, un gars qu'avait ben passé la quarantaine, et pas mal essoufflé, je t'en passe un papier. Mais lui aussi me dit, comme on s'escrimait à monter une côte : " Y a de l'avenir dans l'armée. " T'en entends des drôles, tu sais, en marchant dans une gang qui va s'enrôler. L'avenir ! Ça m'a l'air qu'y en a pas un qui pense pas à ça, l'avenir. Oui, l'avenir ! Eh ben ! moi aussi, j'y ai pensé. Je marchais entre ces deux-là, le petit gars de dix-huit ans et le vieux qu'avait déjà l'avenir... »

— Et après ? demanda Emmanuel.

— T'es ben pressé, dit Alphonse. Je te raconte une affaire que dans dix ans d'icitte p't-être le monde écoutera, que dans vingt ans d'icitte p't-être le monde comprendra, une affaire pas ordinaire, et tu me dis : « Après ? » Eh ben ! je vas te le dire ce qui est arrivé après... On est arrivé à la caserne. Ils nous ont questionnés chacun not' petit tour comme à l'examen de monsieur le curé, sauf qu'au lieu de la communion, c'était pour l'Extrême-Onction qu'on se préparait. Mais ç'a l'air qu'il faut en savoir pas mal même pour la dernière onction. Tu dois avoir passé à travers ça, toi aussi. Je sais pas si t'as eu affaire à un officier épais comme le mien : ça doit pas. Il peut pas y en avoir gros qui restent en vie de c'te espèce-là. Le v'là-t-y pas qui sort une petite plume en écaille, se carre comme sur un trône, se mouche, se gratte, s'étend les jambes, pis commence à me demander des questions d'arithmétique. Avec une feuille pis un crayon, tout seul pour penser à ma business, beau dommage que j'aurais trouvé la réponse, mais il me braque ça tout en blanc. Il me laisse pas le temps de réfléchir à mes oignons, et la première chose que je sais pas, le v'là fâché rouge. « Où c'est que vous avez passé vot' vie pour être si ignorant ? » qu'il me dit. — « Où c'est que vous avez passé la vôtre ? Ça devait pas être au bord du canal, hein ? » que j'y demande à mon tour. — « Non, ben sûr », qu'il me répond. — « Ça se voit ben, pas d'offense », que j'y riposte.

« Après ça, ils m'emmènent tout nu voir le docteur. " Ouvre la bouche... Bonguienne ! qu'il me dit, j'ai jamais vu tant de dents pourries de ma vie. Vous êtes donc jamais allé voir un dentiste ! " Après ça, y en a un autre qui m'a engueulé parce que j'étais pas allé m'acheter des lunettes au lieu d'un sucker quand j'avais dix ans. Mais le plus drôle de la bande, c'est c't'ui-là qui m'a jeté une bordée de bêtises à la face parce qu'au lieu de bon lait pasteurisé j'avais été élevé aux beans pis aux fricassées d'oignons. Mais tu sais, je me démontais pas. Y a de l'avenir dans l'armée ! que je me disais. Puisque le petit gars et le vieux et tous les journaux dans la ville le disent, ça doit être vrai. Ils vont me recrinquer, pis je vas être paré pour leur avenir... »

Il y eut un silence que rompit tout à coup la sonnerie des signaux d'alarme. Un grondement sourd emplissait la rue. Sous la marche pesante d'une locomotive, la terre tremblait.

— Ils t'ont pas accepté ? demanda Emmanuel, incapable de supporter plus longtemps ce long récit vindicatif.

Alphonse fut pris d'un grand rire fou qui le secoua comme un arbre livré à l'ouragan, sans soutien, sans appui.

— Pressé ! fit-il, t'es pressé de rejoindre la gang. Pressé ! Tu seras toujours pressé toi... Mais attends un peu ; ce que je vas te dire à c'te heure, c'est le plus drôle de toute : imagine-toi donc qu'ils ont ramanché le vieux comme neuf ; ils en ont fait un autre homme que je te dis, donné des lunettes, arraché les amygdales, vacciné de la tête aux pieds, bourré de vitamines ; ils y ont jusqu'à redressé le nez qu'était un peu de travers. Il va faire un beau mort en tout cas c'ui-là avec ses fausses dents pis son nez redressé. Le petit gars, lui, ç'a pas été une traînerie, hein ! L'avait toutes ses dents, tous ses cheveux, tous ses membres, et toute sa gaieté encore par-dessus le marché...

Il prit le bras d'Emmanuel, le serra avec violence, comme pour un adieu définitif.

Puis ses traits reprirent leur expression morne, indifférente, ennuyée.

— C'est correct, c'est correct. Eh ben ! good-bye, good-bye, Létourneau. Au jour du prochain armistice, Létourneau.

Il s'éloigna aussitôt, les pans de son paletot gonflé battant au vent. Sa longue silhouette maigre s'enfonça dans le tunnel.

Emmanuel le suivit du regard. Alphonse lui paraissait plus mort que tous les morts de l'avenir qui seraient couchés sur les champs de bataille. Et, reprenant sa marche, tout atterré, il se répétait comme en rêve une pensée qui avait pris la forme d'une obsession, d'une rengaine blottie dans son cerveau et qu'il ne pouvait plus déloger : « La paix a été aussi mauvaise que la guerre. La paix a tué autant d'hommes que la guerre. La paix est aussi mauvaise... aussi mauvaise... »

XXVIII

Le débat intérieur qui se déchaînait en lui contraignait Emmanuel à marcher sans arrêt malgré l'heure avancée. Azarius Lacasse, Alphonse Poirier, sa pensée ne pouvait se détacher de ces deux êtres qu'un hasard lui avait révélés dans toute leur solitude. « Pourquoi ? songeait-il. Ils me sont étrangers. Je ne suis rien pour eux ; ils ne sont rien pour moi. Pourquoi viennent-ils ce soir m'inquiéter ? » Et soudain, il comprit qu'à travers leur faillite, c'était sa belle ardeur juvénile, sa foi dans le bien, son enthousiasme, son élan vers l'action qu'il voyait chanceler.

« Vous êtes ben chanceux, jeune soldat ! » lui avait déclaré Azarius. Et l'autre aussi, le pauvre bougre, à sa manière détournée et amère lui avait tenu le même langage. Chanceux ! Fallait-il quand même que la vie fût devenue affreuse à certains pour qu'on lui enviât, plus encore peut-être que l'uniforme et la solde assurée, sa baïonnette, son fusil, ses outils de mort ! Et sans trop comprendre encore contre qui s'en servir, car Alphonse, par exemple, était incapable de haïr l'ennemi plus qu'il ne haïssait son propre pays. Était-il le seul de son espèce, cet être dénaturé ? Mais non, Emmanuel aurait pu en nommer vingt, cinquante, cent qui lui ressemblaient. Moins aigris peut-être, mais engagés sur la même pente. Mais alors, que leur donner à ceux-là, que donner à ceux qui hésitaient, que trouver pour conduire les hommes à la guerre, en battant du tambour et en chantant donc ? Emmanuel fut pris d'une espèce de frémissement. Car subitement il avait cru comprendre une chose épouvantable, horrible, qui dépassait l'imagination, choquait la raison, et pourtant semblait contenter l'homme : c'est que pour faire la guerre, il fallait être rempli d'un amour, d'une passion véhémente, il fallait être exalté par une ivresse, sans quoi elle restait inhumaine et absurde.

Quelle était donc la passion si forte qu'elle pouvait ainsi soulever, entraîner l'homme ? Était-ce un idéal de justice, de beauté, de fraternité ? Avait-il encore, lui, cet idéal ? Tout était là. Alphonse ne l'avait point. Azarius non plus. Mais lui, Emmanuel, pouvait-il encore le retenir, cet idéal, cette passion de sa jeunesse, ou succomberait-il à faire la guerre sans comprendre où cela le menait ?

Le faubourg le tenait maintenant comme dans une prison de doute, d'indécision, de solitude. Il décida de gravir la montagne. Plusieurs fois il y avait trouvé une sorte d'apaisement. Arrivé à la rue Greene, il monta à grandes enjambées la côte raide qui aboutit à la rue Dorchester.

Il se trouva dans Westmount. Les odeurs de blé, d'huile, de tabac sucré s'étaient détachées de lui en route et, maintenant, arrivé au-dessus du faubourg, il aspira un air salubre, imprégné de feuilles fraîches et de gazon humide. Westmount, la cité des arbres, des parcs et des silencieuses demeures l'accueillait.

Il tourna vers l'ouest et arriva bientôt à la caserne de la rue Sainte-Catherine. Un jeune soldat y montait la garde, baïonnette au canon. Emmanuel se préparait à murmurer un mot de salutation à ce camarade d'armes, lorsqu'il aperçut son visage. Il resta paralysé de surprise.

C'était Pitou.

C'était Pitou qui faisait les cent pas devant la caserne, se retournait carrément, claquait les talons, seul dans la nuit, l'arme sur l'épaule, et repartait d'un pas mesuré et agile.

Entraîné à une stricte discipline, il ne s'arrêta pas en reconnaissant Emmanuel, mais sa figure s'éclaira gaiement.

— Allô, Manuel ! dit-il tout bas en reprenant sa marche scandée.

— Allô Pitou ! reprit l'autre, et il se mit à son pas.

Ils marchèrent ainsi quelque temps, comme si le petit soldat de faction avait soudain une ombre réelle, tangible, qui l'accompagnait dans ses monotones allées et venues. Puis Pitou se retourna brusquement, frappa les talons, et ses yeux s'allumèrent un instant de l'espièglerie de l'enfance.

— *Thumbs up* ! dit-il.

— *Thumbs up* ! reprit Emmanuel.

Et pour la première fois, il prononça les mots avec une hésitation, comme s'il avait eu un arrêt dans sa pensée.

— T'aimes ça ? demanda-t-il.

— *You bet*, dit Pitou.

Sur sa petite figure de rouquin, aux taches de son, et qui s'empourprait si facilement, une excitation intense se peignit ; le sourire faisait presque éclater les joues rondes, lisses et brillantes sous les yeux, comme des pommes longtemps frottées.

— On se reverra, promit Emmanuel.

— *You bet...* en Angleterre !

— Au revoir, Pitou.

— Au revoir, Manuel.

Ils se séparèrent.

Emmanuel continua sa route, plus lentement, la tête légèrement inclinée sur l'épaule droite, et livré enfin, complètement livré à ses réflexions. Il se souvenait de la conversation chez la mère Philibert et se demandait s'il n'était pas pour quelque chose dans la décision de Pitou. Et, s'étonnant de ce pouvoir de persuasion dont il avait maintes fois saisi l'effet chez ses camarades, il s'en effrayait quelque peu. Arriverait-il donc à convaincre sans se convaincre lui-même ? Allumerait-il des enthousiasmes autour de lui sans en garder une parcelle pour lui-même ?

« Pitou, pensait-il, Pitou dans l'armée ? » Cela lui paraissait incroyable, impossible. Pitou, le benjamin de leur bande ! Celui qu'ils protégeaient des grands, hier encore, semblait-il, et qu'ils appelaient Grosses Joues, ou encore Bébé. Il crut entendre tout à coup le bruit de leur course folle en bas, au long d'un ancien chemin de halage et, dans le son rapide de leurs pas, l'haleine essoufflée de Pitou qui criait toujours : « Attendez-moi, attendez-moi, je m'en viens. » Ils essayaient de le laisser en route parfois, par taquinerie, comme un chat qu'on s'amuse à égarer, ou parce qu'ils le trouvaient trop jeune pour leurs jeux.

Oui, c'est ça, trop jeune pour leurs jeux.

Mais Pitou surgissait toujours quelque part, derrière eux, petite silhouette comique en pantalon trop court qui s'arrêtait brusquement à ses mollets ronds, les épaules cependant perdues, enfouies sous un ample blouson, et le visage ombragé d'un immense chapeau. Le voyant venir de loin, on n'apercevait que ce grand chapeau en mouvement et qui paraissait grimper les pentes, rouler dans les talus, courir, activé par on ne savait quelle magie. Toujours derrière eux, mais jamais découragé. « J'y vas itou. »

C'était au temps où, trottinant à la file, ils s'en allaient parfois jusqu'au vieux canal pour s'y baigner. Ils arrivaient à un endroit presque sauvage où le canal abandonné ne mirait plus que des nuages paresseux et fuyait entre des pentes douces, silencieuses, où rarement on voyait quelqu'un passer. Des bouquets d'arbres, de-ci de-là, leur paraissaient des bois, la forêt ; des champs restreints où paissait une seule vache, une prairie. La campagne de leur enfance ! Alphonse, choisissant les sentiers les plus difficiles, les plus ombreux, parlait de continuer indéfiniment, et, une fois au fleuve, de décrocher une barque pour partir à l'aventure. Le ciel découvert le remplissait déjà, en ce temps-là, d'une sorte d'amère confusion, sentiment de liberté, hantise du retour, regret de ne pouvoir aller jusqu'au bout de la solitude. À Pitou, qui s'entêtait à les suivre, s'accrochait aux piquants des clôtures, tombait dans des trous d'eau et sans cesse ralentissait leur progrès, il criait : « Débarrasse-nous, petite teigne !... »

Plus tard, il avait su se faire attendre, l'enfant Pitou, lorsque, un soir, le son d'une musiquette les avait surpris, s'élevant derrière une pile de madriers au bord d'un bassin du canal. Pitou avec un simple harmonica les avait retenus toute la soirée. Alphonse, ramolli, réclamait sur un ton rogue : « Joue-nous *Home on the Range.* »

Et, après, ça avait été le temps des cirques et des concerts ambulants dans le faubourg. Pitou en tête avec sa musique endiablée. Puis le temps de la guitare ! Des soirées chaudes, étouffantes, sans le moindre souffle de vent ! Et Pitou assis sur le mur du canal, les jambes pendantes, et les faisant tous voyager à son tour, lui qui, tant de fois, avait été menacé de rester en arrière.

« J'arrive même temps qué vous. Ha ! Ha ! J'arrive même temps qué vous. »

On lui demandait : « Où est-ce que t'as pêché ça ta zing-et-ling ? » Et Pitou, rayonnant, répondait : « C'est un vieux Juif qui m'a dit : " Si t'es capable de jouer un air, tout de suite, je te la donne pour rien, la zing-et-ling... " Et je l'ai eue la zing-et-ling. »

Mais les années passaient, et Pitou tirait de sa guitare des chants de plus en plus mélancoliques. Il disait parfois, lorsqu'on lui demandait un air gai : « Ah, lâchez-moi tranquille ! » Et puis, juché sur le comptoir de la mère Philibert, il demandait soudain : « Y en a-t-y une job dans la ville, une seule job dans la ville ? Y en reste-t-y une job dans la ville ? » Et on voyait se balancer dans le vide ses talons éculés, ses semelles percées.

« Pitou, dans l'armée ! » pensait Emmanuel. Alphonse le savait et, dans sa ténébreuse conscience, sans doute, en souffrait, puisqu'il avait refusé de parler de Pitou. Et soudain Emmanuel se rappela : « le beau petit gars frisé, le petit gars du clin d'œil, de la bargain... le petit gars qu'avait encore toute sa gaieté... » Mon Dieu, c'était Pitou qui avait cheminé avec Alphonse dans les rangs !

« Un enfant, se disait-il, c'est rien qu'un enfant, Pitou ! Hier, il jouait de l'harmonica pis de la guitare ; aujourd'hui, il a une baïonnette entre les mains. » Et brusquement il s'arrêta sur une pensée qui le traversa comme un fer chaud : Pitou ne se désolerait plus d'être un chômeur. Pitou gagnait enfin sa vie, sa vie légère d'oiseau qui demandait si peu, Pitou pouvait être heureux, ce n'était pas étonnant qu'il claquât si fort les talons. Pitou était heureux, Pitou avait entre les mains son premier instrument de travail.

Alors Emmanuel courba la tête comme s'il se sentait écrasé sous le poids de l'inconcevable erreur humaine.

Les étoiles brillaient, très claires. Il fallait venir sur la montagne pour les voir sourdre des profondeurs à l'infini. Emmanuel se rappela le mot d'Azarius Lacasse : « La France est comme les étoiles qui donnent encore de la clarté la nuit, quand il fait ben noir. »

L'expression lui avait paru très belle tombée des lèvres d'Azarius. Il se rappela qu'elle l'avait même soulevé d'un élan d'enthousiasme. Mais maintenant, il se demandait si une nuit n'allait point tomber sur la terre qui serait sans astres et sans lumières. Il se demandait si une nuit, longtemps avant la guerre, n'avait point commencé à encercler la terre de ses ténèbres.

D'où viendrait la clarté qui guiderait le monde ?

Il se trouva dans une petite rue en pente qui, avec ses cottages de pierre chaude, ses fenêtres georgiennes, ses pelouses, ses bosquets de chèvrefeuille, évoque si bien le doux confort anglais ; et la distance entre ses pensées et le calme moelleux, comme inattaquable, si profond de cet endroit, fut telle qu'il se sentit plus que jamais livré à la mélancolie. Il n'avait jamais eu de rancune contre les riches, Emmanuel. Naguère, quand il montait avec sa bande bruyante jusque sur la montagne, par des nuits sans brise, au cri de : « Allons voir comment ça vit là-haut, les millionnaires ! » ce n'était pas pour commettre des actes de vandalisme, mais pour s'emplir les poumons d'air frais et, secrètement épris de la beauté, pour s'en mettre plein les yeux, au passage.

Emmanuel n'avait point de haine contre les riches. Il n'avait jamais peut-être été assez privé pour aller jusqu'à la morbide envie d'Alphonse ; il le reconnut de bon gré.

Mais, se promenant entre les grands hôtels princiers, son malaise croissait pourtant. Ce n'était pas de la rancune, pas du dégoût, pas même sa gêne ancienne de petit gars du faubourg, lorsqu'il arrivait sur la montagne de Westmount. Rien qu'un malaise indéfinissable. Toute l'inquiétude, toute l'angoisse du bas quartier semblaient s'être collées à lui au départ, et plus il était monté haut, plus elles s'étaient retenues, tenaces à son corps. Et maintenant, c'était comme s'il n'avait plus le droit d'entrer dans la cité du calme, de l'ordre, avec cette odeur de misère qui le suivait tel un relent de maladie. On voulait bien là-haut du don de lui-même, mais non pas de son doute, de ses indécisions, de son problème angoissant. La richesse, acceptant l'offrande du pauvre, ne pouvait voir sa face tourmentée. Elle se taisait dans la nuit, refusant de s'allier à cet intrus qui venait la regarder.

La colère pourtant s'emparait d'Emmanuel. À son tour, comme tant d'autres, il se posa cette question : « Nous autres, ceux d'en bas qui s'enrôlent, on donne tout ce qu'on a à donner : peut-être nos deux bras, nos deux jambes. » Il levait les yeux vers les hautes grilles, la courbe des allées sablées, les façades somptueuses, et continuait : « Eux autres, est-ce qu'ils donnent tout ce qu'ils ont à donner ? »

L'éclat de la pierre riche et polie tombait sur lui, dur, indéchiffrable, avec des reflets d'acier. Et il sentit tout à coup l'énormité de sa présomption et de sa naïveté.

La pierre, les grilles de fer forgé, hautaines et froides, les portes de vieux chêne, les lourds heurtoirs de cuivre, le fer, l'acier, le bois, la pierre, le cuivre, l'argent semblaient s'animer peu à peu et semblaient dire d'une voix creuse, avec un ricanement léger qui se communiquait aux arbustes, aux haies émondées, et franchissait la nuit :

« Qu'est-ce que tu oses penser, toi, pauvre être humain ! Prétendrais-tu par hasard te mettre à notre niveau ? Mais ta vie, c'est ce qu'il y a de meilleur marché sur terre. Nous autres, la pierre, le fer, l'acier, l'or, l'argent, nous sommes ce qui se paye cher et ce qui dure. »

— Mais la vie, la vie d'un homme, insista Emmanuel.

« La vie, la vie d'un homme ! On n'a jamais calculé ça encore. C'est une chose si petite, si éphémère, si docile, la vie d'un homme. »

Las sous le poids de ses pensées, Emmanuel atteignit l'observatoire de Westmount, au sommet de la montagne. Il s'appuya au parapet. Il vit à ses pieds une infinité de lumières.

Un sentiment de détresse s'empara de lui. Il lui apparut qu'il était seul dans l'univers, au bord de l'abîme, et tenant entre ses mains le fil le plus ténu, le plus fragile qui soit de l'éternelle énigme humaine. De la richesse, de l'esprit, qui donc devait encore se sacrifier, qui donc possédait le véritable pouvoir de rédemption ? Et qui était-il, lui, pour aborder ce problème et en porter ce soir le fardeau ? Un jeune homme qui, jusqu'ici, avait vécu une vie assez agréable, facile, un jeune homme sans inquiétude profonde ni ambition exagérée, un jeune homme simple comme tant d'autres, modérément instruit, de classe moyenne, un jeune homme qui, si les événements ne l'eussent précipité dans un débat trop vaste, trop aigu, n'eût peut-être jamais de sa vie effleuré de plus graves préoccupations que celle de l'emploi, d'une existence médiocre et tranquille. Oh, tout ce problème de la justice, du salut du monde était au-dessus de lui, impondérable, immense. Qui était-il, lui, pour essayer de l'examiner ?

Le sentiment de son ignorance accrut celui de sa solitude. Il n'y avait que la solitude qu'il pût mesurer. Il en jugea la profondeur à la liberté des vents échevelés qui passaient sur les hauteurs, repus d'espaces parfumés. Il en mesura la durée à la distance qui séparait le faubourg de la montagne.

Penché sur le parapet, il chercha au loin parmi les lumières du sud-ouest qui scintillaient comme des lucioles dans un lac de noirceur, et en choisit une qui pouvait être celle de la maison de Florentine.

Et tout à coup, l'image de la jeune fille le ressaisit, refoulant tout, substituant aux doutes, aux indécisions, aux violents conflits de ce soir, un désir éperdu de tendresse et de douceur.

XXIX

Le restaurant, avec ses allures de guinguette au bord du fleuve, vers Lachine, avait semblé joyeux à Florentine — un endroit où ses regrets cesseraient peut-être de la poursuivre et où, en renouvelant ses pensées, elle arriverait à en trouver qui fussent sans venin. Quelques lanternes vénitiennes se balançaient à une branche d'arbre dont le mouvement lent devant la porte paraissait secouer et emmêler toutes ces vives couleurs ; une guirlande d'ampoules colorées s'enroulait au-dessus du seuil bas. Cette touche pittoresque obtenue, le propriétaire apparemment ne s'était plus préoccupé que de présenter à l'aide d'affiches-réclames chaque produit qu'il pût avoir en vente et bien d'autres aussi qui ne pouvaient tous se trouver dans son établissement. La façade étroite, les murs décrépis du petit restaurant disparaissaient littéralement sous ces réclames : des baigneuses en maillot clair, étendues sur des plages miniatures, célébraient par on ne savait quel rapprochement la douceur de telle cigarette ; et d'autres, plus légèrement vêtues encore, glorifiaient une boisson désaltérante. C'était inimaginable tout ce que cette façade avait pu recevoir de plaques en tôle, grandes et petites, d'affiches de toutes sortes. L'effet était bariolé, affolant, mais à Florentine il avait paru agréable. Oh, l'endroit vraiment en était un où on n'entrait pas avec des pensées moroses !

Sous un semblant de tonnelle, dans une ombre chiche, se dressait une seule petite table de pique-nique en tôle rouillée par les averses, où la marque de commerce d'une brasserie s'effaçait. S'y aventurant, Florentine avait murmuré :

— Ç'a l'air fin icitte !

Et, croyant lui faire plaisir, Emmanuel l'avait invitée à dîner dans ce petit restaurant de banlieue.

Mais elle avait refusé de prendre autre chose qu'un hot dog et une bouteille de coca-cola. À l'intérieur, des lanternes semblables à celles du dehors pendaient au plafond ; un vent léger, qui venait du fleuve, constamment les agitait. Les tables étaient peintes d'un rouge vif ; les murs se couvraient de naïfs dessins : pagodes japonaises, trirèmes en marche sur une placide mer de craie, temples hindous sur un fond crasseux. Il y avait un phono automatique dans un coin de la salle et Florentine demandait sans cesse à Emmanuel de faire jouer le même air de jazz trépidant et syncopé.

Le patron les avait servis. Peu de chose, car Emmanuel, voyant Florentine sans appétit, avait commandé pour elle et lui la même collation légère. Ils étaient à peu près seuls maintenant. De temps en temps un couple entrait, achetait des cigarettes ou des sandwiches, puis repartait, riant fort, se taquinant sur la route qui longe le fleuve.

Cette journée ne répondait à rien de ce qu'avait imaginé le jeune homme. Elle lui plaisait pourtant par ce caractère d'imprévu et de suspense. Sans cesse, il s'imaginait qu'une parole allait être prononcée entre eux, un geste ébauché, qui, soudainement, changeraient le cours de leurs vies sans qu'il leur fût possible d'intervenir, et il glissait de bon gré dans cette espèce d'acquiescement à leur destin.

Le matin, il avait assisté à la grand-messe à l'église de Saint-Henri, espérant y apercevoir Florentine, car, repris par sa timidité, il avait préféré la rencontrer comme par hasard plutôt que de risquer une autre visite peut-être inutile chez elle. Jamais il n'oublierait ce mélange de joie et d'indécision avec lequel elle l'avait salué. Comme si elle combattait le désir de le voir... oui, c'était cela, comme si elle luttait contre un penchant naturel à le revoir et eût voulu s'enfuir, rester, s'enfuir et rester !

Tout le reste lui paraissait encore étranger, emmêlé, complexe. Florentine, dans le portique de l'église, vêtue de sa toilette de

Pâques ! Il avait dit, en la voyant, ému, ne sachant comment engager la conversation : « T'étrennes ! » Il l'avait un peu pincée au bras selon la coutume. Et elle lui avait accordé un bref sourire crispé, puis elle avait froncé les sourcils comme s'il venait de lui déplaire. Mais aussitôt, elle avait dit : « Tu remarques toute, toi hein ! Y a des hommes qui voient jamais comment est-ce qu'une femme est habillée ! » Comme s'il pouvait oublier sa petite robe de soie noire, celle qu'elle avait portée en soirée chez lui, et son uniforme vert de serveuse, et la fleur de papier rose qu'elle piquait dans ses cheveux ! Comme s'il n'avait point été avide de noter tout de suite en la revoyant de quelle façon elle était mise !

Ils descendaient ensemble les marches de l'église. Lui près d'elle au soleil, et sachant maintenant tous les détails de sa toilette neuve ! Et cette joie à se dire : « Nous sortons de l'église ensemble ; nous avons l'air de vrais amoureux. » Mais son trouble à elle il ne le comprenait pas. Elle allait, mordillant ses lèvres et lui jetant de côté un regard hésitant, perplexe, presque dur. Et les mots qu'ils avaient échangés parmi la foule, gênés, affreusement gênés, mais dont la moindre nuance, l'intonation revenaient à chaque instant dans sa mémoire : « T'as pas changé, Manuel ! » — « Toi non plus, Florentine. » — « Tu vas partir pour l'aut' côté ? » — « Oui, bien vite. J'ai deux semaines de congé, puis après ça... » — « Ton dernier furlough, comme ça !... C'est pas long... »

Elle avait dit : « C'est pas long », d'une voix si étrange, si méditative, qu'il s'était penché avidement vers elle pour chercher une explication dans le regard plus que dans les mots. Mais elle, détournant les yeux, s'était mise à secouer son sac au bout du bras et à piétiner nerveusement.

Pourquoi avait-elle dit : « C'est pas long » ?

Il tendit la main à travers la table, saisit les doigts de la jeune fille.

Elle demanda un peu hautaine, un peu railleuse, et pourtant inquiète vraiment, car ses sourcils se nouaient et une légère crispation tirait ses lèvres :

— Tu jonglais à que'que chose, je gage ben. À quoi c'est que tu jonglais ?

— À toi, dit-il sans espièglerie, sans maniérisme, tout simplement.

Elle eut un sourire satisfait, dégagea ses doigts qu'il serrait trop fortement et sortit son petit poudrier. Depuis qu'ils étaient ensemble, il l'avait vue se refaire une beauté trois ou quatre fois. Ce jeu l'amusait. Elle lui faisait penser à un petit chat qui se débarbouillait. Il avait remarqué qu'elle pinçait la bouche et raidissait le visage lorsqu'elle passait la houppette sur son nez, puis qu'elle ne manquait jamais de cueillir un peu de salive au bout des doigts pour l'appliquer à la pointe de ses cils, les engageant à tourner, doucement, du bord de l'ongle ; tout cela le distrayait plus que ça ne l'étonnait, mais ce qui l'intriguait, c'était de la surprendre à tout instant, le regard posé sur sa petite glace, absorbée dans sa propre réflexion et comme plongée dans le doute. Que pouvait-elle donc voir là qui la bouleversait ?

Un temps passa, chacun épiant l'autre. Puis elle dit, son bâton de rouge à la hauteur de la bouche :

— Mets cinq cennes dans la machine, Manuel.

Ce besoin qu'elle avait d'agitation et de bruit ne l'étonnait plus. Il était lui-même depuis la veille dans un état de surexcitation qui s'accordait à un mouvement continu. Il alla au phono et choisit un morceau qui lui plaisait particulièrement. C'était *Bitter Sweet*, un air qui exprimait pour lui en ce moment l'amertume et la douceur de leur réunion. Florentine ne reconnut pas la chanson tout de suite. Elle demanda :

— Qu'est-ce que c'est que t'as mis, Manuel ?

Puis elle se raidit. *I'll see you again...* La phrase sentimentale s'enfonçait dans son cœur. Le bâton de rouge glissa sur sa joue. Elle se revoyait à l'entrée du cinéma, la nuit où avait commencé sa descente vers l'inconnu, la nuit où déjà elle était perdue.

Emmanuel l'enlaça doucement.

— Dansons, dit-il.

Toute la journée, il avait espéré la tenir ainsi quelques instants entre ses bras au rythme d'une valse et recevoir contre lui la chaude impression du corps menu et souple.

Elle fit quelques tours avec lui sans voir où elle allait, les yeux fixes, ne comprenant pas ce qu'elle faisait. Elle se rappelait comme elle avait eu froid à la porte de la salle de spectacle. Le vent glacial de cette nuit-là ! Et toutes les rues sombres par où aurait pu venir Jean qui restaient muettes, désertes, muettes et vides ! *I'll see you again...* Le refrain nostalgique réveillait en elle un morne ennui. C'était laid, laid, au fond de ses pensées. Ni attente, ni joie. Et froid ! Un vent d'hiver, un vent de tourbillons soufflait sur elle. Personne n'était venu vers elle, ce soir-là, à travers la tempête. Ni jamais d'ailleurs, personne n'était venu vers elle.

—Tu ne me suis pas, reprocha Emmanuel gentiment.

Et il se mit à chantonner à son oreille : *I'll see you again...*

Elle tournait avec lui, trébuchant, raidie, essayant d'approfondir ces mots bizarres, venus de loin, ces mots de mensonge, et que maintenant Emmanuel lui répétait. Elle apercevait quelqu'un qui devait être elle, assise toute seule dans la salle de spectacle et qui pour se calmer, se réconforter, essayait de se persuader que Jean avait été empêché de venir vers elle. Était-ce possible qu'elle eût été si naïve, si sotte, si enfant ! Et, brusquement, elle éprouva le désir de se venger de Jean sur Emmanuel. Elle aurait voulu trouver une parole méchante, un seul mot dur pour le blesser et voir naître à son tour la souffrance dans un regard.

—Nous allions si bien ensemble pourtant la dernière fois qu'on a dansé, dit Emmanuel.

Il remarqua qu'elle avait la joue tachée de rouge à lèvres ; il prit son mouchoir, le lui tendit, et voyant qu'elle n'apercevait point son geste il l'essuya lui-même, tout doucement, avec précaution.

Alors elle éclata d'un petit rire cinglant :

—Regarde-toi donc toi-même. T'en as partout ! Là, par exemple, on a l'air de deux amoureux.

Elle vit qu'elle était allée trop loin, qu'elle avait offensé le jeune homme. Non, ce n'était point ça, vraiment, qu'elle désirait. Lui faire mal, oui, mais pas l'offenser et le détourner d'elle. Il fallait être amie avec Emmanuel. Elle se ressaisit, secouant ses cheveux, et elle lui accorda un sourire plutôt provocant qu'amical.

Un instant, l'image chère qu'il avait d'elle se fondit. Il vit à sa place une jeune fille nerveuse, instable, trop fardée, bruyante. Il pensa : « Ce n'est plus Florentine, je m'égare, je me trompe... » Mais ce fut aussitôt dissipé. Une vérité plus simple, plus triste, lui apparut : elle était comme lui, inquiète, prise entre des émotions diverses, et très, très fatiguée.

— Allons-nous-en, dit-elle. Je trouve ça plate icitte. Pas toi ?

Partout où ils s'arrêtaient, c'était elle qui voulait s'en aller. Elle se disait : « C'est plus dur que je pensais... de faire comme si je l'aimais... de me faire aimer... » Mais elle savait bien malgré son tourment que sa volonté était faite et ne changerait pas.

Il l'aida à mettre son manteau neuf. Elle lui avait dit, avec une sorte de défi : « Oui, c'est neuf de ce printemps-citte. Je l'ai payé cher. Le trouves-tu beau ? » C'était un manteau en léger lainage bouclé, drapé sur les hanches et avec un gros anneau d'écaille à la ceinture, un manteau comme il y en avait d'exposés dans les magasins du faubourg. Il avait eu le cœur serré comme elle se fâchait et demandait : « Ben dis, le trouves-tu beau ? » — « Oui, avait-il répondu, il est beau, Florentine. » Et il avait songé soudain à toutes les toilettes qu'il aimerait lui acheter puisqu'elle aimait tant se parer. Il s'était imaginé l'accompagnant dans les magasins pour l'aider à faire ses emplettes. Il avait osé tout à coup : « Florentine, ça peut te paraître drôle, mais pour mon cadeau avant que je parte, veux-tu que je t'achète une robe, une vraie belle robe ? Nous irions la choisir ensemble... » Il hésitait, à peu près sûr qu'elle allait refuser. Mais, à sa grande surprise, elle lui avait serré les mains. Elle avait eu un véritable élan de joie : « Oui, Manuel, tu pourrais pas me faire plus plaisir. »

Elle lui fit tenir ses gants, son sac, pendant qu'elle posait son chapeau, une petite toque toute couverte de verdure et de fleurs raides.

— Et mon chapeau ? avait-elle demandé aussi. L'aimes-tu ? *You better...* avait-elle menacé, prête à se fâcher.

Elle prit son mouchoir dans le sac que le jeune homme tenait à la main, lui fit un bref sourire pour l'engager à la patience et recommença devant la glace du mur à se poudrer. Il convenait qu'il avait l'air gauche avec toutes ces choses de femme à la main, le sac ouvert dans lequel elle venait fouiller, les gants, le foulard, mais il songea que plus tard il aimerait se rappeler justement ceci : lui debout derrière Florentine, attendant qu'elle se retournât pour lui dire qu'elle était prête et s'engager à son côté.

Ils reprirent leur promenade au bord du fleuve. Ils étaient partis de Saint-Henri sans prévoir l'emploi de la journée. Florentine avait dit : « Allons sur la montagne. » Mais en route, elle avait décidé : « Allons à Lachine. » Il avait cru d'abord qu'elle éprouvait comme lui ce grand besoin, lorsque les jours de vacances sont comptés, de se trouver à tous les endroits à la fois. Mais il comprenait maintenant, à certaines phrases placées dans le silence, qu'elle ne s'intéressait nullement au paysage et même que tout lui échappait : l'extraordinaire clarté de ce jour, le mouvement des barques et des voiliers sur le fleuve, et jusqu'à l'enchantement des îles, au large, îles demi-habitées ou désertes qui avaient toujours exercé sur lui un attrait, et dont il lui disait les noms et racontait l'histoire. Plus tôt dans l'après-midi, lorsqu'ils s'étaient engagés sur le trottoir en bois de Verdun, parmi le va-et-vient pittoresque, bruyant des promeneurs, elle n'avait été occupée qu'à chercher des visages qu'elle aurait pu reconnaître : « Il n'y a personne que je connais ici », avait-elle dit avec mauvaise humeur et comme étonnée. Et ne pouvant souffrir qu'il prît intérêt au spectacle, elle l'avait pressé, mutine, impatiente : « Y a rien à voir ici ; allons-nous-en, Manuel ! »

Dès qu'elle posait sa fine main sur le bras d'Emmanuel, il croyait reconnaître l'ombrageux désir qu'elle avait de le retenir, et il en était heureux. Il en oubliait l'acharnement avec lequel il s'était employé à excuser les manques de tact de la jeune fille, son ignorance, comme s'il eût été déjà préoccupé de déjouer en lui un instinct de recul, un avertissement.

Elle dit maintenant, très lasse :

— Où c'est qu'on va aller, Manuel ?

Il lui proposa de se rendre sur la rive sud et de visiter Caughnawaga, la réserve indienne.

Elle parut surprise des explications qu'il lui donna. Et même il comprit, à ses questions puériles, qu'elle ne connaissait à peu près rien des environs de Montréal.

— Si j'avais un mois, je t'en montrerais du pays, fit-il.

— Ben, t'as rien que deux semaines, on est pas pour aller courir chez les sauvages, répliqua-t-elle.

Il lui offrit un tour en chaloupe. Elle hésita, n'osant avouer qu'elle avait une peur mortelle d'être sur l'eau. Il finit par demander un peu à regret :

— Veux-tu qu'on aille aux vues ?

Cela peut-être lui aurait plu. Mais non, pourtant. Rien ne la tentait. Elle était trop lasse aussi d'attendre une certitude. Elle aurait voulu qu'il fît noir tout de suite autour d'eux — elle préférait maintenant l'obscurité à la plus belle journée de soleil — qu'il fît très sombre autour d'eux et qu'Emmanuel la prît dans ses bras et lui déclarât qu'il ne pouvait vivre sans elle. C'était bien ça pourtant qu'il avait sur le cœur. Pourquoi ne le lui disait-il donc pas ? S'il l'avouait enfin, elle pourrait être en repos. Elle aurait avancé le projet qu'elle avait mûri la veille dès que sa mère l'avait mise au courant de la visite d'Emmanuel.

De temps en temps, elle tournait un peu la tête vers le jeune homme et elle l'épiait sous la frange de ses cils. Elle le revoyait tenant son sac au restaurant. « Il m'aime, songeait-elle, il m'aime comme un fou. » Et, en effet, le regard dont il la couvrait exprimait tant de douceur qu'elle se sentait un peu honteuse. Puis elle se disait : « Tant pis pour lui, s'il m'aime tant que ça... C'est ben trop fou. » Et parce que son amour-propre se rebellait encore, elle essayait de se persuader, qu'à sa manière, elle aimait Emmanuel.

Elle y parvenait tant qu'elle ne mettait pas quelque côté d'Emmanuel en directe opposition avec tel ou tel trait saillant du caractère de Jean. Alors elle avançait un peu les lèvres dédaigneusement, elle détaillait avec brusquerie le jeune homme marchant près d'elle, et avec une pointe d'orgueil pensait : « C'est pas Jean qui ferait tous mes caprices comme lui. » Et elle s'enhardissait dans ses desseins.

Elle avançait en trébuchant sur ses talons hauts, si fatiguée vraiment qu'Emmanuel s'inquiéta : « Tu peux plus marcher, tu vois bien », dit-il. Il la supportait un peu d'un bras autour de la taille. Il faisait semblant de rire. « Tu vas user tes beaux souliers », plaisanta-t-il. Mais il était soucieux, troublé. Des cernes bleuâtres entouraient les yeux de Florentine. La fatigue pinçait les ailes de son nez. Elle était devenue excessivement pâle. Il fit acte d'autorité, la fit monter dans un autobus qui revenait vers la ville.

Mais un peu avant Verdun, les rapides grondant à droite, elle étouffa un soupir :

— Débarquons, dit-elle.

Le mouvement de l'autobus la rendait malade et, affaiblissant son corps, diminuait aussi sa volonté. Elle craignait de tomber dans une torpeur où tout lui deviendrait indifférent, et elle se tendait dans un suprême effort pour paraître gaie et même attentive à certaines choses qui plaisaient à Emmanuel.

— C'est si beau, dit-elle, icitte, l'eau, pis toute, ne regardant d'ailleurs que le bout de ses doigts qu'elle tenait entrelacés. Débarquons, ajouta-t-elle, voir s'y a du monde à la pêche.

Elle venait de se souvenir soudain que, petite fille, Azarius l'avait emmenée sur cette rive, le dimanche, quand il venait pêcher la barbotte. Elle avait parfois un réel désir qu'Emmanuel la comprît à travers son enfance et qu'il l'aimât pour ce qu'elle avait été alors. Et elle dit, en inclinant un peu la tête sur l'épaule du jeune homme :

— Mon père pis moi, y a longtemps de ça, on venait des fois icitte. Moi, j'ôtais mes souliers, mes bas, et je jouais dans l'eau. J'avais cinq ou six ans, je crois ben...

C'était la première fois qu'elle faisait la moindre allusion aux siens devant lui, comme si toujours elle eût été retenue par une gêne ou de l'orgueil. Cette confidence si légère, si minime, émut Emmanuel. Il prit les doigts de Florentine, les serra doucement. Et elle, vaguement troublée aussi par ce rappel de son enfance, continua, les yeux dans le vide, les yeux vides eux-mêmes, fixés dans le temps :

— Mon père, il a été bon pour nous autres quand on était petits. Mon père... y en a qui disent du mal de lui, que c'est pas un homme travaillant, qui garde pas ses jobs... Mais mon père, il a toujours été bon. Seulement, il a pas eu beaucoup de chance, mon père.

Elle répétait « mon père, mon père », comme une espèce de rengaine, comme une espèce de prière, d'excuse, de plaidoyer, par lequel en disculpant Azarius, elle aurait pu trouver un pardon pour elle-même. Emmanuel, attendri, très attentif, l'encourageait du regard.

Elle saisit une pitié trop visible dans l'expression du jeune homme.

— Débarquons donc, dit-elle, énervée.

Ils descendirent près de la centrale électrique et se remirent en marche doucement, car, à tout instant, Emmanuel modérait l'allure de Florentine. Il lui semblait qu'elle lui avait ouvert un coin de son âme si pitoyable, si malheureux qu'il n'aurait pas assez de toute la vie pour la consoler, la guider, et au besoin lui pardonner jusqu'aux désillusions qu'elle pourrait lui apporter. Ces seuls mots : « Il a pas eu beaucoup de chance... » dans lesquels il croyait entendre s'exprimer toute une vie, le remuaient profondément.

Il s'efforçait de calmer Florentine par une simple pression de la main sur son bras fluet. Elle lui paraissait plus secrète qu'il ne l'avait cru et cette découverte ajoutait au poids de son inquiétude, à sa tendresse aussi.

Elle, se hâtant, serrait les lèvres. Elle se trouvait sotte d'avoir révélé au jeune homme la plus petite parcelle de sa vie, de lui avoir montré si peu, si peu, ce qu'il lui restait de douceur amère au fond du cœur. La douceur, cela ne menait à rien. C'était la douceur qui les avait perdus tous. Pas pour elle, la douceur. Jamais. Et se trouvant fâchée contre elle-même, elle cherchait à devancer le jeune homme. Le sentier qu'ils suivaient se rétrécissait en contournant d'énormes rochers, alors il la laissait prendre un peu d'avance et, volontairement, s'attardait pour la regarder aller. Il aimait sa démarche sautillante et la façon dont elle éparpillait sur ses épaules, d'un seul mouvement de la tête, la masse de ses cheveux bruns.

Il eût préféré qu'elle fût nu-tête puisqu'elle avait une si jolie, si abondante chevelure. Mais elle était partie pour cette promenade vagabonde mise exactement comme à la sortie de l'église. Elle avait même pris ses gants qu'elle avait grand soin de ne pas abîmer. Elle les enlevait, les pliait et les confiait à Emmanuel par crainte de les perdre ; et puis, elle les lui redemandait, et elle les regardait à ses mains, avec une sorte de contentement qui faisait briller ses yeux.

Un peu de soleil, comme une brume dorée, frémissait à la surface de l'eau. Parfois, quand leur regard cherchait à en franchir la distance et à distinguer au loin les contours de l'autre rive, ils restaient tout aveuglés. L'après-midi fraîchissait pourtant. Un vent plus rude de temps en temps les assaillait. Bientôt la douceur de ce jour se serait enfoncée dans les replis mouvants du fleuve, comme chaque mot qu'ils avaient dit, chaque geste qu'ils avaient eu, dans les mystérieux abîmes du souvenir. Et cette pensée fut si intolérable au jeune homme qu'il se hâta vers Florentine, la prit aux épaules et, comme elle restait étonnée, il ne sut que lui offrir, sans motif, un sourire d'une gratuité touchante.

Elle eut alors vers lui un regard d'attente, un regard brusque, déterminé, un regard presque autoritaire. Il paraissait sur le point de lui parler. Elle comprit au pli qui lui barrait le front qu'il cherchait des mots précis, attentif à traduire une émotion qu'il n'avait jamais encore exprimée et que, luttant contre son emportement, il essayait d'entrevoir les limites précises où il pourrait se hasarder. Sa bouche tremblait légèrement et, d'un geste vif, il essuya quelques gouttes de sueur qui perlaient sur son front. Puis il se ressaisit. Il dit gentiment, feignant la légèreté, sans brusquerie, mais avec quelque chose de définitif dans la voix comme si sa volonté s'était absolument affermie :

— On aurait dû se rencontrer il y a longtemps, Florentine.

Elle ressentit tout aussitôt une sensation d'effarement. Si elle perdait Emmanuel maintenant, tout serait fini entre eux. Tout. Elle serait perdue cette fois complètement. Et, étrangement, elle sentait que cette perte lui serait dure de plus d'une façon. C'était plus que sa sécurité, son salut, qui étaient en jeu. Emmanuel, il lui semblait, arriverait peut-être à lui donner le goût de vivre, un nouvel orgueil, de la joie encore à être bien mise, coquette et irrésistible. Par lui elle avait recommencé de se trouver jolie, ardente. Et tout cela lui serait-il ravi ? Elle tourmentait la bride de son sac et, pour cacher l'expression de ses traits, elle tenait la tête obstinément baissée ou bien se mettait à regarder dans la direction opposée des choses qu'elle ne voyait pourtant pas.

— Tu vas déchirer ta sacoche, plaisanta-t-il. C'est neuf aussi ? demanda-t-il, feignant d'ignorer qu'elle boudait.

— Tout est neuf, lui jeta-t-elle avec emportement. J'ai acheté tout du neuf ce printemps... pour...

— Pour rendre un gars fou de toi... acheva-t-il, souriant à demi.

Mais derrière ces paroles, Florentine saisit l'accent d'une détresse vive et soudaine. Un accent qui avait été dans son propre cœur bien des fois quand Jean lui parlait et qu'elle ne comprenait pas le sens, la tournure de son langage. Emmanuel l'examinait avec une attention intense ; elle voyait sa mâchoire se serrer et devinait qu'il gardait les mains derrière son dos en les écrasant l'une contre l'autre. Elle était étonnée qu'il fût moins entreprenant avec elle qu'à leur première rencontre, et surtout elle en était inquiète.

— Tu aimes quelqu'un, Florentine ? demanda-t-il.

Elle hésita. Quel était le meilleur moyen de l'ensorceler ? Le rendre jaloux ? Peut-être que oui. Peut-être que non. Elle ne savait pas trop. Il ne fallait pas se tromper. Surtout, il ne fallait pas se tromper. Au restaurant où ils avaient dîné, deux couples étaient entrés prendre une consommation ; l'un des jeunes gens portait l'uniforme des marins. Et elle avait à deux ou trois reprises jeté sur lui un coup d'œil, et même peut-être lui avait-elle souri, le trouvant jeune et agréable. Elle se rappela la nervosité d'Emmanuel, comment, sans un mot, il l'avait fait changer de place, de sorte qu'elle ne pût, par le jeu des glaces, rencontrer le regard de cet inconnu... Ce serait absurde, ce serait la chose la plus bête au monde, pensa-t-elle, de lui avouer qu'elle avait aimé Jean.

Elle fouillait le sol de la pointe de son soulier et elle murmura, tournant autour d'une intention secrète :

— Oh, tu comprends qu'au magasin il y en a qui m'ont fait de la façon...

— Oui, ça je sais, dit-il.

Le ton était frémissant, contenu. Mais le jeune homme affectait une certaine indifférence, se balançait d'une jambe à l'autre, et il ne la pressait pas trop de répondre. Alors elle pressentit en Emmanuel une force de volonté qu'elle n'avait point prévue. Elle comprit qu'un abîme allait se creuser entre eux, si elle ne jouait pas la partie simplement avec lui. Elle éclata de rire, effleura la joue du jeune homme de la sienne, lui mit un doigt sur les lèvres, et s'écria :

— T'es fou, t'es fou, t'es fou. Tu m'as demandé avant de partir si je voulais être ton amie de fille. C'est toi, tu sais bien, c'est rien que toi que j'attendais.

Alors, toute la résistance qu'Emmanuel avait dressée contre les élans de sa jeunesse s'écroula. Il respira un grand coup comme après un orage. Il eut conscience d'avoir entretenu en lui toute la journée un doute amer. À certains instants, les ruses, l'énervement de Florentine l'avaient affolé. « C'est par dépit qu'elle veut de moi », avait-il pensé.

Toutes ses craintes furent balayées par ce geste affectueux, simple, qu'elle avait eu. Ce doigt sur ses lèvres ! Il lui prit la main, il descendit avec elle vers la rive, entre les branches qui craquaient sur leur passage, frôlaient le manteau de Florentine, fouettaient légèrement ses jambes droites, minces, et il lui sembla qu'il pénétrait dans un monde où il n'y avait ni guerre, ni horreur, ni doute, ni angoisses humaines, où tout s'était tu, sauf le bruissement des feuilles et le frou-frou soyeux d'une robe claire.

Plus tard, alors que le crépuscule tombait, ils se trouvèrent assis au bord du fleuve dans une petite anse où leur arrivaient, affaiblis et très lointains, les bruits de la ville. La berge haute protégeait leur retraite. Ils étaient seuls avec le grondement millénaire du fleuve dans leurs oreilles et, dans leurs prunelles, le vol de quelques échassiers entre les herbes minces de la rive. Un commandeur s'élevait au-dessus des replis argentés de l'eau, et ses épaulettes d'un rouge éclatant flamboyaient ; tout ce qui restait de faible clarté semblait suivre cette tache de couleur selon les évolutions de l'oiseau, le retrouver en bas dans les roseaux et, soudain, très haut, parmi les branches d'un orme.

Au loin, des nuées violettes s'enfonçaient dans le fleuve.

Ils avaient trouvé pour s'y reposer une grande roche unie et plate au sommet. Elle était battue à sa base par un léger remous qui rappelait encore les rapides. Emmanuel y avait étendu son grand mouchoir kaki pour que Florentine n'y tachât pas son manteau neuf. Elle s'y était perchée, les jambes pendantes, et Emmanuel l'entourait de ses bras, encore intimidé et fort étonné des familiarités qu'elle lui permettait. Pour elle, la nuit était la bienvenue, la nuit qui était désormais sans effroi puisqu'elle ne la surprenait plus dans la solitude, la bonne nuit qui décomposait les visages, cachait les traits, mêlait les souvenirs, mêlait le temps, et lui apportait une confuse idée d'oubli.

D'un geste à la fois câlin et osé, elle appuya sa tête lourdement contre l'épaule d'Emmanuel. Et ce n'était pas tout à fait de la comédie. La nuit qui venait rapidement diluait tous ses souvenirs, elle se trouvait comme retranchée par un fossé de ce qui avait été son passé, sa bêtise, et presque innocente encore, et assoiffée de nouvelles attentions. Et ce n'était pas tout à fait un mensonge. Si cet inconnu qui était près d'elle voulait bien l'aimer, l'aimer jusqu'à la folie, peut-être serait-elle capable encore de répondre à l'appel de l'amour. Il lui semblait maintenant que l'amour ne serait plus que gestes doux et timides.

Blottie contre Emmanuel, elle respirait l'odeur de ses cheveux, de son uniforme. Et elle s'abandonnait un peu quand même, si éprise en réalité des gestes de l'amour. Le seul chemin de son âme restait malgré tout celui des baisers.

Elle sentait le cœur d'Emmanuel battre d'un mouvement sourd et accéléré. Elle l'observait étroitement, une partie d'elle-même défaillante, adoucie, une autre, perspicace et déterminée. Son regard le scrutait sous les paupières mi-closes.

Mais lui, repris dans son tourment de la veille et ne pouvant concilier soudain une vision d'horreur, de confusion, à une idée de bonheur même passager, se dégagea quelque peu. Il était au bout de sa résistance. Alors, il ne trouva rien de mieux que de faire appel à la volonté de Florentine pour les sauver tous deux.

— M'attendrais-tu ? demanda-t-il brusquement, la voix hachée, basse. C'est dur et c'est pas juste, mais m'attendrais-tu, Florentine ? M'attendrais-tu jusqu'à ce que le monde se soit guéri ? Un an, deux ans, peut-être plus longtemps ? Jusqu'à la fin de la guerre ? Me donnerais-tu tout ce temps-là, Florentine ?

Elle s'écarta un peu, toute en éveil. Quel était le sens de ces paroles ? « Jusqu'à ce que le monde soit guéri ?... » Quel langage lui parlait-il ? Elle se sentait craintive d'une chose qu'elle ne pouvait comprendre et pourtant assurée qu'elle tenait en ce moment entre ses mains son propre sort et celui d'Emmanuel. Elle s'arma de prudence. Ah ! elle savait bien déjà qu'il y avait un sentiment qui parlait plus haut, plus fort que toute détresse, que toute langue de l'esprit et de l'âme ! Enfin, elle avait ramassé toutes ses forces, ses forces à elle de femme faible, ses forces irrésistibles, contre lesquelles l'esprit devait se taire.

Tournant un peu la tête sur l'épaule d'Emmanuel, elle lui montra des yeux angoissés.

— Oh ! Manuel, tu vas t'en aller, et je te reverrai plus ! Je veux pas attendre tout ce temps-là. Je vivrais pas à t'attendre tout ce temps-là. J'aurais trop peur que tu te fasses d'autres amies de filles. Pense donc : tout ce temps-là !

Et en ce moment, elle était si bien grisée par le son de sa voix, par l'élan de ses paroles, qu'elle n'était plus loin de croire que la vie lui deviendrait insupportable le jour où Emmanuel la quitterait. Des larmes glissaient sur ses joues, qui n'étaient pas feintes entièrement. Elle pleurait bien un peu en cet instant sa folie passée et d'avoir été malheureuse plus encore que de s'être égarée. Elle entourait Emmanuel de ses frêles bras. Elle avait peur et en même temps elle sentait qu'elle touchait à son but par la seule force de sa volonté. Sa voix trahissait tout ensemble la crainte et comme un troublant triomphe. Déjà elle se voyait renaître, aimée, plus jolie que jamais, sauvée. Elle attendit qu'il fît plus sombre autour d'eux, plus noir au-dessus d'eux, et, brusquement, l'obscurité lui étant enivrante comme un vin lourd, elle lui donna ses lèvres, elle lui donna sa bouche dans un mouvement froid et décidé. Mais une vague de passion sauvage la saisit. Elle ne sut plus si c'était le souvenir des caresses de Jean ou si c'était les baisers d'Emmanuel qui la troublaient. Elle roula dans un oubli momentané, son petit visage maigre offert avidement à la bouche d'Emmanuel.

Il n'avait point osé espérer cette joie. Dès le premier jour de sa permission, durant le trajet en chemin de fer, accompagné par l'image de Florentine, il avait redouté l'emportement de sa nature. Épouser Florentine à la veille de son départ lui paraissait injuste. Il n'avait voulu entrevoir qu'une quinzaine d'insouciante et heureuse camaraderie. D'autres considérations s'étaient pourtant à son insu glissées dans son esprit : l'opposition des siens, les difficultés qu'il rencontrerait auprès de son père surtout ; le chagrin qu'il causerait à sa mère, qui paraîtrait d'autant plus cruel qu'il précéderait de peu son départ ; et enfin, les relations futures de Florentine, si elle devenait sa femme, avec sa propre famille. Mais il en était à un degré de fièvre, d'exaltation, où son mariage précipité avec Florentine lui parut la chose la plus naturelle du monde. Est-ce que tous ne s'épousaient pas comme eux à la hâte, à la veille du départ ? Est-ce qu'il ne pouvait pas y avoir de joie pour eux qui allaient être séparés, ne plus jamais se retrouver peut-être ? Est-ce que la joie attendrait le retour, et tous les hasards du retour ? Est-ce que ce n'était pas une grâce passagère, rare, imprévisible, qu'il fallait saisir au moment où elle se présentait ? Il était si secoué par sa soudaine décision, si émerveillé, qu'il oubliait que c'était Florentine qui l'avait mené sur cette pente. Cette décision, il lui paraissait maintenant qu'il l'avait prise depuis longtemps et qu'il était aussi vain de lutter contre elle qu'il était inutile à cette heure de combattre la folie, le désordre qui s'emparaient du monde.

Vaincu par l'émotion, incapable d'enchaîner ses mots, et cependant lucide, plus lucide qu'il ne s'était senti depuis des mois, il allait au-devant de toutes les difficultés et les surmontait.

— Le temps... dit-il, ça nous donne pas long. À peu près deux semaines.

Le seul obstacle qu'il lui était encore possible de défier, lui sembla-t-il, était justement ceci : le temps, le temps inexorable.

Mais elle, surprise par cette impatience qu'elle avait déchaînée, et projetée plus vite qu'elle ne l'avait prévu dans l'inconnu — cet inconnu qu'elle commençait à redouter maintenant qu'elle en percevait mieux le sens — ne donnait presque plus d'encouragement au jeune homme. Elle restait immobile, essayant de percer la nuit de ses yeux agrandis.

— Le temps, balbutia-t-il, crois-tu que c'est assez, Florentine ?

Pour aider sa pensée, il alluma une cigarette et aspira plusieurs bouffées coup sur coup.

— À peu près deux semaines... » Il se tourna vers elle subitement. « Ça nous donne le temps, s'écria-t-il, joyeux, tout fébrile. Je peux aller voir monsieur le curé de ta paroisse tout de suite demain. On arrangerait tout pour mercredi, peut-être mardi... Et on prendrait une belle chambre d'hôtel. On mettrait sur le registre : Monsieur et Madame Létourneau... »

Il rit fort et s'arrêta soudain en entendant ce rire brusque qui sortait de sa poitrine ; c'était la première fois qu'il riait depuis longtemps.

Et maintenant Florentine entrait dans le jeu, éblouie malgré tout par cette perspective : plusieurs jours à l'hôtel avec Emmanuel qui la gâterait, lui achèterait sans doute toutes sortes de cadeaux.

Ni l'un ni l'autre ne semblaient penser à autre chose qu'à ces quelques jours qui seraient remplis de jeunesse ; lui, à une intimité jalousement protégée, à une espèce de fuite dans un pays de douces rêveries, de paresse exquise ; et elle, aux lumières vives des cinémas, aux grands magasins où elle irait, radieuse. Et ils furent si heureux de ce qu'ils avaient aperçu, chacun d'eux au fond de cet instant de silence, qu'ils s'embrassèrent tout à coup impulsivement, sans contrainte.

Puis la nuit descendit complètement sur leurs ombres enlacées.

Emmanuel parlait, parlait :

— T'auras une pension, Florentine, disait-il. Avec ce que je te donnerai en plus sur ma solde, tu n'auras plus besoin de travailler. Tu pourras même avoir ta maison.

Il pensait : « Une maison à elle, qu'elle meublera à son goût et où elle m'attendra... »

— Ce sera pas si long, dit-il encore. On est jeunes encore tous les deux. Quel âge que t'as Florentine ?

— Dix-neuf ans, dit-elle.

Et elle se tourna vers lui comme pour avouer : « Je peux recommencer à mon âge. Tu peux me pardonner bien des choses. »

— Moi, rien que vingt-deux ans. On sera encore jeunes, Florentine, quand je reviendrai. On aura toute la vie devant nous et puis...

Il s'arrêta, saisi d'étonnement devant toutes les contradictions que ses pensées lui avaient offertes dans les quelques minutes qui venaient de s'écouler. Son désir, timide d'abord, n'avait prévu qu'une semaine ou deux de bonheur, puis enhardi par la possibilité d'une réalisation, s'était échappé dans l'avenir et avait voulu arracher au temps la promesse, l'assurance de toute une vie heureuse. Un instinct l'avertissait qu'il compromettait l'avenir. Il entrevit subitement pour lui et pour Florentine tous les risques d'une longue absence. Il entrevit la solitude de leur jeunesse. Et il murmura, la voix sourde :

— Seulement, Florentine, pour faire ce qu'on va faire, il faut être bien sûr de s'aimer. De s'aimer pour la vie.

C'était une très grave interrogation qu'il lui posait, revenant comme il le faisait d'un troublant voyage dans le temps. C'était même presque une prière qu'il lui adressait. C'était un appel hardi lancé dans l'avenir dont ni l'un ni l'autre ne pouvait prévoir la qualité. C'était un défi même à cette sombre durée du temps qui s'étendait devant leur jeunesse.

Du fleuve ne jaillissait plus qu'une clarté laiteuse qui ne venait pas jusqu'à eux. Le silence s'établissait autour d'eux. L'obscurité commençait à les envelopper.

Emmanuel scrutait le visage de Florentine et, au-delà de ce visage qu'il aimait depuis si peu de temps, les quelques paroles, les quelques gestes qui résumaient la connaissance qu'il avait d'elle. Il faisait très sombre, très noir tout autour de leurs visages rapprochés. Il ne voyait pas ses yeux et, ne voyant pas ses yeux, il craignait de se retrouver seul et la serrait fort entre ses bras. Elle savait qu'il ne voyait plus ses yeux. Et elle en était presque contente, car il lui sembla qu'elle-même n'aurait pu supporter alors son propre regard. Elle dit très vite :

— Ça, c'est vrai, il faut s'aimer pour la vie.

Elle avait parlé cependant, pour une fois, du fond de son âme. Toute tempête était apaisée. Il n'y aurait plus d'extase, plus d'abîmes dans sa vie, rien qu'une route plane, tranquille, où, s'y voyant sauvée, elle ne s'étonnait plus de se trouver engagée.

XXX

Rose-Anna pénétra sans bruit dans la chambre où dormait Florentine. Sur le pied du lit, elle posa la robe de velours vert, toilette de mariage de sa fille. Elle plaça les fins souliers par terre et elle déplia un joli jupon de satin pâle qu'elle étala avec précaution sur une chaise. Puis elle regarda Florentine qui dormait toujours, le visage couvert de son bras replié ; et s'avançant, elle toucha l'épaule nue, doucement, du bout des doigts.

Depuis le soir où elle avait cru deviner la honte de sa fille, il lui était resté une grande gêne envers elle. Comme si elle portait une part de cette honte. Elle n'osait à peine plus la regarder. Encore moins lui parler.

Ce malaise avait disparu, il est vrai, pendant quelques jours. À voir les couleurs renaître sur les joues de Florentine, à la voir apparemment heureuse avec Emmanuel, elle s'était rassurée. Un poids s'était écarté de son cœur. Elle s'était permis, naïvement, de se réjouir pour Florentine, qui allait faire un si beau mariage ; elle s'était accordé des moments de fierté même, à peine troublée par le peu d'enthousiasme que marquait sa fille. Mais ce matin, en donnant un coup de fer au complet de Philippe, elle avait trouvé, dans une poche bourrée de papier, une lettre adressée à Jean Lévesque et écrite de la main de Florentine.

Ses doutes les plus cruels lui étaient revenus.

L'heure avançait. Penchée au-dessus du lit, Rose-Anna ne savait que décider et, pourtant elle se mit à secouer Florentine.

—C'est le jour de ton mariage, voyons, lève-toi.

Elle le dit avec un peu d'impatience. Le jour de son mariage, à elle, ne s'était-elle pas éveillée toute seule à l'aube, ne s'était-elle pas habillée en chantant à sa fenêtre pleine de soleil ?

À ces mots, Florentine s'était dressée subitement, cherchant autour d'elle avec des yeux perdus qui clignaient d'incompréhension. Ramollie au sortir du sommeil, elle ne retrouvait plus l'aiguillon de sa volonté, mais l'habituel tourment qui, après la première vague de conscience, venait frapper son cerveau. Elle ploya la tête et pendant un instant rêva, le regard fixe. Pourquoi s'était-elle éveillée ce matin ? Pourquoi devait-elle jamais s'éveiller ? Mais ce matin, ce matin surtout, quelle angoisse nouvelle allait-elle trouver en reprenant pied dans la réalité ? Elle se souleva à demi sur les oreillers ; dans ses prunelles se lisait un peu d'égarement. Et aussitôt elle pensa : « Ah, c'est le jour de mon mariage... de mon mariage avec Emmanuel. » Et ce mot « mariage » qu'elle avait auparavant lié à l'idée d'un bonheur éperdu, de la réussite, lui parut austère, affligeant, plein d'embûches et de tristes découvertes. Elle aperçut sa mère, lourde, qui allait et venait avec peine ; et une vision d'elle-même ainsi déformée s'implanta dans son esprit. Elle s'étira, sentit un frisson parcourir ses membres délicats ; la pensée de l'épreuve qu'elle aurait à subir la remplit d'une atroce indignation. Oh, qu'elle haïssait le piège dans lequel elle était tombée ! Mais n'allait-elle pas encore une fois s'y avancer et, cette fois, de son plein gré ? Une expression de refus, presque de haine, s'épandit sur ses traits. Puis elle saisit le muet reproche qui apparaissait dans le regard de sa mère, sauta hors du lit et commença de se vêtir.

Rose-Anna et Azarius avaient voulu bien faire les choses pour le mariage de leur aînée. Azarius surtout s'était mis à courir, de-ci de-là, pour toucher le prix de quelques journées d'ouvrage. « C'est pas le temps de regarder à la dépense dans une occasion comme celle-là », disait-il. Et Rose-Anna, pour une fois, l'avait encouragé. « C'est vrai, Azarius. Il faut qu'elle ait du beau. » Ils n'avaient rien négligé pour que la toilette de Florentine fût très belle, bien au-delà de leurs moyens. « Faut pas que les Létourneau pensent qu'elle est pas de leur rang, avait songé Rose-Anna avec une pointe d'amour-propre. Emmanuel la prendra pas en guenilles. »

Elle avait veillé toute la nuit pour mettre une dernière main aux sous-vêtements de soie. Et maintenant, le cœur affreusement serré, elle guettait un mot, un regard de Florentine qui l'eussent récompensée et surtout rassurée.

Avant de passer sa robe, la jeune fille se leva pour brosser ses cheveux. Elle se dressa dans la pièce encore à peu près vide de meubles, mais encombrée de caisses et de grosses boîtes de carton qui avaient servi au déménagement. Elle apparut si chétive, si frêle, que le cœur de Rose-Anna se vida de toute rancune.

Quelle était donc cette froide et cruelle détermination qui scellait la bouche de Florentine ? Pourquoi ne se confiait-elle pas ? Sans doute, lorsqu'elle reviendrait vivre avec eux après le départ d'Emmanuel, elles auraient un jour ou l'autre une explication entre femmes. Mais ne serait-ce pas trop tard ? N'était-ce pas maintenant qu'il fallait agir si Florentine avait vraiment besoin d'aide ?

Elle lui tendait à demi la robe de velours, et cependant elle hésitait à la lui donner, ses doigts erraient maladroitement sur le tissu qu'elle chiffonnait un peu, distraite, les yeux gonflés d'incertitude.

— Des fois, si tu penses t'être trompée, dit-elle tout à coup, si c'est contre ton gré que tu te maries, si t'aimes que'qu'un d'autre, il n'est pas trop tard. Faut le dire...

Pour toute réponse, Florentine saisit la robe entre les mains de sa mère.

— Laisse-moi faire, dit-elle, je suis capable de m'habiller toute seule.

Non, elle ne reviendrait pas sur sa décision. Toute sa vie était enfin réglée une fois pour toutes. Ce ne serait pas ce qu'elle avait imaginé. Mais c'était mille fois mieux que ce qui aurait pu lui arriver. Et elle se hâtait, elle se hâtait terriblement à sa toilette comme pour se créer un être nouveau, une Florentine qui allait affronter une vie étrange, inconnue, et qui arriverait peut-être à oublier ce qu'elle avait été autrefois.

Elle rejeta la tête en arrière et s'examina entre ses cils abaissés. Comme il lui était bon, après les pénibles pensées qui l'avaient assaillie au réveil, de voir sa taille toujours mince, son buste jeune et souple ! Elle tourna sur elle-même et se trouva soulagée, tellement soulagée qu'elle eût souhaité, si sa mère ne s'était montrée si sévère, lui témoigner quelque gentillesse. Un instant, elle avait eu une peur folle de se découvrir soudainement déformée. Peut-être avait-elle fait de mauvais rêves... Maintenant, elle se calmait. Elle allait être jolie, très jolie pour son mariage. Emmanuel emporterait d'elle une touchante image. Emmanuel... il serait loin lorsqu'elle perdrait sa taille mince et serait enlaidie. Il ne pourrait se douter de rien. Et elle, d'ici là, elle ne se trahirait pas.

Rose-Anna voyait le visage de sa fille dans une petite glace posée au mur, au-dessus de la table. La bouche était dure, le regard volontaire, presque insolent.

Elle l'examinait avec stupeur. Cette Florentine, au masque raidi, aux sourcils froncés, lui était une inconnue. Elle n'arrivait plus à retrouver en elle la Florentine de jadis, même celle qui avait été irritable mais soucieuse au fond de se faire pardonner. Et elle se sentait si péniblement vaincue d'avance qu'elle renonça à toute question directe. Elle murmura à voix basse, comme pour elle-même, comme pour satisfaire l'impérieux besoin de sa conscience :

— Le mariage, c'est sérieux, ma Florentine.

— Tu prêches toujours, dit Florentine, violente, car, toute autre difficulté aplanie, elle entrevoyait enfin le chemin de mensonges et de déceptions dans lequel elle s'engageait.

— Je prêche, moi ! dit Rose-Anna.

Elle laissa fuir son regard. L'image de sa vieille mère, inflexible et froide, s'imposa à elle, et l'idée lui vint qu'elle lui ressemblait peut-être. Elle chercha des mots qui n'eussent pas le ton d'un sermon et qui ne lui venaient point facilement parce que toute sa vie spirituelle s'alimentait à de sèches brochures de piété. Et elle était aussi retenue dans son élan naturel, tendre, par l'attitude hostile de

Florentine. De plus en plus d'ailleurs, elle s'adressait des reproches. N'était-ce point elle-même qui avait découragé les premières confidences de Florentine ?

— Je veux pas prêcher, Florentine. Mais je veux que tu saches qu'il n'y a pas que des joies dans le mariage. Y a gros de peines aussi.

Les lèvres crispées, la jeune fille se poudrait. Aux visions qu'avait fait naître sa mère, visions qu'à son réveil elle avait elle-même entrevues, elle opposait des images à son goût : l'allée de l'église où elle s'avancerait au bras de son père, l'autel paré de fleurs, le déjeuner de noces chez les parents d'Emmanuel, tous les compliments qu'on lui ferait et, ensuite, leur départ, les confettis pleuvant sur eux, la visite chez le photographe ; ce serait amusant tout cela. Après... eh bien, elle refuserait de penser trop loin. Les fêtes... ce serait gai. Emmanuel était bon après tout. Hier encore, en faisant des projets avec lui, elle avait été frappée par sa douceur. Pas émue, mais rassurée. Et elle se sentit soudain si pleinement vengée de l'abandon de Jean, réhabilitée même à ses propres yeux et auprès des siens, digne de leur estime — car autrement elle aurait perdu cela aussi — elle se reconnut si habile dans sa volonté qu'elle eut un sourire lent, profond, méditatif, où perçait une résolution inébranlable et, malgré tout, un tragique désir de recommencement. Elle faillit se jeter dans les bras de sa mère, mais Rose-Anna, s'étant détournée, hésita une courte minute, puis s'en fut dans la cuisine.

Azarius attendait, vêtu de son meilleur complet, une rose à la boutonnière. Son visage, fraîchement rasé, sentait le talc. Dans sa chemise blanche qui le serrait aux poignets et au cou, il paraissait un peu empêtré, un peu gourd, et surtout ému et comme gêné d'être arrivé si vite, sans s'en douter, à ce jour où il allait conduire sa fille à l'autel. Florentine... plus souvent qu'autrement, au fond, il avait persisté à la voir toute petite enfant, avec de longues tresses qui battaient au gré de sa course. Et cette image s'associant si mal aux préparatifs du mariage le plongeait dans une sorte de perplexité heureuse plutôt que chagrine. Florentine allait se marier... et lui, son père, si jeune encore !

— A va t'y être betôt prête, not' fifille ? demanda-t-il.

S'appuyant à la fenêtre, il surveilla le peu d'horizon que l'on pouvait apercevoir par la vitre crasseuse et, comme un train passait, il dut crier très haut :

— C'est une belle journée, sais-tu. Du soleil en masse !

Avant, ils vivaient dans le halètement continu des trains encore qu'ils fussent éloignés du chemin de fer qui passait là-haut, au-delà du remblai fermant la petite rue Beaudoin. Mais maintenant ils étaient collés au flanc même du lacis de rails qui s'épand au sortir de la gare de Saint-Henri. Il n'y avait plus de repos possible. Le Transcontinental, les trains d'Ottawa et de Toronto et ceux de la banlieue passaient devant leur porte. Puis, c'étaient les wagons de marchandises, de lourds, d'interminables convois de vivres, ou bien de longues files de wagons de charbon. Quelquefois, les trains s'arrêtaient, reculaient, avançaient et, pendant quelque temps, ce n'était autour de la maison que sonnerie intermittente mêlée aux heurts des tampons, aux sifflements, aux vagues de fumée. D'autres fois, la locomotive dévalait en sifflant, à grande vitesse, et la maison était prise d'une longue secousse. Les vitres vibraient, des objets qui étaient retenus aux cloisons ou emprisonnés dans les tiroirs se mettaient à trembler violemment. Pour être entendu au-dessus du vacarme, il fallait élever la voix jusqu'au ton criard de la dispute et, se parlant ainsi, très haut, très fort, les êtres en arrivaient à se regarder avec étonnement et une espèce de sourde animosité. Puis, quand le train hurleur avait fui et que le logis avec des craquements sonores se remettait lentement, il leur semblait que le soleil était tombé, qu'une autre journée maussade se levait par-delà les vitres opaques de poussière.

Rose-Anna, cependant, était partie à rêver de soleil et de vent léger comme on s'attarde parfois au milieu de sa peine, un peu malgré soi, à ressusciter des fantômes lointains, incompréhensibles, et qu'on regarde, au fond de son souvenir, tels des intrus plutôt que des amis. Elle revoyait la journée de ses noces, claire, limpide, avec des sons de cloche qui voyageaient par le village et les champs. Elle retrouvait des parfums de la terre, elle retrouvait sur cette route de sa jeunesse, tant de fois, tant de fois parcourue par le souvenir, des joies qui avaient le goût sain et profond des choses de la terre. Et puis, ramenant les yeux sur le désordre qui l'entourait, elle aurait presque haï à cette minute les réminiscences qui avaient occupé son esprit. N'était-ce pas une dérision, ces pauvres jours de grâce au commencement de la vie, au début de sa jeunesse ? Et n'était-ce pas une autre dérision que cette fête de mariage, aujourd'hui, au milieu de leur emménagement tout frais, dans une maison sale, impersonnelle, et qui ne se rattachait encore à rien de leur vie ?

Le vent rabattait sur leurs fenêtres des nuées de flammèches et de suie. Il semblait que tout l'horizon, se vidant de sa suie, ne trouvait pour la déposer d'autres endroits que ces vitres mal ajustées. Dans une ombre poussiéreuse qui paraissait l'isoler, Azarius était là, et pourtant Rose-Anna le savait absent, comme elle-même un instant s'était échappée, avait cherché du moins à s'échapper. Il frappait d'une main légère, distraite, l'appui de la fenêtre.

Rose-Anna l'épiait du coin de l'œil. Ah! elle comprenait bien qu'il n'avait rien remarqué de la nervosité de Florentine depuis quelques semaines, rien soupçonné du drame qui se jouait peut-être dans leur vie, rien vu, rien pressenti, et jamais elle n'avait tant hésité comme à cette minute à le blâmer ou à le plaindre. Depuis quelques jours surtout, il semblait s'être débarrassé d'un poids immense. Il allait d'un pas plus hardi, plus vif. À certains moments sa figure se rembrunissait, mais il avait appris, aussitôt qu'il se sentait observé, à rendre son regard évasif et impénétrable. Il y refoulait comme un espoir secret, croyait comprendre Rose-Anna. Et qu'il pût à son âge et malgré leur déveine entretenir si témérairement l'espoir, irritait certains jours la pauvre femme plus encore que l'impression d'être exclue d'une seule pensée de son mari. Une fois ou deux, elle l'avait surpris, se parlant tout seul : « Il n'y a pas d'aut' chose à faire ; il faut que je me décide. » Lorsqu'elle lui avait demandé une explication, il s'était mis debout, très vite, d'un coup de reins, et sans aucune trace de malaise avait blagué : « Laisse faire, Rose-Anna ; t'en as pus pour longtemps à en arracher. Ça s'en vient l'argent, pis nos aises. »

Elle redoutait bien de le voir découragé. Mais plus encore elle avait appris à craindre l'inconcevable jeunesse de sa nature.

Un journal traînait sur la table. Azarius en achetait maintenant un ou deux tous les jours. Elle fixait la page imprimée d'un œil indifférent. Elle lut en manchettes : *Les réfugiés en marche.* « Comme nous... en marche... toujours en marche », murmura-t-elle. Son regard descendit un peu plus bas, effleura une autre ligne : *Un nouveau contingent de troupes canadiennes débarque en Angleterre.* Elle chercha machinalement la date du journal. C'était la veille, le 22 mai.

— Je sais pas si le tour d'Eugène viendra betôt, dit-elle.

Et elle continua tout bas sa pensée : « Eugène... Florentine... Qui s'en ira après ? On achève-t-y d'être ensemble ? Déjà ! » Elle promena un regard las, meurtri autour d'elle. Oh non, ils ne seraient jamais heureux ici ! Elle l'avait trop bien deviné dès l'instant où ils étaient entrés dans cette maison. Quelle nouvelle menace planait donc sur elle ? Un pressentiment lui serra le cœur. Eugène sans doute !... Elle en était arrivée, un chagrin à peine émoussé, à guetter la prochaine épreuve, à l'attendre presque avec impatience, comme si elle eût pu parvenir ainsi en la devançant à lui enlever tout de même une part de malignité.

— Pauvre enfant ! soupira-t-elle.

Et Azarius tressaillit perceptiblement. Il crut un instant qu'elle lui parlait. Autrefois, pour le guérir de ses illusions, pour le consoler de ses défaites, elle lui avait parfois murmuré ces mots en le gardant entre ses bras ainsi qu'un enfant. Un nostalgique désir de tendresse le saisit, comme une lame de fond, et il comprit qu'il donnerait volontiers sa vie pour la rendre heureuse, au moins une fois. Il effleura du regard la contenance accablée de sa femme, son front bas, sillonné de petites rides mobiles, ses pauvres mains blanchies à la lessive. En lui aussi le mariage de Florentine commençait à remuer de lointains souvenirs et, avec les souvenirs, une espèce de lourdeur, une incompréhensible lourdeur qui avait dû être là tout le temps, qu'il avait traînée à ses pieds et qui avait entravé tous ses efforts. Et c'était aujourd'hui seulement qu'il le reconnaissait. Le

premier choc passé, le fait une fois accepté que Florentine fût devenue grande, prête à prendre son premier vol, il n'en revenait plus de
ce qu'il voyait enfin derrière lui : des jours et des jours mis au bout
les uns des autres, des actes aussi, des omissions surtout. Et c'était
ça le plus effrayant. Ainsi Rose-Anna !... Il était certain maintenant,
affreusement certain qu'il n'avait aimé qu'elle dans sa vie. Et pourtant, à aucun moment, il n'avait su le lui prouver. Eh bien, le temps
était venu de le lui prouver. Le temps aussi de ne plus la voir souffrir
à cause de lui. Il ferma les yeux. Voilà à quoi il tendait de toutes ses
forces. S'en aller... selon tout instinct de justice... Et ne plus voir
souffrir.

Il voulut parler. Jamais peut-être il n'avait été prêt à un aussi
grand effort d'explication, il n'avait jamais éprouvé certes un tel
désir de se justifier, mais Rose-Anna venait de se lever à ce moment
même et, s'avançant un peu, elle souriait avec effort, avec une sorte
de gaieté contrainte, à Florentine qui apparaissait dans la cuisine.

Elle devait se souvenir plus tard qu'elle avait tout juste eu le
temps de voir sa fille parée pour le mariage et qu'elles ne s'étaient
même pas embrassées.

Florentine avait demandé :

— Ma robe tombe-t-y bien, maman ?

Et Rose-Anna l'avait fait tourner sur elle-même lentement en
examinant la robe et s'était penchée pour arracher quelques
faufilures. Puis Azarius avait entraîné la jeune fille.

— Viens vite, fifille, on va prendre un taxi en bas.

Ils se trouvaient maintenant tout près de la station de taxis où
Azarius avait été employé quelques mois auparavant. Rose-Anna,
embusquée à la fenêtre, les vit qui traversaient la voie ferrée. Puis
elle les revit quelques minutes plus tard qui avaient pris place dans
une belle voiture sombre. Azarius avait eu cette idée de faire un
détour par la rue du Couvent afin qu'elle les aperçût une dernière
fois.

Elle frotta la vitre encrassée, elle se tendit en avant et eut tout
juste le temps d'apercevoir une tache de vert pâle, un petit chapeau
bien planté sur de longs cheveux châtains qui brillèrent un instant.

Elle agita la main, ce qui, après réflexion, lui parut futile, car la voiture disparaissait déjà, et d'ailleurs Florentine ne regardait point en arrière. Elle n'avait eu en partant aucune hésitation, aucun geste ému, pas même un seul regard un peu prolongé. Elle était partie comme si rien ici ne la retenait plus, ne la touchait plus, pensa Rose-Anna. « Quasiment comme une étrangère ! » murmura la pauvre femme, tout près des larmes. Et se surprenant la main levée comme pour un tendre adieu elle fut si bouleversée qu'elle n'eut plus qu'un instinct : se cacher quelque part, cacher son visage, rester longtemps seule, toute seule.

Elle se détourna brusquement de la fenêtre, vint s'asseoir au coin de la table, s'y appuya, lasse à mourir. Ce n'étaient pas les préoccupations qui lui manquaient, ni même les soucis pour divertir sa pensée. Les petits se lèveraient bientôt. Il faudrait les habiller, les laver, les préparer pour l'école. Avec Philippe, il faudrait encore patienter et s'y prendre par mille douceurs pour obtenir de lui quelques petits services. Ah non, ce n'étaient point les préoccupations qui lui faisaient défaut. Mais elle préférait penser à ce qui lui causait une vive souffrance, au départ de Florentine. La seule chose qu'elle souhaitait, c'était peut-être justement d'être seule encore quelque temps avec sa peine afin de pouvoir au moins une fois s'y abandonner.

Sa robe de chambre s'entrouvrit sur son corps informe. Elle découvrit des jambes enflées que la dilatation des veines marquait de taches sombres et de boursouflures. Et, soudain, Rose-Anna glissa vers la table, elle s'y abîma, la tête entre ses mains. Il y avait si longtemps, si longtemps, qu'elle n'avait pleuré. À la seule approche des larmes qu'elle se sentait prête à verser, une espèce de soulagement lui venait.

Mais il y eut tout de suite, dans le silence, un pas menu. Yvonne apparut dans le cadre de la porte. Elle resta là, craintive, regardant sa mère sans bouger. Puis, en un élan, elle vint se jeter à ses pieds.

Rose-Anna se prit machinalement à enrouler les cheveux de la fillette sur ses doigts. Au bout de quelques minutes, comme si elle comprenait enfin qui était là, elle la repoussa un peu ; et gênée sous le regard clair de l'enfant, elle ramena sur elle son vêtement épars.

— Qu'est-ce que tu veux donc, ma Vonette ? demanda-t-elle.

Depuis longtemps elle ne lui avait pas donné son nom de petite fille. Au sortir de l'enfance, Yvonne était devenue silencieuse, d'un sérieux presque rebutant et avec parfois des besoins de pénitence et de prière qui étonnaient Rose-Anna. Quelquefois même, la mère avait pris ombrage de cette piété excessive. Il lui était arrivé maintes fois de charger la fillette de petits travaux domestiques au moment où elle cherchait à s'esquiver pour gagner l'église. « C'est en aidant ses parents, tu le sais bien, qu'on sert encore mieux le bon Dieu », disait-elle alors pour dérider le front têtu d'Yvonne. Et elle lui parlait aussi de la parabole de Marthe et de Marie. Mais comme ce souvenir n'était plus frais dans sa mémoire, il lui arrivait de mêler les deux personnages à tort et à travers et de préciser : « Tu sais bien que Jésus disait que c'était Marthe qui avait choisi la meilleure part. » À quoi Yvonne ne répondait rien.

La fillette se mit à pleurer doucement sur les genoux de sa mère. Rose-Anna, émue, se demanda si elle n'avait point mal compris et négligé cette enfant. Elle passa une main sous le menton d'Yvonne, lui fit relever la tête et la regarda dans les yeux. L'expression qu'elle y lut la troubla profondément. C'était une expression de tendre pitié, de protection même, plutôt que de muet reproche comme autrefois.

La fillette soutenait le regard de Rose-Anna. Et, entourant de ses bras grêles la taille lourde de sa mère, elle murmura :

— Pauvre maman, va ! Pauvre maman !

Sous le vêtement de nuit, Rose-Anna venait de sentir les formes naissantes, toutes gracieuses de sa fille. « Déjà ! » se dit-elle. Et elle ne sut pas tout de suite si cette pensée lui donnait de la joie ou l'accablait davantage.

Après un silence, elle dit, jouant avec les cheveux d'Yvonne :

— Sais-tu que tu vas être bien vite aussi grande que Florentine ? Et elle demanda sur un ton bas, frémissant : « Te marieras-tu toi aussi ? »

— Non, reprit la fillette posément.

Elle s'était laissée choir sur les talons aux pieds de sa mère. Son regard exalté s'attachait à la cloison sale comme si elle la voyait illuminée de soleil.

— Je me ferai sœur, dit-elle.

Sa voix était chantante, ailée et douce.

— Tu te feras sœur, répéta Rose-Anna.

Elle prit le cordon de sa robe de chambre et le roula entre ses doigts.

— À moins, continua Yvonne, que Dieu prenne ma vie. J'ai offert ma vie pour que Daniel guérisse.

Il y eut un silence. Rose-Anna ne voyait plus très bien. Un brouillard s'élevait devant ses yeux. Daniel !... Elle l'avait presque oublié dans l'intensité de l'inquiétude que lui avait donnée Florentine. Comment avait-elle pu ! Aucun d'eux d'ailleurs, préoccupé par ses propres affaires, n'avait paru songer à l'enfant malade... comme si, déjà, il eût cessé d'exister. Yvonne seule ne l'avait point délaissé par la pensée et, maintenant, lui rappelait durement leur oubli.

Elle savait que sa voix ne serait pas très ferme. Elle chercha à se lever, elle regardait fixement Yvonne comme si elle ne la voyait plus et elle dit très vite :

— Je me sens bien fatiguée pour aller à l'hôpital aujourd'hui. Et les petits chars, tu sais, ça me rend malade. Penses-tu que tu pourrais te trouver toute seule ?

La fillette fut debout d'un seul bond. La joie brillait dans ses yeux.

— Oh ! oui, je demanderai mon chemin. J'irai. Et j'apporterai l'orange qui me reste à Daniel. Je lui apporterai aussi les chocolats que nous a donnés Emmanuel. Peut-être que Jenny lui en laissera manger. Sa bonne Jenny, sa belle Jenny !...

Rose-Anna lui avait parlé de l'affection du petit pour la jeune infirmière et depuis Yvonne la portait dans son cœur, offrait pour elle ses prières enfantines. Et ayant enfin obtenu cette permission qu'elle désirait depuis longtemps, d'aller à l'hôpital, elle commença de se vêtir, se hâtant, comme si elle eût à craindre une décision contraire de sa mère.

Rose-Anna l'entendit qui chantonnait des bribes de cantiques. Il était surtout question du mois de mai qui était le plus beau. Enfin, elle apparut dans sa petite robe de couvent, longue, qui lui battait les jambes, mais qui était trop serrée sur le buste.

À la porte, avant de s'envoler, elle dit tout à coup avec un grand sérieux :

— J'ai pas encore décidé quelle sorte de sœur je ferai. Ce sera peut-être une sœur des pauvres... et peut-être aussi une sœur des malades... L'une comme l'autre, c'est aussi bon devant Dieu, hein, maman ?

— Oui, dit Rose-Anna distraitement, mais ne va pas vite en traversant les rues, et regarde bien de chaque côté. Et prends quelques cennes dans ma sacoche au cas où tu serais trop fatiguée pour marcher.

— Je n'en ai pas besoin, dit gaiement Yvonne.

Et puis, raide dans sa vilaine robe malgré son âge gracieux, elle partit vivement. Ses bras étaient lourds de paquets. Rose-Anna devina qu'il y avait autre chose que des friandises dans ce grand sac brun qu'elle portait serré sur sa poitrine. Sans doute, il y avait aussi des images saintes, des livres pieux, tout ce que la fillette ramassait jalousement.

Courbée à la fenêtre, Rose-Anna voyait partir un autre des siens. Ce voyage à la montagne lui paraissait grave pour une enfant qui n'était jamais allée seule plus loin que l'église. Et puis, à cause de ce qui venait de se passer entre elles, ce départ lui sembla être marqué d'un signe particulier et comme définitif. Lorsque Yvonne eut disparu au coin de la rue du Couvent, elle éprouva de la peine à évoquer ses traits. Il lui apparut que l'enfant était retranchée de ce monde et, qu'entre elles, une distance infranchissable venait de s'établir. Alors, de toutes les séparations qui la frappaient, celle-ci lui parut tout à coup la plus dure, la plus mystérieuse et la plus nettement irréparable.

Yvonne lui était ravie. Mais Yvonne ne lui avait jamais appartenu.

Daniel avait beaucoup pleuré. Ses paupières gonflées se levaient avec peine sur des yeux rougis. Depuis plus d'une semaine, Jenny était de surveillance dans une autre salle, et il ne la voyait plus que rarement lorsque, par hasard, en passant, elle venait encore le border et lui apporter le doux parfum de ses cheveux blonds.

Il l'avait réclamée avec des cris et des colères qui le mettaient en sueur et le laissaient faible, tout transi. Puis il avait réclamé sa mère qui ne venait pas, elle non plus, depuis longtemps. Maintenant, il ne réclamait plus personne.

Sa petite figure diaphane et tirée sur les os prenait une curieuse expression de vieillesse. Il était d'une maigreur effrayante. Les couvertures du lit tombaient à plat sur son corps débile qui ne bougeait presque plus. Malgré les transfusions de sang et les ingestions de viande crue qu'on lui avait données dès son entrée à l'hôpital, le mal avait fait de rapides progrès. Sans douleur, doucement, il entrait dans la dernière phase de sa maladie.

Avec la divine compréhension des enfants, Yvonne sut en se penchant sur lui qu'il allait bientôt mourir. Tout ce qui restait de force et de volonté s'était concentré dans le regard aigu du petit.

Il tira pourtant vers lui le gros paquet qu'elle lui apportait. Sous la main impatiente, le sac creva, et il vit toutes sortes de choses étalées sur le lit. Il y avait des images coloriées qui le fascinèrent d'abord, et puis il surprit un petit poussin en carton qui se tenait tout seul. Yvonne lui expliquait déjà qu'elle avait dessiné et découpé tout cela à l'école avant les vacances de Pâques et tout exprès pour lui.

Au mot « école », il dressa l'oreille et parut songeur. Puis il abaissa la vue et continua à explorer le sac plein de surprises. Sa main tomba sur une série de bonhommes découpés dans du papier blanc et qui se tenaient tous par le bras. Cela amena un soupçon de sourire sur son visage amenuisé. Puis, brusquement, il lâcha tout ce qu'il avait d'abord ramassé pour saisir une orange qui roulait, qui s'en allait par les plis du lit.

Il l'éleva à la lumière entre ses mains qui formaient comme une coupe et il la regarda en plissant un peu le front. À l'hôpital, on lui avait donné souvent dans un verre un jus qui avait le goût de l'orange. Mais une orange, ce n'était pas un jus, ce n'était pas dans un verre ; c'était un fruit qui rappelait Noël. C'était un fruit que l'on trouvait dans son bas au matin de Noël et que l'on mangeait, quartier par quartier, en le faisant durer tant qu'on le pouvait. Une orange, c'était comme un manteau, c'était comme une flûte brillante ; on en avait grande envie, on la demandait souvent, et puis enfin, quand on l'avait dans la main, on n'y tenait plus.

Bizarre quand même que ce fruit de Noël fût maintenant à lui ! Ce n'était pas l'hiver. Sa mère ne rentrait pas avec de gros paquets qu'elle allait mystérieusement enfouir quelque part avant d'enlever son manteau et son chapeau. Ce n'était pas l'hiver, ce n'était pas Noël, mais ses doigts tenaient une orange toute ronde, molle et bien pleine.

Mais il était sans appétit. Il la laissa tomber. Et tournant à peine la tête vers Yvonne, il se mit à l'épier. Il l'avait beaucoup aimée autrefois, dans un monde qui lui paraissait bien différent, très loin, quand, le soir, elle l'aidait à étudier ses leçons. Au temps de l'école, il avait aimé cette petite figure sérieuse penchée avec la sienne au-dessus du livre ouvert, et leurs voix ensemble épelant, répétant le nom chantant des lettres. Maintenant, il se demandait ce que signifiait la présence d'Yvonne à son chevet.

Au bout d'un instant, il se reprit à lui sourire timidement. Et même, lui qui jamais n'avait été démonstratif, il allongea la main et chercha à lui toucher la joue.

Il promenait sa petite main sur la joue de sa sœur comme font les bébés dans leurs gestes mystérieux de possession et de curiosité.

Alors, elle, tout près des larmes, demanda :

— Te rappelles-tu encore tes prières, Nini ?

Il fit un petit signe de tête, puis aussitôt son front se rembrunit. Il murmura :

— Non, je me souviens plus... Il y a rien que Notre Père...

— Notre Père, c'est assez, dit-elle. Notre Père, c'est la prière que Jésus lui-même nous a apprise. Dis-la avec moi, Nini.

Il la surveillait avec une curiosité inquiète, mais il commença la prière d'une voix trébuchante et la récita seul, sans aide, jusqu'au moment où il arriva aux mots « que votre volonté soit faite sur la terre comme au ciel ». Alors, il parut troublé.

— Au ciel, Yvonne, est-ce qu'il y aura Jenny ?

— Oui, ta belle Jenny, ta bonne Jenny y sera un jour, répondit gravement Yvonne.

— C'est Jenny ! » fit-il avec une espèce de défi et de tendresse véhémente. Puis il soupira, la voix pleine de regret : « Mais elle ne fait pas le signe de la croix. »

Yvonne hésita, mouilla ses lèvres, puis avec effort, elle prononça :

— Quand même je pense qu'elle ira au ciel.

— Et maman ?

— Maman, tu peux être sûr, dit Yvonne, avec un grand accent de conviction.

Il parut réfléchir longuement et murmura encore :

— Et toi ?

Elle était tout ce qui lui restait et il l'aimait soudain de tout son cœur tant de fois déçu.

— Oui, dit Yvonne en se penchant pour l'embrasser.

Elle aussi se sentait tout à coup inondée d'une affection exaltée, presque délirante. Pour rassurer Daniel à cette heure, elle était prête à engager jusqu'à sa conscience d'enfant scrupuleuse et timorée.

— Il y aura tout ce que t'aimes au ciel, lança-t-elle de sa petite voix charmante. C'est ça, le ciel : tout ce qu'on aime. Il y aura la bonne Sainte Vierge. Elle te bercera dans ses bras. Et tu seras comme un Enfant Jésus dans ses bras.

— Mais j'aurai mon manteau neuf, l'interrompit-il, en essayant de se montrer volontaire.

— Si tu veux, t'auras ton manteau neuf, mais t'auras d'autres choses bien plus belles. T'auras plus faim, non plus au ciel, Nini. T'auras plus jamais froid. T'auras plus de bobo. Tu chanteras avec les anges.

Il ferma les yeux, fatigué des visions qu'elle faisait naître. Alors, avant d'éclater en sanglots devant lui, Yvonne se leva rapidement. Elle lui mit l'orange entre les mains et elle s'enfuit, fillette chétive dont la robe étriquée battait, étroite et longue, sur ses jambes minces.

Daniel l'aperçut qui fuyait. Il voulut la rappeler, mais le cri qu'il lança ne la rejoignit pas.

Dès lors, il fut indifférent, ne parlant plus, ne demandant rien. Un matin, à quelques jours de là, la garde-malade relayant l'infirmière de nuit le trouva sans vie. Il s'était éteint tout doucement sans plaintes, sans souffrances.

XXXI

Rose-Anna habilla les enfants aussitôt qu'ils eurent pris leur repas de midi. Tout étonnés par cette hâte de leur mère à les pousser dehors, ils ne se dépêchaient pas comme elle le voulait ; ils s'attardaient à picorer dans les plats, à chercher leurs effets. Alors Rose-Anna se prit à les bousculer un peu ; elle les accompagna jusqu'au seuil, envoyant la petite Gisèle avec eux, et elle recommanda à Yvonne d'en prendre bien soin.

La fillette se rappelait d'autres départs précipités quand elle était encore une toute petite fille. Inquiète par ses souvenirs et le visage souffrant de sa mère, elle s'en allait à regret.

— Laisse-moi rester à la maison, supplia-t-elle.

Mais, très ferme, Rose-Anna persistait dans son refus :

— Non, non, je n'aurai pas besoin de toi, aujourd'hui. Allez, amusez-vous un peu avant la classe. Et restez aussi à jouer après l'école.

Elle les vit partir, un petit groupe se tenant par la main, Gisèle au milieu. Elle écouta leurs voix qui s'éloignaient et elle fut prise d'un brusque désir de les rappeler, de les embrasser encore une fois, de les tenir un instant serrés contre elle. À plusieurs reprises, durant ses mois de grossesse, elle avait été saisie par le pressentiment de sa mort et parfois même elle avait accueilli et entretenu cette idée avec une nostalgique envie de repos. Mais à la vue de ses enfants qui s'arrêtaient avant de traverser le passage à niveau, puis s'ébranlaient, tous ensemble, apeurés sans doute à cause de la petite Gisèle qu'ils entraînaient avec eux pour la première fois et dont ils se reconnaissaient tous la responsabilité, elle se représenta les dangers qui les menaçaient aujourd'hui, demain, dans l'avenir, et elle repoussa le goût du repos, le goût de mourir comme un péché.

Elle rentra et le bruit de la porte se refermant sur elle résonna longtemps dans son cœur. Elle était seule maintenant, comme une femme l'est toujours à ces moments-là, pensa-t-elle pour s'encourager... Mais non, il lui fallut bien le reconnaître, jamais elle n'avait été si seule, personne au monde ne pouvait être plus seule.

La maison lui apparut dans toute son horrible laideur, dans toute son horrible indifférence aussi. Rien autour d'elle de consolant ; partout des signes de désordre, de déménagement, de désarroi. Elle n'était entrée dans cette maison en somme, comme dans bien d'autres abris du passé, que pour y faire sa place, y accoucher sans même avoir eu le temps de s'installer convenablement. Jamais elle ne s'était sentie quand même si abandonnée de l'ordre habituel, des apparences de la stabilité. Elle se faisait l'effet d'être emprisonnée entre ces quatre murs rien que pour souffrir, pas autre chose.

Elle avança à pas incertains, trébuchant à travers la cuisine, et elle frappa quelques coups à la cloison pour avertir la voisine comme il avait été convenu. Toute la matinée, la douleur l'avait guettée, la tenaillant par intermittences. Et elle avait souhaité tantôt un répit plus prolongé, tantôt que la douleur se jetât enfin complètement sur elle pour que ce fût plus vite fini. Elle en supportait les premières attaques sans en rien marquer à son entourage, en s'occupant comme d'habitude, avec cet orgueil de tenir le plus longtemps possible, cette pudeur de tout son corps qui refusait la pitié et, dure pour elle-même, la naïve certitude d'aider ainsi la nature.

Mais enfin le moment était venu de la reconnaître, cette douleur qu'elle niait dès qu'elle était passée, et dont pourtant elle avait gardé toute sa vie une peur, une vraie peur d'enfant, bien cachée, bien étouffée en elle.

Elle entra dans sa chambre qui était à peu près vide de mobilier, vaste, nue. Au fond, le lit... Rose-Anna s'y allongea. Et les yeux ouverts sur le plafond gris, elle appela Azarius, elle l'appela dans un gémissement, puis tout bas, en étouffant sa voix. Même seule, elle aurait eu honte d'avouer les douleurs de son corps... Azarius... où était-il ? Pourquoi lui manquait-il à cette heure ? Puis elle se rappela, après un pénible effort de mémoire, comme si les événements les plus récents eussent pris déjà ce caractère imprécis, effacé, des plus lointains souvenirs. Ce matin, lorsque la nouvelle de la mort de Daniel leur était arrivée, Azarius s'était précipité à l'hôpital. Et elle, plus tard, ne le voyant pas revenir, s'était entendue, à tout hasard, avec la voisine, qui devait quérir la sage-femme. Daniel... Azarius... Sa pensée tourna autour d'eux. Qui donc était mort ? Daniel, le petit enfant ? Mais il lui semblait que c'était par lui, à cause de lui, qu'elle souffrait. Il lui semblait que c'était lui encore qui lui déchirait le corps. Pauvre petit enfant !... Elle voyait un petit cercueil blanc, tout court, tout étroit, un petit cercueil qu'Azarius portait sous son bras. Mais non, il ne fallait pas s'attarder à pareilles idées qui étaient très mauvaises, disait-on, pour une femme enceinte. À quoi, à quoi donc penser, pourtant, sinon à ce mince cercueil, à peine plus grand qu'un berceau ?... Un enterrement, un baptême, tous les événements importants de la vie prenaient à ses yeux le même caractère tragique, insondable, amer. Elle apercevait tantôt une fosse fraîchement creusée, toute prête pour le petit cercueil et tantôt un enfant endormi dans sa longue robe de baptême.... Et le trousseau était-il prêt ?... Oui, le même qui avait servi pour Florentine... Florentine ! où était-elle maintenant ? Mon Dieu, Florentine était mariée. Un jour, elle aussi serait abandonnée à la souffrance et à l'humiliation du corps... Florentine... Elle avait été heureuse de sa naissance... Toujours elle avait voulu des filles. Et pourtant, au dernier moment, elle avait désiré, chaque fois, mettre au monde un enfant mâle qui souffrirait moins qu'elle. Toujours, dans l'obscurité, dans la solitude, à travers la détresse du corps, elle avait redouté de donner naissance à une fille.

Elle revint soudain dans le présent. La pendule égrenait les minutes lentement, si lentement qu'à chaque oscillation du battant, Rose-Anna croyait descendre dans un abîme infini, puis monter, descendre encore... Elle avait entendu bien des femmes prétendre que le premier accouchement seul était dur. Mais elle savait le contraire. Elle savait que le corps redoutait un peu plus, chaque fois, la honte de cette nouvelle soumission à la douleur, et que l'âme, elle, se retenait plus glacée encore au bord du gouffre et voyait tout au fond des années de grossesse, plus lointaine chaque fois, sa belle jeunesse insouciante et pure, tellement loin, toujours plus loin, sa belle jeunesse, au fond, dans le passé, plus loin, chaque fois plus loin.

Elle se souleva un peu, essuyant son front trempé de sueur. Elle était sûre maintenant qu'on ne l'avait point entendue frapper contre la cloison. La voisine était peut-être sortie pour quelques minutes quand elle avait appelé. Se lever, aller chercher de l'aide : tantôt, elle s'imaginait que ce dur effort était accompli, et puis elle comprenait qu'il était encore à entreprendre. Elle réussit à se mettre au bord du lit ; et, se retenant au mur, aux chaises, elle parvint à franchir ce grand espace entre sa chambre et la cuisine. Encore quelques pas... Elle toucha le mur de ses mains tendues et puis, ramassant toutes ses forces, elle se mit à frapper.

Était-ce une voix humaine qui lui répondit à travers le mur ? Étaient-ce des pas qui résonnaient sur le perron ? Un train passa. Le sifflement de la locomotive éclata à ses oreilles. Dans un effort surhumain, elle se redressa, elle repartit vers sa chambre, elle tomba sur son lit et elle se vit, soudain, couchée à son tour dans un cercueil, un chapelet autour de ses mains qui étaient devenues toutes paisibles, tout unies. Un si grand besoin de s'en aller ainsi dans la mort, de se dérober à toute souffrance la saisit qu'elle noua ses mains sur sa poitrine pour ressembler à cette vision si douce qu'elle avait d'elle-même. Et il lui parut peu à peu qu'elle assistait de loin à son agonie, qu'elle en surveillait toutes les étapes et qu'elle devrait encore s'occuper plus tard, lorsque ce serait fini, des préparatifs de l'enterrement. Comment l'habillerait-on ? Et, subitement, l'effroi de penser qu'elle ne possédait pas une seule robe dans laquelle on puisse dignement l'ensevelir la ramena à la surface. Elle vit le désarroi qui régnerait dans son foyer : les petits qui n'auraient plus personne pour les vêtir, les faire manger ; Azarius, comme un enfant lui-même, qui ne saurait trouver ses boutons de faux-col, ses habits du dimanche. Mille soucis faisaient irruption dans sa tête. Elle aurait dû raccommoder ce petit accroc au pantalon de Philippe. Lui aussi, il s'en allait tôt le matin, et elle aurait dû lui demander où il passait toutes ses journées.

Elle murmura : « Jésus, Marie, plus tard quand mes enfants seront grands... » Et elle décida : « Je vais me rendre à l'hôpital. » Elle chercha ses chaussures sous le lit, ses bas. Elle arriva à la commode où se trouvait son chapeau. Elle n'arrivait plus à se rappeler où elle avait mis son manteau. Elle cherchait à se souvenir désespérément, faisait le tour de la pièce du regard et recommençait encore. Ses pauvres vêtements... elle en avait honte... Honte de s'en aller ainsi se remettre entre les mains d'étrangers... Et pourtant, un instinct plus fort, tout occupé à défier l'atroce emprise de la douleur, lui conseillait de partir comme elle était, à peine vêtue... Enfin, elle trouva son manteau, elle s'en couvrit, elle partit, chancelante, ne démêlant pas vraiment par quels moyens elle s'y prendrait pour se rendre à l'hôpital et espérant à demi ne jamais y arriver. Sur le seuil, elle se heurta à la voisine qui amenait la sage-femme.

Quelques instants plus tard, recouchée dans son lit, elle pensa avec tristesse, avec une profonde gêne : « Ça y est ; je dois être rendue à l'hôpital. » Toujours elle avait eu horreur des hôpitaux. Elle imaginait des lumières brutales, une mise en scène terrible, des étrangers autour d'elle... Elle n'avait pu se résigner à y entrer même selon l'avis du médecin, à la naissance de Philippe, qui avait été dure. Mais cette fois, elle n'avait pas dû y échapper.

Peu à peu pourtant, à l'odeur, au bruit, elle reconnaissait l'atmosphère de son logis. Un léger soupir de satisfaction lui échappa. Elle risqua un coup d'œil, chercha à se remettre dans le présent, à donner une signification à ce qui se passait autour d'elle. Deux femmes s'activaient dans la chambre. « Des inconnues, quand même ! » se dit-elle.

Voilà ce qui lui avait toujours été le plus pénible. Être livrée au regard, à l'assistance d'autrui. Avoir si effroyablement besoin de secours. Elle essayait de ramener un pli du drap, une couverture sur elle.

Une inconnue ? Non pourtant, elle reconnaissait maintenant le visage incliné vers elle. C'était le visage qu'elle avait entrevu à la naissance de Daniel, de la petite Gisèle aussi.

Des mains fortes l'aidaient, l'humiliaient profondément. Mais sa pensée, par instants, détachée du présent, flottait, s'en allait, cherchant des souvenirs épars. Dans les années passées, elle coulait, filait comme un bateau à la dérive qui aperçoit le paysage à reculons, très vite, parfois toute une vaste courbe, parfois un seul point de la rive, clair, précis, saillant. Elle fuyait sur ce bateau emporté, redescendant à une allure vertigineuse ce courant de sa vie qu'elle avait monté si lentement, au prix de si grandes difficultés, et des choses qu'elle avait à peine remarquées au cours du premier voyage lui apparaissaient nettement. Mais tout défilait sans s'ordonner et trop vite pour qu'elle s'y reconnût. Et plus les visions se mêlaient, se superposaient, moins elle comprenait. Il y avait elle, troublée, radieuse, très douce, fiancée à Azarius. Et revoyant cette jeune fille vêtue de mousseline claire, certain jour d'été, au bord du Richelieu limpide, elle eût pu lui sourire vaguement comme à une étrangère dont la rencontre est agréable, sans importance, purement fortuite. Et puis, il y avait elle tout aussitôt, soudain vieillie, qui acceptait le sacrifice d'Eugène... Mais non, elle luttait contre Eugène. Elle luttait pour un peu d'argent. Un peu d'argent qu'il lui enlevait et avec lequel elle devait acheter des vêtements, de la nourriture. Et elle était de nouveau sur la rive du Richelieu : sa robe d'été bruissait encore au vent léger de là-bas et ses cheveux emmêlés, sentant le foin, les fleurs, lui fouettaient le visage... Mais voici qu'elle marchait, marchait par les rues du faubourg, cherchant une maison où elle pourrait accoucher... Et puis, il fallait se hâter de finir une robe de mariage. Pour Florentine qui allait épouser Emmanuel ?... Non, c'était avant le départ de Florentine, c'était au temps où ils étaient secourus par l'assistance publique... Elle cousait pour apporter sa part aux dépenses du ménage... Il ne fallait pas être longtemps malade... Elle perdrait ses clientes... Mademoiselle Élise voulait sa robe tout de suite… Mon Dieu, il fallait pourtant se lever et achever cette robe… Le brusque effort qu'elle tenta déchaîna une vague de douleur aiguë. Maintenant, elle était penchée sur un lit d'hôpital. Qui donc allait mourir ? Qui donc souffrait tant ? Où était-elle ? Daniel ? Ne pouvait-elle rien pour calmer la douleur de cet enfant ? Ou la sienne ? Leurs souffrances semblaient s'être réunies, fondues dans sa propre chair... Et puis, un faible cri lui parvint. Elle s'abattit sur l'oreiller. Et presque aussitôt, à travers des épaisseurs d'ombre, une voix :

— Vous avez vu ça, madame Lavallée ! Pas une plainte. Pas même une petite plainte. Courageuse comme madame Lacasse, il y en a pas gros.

« Pas une plainte », songea Rose-Anna. Qui donc avait déjà prononcé ces mots ? Puis elle se souvint : c'était la sage-femme qui avait assisté sa mère. « Pas une plainte... » Rose-Anna se sentit plus près de sa mère, soudain, qu'elle ne l'avait jamais été. Une certaine fierté, une sorte de courage gonflèrent son cœur, comme si, étrangement, une force nouvelle venait de lui être transmise par le souvenir de la vieille madame Laplante.

Son esprit vacillait entre le sommeil et mille petites préoccupations qui l'assaillaient déjà, qu'elle savait le temps venu de reprendre. Elle allongea la main pour indiquer un tiroir de la commode où la sage-femme trouverait des vêtements de nouveau-né. Elle avait toujours eu tout prêt : des petites robes ni ornées ni soyeuses, mais propres et chaudes.

Et anxieuse, subitement dévorée de crainte, elle demanda à voir l'enfant. Toujours cette peur de donner naissance à un enfant mal conformé.

— Un beau garçon, dit la sage-femme. Délicat, mais bien vivant. Six livres, je dirais, dit-elle, le soupesant entre ses bras ronds.

Et Rose-Anna eut un éblouissement, un désir éperdu de le tenir dans ses bras. Enfin lavé, roulé dans un édredon, il lui fut apporté. Les petits poings fermés sortaient un peu de la couverture. Sur les joues satinées tremblait l'ombre des cils blonds, fins comme du duvet. La fragilité d'un nouveau-né l'avait toujours profondément émue. Elle s'abandonna enfin au repos, un bras supportant le tout petit être qui dormait. Elle se sentait vidée de douleur, de toute profonde tristesse. Après chaque maternité, il lui arrivait de se retrouver ainsi, le cœur alangui, et courageuse en même temps, comme si elle venait de puiser encore à la source mystérieuse, intarissable de sa jeunesse. Il lui sembla que ce n'était pas son douzième enfant qu'elle tenait contre elle, mais le premier, l'unique. Et pourtant, cette tendresse ravie n'excluait point les autres enfants. Elle les entendit entrer un peu plus tard, ramenés par Yvonne qui les avait conduits à la promenade après la classe. Enivrés de grand air et de liberté, ils réclamaient leur souper. Rose-Anna se surprit à diriger la sage-femme qui, selon la coutume du faubourg, remplirait l'office de bonne aussi bien que de garde-malade.

— Il y a du rôti froid et du pain, murmura-t-elle. Vous ferez manger les enfants. Et vous verrez à ce que leurs vêtements soient prêts pour l'école demain matin. Y a souvent des petits accrocs à raccommoder.

Et elle essayait de penser à bien d'autres choses dont pourtant elle aurait dû se souvenir. Et déjà sa pensée battait la marche quotidienne, prise par l'enchevêtrement de toutes les petites besognes qui, avant la maladie, après la maladie, qui toujours était le même. Elle luttait bravement contre le sommeil et plusieurs fois de suite s'enquit :

— Mon mari n'est pas encore revenu ?

Il était parti tôt le matin, ravagé par le chagrin et par un autre sentiment qu'elle avait cru comprendre : une horreur profonde de leur vie, une horreur profonde en lui de son incapacité de les aider. Où pouvait-il être allé en quittant l'hôpital ? Quel tourment, lui aussi, l'agitait ? Et à quelle extrémité ce tourment avait-il pu le pousser ? Azarius, pauvre homme ! Elle l'avait tenu responsable de leur pauvreté et, à cette heure, il lui parut que pourtant il avait fourni son effort. « Un homme supporte moins qu'une femme, pensa-t-elle. J'aurais dû avoir plus de patience. Il avait ses peines, lui aussi. »

Et elle, qui depuis longtemps ne s'était pas souciée de soigner sa mise pour plaire à son mari, voulut qu'on la revêtît d'un mantelet en dentelle qu'Azarius lui avait donné peu après leur mariage. Elle demanda aussi qu'on étendît sur le lit une couverture blanche qu'elle gardait bien repassée, toujours empesée, pliée soigneusement, qu'elle gardait prête, cette précieuse couverture, pour les éventualités les plus terribles : la maladie, la mort. Un instant, quand elle vit les deux femmes qui en tenaient les coins, s'éloigner l'une de l'autre pour la tendre entre elles, Rose-Anna crut discerner une odeur de danger, de froide menace venant des plis raides qui se défaisaient mal. Sa mère croyait que c'était malchanceux de toucher au plus beau linge de la maison sans nécessité. Et la nécessité s'embusquait derrière des mots qu'on n'osait dire à voix haute, mais qu'on reconnaissait clairement au fond du cœur : les accidents, les décès.

Puis Rose-Anna sourit de cette crainte absurde. Elle cédait au goût qu'elle avait eu, jeune mère, de se montrer toute en blanc à Azarius. L'angoisse la laissait. Elle s'assoupissait tranquillement. Petits soucis, tracas quotidiens, ennuis persistants, la grande douleur ne lui avait rien arraché ; elle lui laissait, intact, son fardeau de tous les jours. Cependant, elle lui laissait aussi comme une bonne volonté nouvelle pour faire front.

XXXII

Lorsqu'elle s'éveilla, la nuit était tombée. On avait écarté les rideaux devant les fenêtres pour laisser passer l'air. Les feux rouges des signaux du chemin de fer brillaient dans la vitre. La sonnerie d'alarme résonnait, grêle, soutenue, et Rose-Anna crut entendre un appel désespéré qui la tirait du sommeil. Quelqu'un avait besoin d'elle... Quelqu'un l'appelait. Elle se souleva et, brusquement ramenée à la réalité, elle lança le nom de son mari. Azarius... où pouvait-il être, la demandant ainsi ? Était-ce un mauvais rêve qui la poursuivait encore ?... Non pourtant, elle en était sûre, à un certain moment, pendant qu'elle dormait peut-être, la pensée d'Azarius s'était tendue vers elle, et elle avait été avertie inconsciemment d'une nouvelle peine qui s'offrait à elle. Le vif mouvement qu'elle fit pour se retourner réveilla la meurtrissure de ses chairs. Elle appela son mari de nouveau, y mettant toutes ses forces, comme si la voix devait aller loin, très loin maintenant pour rejoindre Azarius.

Cette fois, dans la pièce voisine, elle entendit marcher. C'était un pas d'homme, certainement. Aussitôt elle fut calmée. Un sourire timide, lent, un peu gêné, se formait sur ses lèvres, et une douceur inattendue la gagnait, cette douceur de retrouver, après la souffrance, sa vie, ses devoirs, ses affections, et même, oui, même ses tourments et ses regrets.

Le pas se rapprochait. C'était le pas d'Azarius et pourtant ce n'était point son pas habituel. Elle écouta la vibration des planches sous de fortes semelles cloutées. Elle crut comprendre. Il avait dû s'acheter des chaussures neuves, de grosses chaussures de travail. Et de nouveau elle fut projetée dans le passé. C'était un matin de mai. Sa lessive de la veille, humectée d'aurore, claquait sur la corde à linge, au soleil, parmi des cris d'oiseaux. Azarius partait pour sa journée de travail dans la banlieue. Et elle, recouchée après lui avoir servi à déjeuner, écoutait ce pas ferme résonnant sur le trottoir en ciment. Il s'en allait en chantant, Azarius, ce matin de mai. Elle avait confiance. Elle avait confiance pour le petit qui allait naître, le premier. Elle ne craignait rien. Aucun malheur ne pouvait l'atteindre. Elle suivait aussi longtemps que possible le pas de son mari. Remplie d'une gravité tendre, elle disait tout haut, s'adressant au présent, à l'avenir : « Il s'en va gagner notre vie. »

Dieu, qu'elle avait été heureuse autrefois et qu'il fallait peu de bonne volonté vraiment pour le reconnaître ! Et tout à coup elle souhaita détacher une joie de sa jeunesse, une seule, n'importe laquelle, car il y avait eu plusieurs matins de mai, en prendre une à part et en offrir à Azarius le souvenir ému.

La porte de la chambre s'entrebâilla, puis s'ouvrit en grand. La silhouette de son mari se découpa nettement sur un fond de lumière jaune. Rose-Anna se souleva, un sourire nerveux sur son visage tiré, et déjà elle lui tendait à demi le petit enfant qui dormait. Car des souvenirs à lui présenter, il y en avait tant entre lesquels choisir et peut-être, au fond, chacun d'eux était-il entaché quand même de tourments secrets. Mais l'enfant, c'était l'avenir, mais l'enfant c'était vraiment leur jeunesse retrouvée, c'était le grand appel à leur courage.

— Fais de la lumière pour le voir, dit-elle. Il est tout comme Daniel quand il est né, tu te souviens, rose et blond... blond...

— Daniel ! fit-il.

Elle perçut que sa voix s'étranglait. Puis il enfouit sa tête au bord du lit et se prit à pleurer à gros sanglots houleux.

— Il ne souffre plus, dit Rose-Anna simplement.

Mais elle se reprochait ce rappel de l'enfant qui venait de mourir. Azarius, il n'était pas allé comme elle au fond de la douleur pour comprendre que la mort et la naissance y ont presque le même sens tragique. Le regret de Daniel, elle savait qu'elle l'aurait un peu plus fort, un peu plus dur, à mesure que la vie quotidienne, une fois reprise, le lui rappellerait ; elle savait que le regret était là, engourdi dans son cerveau, mais tout d'abord Daniel lui paraissait échappé au sort humain, échappé à cette part de malheur qu'elle lui avait léguée. Et c'était comme si une revanche s'établissait.

Elle saisit la main qui pendait dans le vide.

— On se voit pas, Azarius, dit-elle. Fais de la lumière.

Il ne répondit pas d'abord. Il essuyait gauchement ses yeux. Puis il soupira :

— T'à l'heure, sa mère. J'ai à te parler avant.

Le silence s'appesantit encore une fois sur eux. Puis d'une voix mal assurée, encore mouillée de larmes, hoquetante, mais où perçait comme une secrète détermination, il lança :

— Prépare-toi à une rôdeuse de surprise, Rose-Anna.

Elle ne fut pas encore troublée par ce préambule qui aurait suffi autrefois à la bouleverser. Sa main serra un peu plus fort celle de son mari.

— Qu'est-ce que t'as donc fait encore, Azarius ?

Une minute s'écoula. Le silence durait, inexplicable. En tout autre temps, cela lui aurait serré le cœur avec la brutalité d'un avertissement.

— Tu parles pas, Azarius. T'as donc encore fait que'que fredaine.

Il renifla bruyamment, séchant de sa main une dernière larme à sa paupière. Puis il se leva en repoussant la chaise du pied.

— Rose-Anna, dit-il, ça fait longtemps que t'endures et que tu dis pas un mot, hein ? Ah, je le sais ben ! fit-il, écartant une protestation. Je sais ben que depuis qu'on s'est mariés t'en as toujours arraché. Ç'a commencé par des petites déceptions, pas grand-chose, pis des plus grandes. Et ça te montait, ça te montait su le cœur, tant qu'à la fin t'en avais pu de larmes, même en te cachant de moi le soir. Oui, t'es venue que t'étais pu capable même de pleurer. Et le chagrin qui continuait à te ronger le cœur, penses-tu que je m'en suis pas aperçu ! cria-t-il avec véhémence. Penses-tu que j'ai pas tout vu... Et après ça le pire : quand tu t'es mise à faire des ménages et que j'étais trop lâche pour aller travailler à n'importe quoi, dans les rues, aux égouts...

Il goûtait à s'humilier, à convenir ainsi de sa défaite une espèce d'ivresse, comme si, au bout, il allait entrevoir enfin l'éclat du pardon. Sa voix se brisa. Il dut verser quelques larmes, faire effort pour se ressaisir, car il repartit sur un timbre plus sourd, plus frémissant :

— Mais vois-tu, Rose-Anna, c'est parce que je pouvais pas m'imaginer qu'on en était rendus à ça. Je pouvais pas le voir. Je voyais à la place le temps quand on avait été jeunes tous les deux et tout ce qu'on avait d'ambition dans le cœur. C'est ça que je voyais toujours. Je la voyais pas notre misère. Je la voyais de temps en temps, par petits moments, quand j'avais la tête claire, je voyais la tienne, mais quand même je pouvais pas croire que c'était vrai. Je pouvais pas croire que toi, qu'avais été si rieuse, ma pauvre femme, tu riais pus jamais. J'avais encore tout ton rire de jeunesse dans les oreilles. Et je voulais pas écouter aut' chose ; je me fermais les yeux au reste. Longtemps, j'ai été comme ça... Qu'est-ce que tu veux, Rose-Anna, acheva-t-il en une plainte, ça m'a ben pris dix ans pour m'apercevoir qu'on y était rendus au boutte des bouttes...

— Azarius ! cria-t-elle pour le faire taire, incapable de supporter plus longtemps la vue de leurs souffrances mises ainsi à nu, elle qui toujours quand même s'était refusé de les avouer. Azarius, dis pas ça !

Il vint alors se pencher au-dessus du lit.

— Si je t'en parle aujourd'hui, dit-il, c'est parce qu'elle est finie, ta misère, Rose-Anna. Écoute ben, Rose-Anna : tout va recommencer en neuf. Et d'abord, tu pourras te chercher une maison à ton goût quand t'auras retrouvé tes forces et que tu seras debout... Une maison de gaieté, Rose-Anna, comme t'en as toujours voulu une... Pas une maison comme c'telle-citte où je t'ai vue pas capable de fermer l'œil de la nuit, et penser, penser des heures de temps à arranger nos affaires !...

Un accent d'orgueil, de revanche, gonfla sa voix.

— Ah ! t'as toujours pensé, hein, que je pouvais pas, moi, les arranger nos affaires... Eh ben ! c'est faite. Tout est arrangé. Tu vas pouvoir vivre comme t'as toujours voulu vivre. Je t'aurai toujours donné ça, Rose-Anna... Je t'aurai toujours donné, su le tard c'est vrai, mais enfin je t'aurai toujours donné que'ques années de tranquillité...

— De tranquillité !... murmura-t-elle, comme en un écho un peu fêlé, incrédule, épuisé. De la tranquillité ! » Puis elle se raffermit. Elle supplia sur un ton presque implorant : « Dis pas des folies, Azarius. Tente pas le ciel ! »

Il aspira une bouffée d'air avec force et repartit, presque joyeux maintenant :

— Des folies ! tu dis toujours : des folies. Mais attends un peu ; tu vas voir si c'est des folies... Non, non, Rose-Anna ; c'est la tranquillité. De la tranquillité comme on n'a jamais eue. Écoute... À partir du mois de juillet, tu vas recevoir un beau montant comptant, un beau chèque du gouvernement qui va t'arriver icitte à la maison... Pis après ça, à tous les premiers du mois... Qu'est-ce que tu dis de ça, hein ?...

Il parlait maintenant avec la même allégresse, la même satisfaction profonde qu'il avait eues autrefois en lui remettant ses payes entières : « Tiens, ça c'est pour toi », disait-il en glissant le rouleau de dollars dans une main de Rose-Anna qu'il refermait dans la sienne. « Tout ça c'est pour toi. » Il paraissait alors lui faire continuellement cadeau de ses journées bien remplies, de son métier de menuisier, de ses bras solides, et de l'avenir encore, de l'avenir qu'ils entrevoyaient serein, tous les deux.

— Non, non, dit Rose-Anna, se méfiant. Fais-moi pas entrevoir la tranquillité, pauvre homme. Ça c'est plusse qu'on peut avoir... Et c'est mieux pas regarder trop haut...

— Trop haut ! reprit-il. Mais écoute donc quand je te dis que tu vas recevoir tous les mois un beau chèque. A va t'arriver, la tranquillité, a va t'arriver par la poste. Cinquante-cinq piasses par mois, Rose-Anna ! Ça va t'arriver drette dans la main ! Tu vas recevoir ça tous les mois... Mais attends un peu. Ça, c'est rien que pour toi. Tu vas retirer aussi pour les enfants. En toute, tu vas te trouver à retirer que'que chose comme quatre-vingt-dix-sept piasses par mois... C'est-y pas de la bonne tranquillité, ça ?

Elle souriait, incrédule, faible et si loin de tout pressentiment qu'elle se prit au bout de quelques instants à le railler sans malice :

— Tu changeras donc ben jamais ! Avec ton commerce de petits meubles, t'étais pour faire deux mille piasses par année, tu t'en souviens. Pis avec le commerce des ferrailles, t'étais pour te gagner trois mille piasses. Pis avec l'affaire de sweepstake, t'étais pour t'acheter une maison à Notre-Dame-de-Grâce...

Puis, plus douce :

— Laisse faire. On s'arrangera comme on s'est toujours arrangés. Avec nos deux paires de bras. Crois-moi, va. C'est encore mieux comme ça. C'est plus sûr de compter su nos bras, rien que su nos deux paires de bras que de se laisser prendre par des jongleries... Des jongleries, c'est des jongleries, voyons, quatre-vingt-dix-sept piasses par mois, par la poste. On a jamais eu autant d'argent que ça nous autres, tu sais ben. Pas depuis ben longtemps en tout cas. Ça, c'est gros d'argent, sais-tu ! D'où c'est que tu voudrais que ça nous vienne ! À nous autres, pauvre homme ? À nous autres ?...

— On l'a, je te dis !

Puis il se reprit vivement :

— Toi, tu l'auras. Toi, t'es à l'abri. Quatre-vingt-dix-sept piasses tous les mois. Et c'est pas encore ça qui est le plus beau...

Il arpenta la pièce, noua ses mains derrière son dos, puis coupa l'air soudain d'un geste emporté.

— Le plus beau de toute...

Il s'approcha du lit, le souffle rapide :

— Le plus beau de toute, c'est que tu vas être débarrassée de moi.

Il eut conscience d'un calme terrifiant tout de suite après avoir lâché le mot. Il avait essayé de le prononcer légèrement en moquerie affectueuse, mais il avait à peine franchi ses lèvres que le silence coulait entre eux.

Une mélancolie soudaine lui serra la gorge. Il alla à la fenêtre, s'accouda au rebord poussiéreux et fixa obstinément les feux du chemin de fer. Et il comprit que s'il venait d'employer ce mot vulgaire, c'est qu'il cachait un sens qui était comme l'assurance de sa propre libération. Il resta longtemps à la fenêtre à regarder les rails luisants. Toujours ils l'avaient fasciné. Fermant un peu les yeux, il les vit qui se déroulaient à l'infini et le conduisaient vers sa jeunesse retrouvée. Libre, libre, incroyablement libre, il allait recommencer sa vie. Sa salive goûta non pas la suie et le charbon, mais déjà les espaces ouverts, les vents pleins et fougueux. Il pensa aux cargos qu'il voyait toujours passer sur le canal de Lachine avec un désir fou de partir. Il pensa aux vieux pays qui l'avaient fait rêver, tout jeune, sur ses livres de classe, à « France », ce mot blotti au fond de ses songes comme une nostalgie. Il évoqua jusqu'aux champs de bataille fumants de sang humain, mais où un homme se révélait dans sa force. Il eut un grand besoin d'aventures, de périls, de hasards, lui qui avait si misérablement échoué dans les petites choses. Et même, lui qui s'était trouvé incapable de secourir le malheur qui l'entourait, il fut saisi d'une fièvre intrépide à la pensée de combattre les grandes afflictions ravageant le monde.

Une sueur mouillait son front. Il se prit à haleter doucement. Il ne savait plus s'il avait agi pour se sauver lui-même ou pour sauver sa pauvre famille. Mais il avait sur ses lèvres une sensation d'accomplissement, de résurrection.

Une voix molle, imprécise et cependant déjà touchée de crainte, monta vers lui :

— Azarius, c'est-y que tu as trouvé de l'ouvrage à la campagne que tu vas partir ?

Pas de réponse.

Alors, rauque, presque sifflante, la voix repartit :

— Azarius, allume que je te voie !

Doucement, Azarius alla cette fois tourner la clé de l'ampoule suspendue au bout du fil.

Éblouie, Rose-Anna ne vit d'abord que les mains d'Azarius qui voltigeaient, puis le visage pâle mais déterminé et si jeune qu'elle en fut troublée mortellement.

Son regard s'abaissa jusqu'aux épaules. Il descendit à la taille, aux jambes prises dans un vêtement qu'elle ne reconnaissait pas. Ses yeux s'ouvrirent, démesurés. Sa bouche frémit. Et soudain elle poussa un grand cri, un seul, qui se perdit dans la marche sifflante d'une locomotive.

Immobile, Azarius se tenait devant elle, vêtu de l'uniforme militaire.

XXXIII

Les vagues kaki se succédaient, roulant vers la gare Bona-
venture et emportant dans leurs replis le clair des toilettes féminines,
et puis des chants, des rires, des haleines d'alcool, des hoquets, des
soupirs : une grande clameur de foule surexcitée.

Emmanuel et Florentine étaient arrivés tôt et ils avaient pris
place sur un banc de la salle d'attente commune. Ils causaient, les
mains enserrées par-dessus le sac qui pesait sur leurs genoux réunis.
Des bribes de phrases, des silences, des recommandations soudaines ; leurs mots, leur angoisse s'éparpillaient dans le bruit des
souliers cloutés et dans les milliers de soupirs qui montaient, comme
allégés, comme heureux, jusqu'à la voûte.

Emmanuel regardait venir son régiment avec des yeux incré-
dules. La joie éclatait sur presque tous les visages. Un camarade
s'approchait en titubant, supporté par deux autres soldats qui riaient
à gorge déployée. Plus loin, un autre, la voix avinée, s'avançait en
criant : « *W're going to see the world ! You bet that we are going to
see the world !* » De partout, venaient vers eux des signes d'une
exubérance malsaine et factice. Emmanuel détourna le regard et
enserra Florentine.

Il avait cru que ce serait plus aisé de partir lorsqu'il l'aurait
épousée, que ce geste de confiance envers l'avenir le rassurerait.
Mais il découvrait déjà entre eux des liens fragiles et quand même

résistants, tout un tissu d'habitudes qui allaient être difficiles, si difficiles à rompre. Florentine essayant mille fois par jour les robes, les chapeaux qu'il lui avait achetés ! Florentine voulant toujours sortir, se promener dans la rue, s'attardant à toutes les vitrines ! Florentine si coquette pour lui et, parfois, si triste, si amère ! Et ces brefs moments d'attendrissement où elle lui prenait la main et disait : « Mon Dieu, que je vas m'ennuyer quand tu vas être parti ! » Les jours avaient passé plus rapides que des minutes, comme un rêve. « Un seul éclair ! pensa-t-il. Oh non, ceux qui partent devraient renoncer à de trop tendres attaches ! »

La foule autour d'eux chantait, riait. Pourquoi chantait-elle ? Pourquoi riait-elle ? Qu'y avait-il donc de si gai dans leur départ ?

Ils se levèrent en silence. Florentine l'aida à passer à son épaule son sac duffle, puis ils gagnèrent la salle des pas perdus en se tenant par la taille, comme vingt, comme cent autres couples. Des remous de foule menaçaient de les séparer. Alors ils serraient plus fort leurs mains réunies.

Près de l'entrée centrale donnant sur les quais, ils découvrirent tout un groupe de Saint-Henri et se dirigèrent de ce côté.

Sam Latour se trouvait là. Il donnait des poignées de main à la ronde dans un geste paternel et comique. Sa grosse figure placide et rouge, coupée d'un large sourire, ne s'accordait guère avec le flot de violentes invectives qui s'échappaient de sa bouche molle : « Canaille d'Hitler ! disait-il. Tâchez que'qu'un de m'apporter trois poils de sa moustache ou encore, ce qui ferait mieux mon affaire, sa tannante de couette que je m'en fasse une petite brosse à plancher. »

Mais plus forte et persuasive que toutes s'élevait la voix d'Azarius Lacasse. Avec l'autorité d'un sergent, il allait entre les militaires et les apostrophait en petits groupes. « Dites-leur, en France, de tenir bon d'icitte à ce qu'on arrive. » Il tira un journal plié sous l'épaulette de son uniforme. Il l'ouvrit en grand et découvrit une manchette : *Les alliés se replient sur Dunkerque.* Alors Azarius frappa de tout son poing dans la feuille qui se fendit.

— Qu'ils lâchent pas avant qu'on arrive, cria-t-il, c'est tout ce que je demande ! Dites-leur qu'on sera là betôt, nous autres, les

Canadiens et p't-être les Américains avant longtemps. » Il avisa un très jeune soldat, un petit gars qui semblait tout ahuri et décontenancé. « Toi, dit-il en lui tapant sur l'épaule, t'es bon pour en tuer une trentaine, hein, d'Allemands ! » Puis il ajouta aussitôt en riant : « Mais tue-les pas toutes, laisse-moi-z-en une couple, toujours. Finissez-la pas trop vite, c'te guerre-là ! »

Et sa figure rayonnait du plus pur enthousiasme.

Derrière lui brillait le visage de Pitou. Et derrière Pitou, un autre regard s'allumait, farouchement exalté. Emmanuel croyait rêver. Étaient-ce là les chômeurs d'hier ? Étaient-ce là les petits gars qu'il avait vus sans ressort, misérablement soumis, et découragés jusqu'à la moelle de leurs corps ? Était-ce là Pitou, le musicien, qui avait trompé les années d'oisiveté avec les chants de sa guitare ?

Son regard revint à Azarius et se troubla davantage. Était-ce là l'homme qu'il avait vu profondément accablé, il n'y avait pas plus d'une semaine ? Était-ce là le mari de Rose-Anna ?

Mais cet homme paraissait aujourd'hui à peine plus âgé que lui-même, songeait Emmanuel. Une vigueur émanait de lui, presque irrésistible. Tout simplement, il était devenu enfin un homme ; et de l'éprouver lui donnait une joie sans mesure.

Ainsi donc le salut leur était venu dans le faubourg !

Le salut par la guerre !

Emmanuel leva les yeux sur Florentine dans un muet appel. Ce fut d'abord comme un creux au fond de sa poitrine, un vide et puis, aussitôt, une tempête intérieure le saisit. L'angoisse qu'il avait ressentie, le soir où seul sur la montagne il s'était penché sur le faubourg, le reprit violemment. Il ne demandait plus : « Pourquoi est-ce que je pars, moi ? » Mais : « Pourquoi partons-nous tous ? Nous partons ensemble... nous devrions partir pour la même raison. »

Non, il ne lui suffisait plus de connaître son motif personnel, il lui fallait aussi connaître la vérité fondamentale qui les guidait tous, la vérité première qui avait peut-être guidé les soldats de la dernière Grande Guerre, sans quoi leur départ n'avait point de sens, sans quoi c'était une répétition monstrueuse de la même erreur.

Il se pencha vers Florentine et ce fut à elle qu'il posa sa troublante question.

— Pourquoi ce que ton père, ton frère et moi, nous partons, le sais-tu ? lui demanda-t-il.

Elle leva des yeux surpris.

— Tu veux dire pourquoi ce que vous vous êtes enrôlés ?

— Oui.

— Ben, moi, je vois qu'une chose, dit-elle posément. C'est parce que ça faisait votre affaire de vous mettre dans l'armée.

Il la considéra longuement en silence. Oui, il aurait dû y penser plus tôt. Elle était plus près du peuple que lui ; elle connaissait mieux le peuple que lui. C'était elle qui possédait les vraies réponses. Il leva son regard jusqu'à la foule. Et cette réponse que Florentine venait de lui donner, il lui sembla l'entendre à travers des milliers de soupirs allégés. Il lui sembla entendre, loin, dans le grand souffle de libération qui montait de la foule, comme le son de l'argent qui tinte.

« Eux aussi, pensa-t-il. Eux aussi ont été achetés. »

« Eux surtout ! » se dit-il.

Et il lui apparut qu'il constatait de ses yeux la suprême faillite de l'humanité. La richesse avait dit vrai sur la montagne.

Mais au bout d'un moment Emmanuel se ressaisit. Il pensait : « Pourtant non, ce n'est pas là la vérité entière. Ceux qui partent, ce sont les moindres profiteurs. Il y a une infinité de Léon Boisvert, de Jean Lévesque qui devront leur avancement personnel et peut-être leur fortune à la guerre, et qui ne courront aucun de ses risques. »

Mais alors pourquoi ? Pourquoi les régiments sont-ils en marche ? Il devait y avoir une vérité profonde, peut-être ignorée et qui avait peut-être été ignorée de ceux qui avaient fait l'autre guerre. Il y avait peut-être, sous la couche tenace de l'ignorance humaine, une raison obscure que l'homme n'arrivait pas à exprimer.

Soudain, Emmanuel entendit dans la foule une voix aux accents métalliques et impérieux :

— *We'll fight to the last man for the British Empire.*

« L'Empire ! songea Emmanuel. Pour qu'un territoire garde ses limites ! Pour que la richesse reste d'un côté plutôt que de l'autre ! » Maintenant un groupe tout entier chantait :

— *There'll always be an England.*

« Oui, mais moi, mais Pitou, mais Azarius ! pensa Emmanuel. Est-ce pour merry England, est-ce pour l'Empire que nous allons nous battre ? À cette heure, d'autres soldats aussi forcenés chantent avec le même enthousiasme un hymne à leur patrie. En Allemagne, en Italie, en France, partout ils chantent. Comme nous pourrions chanter : *Ô Canada...* Non, non, se dit-il avec véhémence, je refuse de me mettre sur le plan patriotique et nationaliste. Suis-je le seul ? »

Il repoussait la pensée qui s'offrait à lui, monstrueuse, paradoxale. Et pourtant, elle s'imposait de plus en plus à son esprit : aucun d'eux n'allait faire la guerre dans le même but ; il y en avait qui s'en allaient chercher au bout du monde l'assurance que leur Empire durerait. Il y en avait qui s'en allaient au bout du monde tirer des balles, recevoir des balles, et c'était tout ce qu'ils savaient. Il y en avait encore qui s'en allaient chercher au bout du monde le pain de leur famille. Mais qu'y avait-il donc encore au bout du monde, hors la mort, qui éclairait les hommes sur leur destin commun ?

Les barrières s'ouvrirent en grand et la foule déferla sur les quais. Tout le reste fut un cauchemar pour Emmanuel. Il embrassa sa mère, sa sœur et son père. Puis il enserra Florentine. Il l'avait découverte frivole, vaniteuse, nerveuse, parfois irritable, durant leur courte vie de mariage. Il la savait maintenant légère et faible, mais il ne l'en aimait que plus. Il l'aimait comme un enfant qui a besoin d'appui.

Il l'entoura de ses bras et vit des larmes sur les joues tirées. Souvent, au cours des dernières journées, il avait été rebuté par sa froideur ou encore il n'avait rien compris à ses brusques accès de tendresse et à ses moments de réticence. Ces larmes le troublèrent.

Elle pleurait sur son épaule. Il ne pouvait savoir que c'était de vague soulagement et aussi d'une obscure détresse noyée sous la vanité. Elle était vivement impressionnable. Le décor du départ, les larmes, les gestes d'adieu, tout cela l'atteignit dans sa nature, d'une sensibilité superficielle, bien plus que le drame qu'ils recouvraient. Mais Emmanuel, la croyant enfin vraiment émue, en était bouleversé.

Il sauta sur le marchepied. Il se tint un instant presque en suspens, une main à la barre, le visage incliné, ce qui lui donnait l'air d'accourir pour faire l'offrande de sa jeunesse. Mais son avide curiosité, son tourment intérieur ne trouvaient toujours pas de réponse. Il partait et ne savait plus pourquoi.

Et puis, soudain... Cela se fit en un éclair... Il eut sa réponse. Elle lui vint brusquement, non pas de Florentine, qui agitait la main, non pas de sa mère, si petite, à peine visible déjà dans la foule, non pas d'Azarius, qui suivait le convoi en branle. Elle lui vint miraculeusement, d'une étrangère.

C'était une petite vieille, inconnue de lui, très mince, doucement résignée, et qui semblait perdue parmi des étrangers.

Un instant, leurs regards se pénétrèrent. Et Emmanuel comprit dans le même instant. L'humble femme remuait les lèvres comme pour lui adresser un message ultime. Les mots ne parvenaient pas à Emmanuel, mais il perçut au mouvement des lèvres, qu'elle disait, rien que pour lui : « Ça finira. Un jour, ça finira. Un jour, ça prendra fin. »

Une lumière intérieure éclaira Emmanuel.

C'était donc cet espoir diffus, incompris de la plupart des hommes, qui soulevait encore une fois l'humanité : détruire la guerre.

Florentine n'était plus qu'une tache claire. Il la vit sortir son poudrier et effacer la trace de quelques larmes sur ses joues. Il ferma les yeux, il recueillit, comme s'il était déjà très loin, très loin, cette image de Florentine se poudrant. Puis il chercha encore une fois parmi la foule le petit visage mince, les yeux ardents. Mais avant que le train eût complètement disparu, déjà elle tournait le dos et s'en allait.

Elle se sentait lasse et très énervée. Elle partit seule à travers la cohue, sans attendre son père et elle gagna rapidement la sortie de la gare.

La chaleur, le brouhaha l'avaient troublée. Un vague sentiment de tristesse pesait sur elle. Pas de la douleur, mais l'impression d'une perte dont elle ne commençait qu'à mesurer la portée.

Elle atteignit la terrasse et s'arrêta un instant pour se ressaisir. Elle ne comprenait pas très bien ce qui l'agitait.

Elle avait pris pour son dû la bonté, la douceur d'Emmanuel. Ces qualités ne l'avaient point étonnée. Mais sa générosité l'avait émue.

Avant son départ, Emmanuel lui avait remis sa dernière solde presque en entier, en plus de ses économies qu'il avait placées, pour elle, à la banque.

Florentine ouvrit son sac. Elle palpa le petit carnet de chèques et un rouleau de billets avec un mouvement de satisfaction intense. Puis elle eut honte et s'élança vers le trottoir.

Elle faillit être bousculée par des jeunes gens qui descendaient d'une automobile. Vivement, une dame lui tendit la main. Elle était tout habillée de noir. C'était une petite vieille, très frêle, très mince.

— Vous venez de voir partir quelqu'un des vôtres ? demanda-t-elle. Votre père peut-être ou votre ami de garçon ?

— Mon mari, dit simplement Florentine.

Mais elle avait dit le mot avec un mouvement d'orgueil dont elle ne fut consciente qu'après coup.

— Soyez-en fière, dit la vieille dame avant de disparaître.

Florentine resta songeuse un moment. Puis un sourire timide, tout nouveau, tout frais, parut sur sa figure fatiguée. Elle venait de se rappeler que les gens l'avaient regardée lorsque, durant les derniers jours, elle s'était montrée au bras d'Emmanuel. Une tristesse imprécise de temps en temps lui pinçait le cœur.

Elle n'aimait pas Emmanuel. Du moins elle ne l'aimait pas comme elle avait pressenti pouvoir aimer un jour. Et pourtant, elle éprouvait une espèce de gratitude, un sentiment de revanche plutôt d'être aimée de lui, et un sincère désir de lui rendre son affection.

Elle leva les yeux. Et soudain elle resta très droite, les yeux fixes. Sur le trottoir d'en face elle venait d'apercevoir Jean Lévesque. Il s'arrêtait pour déplier un journal sous un lampadaire. Il portait un complet neuf de bonne coupe qu'elle détailla avidement. Elle remarqua jusqu'à sa cravate qui était de même teinte que les souliers d'été, et le chapeau de feutre souple mollement rejeté en arrière. Emmanuel surgit à son esprit dans l'uniforme kaki un peu froissé et les grossières bottines. Alors une brusque rage la saisit que Jean vînt ainsi diminuer l'image qu'elle gardait d'Emmanuel. Et puis, des pensées d'un autre ordre, perfides, la gagnaient. Un instant, le cœur gonflé d'amertume, elle fut sur le point de s'avancer vers Jean. Pour lui montrer son alliance. Et aussi pour qu'il la vît bien dans la jolie robe de soie imprimée que lui avait achetée Emmanuel, et les fins souliers qu'il lui avait apportés la veille de son départ. Et le ravissant sac de suède encore ! Il avait tout choisi pour elle. Jamais elle n'avait été vraiment si bien mise. Elle songeait, atterrée, confuse, que c'était triste quand même d'être si élégante, et pour personne, pas même pour Jean... une seule minute... « Une seule petite minute, pensa-t-elle. Rien que pour lui montrer que je sais bien me passer de lui maintenant. » C'était si pénible de s'en aller sans lui lancer une raillerie et voir luire encore une fois dans ce regard la curiosité et même peut-être aussi le désir... Voir flamber ces yeux, puis rire, rire de lui et s'en aller ensuite, vengée, contentée, heureuse, oui, vraiment heureuse ! Son cœur battait si fort qu'elle en perdait le souffle, épiant le jeune homme et craignant malgré tout qu'il ne l'aperçût...

Il leva la tête, replia son journal et s'engagea dans la rue. Alors, retenant sa respiration, les mains moites, elle lui tourna le dos, elle se glissa dans l'ombre d'une voiture stationnée, elle attendit sans bouger, les tempes bourdonnantes, qu'il eût passé près d'elle sans la reconnaître. Son vêtement la frôla. Elle retint un cri, un geste. Puis elle partit très vivement. Elle traversa la rue presque à la course. Elle allait, s'enfonçant en direction du faubourg. Elle se sauvait comme jamais dans sa vie elle ne s'était sauvée.

Elle marcha ainsi longtemps, les cheveux au vent, sans regarder où elle allait. Puis elle ralentit son allure. Elle s'arrêta enfin, tout essoufflée. Et alors, elle fut surprise de constater qu'elle était contente d'elle-même. Une satisfaction qu'elle n'avait jamais éprouvée, l'estime de soi-même l'étonna. Elle reconnut qu'elle commençait vraiment une autre vie.

Le retour d'Emmanuel auquel elle n'avait jamais songé sans effroi lui parut maintenant tout naturel. Sa voie était nette, claire. Elle s'en allait vers l'avenir, sans grande joie, mais sans détresse. Le calme qui l'enveloppait lui était aussi bienfaisant, après le bouleversement des derniers mois, qu'un banc au soleil à qui a marché des nuits et des nuits. « Tant de choses sont arrivées en si peu de temps, pensa-t-elle, et sans doute seront oubliées avant bien longtemps... » Et elle n'en revenait pas de constater qu'il n'y avait presque plus de fiel dans son cœur. Et, graduellement, elle en vint à penser à son enfant, et sans profond ressentiment. Il lui sembla qu'il n'était plus de Jean mais d'elle et d'Emmanuel. Elle ne l'aimait pas encore, cet enfant qui la ferait souffrir, sans doute ne l'aimerait-elle jamais, elle le redoutait même encore, mais elle s'habituerait peu à peu à le détacher de sa faute à elle, de sa grave erreur. Emmanuel prendrait soin d'eux. Emmanuel... avec lui, elle en convint, elle était mieux mariée qu'elle ne l'aurait été avec Jean. Il se livrait dans un regard, un mot, celui-là, et on savait à quoi s'attendre. Bien sûr, elle n'espérait plus de violentes émotions, mais elle apercevait l'aisance, la tranquillité qui la dédommageraient de ses peines. Et cette aisance, cette tranquillité, elle l'étendait à sa mère, à ses sœurs et frères, avec l'orgueilleuse sensation de se racheter pleinement. Un instant, à la pensée du caractère impérieux d'Emmanuel, qui pourrait peut-être se montrer violent à l'occasion, elle fut effleurée d'une crainte. Peut-être aurait-il mieux valu tout lui avouer. Puis elle se permit de sourire à cette idée. Et pour la centième fois, elle se félicita d'avoir si bien su mener la partie. D'ailleurs, il n'y avait pas de péché, pas de faute, pas de passé : tout cela était fini. Il n'y avait plus que l'avenir.

Elle avançait au long de la rue Saint-Jacques, très sombre maintenant qu'elle approchait du faubourg, et son petit cerveau pratique était déjà tout occupé. Toutes sortes de projets s'offraient à elle, toutes sortes de considérations nouvelles, agréables et consolantes. Avec la pension que sa mère toucherait et la sienne, ils pourraient désormais vivre très bien. Emmanuel l'avait priée de ne plus travailler, mais elle songeait, âpre au gain : « Je continuerai tant que je pourrai ; ça fera ça de plusse. » Elle devenait ambitieuse et secrètement solidaire des siens. Par les siens, elle entendait sa propre famille, Emmanuel, mais point les Létourneau. Secrètement blessée d'une certaine froideur qu'ils lui avaient montrée, et gênée aussi avec eux, elle entendait limiter leurs relations à la plus stricte politesse. Et même cela, elle s'en passerait volontiers si Emmanuel n'insistait pas trop. Et puis, étourdie d'orgueil, d'envie, elle revit une maison, boulevard La Salle, presque aussi belle que celle des Létourneau, et qui était à louer. « Pourquoi pas ? se dit-elle. À c'te heure, on a de l'argent. On n'est plus pour vivre dans Saint-Henri. » Elle n'osait s'avouer qu'elle voulait, elle aussi, rompre avec tout ce qui pouvait lui rappeler son stupide amour pour Jean Lévesque. Elle considéra l'achat de vêtements neufs pour sa mère et les enfants. « Enfin, nous allons bien vivre », ne cessait-elle de se répéter avec une satisfaction étonnée, une vanité qui la remplissait d'aise. « Maman, songeait-elle, maman ne peut se consoler, mais papa a bien fait, il a bien fait, papa, de s'enrôler. C'est la plus belle chose qu'il a faite dans sa vie. Et maman... eh bien, maman, faudra qu'a se fasse une raison. C'est drôle quand même qu'elle prenne ça si mal... Pourtant jamais elle a eu tant d'argent ! »

Elle allait rapidement, elle calculait froidement, en réunissant tous leurs revenus. Et elle restait toute surprise de voir comment tout s'arrangerait pour eux. Elle organisait leur vie d'une façon logique, habile, avec un sérieux tout nouveau ; elle voyait les difficultés s'éloigner, très loin déjà. Ah ! oui, c'était vraiment une vie nouvelle qui commençait.

Parfois elle éprouvait encore cependant comme un saisissement à la pensée de cet argent qui leur serait donné à elles, les femmes, pendant que les hommes risqueraient leur vie ; et puis, n'aimant pas ces réflexions, elle recommençait ses calculs ; elle se trouvait riche, elle se proposait d'acheter ceci et cela, elle se réjouissait au fond de la tournure des événements, car sans la guerre où seraient-ils tous ?

Elle se sentait un peu éblouie, très fière, très soulagée... cependant que, là-bas, le train dévalait dans le faubourg et qu'Emmanuel se penchait pour apercevoir la maison des Lacasse. Une lumière brillait à l'étage, qui devait être celle de la chambre de Rose-Anna.

Le jeune homme y leva le regard avec une expression de muette pitié. Puis la lumière était loin derrière lui, le train franchissait la place Saint-Henri.

Le visage collé à la vitre, Emmanuel vit fuir les barrières du passage à niveau, le Sacré-Cœur de bronze, l'église, la cabine de l'aiguilleur montée sur pilotis. Il aperçut un arbre dans un fond de cour, qui poussait ses branches tordues entre les fils électriques et un réseau de cordes à linge. Ses feuilles dures et ratatinées semblaient à demi mortes de fatigue avant même de s'être pleinement ouvertes.

Très bas dans le ciel, des nuées sombres annonçaient l'orage.

ANNEXES

CHRONOLOGIE DE GABRIELLE ROY

1909	Naissance, le 22 mars, à Saint-Boniface (Manitoba).
1915-1928	Études à l'académie Saint-Joseph de Saint-Boniface.
1928-1929	Études de pédagogie au Winnipeg Normal Institute.
1929-1930	Premiers postes d'institutrice, à Marchand d'abord, puis à Cardinal.
1930-1937	Institutrice de première année à l'institut Provencher de Saint-Boniface (école de garçons); parallèlement, activités théâtrales au Cercle Molière.
Été 1937	Poste temporaire à l'école de la Petite-Poule-d'Eau.
1937-1939	Séjour en Angleterre et en France; études d'art dramatique; voyages.
1939-1945	De retour d'Europe, Gabrielle Roy s'installe au Québec et vit de la vente de ses textes à divers périodiques montréalais, tout en entreprenant la rédaction de *Bonheur d'occasion*; elle habite surtout à Montréal, mais fait de fréquents séjours à Rawdon et à Port-Daniel.
Juin 1945	Publication, à Montréal, de *Bonheur d'occasion*.
1947	La traduction anglaise de *Bonheur d'occasion (The Tin Flute)* est choisie comme livre du mois de mai par le Literary Guild of America; en juin, achat des droits cinématographiques par Universal Pictures; en août, Gabrielle Roy épouse Marcel Carbotte; en septembre, elle est reçue à la Société royale du Canada; en novembre, l'édition française de *Bonheur d'occasion* obtient le prix Femina.

1947-1950   Fin septembre 1947, Gabrielle Roy et son mari partent pour Paris, où ils passeront trois ans ; elle fait des séjours en Bretagne, en Suisse et en Angleterre.

1950   Parution, à Montréal, de *La Petite Poule d'Eau* qui, l'année suivante, sera publiée à Paris et, à New York, en traduction anglaise *(Where Nests the Water Hen)*.

1950-1952   De retour de France, le couple s'installe d'abord à Ville Lasalle, puis à Québec, où Gabrielle Roy vivra jusqu'à la fin de sa vie.

1954   Publication d'*Alexandre Chenevert* à Montréal et à Paris ; l'année suivante, la traduction anglaise paraît sous le titre *The Cashier.*

1955   Publication, à Montréal et à Paris, de *Rue Deschambault,* dont la traduction anglaise paraîtra en 1956 *(Street of Riches)* et obtiendra le Prix du Gouverneur général du Canada.

1956   Gabrielle Roy reçoit le prix Duvernay.

1957   Acquisition d'une propriété à Petite-Rivière-Saint-François, où Gabrielle Roy passera dès lors ses étés.

1961   Voyage en Ungava, puis en Grèce avec son mari ; à l'automne, parution à Montréal de *La Montagne secrète,* dont l'édition parisienne et la traduction anglaise *(The Hidden Mountain)* sortiront l'année suivante.

Hiver 1964   Séjour en Arizona, où elle assiste à la mort de sa sœur Anna.

1966   Parution de *La Route d'Altamont* et de sa traduction anglaise *(The Road Past Altamont).*

1967   Publication d'un texte sur le thème « Terre des hommes » dans un album sur l'Exposition universelle de Montréal ; en juillet, Gabrielle Roy est faite compagnon de l'Ordre du Canada.

1968   Doctorat honorifique de l'Université Laval.

1970   En mars, voyage à Saint-Boniface auprès de sa sœur Bernadette mourante ; à l'automne, publication de *La Rivière sans repos* et de sa traduction anglaise *(Windflower).*

1971   Gabrielle Roy reçoit le prix David.

1972   Publication de *Cet été qui chantait,* dont la traduction anglaise paraîtra en 1976 *(Enchanted Summer).*

1975   Parution d'*Un jardin au bout du monde,* dont la traduction anglaise sera publiée en 1977 *(Garden in the Wind).*

1976	Publication d'un album pour enfants, *Ma vache Bossie.*
1977	Publication de *Ces enfants de ma vie,* qui obtient le Prix du Gouverneur général du Canada et dont la traduction anglaise paraîtra en 1979 *(Children of My Heart).*
1978	Gabrielle Roy reçoit le prix Molson du Conseil des Arts du Canada; parution de *Fragiles Lumières de la terre,* dont la traduction anglaise sera publiée en 1982 *(The Fragile Lights of Earth).*
1979	Publication d'un second album pour enfants, *Courte-Queue,* qui obtient le Prix de littérature de jeunesse du Conseil des Arts du Canada et paraît l'année suivante en traduction anglaise *(Cliptail).*
1982	Publication de *De quoi t'ennuies-tu, Éveline ?*
1983	Mort, à l'Hôtel-Dieu de Québec, le 13 juillet.
1984	Publication de l'autobiographie intitulée *La Détresse et l'Enchantement.*

ÉLÉMENTS DE BIBLIOGRAPHIE

1. Quelques ouvrages sur Gabrielle Roy et son œuvre

Charland, R.-M. et Samson, J.-N., *Gabrielle Roy,* Montréal, Fides, coll. « Dossiers de documentation sur la littérature canadienne-française », 1967.

Gagné, Marc, *Visages de Gabrielle Roy,* Montréal, Beauchemin, 1973.

Harvey, Carol-J., *Le Cycle manitobain de Gabrielle Roy,* Saint-Boniface, Éditions des Plaines, 1993.

Hind-Smith, Joan, « Gabrielle Roy », dans *Three Voices,* Toronto, Clarke-Irwin, 1975, p. 62-126.

Lewis, Paula Gilbert, *The Literary Vision of Gabrielle Roy: An Analysis of Her Works,* Birmingham, Summa Publications, 1984.

Ricard, François, *Introduction à l'œuvre de Gabrielle Roy (1945-1975),* Québec, Nota Bene, coll. « Visées critiques », 2001.

Ricard, François, *Gabrielle Roy. Une vie,* Montréal, Boréal, coll. « Boréal compact », 2000.

Ricard, François et Everett, Jane (dir.), *Gabrielle Roy inédite,* Québec, Nota Bene, coll. « Séminaires », 2000.

Saint-Martin, Lori, *Lectures contemporaines de Gabrielle Roy. Bibliographie analytique des études critiques (1978-1997),* Montréal, Boréal, coll. « Cahiers Gabrielle Roy », 1998.

Saint-Martin, Lori, *La Voyageuse et la Prisonnière. Gabrielle Roy et la question des femmes,* Montréal, Boréal, coll. « Cahiers Gabrielle Roy », 2002.

2. Études sur *Bonheur d'occasion*

Beaudet, Marie-Andrée (dir.), Bonheur d'occasion *au pluriel. Lectures et approches critiques*, Québec, Éditions Nota Bene, coll. « Séminaires », 1999.

Bessette, Gérard, *Une littérature en ébullition*, Montréal, Éditions du Jour, 1968, p. 219-277.

Blais, Jacques, « L'unité organique de *Bonheur d'occasion* », *Études françaises*, Montréal, vol. VI, n° 1, février 1970, p. 25-50.

Bourbonnais, Nicole, « Gabrielle Roy : la représentation du corps féminin », *Voix et Images*, Montréal, vol. XIV, n° 1, automne 1988, p. 72-89.

Brochu, André, « Thèmes et structures de *Bonheur d'occasion* », *Écrits du Canada français*, Montréal, n° 22, 1966, p. 163-208 ; repris dans *L'Instance critique*, Montréal, Leméac, 1974.

Brochu, André, « Les structures sémantiques de *Bonheur d'occasion* », dans *La Visée critique*, Montréal, Boréal, 1988, p. 169-185.

Brochu, André, *Une étude de* Bonheur d'occasion, Montréal, Boréal, coll. « Les classiques québécois expliqués », 1998.

Coleman, Patrick, *The Limits of Sympathy. Gabrielle Roy's* The Tin Flute, Toronto, ECW Press, 1993.

Laflèche, Guy, « Les Bonheurs d'occasion du roman québécois », *Voix et Images*, Montréal, vol. III, n° 1, septembre 1977, p. 96-115 ; repris dans *Polémiques*, Laval, Éditions du Singulier, 1992.

Marcotte, Gilles, « *Bonheur d'occasion* et le grand réalisme », *Voix et Images*, Montréal, vol. XIV, n° 3, printemps 1989, p. 408-413.

Nepveu, Pierre et Ricard, François (dir.), « *Le Survenant* et *Bonheur d'occasion* : rencontre de deux mondes », *Études françaises*, vol. XXXIII, n° 3, automne 1997.

Resch, Yannick, « La ville et son expression romanesque dans *Bonheur d'occasion* de Gabrielle Roy », *Voix et Images*, vol. IV, n° 2, décembre 1978, p. 244-257.

Robidoux, Réjean et Renaud, André, *Le Roman canadien-français du XXe siècle*, Ottawa, Éditions de l'Université d'Ottawa, 1966, p. 75-91.

Shek, Ben-Z., « *Bonheur d'occasion* à l'écran : fidélité ou trahison », *Études littéraires*, Québec, vol. 17, n° 3, hiver 1984, p. 481-498.

Sirois, Antoine, « *Bonheur d'occasion* de Gabrielle Roy », *Dictionnaire des œuvres littéraires du Québec*, tome III : *1940-1959*, Montréal, Fides, 1982, p. 127-136.

TABLE DES MATIÈRES

MISE EN PAGES ET TYPOGRAPHIE :
LES ÉDITIONS DU BORÉAL

CE QUATORZIÈME TIRAGE A ÉTÉ ACHEVÉ D'IMPRIMER EN SEPTEMBRE 2007
SUR LES PRESSES DE L'IMPRIMERIE GAGNÉ
À LOUISEVILLE (QUÉBEC).